고구레
사진관

상

고구레
사진관

미야베 미유키 장편소설

이영미 옮김

네오픽션

차례

첫 번째 이야기

: 고그레 사진관

1

그건 그렇고, 새 가게에 사는 느낌은 어때?

덴코가 보낸 휴대전화 문자다. 공짜 영화표를 얻었는데 이
번 일요일은 어떠냐는 용건의 끄트머리에 덧붙인 한 문장.

하나비시 에이이치는 걸음을 멈추고 재빨리 답문을 찍었
다. 때마침 역 개찰구로 들어서려던 참이라, 연말에 바쁜 사
람들에게 방해가 되지 않도록 예의 바르게 한쪽 가장자리로
비켜서는 것도 잊지 않았다. 그렇다기보다 비켜서지 않을 수
없었다. 거기에는 그럴 만한 이유가 있었다.

올봄, 다시 말해 에이이치가 도립 미쿠모 고등학교 일 학년생이 되어 휴대전화 소지 해금 조치가 막 내려진 무렵이었다. 가족끼리 근처 중화요리 가게로 식사하러 가는 도중에 길을 걸어가며 문자를 입력하자, 옆에 있던 아버지 하나비시 히데오가 느닷없이 휴대전화를 낚아채더니 날치기꾼처럼 쏜살같이 도망쳤다. 무슨 영문인지도 모르고 멍하니 서 있는 에이이치를 내버려두고 히데오는 백 미터쯤 달려 모습을 감추었고, 삼십 분쯤 지나서야 겨우 나타나 탁자에 앉아 숨을 헉헉 몰아쉬며 의기양양하게 선언했다.

─하나짱 휴대전화 감췄으니 그리 알아라. 걸어 다니면서 문자 하지 말랬지? 규칙을 안 지킨 게 잘못이야. 유예 기간은 정확하게 스물네 시간. 네 힘으로 찾아내지 못하면 몰수다.

─어머나, 큰일 났네.

어머니 하나비시 교코는 조금도 큰일이 아니라는 투로 말했다.

─하나짱, 밥 먹자마자 당장 찾아 나서야겠다.

때마침 종업원이 전채 요리 모둠 접시를 들고 와서 회전 탁자 한가운데 떡하니 내려놓았다. 에이이치는 부모님과 남동생이 신이 나서 음식을 덜기 시작하는 모습을 지켜보며 그때까지 십오 년 동안 수없이 해왔던 생각을 다시금 떠올렸다.

나는 아직도 우리 부모에게는 익숙해질 수 없다.

두 사람 다 흔히 말하는 기인이나 괴짜 부류는 아닌 게 분명하다. 아버지는 이십 년간이나 한 회사에서 직장 생활을 계속하고 있다. 어머니는 에이이치 때도 남동생 히카루 때도 초등학교에서 사친회 임원을 맡았다. 히카루의 학교에서는 여전히 맡고 있을 터다. 두 학교에서 저 엄마는 아무래도 이상한 사람 같다는 풍문이 떠돈 적도 없다. 그러니 두 사람 다 상식을 갖춘 사람일 것이다. 다만 가끔 그런 일이 있다. 집 안에서만 큰소리 뻥뻥 치는 사람이 있다는데, 우리 부모의 경우는 '집 안에서만 이상한 사람'이라고 표현해야 할까.

그때는 결국 히카루의 지혜를 빌려 기한 내에 휴대전화를 되찾을 수 있었다. 딱히 별스러운 데 숨긴 것도 아니고, 에이이치가 그것을 산 —부모가 사준— 역 앞 판매점에 맡겨두었던 것이다. 역까지 부리나케 달려갔다 오느라 숨이 턱까지 차올랐으리라.

그 후로 에이이치는 휴대전화를 쓸 때마다 주의를 충분히 기울이게 되었다. 명령을 무시하고 걸으면서 문자를 했다간 어디선가 아버지가 불쑥 나타나 또다시 휴대전화를 낚아챌 것 같은 기분을 떨쳐낼 수 없었기 때문이다. 현실적으로는 그런 어처구니없는 일이 일어날 리 없다. 그것이 가능하다면 아버지는 슈퍼맨이다. 그런데도 자꾸만 그런 기분이 드니 어쩔 수 없다. 강박관념이라는 것이다. 그럴 정도로 그때 에이이치의 손에서 휴대전화를 낚아채 달려가던 아버지의 뒷모습은 진지해 보였다.

하지만 다른 사람에게 보이고 싶은 모습은 아니었다.

다른 무엇보다 자기 맏아들을, 친구들이 다 그렇게 부른다고 똑같이 따라서 '하나짱'이라고 부르는 것 자체가 이상하지 않은가. 에이이치가 친구들에게 그렇게 불리는 이유는 하나비시花菱라는 희한한 성 때문이다. 그러나 하나비시 집안에서 하나비시라는 성은 딱히 희한할 것도 없다. 디폴트*로 따라온다.

이 호칭을 쓰기 시작한 것은 이삼 년 전부터다. 그 당시, 에이이치가 '내가 하나짱이면 아버지도 하나짱이잖아.'라고 하자 아버지는 말했다.

— 난 옛날부터 친구들한테 히데짱이라고 불렸어. 지금도 그렇고.

— 그럼 회사에서는 어떤데?

— 비시 씨.

---

* default value. 컴퓨터 용어로, 이용자가 값을 지정하지 않을 경우 자동으로 선택되는 것.

직장의 같은 부서에 하나다와 하나무라라는 성을 가진 사람이 있기 때문이라고 했다.

—좋잖아, 밖에서도 집에서도 하나짱이라고 통일해서 부르니까. 피카짱이랑 똑같지.

히카루는 분명 '반짝반짝 빛나다'라는 뜻에서 익살스럽게 따다 붙인 호칭으로, 갓난아기 때부터 모두 피카짱*이라고 부르긴 했지만, 그거랑은 아무래도 의미가 다른 것 같았다.

—뭐, 딱히 상관은 없지.

좋을 대로 부르라고 하자 어머니까지 에이이치를 하나짱이라고 부르기 시작했다. 당연하다는 듯 피카까지 덩달아 그렇게 불렀다. 여덟 살이나 아래인 남동생에게 '짱'이 붙은 호칭으로 불리긴 싫었다. '자식, 건방지게.'라고 했더니 동생은 말했다.

—'오니짱**'도 짱은 붙잖아. 그게 그거 아냐?

짱을 붙이는 게 싫다는 공격 자체가 잘못이었다. 창끝을 돌려 어머니에게 직접 호소하자, 대답은 이러했다.

—아빠랑 얘기하고 생각했는데, 엄마도 널 줄곧 '형'이라고

---

* '히카루'는 동사로 쓰일 때 '반짝이다, 빛나다'이며, '피카피카'는 '반짝반짝'이라는 뜻이다.
** 형이나 오빠를 의미하는 일본어.

불러왔잖니. 근데 그건 안 좋은 것 같아. 마치 너한테 '형'이라는 속성밖에 없는 것 같잖아. 문제 있어.

아니, 난 그런 건 전혀 문제라고 생각하지 않는다고요.

—하지만 난 엄마를 엄마라고 부르잖아.

—그거야 괜찮지. 너한테 엄마는 말 그대로 엄마잖아. 하지만 엄마도 직장에서는 '교코짱'이란다.

어머니 하나비시 교코는 도심에 사무실을 갖춘 꽤 큰 회계 사무실에서 시간제로 일한다. 여자는 어머니 혼자뿐이고 나머지는 다 아저씨들이라 '교코짱'이 유효한 것이다.

—에이이치라고 부르면 안 돼?

—넌 쑥스럽지 않니? 엄마는 쑥스러운데. 안 그래? 꼭 여자 친구 같잖아.

아직 여자 친구가 없으니 알 수야 없지만 팬티를 빨아주는 어머니가 쑥스러워한다면 마음이 편할 리가 없다. 또다시 '뭐, 딱히 상관은 없지.'라고 말할 수밖에.

그나저나, 덴코의 문자로 돌아가자.

물론 덴코도 애칭이다. 그의 이름은 다나코 쓰토무. 에이이치와는 초등학교 일 학년 때 같은 반이 된 후로 계속 친구로 지내왔다. 같은 학군이니 중학교까지는 그렇다 치더라도 고등학교까지 똑같은 것은 놀라웠다. 도립 미쿠모 고등학교는 에이이치로서는 꽤나 안간힘을 쓴 일 지망 학교였지만 덴코에게는 이 지망 수준의 진로였기 때문이다.

다나코 쓰토무店子力. 이 이름을 떠올릴 때마다 에이이치는 늘 아깝다는 생각이 든다. '다나店'가 '겐原'이었으면 '원자력'일 텐데. 다나코는 하나비시 못지않게 희귀한 성이지만, 별명을 붙이기 쉬운 성이기도 하다. 덴코는 철이 들 무렵부터 덴코라고 불렀다.

에이이치가 보낸 답문은 짧았다.

가게가 아니야. 집이야.

개찰구를 통과해 지하철 플랫폼까지 내려가는 사이에 다시 문자 착신 벨이 울렸다.

내가 영화 보여줄 테니까 토요일에 그 스튜디오에서 재워줄래?

에이이치는 조그만 액정 화면을 노려보았다. 그때, 전차가 플랫폼으로 들어와 일단 휴대전화를 닫고 교복 주머니에 집어넣었다. 하지만 금방이라도 한숨이 새어 나올 것 같아서 의식적으로 숨을 삼켰다.

스튜디오가 아니야. 그건 거실이라고.

이 건에 관해서는 수도 없이 한숨을 내쉬고, 서슬 퍼렇게 화를 내고, 소리를 질러보기도 했다. 그러나 그 모든 것이 허사로 끝났다. 그래도 이번만큼은 쉽게 '뭐, 딱히 상관은 없지.'라고 말하고 싶지 않았다. 그렇게 간단히 길들여질 수는 없다.

새집. 그렇다, 하나비시 히데오·교코 부부는 올여름에 결혼 이십 주년을 맞아 꿈에 그리던 내 집을 마련했다. 지난주 토요일에 이사도 별 탈 없이 마쳤다. 에이이치가 다니는 미쿠모 고등학교는 전에 살던 집보다 새집 쪽이 훨씬 가까웠다. 공립학교로만 일관한 에이이치와는 달리, 무척이나 어려워 보이는 시험을 통과해서 사립 호유 학원 초등학교에 다니는 피카는 전학 걱정이 없을 뿐 아니라 지금까지보다 통학 전차 환승편도 훨씬 편해졌다.

대출 문제는 자기한테 맡기라고 아버지가 말했다. 에이이치는 마음속으로 생각했다. 맡기고 말고 할 것도 없지, 이건 아버지 집인데. 난 절대 상속받지 않을 테니까. 아버지가 어떤 집을 사든 자유지만 나한테는 제발 남기지 말라고.

평범한 집이 아니었기 때문이다.

새집이라고는 해도 하나비시 가족이 볼 때 새로 이사 온 집일 뿐, 집 자체는 새 건물이 아니었다. 지은 지 삼십삼 년이나 지났다. 세상에는 옛집을 사서 새로 고쳐 사는 사람이 있다. 구태여 먼 산속에서 옛 정취가 물씬 풍기는 구식 초가지붕 전통 가옥을 옮겨 와 자기 집으로 만드는 사람도 있다. 에이이치도 그것은 안다. 자기 집이니 자기 취미가 반영되어도 좋다. 그것이 내 집을 소유하는 참다운 묘미일 것이다. 그렇지만, 그래도…….

—현재 있는 낡은 집을 허물면 건축기준법이니 소방법이니 계획도로니 이런저런 성가신 규제들에 가로막혀 똑같은 용적의 집은 절대 지을 수 없습니다.

부동산 사람이 그렇게 확실히 보증하는 택지를 군이 사들일 이유가 뭐란 말인가.

거기에 서 있는 가옥은 이미 그 자산 가치가 소실되어 부동산 정보지에는 방 배치도조차 실리지 않았다. 테두리 안의 상세 정보에 '고가古家 있음.'이라고 적혀 있을 뿐이었다. 다시 말해 매물은 토지뿐이었다. 그런 집을 어쩌자고 사들이냐고.

—보강하고 수리하면 좋은 집이 될 거야. 아직 한참은 더 살 수 있어.

뭐, 좋다. 백번 양보해서 그건 그렇다고 치자. 하지만 그럼에도 불구하고 여전히…….

—토대나 기둥이나 수도 관련 보수는 돈이 많이 드니까 내

부 리폼은 최소한으로 억제해야 해. 안심하고 살 수 있는 우리 집을 만들기 위해서야.

아버지는 말했다.

—그래서 엄마하고도 상의해봤는데, 이 집의 가게 부분은 그대로 남겨서 쓰자. 독특하고 재미있으니까.

하나비시 부부가 처음으로 산, 게다가 생애 유일한 집이 될 '내 집'은 가게가 딸린 주택인 것이다.

—그건 명안이군요. 재미난 집이 될 겁니다. 꼬마 도련님, 잘됐네. 친구들한테도 자랑할 수 있겠어.

계약하는 날, 중개하는 부동산 사람이 부모님 사이에 끼어 앉아 싱글벙글하는 피카에게 미소를 건네며 말했다. 에이이 치는 비좁은 사무실 한쪽 파이프 의자에 엉덩이를 걸치고, 초라한 나도제비난 조화가 구식 에어컨이 뿜어내는 냉기에 나른한 듯이 흔들리는 모습을 지켜보고 있었다. 그 옆에서 부모님이 결정적인 서류에, 결정적인 도장을 찍고, 결정적인 서명을 했다. 집주인은 수수한 오십 대 부부로 역시나 싱글벙글 웃고 있었지만, 그것은 놀라움을 감추기 위해서였을 것이다. 그야 당연하지. '고가 있음.'의 '고가'를 살 사람이 누가 있을까?

—우리는 그 토지를 유료 주차장이라도 만들어주면 좋겠다 싶었는데.

집주인 남편이 말했다. 사실은 유료 주차장 정도로밖에 쓸 용도가 없다고 말하고 싶었을 것이다.

―그 집을 허물지 않고 남겨주시면 돌아가신 아버지도 기뻐하실 거예요.

그런 약속은 하기 어렵습니다만 저희 아버지가 기뻐하고 있는 건 분명합니다. 마음속으로 중얼거린 에이이치는 이번에도 다시 아버지가 그의 손에서, 그 나름으로 그리던 내 집과 내 방에 대한 아련한 꿈을 낚아채 날쌘 토끼처럼 달아나는 것을 느꼈다.

그 찌는 듯이 무더웠던 8월의 어느 날로부터 수리와 보강에 석 달을 소비하고, 오늘은 12월 3일. 새집에서 가장 가까운 역 개찰구를 빠져나오는 에이이치의 손에는 새로운 노선의 정기 승차권이 들려 있었다. 계단을 올라가 지상으로 나가면 걸어서 오 분. 그 점에서는 부동산 정보지에 거짓이 없었다. 역세권, 대형 슈퍼마켓까지 걸어서 팔 분도 그대로였다.

그러나 거짓말은 아니더라도 쓰여 있지 않은 사실이 있었다. 하나비시 가족의 새집인 가게 딸린 주택은 그렇게 가까운 곳에 대형 슈퍼마켓이 생기는 바람에 임사 상태에 빠져버린 상점가 한가운데 위치한 것이다.

평일 낮 시간, 에이이치는 완만하게 좌우로 구부러진 일

차선 길을 혼자서 걸었다. 같이 가는 것은 겨울바람뿐이었다. 상점가라기보다 점포용 각종 셔터 설치의 경년열화經年劣化*를 보여주는 옥외 전시장 같았다. 세상은 정신없이 바쁘게 돌아가는데 이 적막함은 대체 뭔지.

이사를 도와주러 왔을 때, 덴코가 편의점에 음료수를 사러 갔다 오자마자 이렇게 말했다.

—이건 완전 '백주의 결투'네. 아무도 없어.

이제 곧 무법자와 노老보안관의 대결이 시작되기 때문이 아니다. 이 상점가에서는 무법자까지 포함해서 거의 전원이 노인이기 때문에 하나같이 거의 문밖에 나오지 않는다. 나오는 것은 병원에 갈 때뿐이다.

새집이 보이기 시작하자, 더 이상은 참을 수 없는 한숨이 흘러나왔다. 보수는 했지만 고가라는 것이 한눈에도 훤히 드러났다. 목조 이 층 건물에 모르타르 외벽, 일부에는 타일이 붙어 있다. 이 '일부'는 보수의 결과가 아니다. 원래부터 그렇게 되어 있었다. 이 층짜리 건물을 크게 보이도록 집 정면에 사각형 장식 외벽을 세워 기와지붕을 숨겼다. 그 외벽에 타일이 붙어 있었던 것이다. 아버지는 이 타일도 장식 외벽도 고

---

* 세월이 흘러감에 따라 제품의 품질이나 성능이 약화되는 현상.

집했다. 그게 멋있다며 기뻐했다. 타일은 새것으로 바꿔 붙여야 했지만.

아버지가 고집한 것이 또 있다. 이 집의 역사이니 그대로 놔둬야 한다면서. 출입구 쪽에 달린 다다미 두 장 정도 크기의 쇼윈도. 정면 유리는 붙박이창이라 장식하는 물건을 쇼윈도 안쪽에서 넣고 빼게 되어 있다. 그리고 그 쇼윈도와 여닫이 출입문 사이 한가운데에 묵직한 존재감을 띤 채 자리한 또 다른 하나. 타일 벽면에 붙어 있어서 타일을 새로 바꿀 때 공사를 맡은 일꾼이 일단은 떼어냈다. 그런 것을 아버지가 굳이 원래 위치에 다시 붙여달라고 부탁한 것이다. 도대체 이유가 뭐냐고. 이왕 떼어냈으니 그대로 두면 그만이잖아.

—떼어내면 이건 단지 쓰레기일 뿐이야. 아깝잖아.

아깝다는 표현을 이런 때 써도 되나?

문제의 '이것'은 세로 이십 센티미터, 가로 팔십 센티미터, 두께 백오십 밀리미터 정도 되는 합금으로, 구리가 섞였는지 군데군데 녹이 슬어 있었다. 비바람을 맞고 세월에 깎여나가긴 했지만 거기에 새겨진 문자는 지금도 선명하게 읽을 수 있었다.

이 집, 이 가게의 옛 장사를 알려주는 간판이다.

사진관의 '진'을 약자真가 아니라 정자眞로 새긴 점도 의미 심장하지 않은가.

2

토요일 오후 다섯 시가 지나서 덴코는 늘 그러듯 침낭을 짊어지고 자러 왔다. 그건 좋은데, 뭔가 다른 물건까지 들고 있었다. 신문지로 대충 싸여 있고 손에 들기 편하게 끈까지 달렸다.

"그거 혹시?"

"응, 이사 축하 선물이야."

"필요 없어."

에이이치는 잘라 말했다. 신문지를 펼쳐보지 않아도 그 형태로 내용물이 뭔지 짐작이 갔기 때문이다.

"그렇게 냉정하게 굴지 마라. 우리 아버지도 기뻐하셨는데."

덴코가 신문지 포장을 펼치자 나온 물건은 예상했던 대로 석판화였다. 이미 이십 년 가까이 지난 옛날인가, 한때 그런 석판화가 유행한 시기가 있었다. 물론 에이이치는 리얼타임으로는 모른다. 전부 덴코의 아버지에게 들은 이야기다.

제작자는 서퍼라던가 요트 마니아라던가, 어쨌거나 바다를 사랑하는 남자여서 고래나 돌고래를 소재로 수많은 석판화를 만들었다. 그런 계통 생물들이 서식하는 곳은 바닷속이라는 게 통념이기 때문에 그의 작품의 색조는 필연적으로 모두 똑같았다. 파랗다. 이따금 파도가 하얗기도 하지만 아무튼 파란색이 절대적으로 우세하다. 백 미터 떨어진 곳에서 봐도 '아, 그 석판화구나.' 하고 알아볼 수 있을 정도다. 지금 보면, 왜 저런 게 유행했는지 이해하기 어려운 싸구려 포스터 같은 그림이다. 그런데도 당시에는 상당한 가격으로 거래되었고 갖고 싶어도 손에 넣지 못한 사람까지 있었다고 한다.

덴코의 아버지는 이 석판화에 매료되어 돈을 쏟아부었다. 스무 점가량 사들였고 그 후 남에게 주거나 팔아서 떠나보낸 작품도 있지만 지금도 수중에 열 점이 남아 있었다. 집 여기저기에 장식하고 진료실과 환자 대기실에도 장식했지만, 모두 사이즈가 큰 작품이라 장식하지 못하고 넣어둔 것도 있었다. 그것을 꺼내 하나비시 가*의 이사 축하 선물을 한 것이다.

덴코의 아버지는 치과 의사다. 대학 병원에 근무하는 한편, 일주일에 사흘은 메구로에 있는 자택에서 진료를 본다.

솜씨가 좋다고 평판이 나서 환자가 많았다. 그래서 부자인 데다, 굉장히 인심이 후한 사람이었다. 덴코와 에이이치는 서로의 집을 빈번하게 드나들었고 가서 자기도 하고 재워주기도 해서 그런 점은 에이이치도 익히 알고 있었다. 다나코 가의 바비큐 요리는 초호화판이었고, 자러 갈 때마다 맛있는 음식을 대접받는 에이이치가 하도 나발을 불어대서 피카까지 따라가고 싶어 했지만 부모님이 말렸다.

그러니 덴코의 아버지는 절대 구두쇠가 아니다. 진심으로 축하하는 마음에서 가장 자기 마음에 드는, 다시 말해 비장의 소장품을 덴코에게 들려 보냈다는 것도 충분히 안다.

이런 게 바로 달갑지 않은 호의라고.

"이거 저 쇼윈도에 딱이겠는데."

덴코가 쇼윈도를 손가락으로 가리키며 말했다.

"딱은 무슨!"

두 사람은 하나비시 가—가 아니라 고구레 사진관—의 가게 공간에 있었다. 손님을 받는 접수처 부분은 다다미 넉 장 반 정도 크기에 전체적으로 맨바닥이었다. 내부 수리를 할 때 카메라나 필름, 손님에게 전해줄 사진 등을 보관하는 데 썼던 선반은 모두 철거해버렸지만 카운터는 그대로 남겨서 집 안으로 들어오려면 카운터 안쪽에서 신발을 벗고 올라오게 되어 있었다. 옆에는 문이 있고 리폼 전에는 그 문으로 스튜디오를 드나들었지만, 아무래도 그대로 두면 외풍이 심할 것 같아서 지금은 칸막이로 막아놓았다.

그러므로 덴코가 '저 쇼윈도'라며 손가락질한 것은 고구레 사진관 정면에 있는 그 쇼윈도를 뜻한다.

"제발 부탁이니 그냥 넣어둬."

에이이치는 허둥지둥 액자를 신문지로 다시 쌌다. 다행히 부모님은 장을 보러 나가고 없었다. 피카도 따라가서 지금은 둘뿐이다.

"하지만 난 아버지 심부름으로 들고 온 거야."

덴코는 피부가 희고, 가냘프고, 얼굴 생김새가 여자애 같다. 그 점에서는 피카랑 많이 비슷해서 셋이 걸어가면 덴코와 피카를 형제로 보는 일이 잦을 정도다. 단, 목소리만은 그 얼굴 생김새를 배신해서, 뭐라고 할까…… 일종의 깨진 소리 같은 독특한 울림이 있다. 굵직하지도 않고 갈라진 것도 아니다. 미묘하게 어긋나 있다고 할까, 어딘가 고장이 난 느낌이다.

초등학교 육 학년 때, 갓 변성기가 지난 덴코가 숙제로 내준 '해변의 노래'를 다 부르고 나자 음악 선생님은 말했다.

─다나코는 타고난 목소리가 음치로구나.

에이이치가 지금까지의 인생에서 들었던 '베스트 오브 적확한 표현' 중 하나다.

그런 목소리를 내며 덴코가 곤혹스러워했다. 하얀 피부 빛깔과 잘 어울리는 파스텔 톤 스웨터에 주머니가 수도 없이 달리고 불규칙한 무늬가 잔뜩 그려진 바지. 오늘도 요란한 차림새였다. 덴코는 색채감각에도 고장 난 부분이 있었다.

"받아둘 테니까 아버지한테는 고맙다고 전해드려. 마음은 정말 감사하다고."

"그렇지만……."

이 낡은 집에도 장점이 전혀 없는 것은 아니었다. 전에 살던 임대 맨션보다 방이 세 개나 많았다. 게다가 수납공간도 아주 많다. 벽장, 수납 상자, 쌍바라지가 달린 붙박이장에다 다다미 석 장 넓이의 헛방까지. 이사 올 때, 당장 쓸 예정이 없어 보이는 잡다한 짐들은 모두 그 헛방에 집어넣었다. 그러니 덴코가 들고 온 이사 축하 선물도 그 속에 넣어두면 아버지도 어머니도 알아차릴 리 없다.

알아채면 곤란하다.

장식하자. 저 쇼윈도에 딱 좋잖니. 그렇게 말할 게 불을 보듯 훤하기 때문이다.

"하나짱, 잘 생각해봐."

덴코가 매끈매끈한 콧잔등을 손가락 끝으로 어루만지며

고구레
사진관 상

도리어 자기가 깊은 생각에 잠긴 표정을 지었다.

"저 쇼윈도, 계속 비워두면 어떻게 될까?"

"그대로 있을 테니 걱정 마."

"아니지. 아저씨가 가족사진으로 장식하실걸. 내기할래?"

대답이 나오지 않았다. 정곡을 찔린 기분이었기 때문이다. 덴코는 에이이치의 낯빛을 읽어내고 히죽히죽 웃었다.

"그치?"

아버지 히데오는 에이이치를 하나짱이라고 부르기 시작한 것을 계기로 덴코도 '쓰토무'에서 '덴코'로 호칭을 바꿨다. 그 순간부터 두 사람 사이에 뭔가 묘하게 통하는 게 생겼는지, 덴코는 이따금 아버지의 의향이나 취미나 생각을 섬뜩할 정도로 정확하게 읽어냈다.

그러고 보니 오늘 아침에 아버지가 앨범은 어디 있냐고 물었던가? 가족사진을 확대해서 장식할 생각인지도 모른다.

"이 고래랑 돌고래는 공간을 꽤 많이 메워주잖아. 이걸 장식해두면 한동안 시간을 벌 수 있지 않겠냐?"

아버지는 그래 봬도 제법 의리 있는 사람이라 다른 사람에게 받은 물건은 절대 소홀히 다루지 않는다. 덴코네에서 보내온 이사 선물이라 눈에 띄는 곳에 장식했다고 말하면 적어도 당분간은 저 쇼윈도에 다른 걸 장식하려 들지 않을 것이다.

에이이치는 말없이 액자를 다시 꺼냈다.

"못이나 망치 같은 거 필요해?"

"필요 없어. 안에 고리가 있으니까."

쇼윈도는 밖에서 보면 벽면과 거의 일체인 듯하지만 안쪽에서 보면 삼십 센티미터쯤 상자 형태로 튀어나와 있었다. 상자 형태의 옆구리 중간에 경첩과 손잡이가 달려서 손잡이를 잡아당기면 튀어나온 부분 전체가 앞쪽으로 열리는 구조였다. 옛날에는 손님을 촬영한 사진을 액자에 담아 이 쇼윈도 안에 장식했을 것이다. 사진관은 어디든 그렇게 하니까. 그렇게 사진을 장식할 때 손님의 허락이 필요할까? 필요하겠지. 초상권 문제니까. 그런 생각도 잠깐 스쳐 지났다.

"우와…… 이건 좀 무섭지 않냐? 너무 무거운 건 못 걸겠는데."

상자 부분을 열어보고 덴코가 소리를 높였다. 오 센티미터 정도 크기의 경첩 세 개가 맞물려서 바깥 틀과 상자 부분을 지탱하고 있었다. 분명 불안한 느낌이라 에이이치도 처음 그것을 여닫았을 때는 그렇게 생각했다. 그런데 리폼 공사를 하러 왔던 업체 사장이 튼튼하게 만들어졌으니 걱정할 건 없다고 했다.

─시험에서 만점 받으면 여기 붙여도 되겠네.

그때도 에이이치는 간곡하게 부탁했다.

─농담이라는 건 알지만, 저희 부모님 앞에서는 절대 그런 말 하지 마세요. 정말 실행하실지도 모르니까.

"유리가 부예. 좀 닦아야겠다. 하나짱, 양동이랑 걸레 좀 줘봐."

덴코가 요구해서 가져다주었다. 덴코는 상자 안쪽으로 들어가서 몸을 아끼지 않고 열심히 유리를 닦기 시작했다.

"안녕하세요?"

갑자기 그런 소리가 들려서 뭔가 하고 봤더니 바깥쪽 상점가에 사람이 지나가고 있었다.

"함부로 인사하지 마. 장사 계속하는 줄 알잖아."

"눈이 마주쳤는데 어떡해."

"노인이지?"

"아니, 여자애야. 우리랑 비슷한 또래 같은데."

신기했다. 이 동네에도 그렇게 젊은 애가 살았나.

"멍하니 서 있지만 말고 하나짱, 바깥 유리라도 좀 닦아."

추워서 걸레만 들고 나가서 후다닥 문지르고 끝내버렸다. 덴코는 나중에 다시 닦아야겠다느니 어쩌느니 구시렁거렸다.

파란 바다와 고래와 돌고래를 새긴 석판화는 쇼윈도에 걸자, 사이즈는 큰데도 묘하게 허전해 보였다. 계절과도 완전히 빗나가고 시대에도 뒤처져서 녀석도 나름대로 자기 주제를 파악하고 미안해하는 것 같았다.

'영락零落'이란 바로 이런 걸 두고 하는 말이다.

"다른 것도 뭐 없을까? 조화 같은 거라도."

덴코는 고개를 갸웃거리더니 아, 하며 눈을 빛냈다.

"여름방학에 피카짱이 만든 지점토 인형이 있었지. 그것도 장식하자."

"어디 있는지 몰라."

"당연히 피카짱 방에 있겠지."

에이이치와 피카의 방은 이 층에 나란히 붙은 전통식 방이었다. 에이이치의 방은 다다미 여섯 장 넓이, 피카의 방은 다다미 석 장에 마룻바닥 공간이 조금 딸려 있었다. 벽장은 에이이치 방에 있고, 피카 방에는 로커 정도 크기의 좁고 긴 옷장이 있다.

피카가 여름방학 자유 제작 숙제로 만든 지점토 인형은 책상 위에 달린 선반에 사이좋게 늘어서 있었다. 빨간 것과 노란 것이 한 쌍이고, 형태로만 보면 코끼리다. 아마 코끼리겠지. 다만 상아 대신 뿔이 나 있고 꼬리 끄트머리에 꽃이 피어 있었다.

"마음대로 장식했다간 그 녀석이 화낼지도 몰라."

"화 안 내, 피카짱이 이걸 얼마나 자랑스러워하는데."

덴코와 피카는 겉모습뿐 아니라 기호까지 비슷해서 죽이 잘 맞았다. 덴코가 그렇다고 하면 걱정할 것 없겠지.

"이 꼬리를 만드느라고 피카짱이 고생 좀 했지. 부러지기 쉬우니까 조심해서 들어."

그런 것도 에이이치는 모르는데 덴코는 잘 알았다.

이따금 '나는 우리 부모에게는 영원히 익숙해질 수 없고 동생에게는 절대 이길 수 없다.'는 생각에 울적해질 때, 에이이치는 내가 덴코네 아들이고 덴코가 우리 집 아들이면 어떨까 하는 생각이 들기도 했다. 그러나 수십 초 만에 생각을 고쳤다. 덴코는 외아들이라 아버지 뒤를 이어야 한다. 치과 의사가 되어야만 하는 것이다. 그러기 위해서는 치학부齒學部에 들어가야 하고. 덴코라면 충분히 가능하다. 옛날부터 수재였으니. 하지만 에이이치는 불가능하다. 같은 학년의 뒤부터 세어서 오십 등 수준을 다투는 게 고작이니까.

그러고 보니 어릴 때부터 우등생이라는 점도 덴코와 피카는 서로 비슷했다.

고등학교도 덴코랑 같은 학교라는 게 확정 났을 때, 누구보다 기뻐한 사람은 피카였다. 학교가 다르면 전처럼 덴코짱을 자주 못 만나잖아, 하면서. 설마하니 덴코 녀석, 피카의 그런 마음까지 헤아려서 미쿠모 고등학교를 선택한 건 아니겠지. 에이이치는 불현듯 억측까지 해봤다. 그러나 본인에게 물어보니 학교 견학 때 마음에 들어서였다고 시원스레 대답했다. 그런데도 마음속 한구석으로는 살짝 걸렸다.

하지만 그것도 부모가 이 고가를 찾기 전까지의 얘기였다. 이 집을 우연히 찾아낸 후로는 다른 일에 매달릴 여유조차 사라져버렸다.

에이이치와 덴코는 밖으로 나가 쇼윈도를 바라보았다. 새파란 하늘과 바다와 고래와 돌고래, 뿔이 나고 꽃이 달린 코끼리 인형 한 세트.

"꽤 재밌는데."

덴코는 두 손을 허리에 얹고 만족스러워했다.

"이 집 사람들이 좋은 사람이라는 건 한눈에 알아보겠다."

"괴짜라는 걸 알아보겠지. ……뭐, 상관은 없지만."

에이이치가 중얼거리자, 덴코가 웃었다.

"또 나왔다, 나왔어. 하나짱이 마지막에 늘 내뱉는 결정적인 대사."

그렇게 대단한 게 아니야. 우리 가족—이제는 우리 가족 플러스 이 집—에 익숙해지기 위한 나름의 다기찬 처세술이지.

"아, 덴코짱이다."

피카의 목소리가 들려왔다. 한 블록 앞에 보이는 교차로 너머에 서 있었다. 바로 뒤에는 부모님이 큼지막한 슈퍼마켓 봉지를 들고 걸어오고 있었다.

"어이, 잘 지냈냐."

아버지 히데오가 손을 들었다. 어머니 교코도 미소를 머금었다. 어머니 손에는 슈퍼마켓 봉지 말고도 조그만 꽃다발이 들려 있었다.

그것을 본 덴코가 갑자기 조그만 목소리로 중얼거렸다.

"앗, 실수. 나도 생각은 했는데 집에서 나온 후에 깜박했다."

"무슨 소리야?"

"후쨩한테 꽃 사 올 생각이었거든. 어머니하고도 얘기했고."

하나비시 가족 세 사람은 빨간 신호에 걸려 멈춰 있었다. 피카가 빨리 건너고 싶어서 폴짝폴짝 제자리걸음을 뛰었다.

"그거야말로 마음만으로 충분해."

에이이치도 소리를 낮추며 대답했다.

"네가 후코한테 잘해주면 피카 질투가 이만저만이 아닐 테니까."

그럴까, 하며 덴코는 빨간 신호 너머에 서 있는 피카에게 미소를 지어 보였다.

"피카쨩은 역시 아직은 잘 모르겠지."

신호가 파란색으로 바뀌었다. 피카가 쏜살같이 달려왔다.

모르는 게 아니야. 훤히 다 알아. 그래서 질투하는 거지. 그러나 에이이치는 그 말을 입 밖에 내지 않았다. 그렇게까지 피카를 이해해줘야 할 의리를 덴코에게 강요할 수는 없었다.

하나비시 가족은 사실은 다섯 명이어야 했다. 에이이치와 히카루 사이에 후코라는 여자아이가 있었다. 육 년 전 3월에 만 네 살 나이로 세상을 떠났다. 인플루엔자뇌염이 원인이었다. 그 당시 에이이치는 열 살이었다. 후코의 기억이 남아 있고, 후코가 죽었을 때 부모님의 고통과 슬픔도 알고 기억한다. 그렇지만 피카는 고작 만 두 살, 정확하게 말하면 이십팔 개월이었다.

에이이치는 인간의 뇌 시스템이 완성되는 것은 만 세 살 전후이므로 그 이전의 조기 기억은 남지 않는다고 뇌 과학 책에서 읽은 적이 있었다. 갓난아기 때의 기억이 있다고 주장하는 사람은 대개의 경우 나중에 들은 얘기를 자기 기억처럼 믿는 것뿐이라고 한다. 그러므로 피카는 후코에 관한 일은 아무것도 기억하지 못할 것이다.

기억하지 못해도 알고는 있다. 지금도 부모님은 한시도 후코를 잊지 않고, 이따금 계속 같이 사는 것처럼 행동할 때가 있기 때문이다. 그건 결코 나쁜 일이 아니고 그렇게 할 수밖

고구레
사진관 상

에 없는 것도 당연할 것이다. 그래도 에이이치는 때때로 나는 괜찮지만 피카가 가엾다는 생각이 들곤 했다.

그렇다. 그래서 이번에 이 낡은 집을 구입하는 소동이 벌어졌을 때 혹시라도 아버지나 어머니가 '이 집은 후코도 마음에 들 거야. 틀림없이 재미있어하며 기뻐할 거야.'라는 말이라도 꺼냈으면 자리 잡고 앉아 설교 역습을 퍼부을 작정이었다.

하지만 그럴 필요는 없었다. 부모님은 후코 얘기를 한 번도 꺼내지 않았다. 에이이치는 내심 마음이 놓였지만, 한편으로는 새집에 자기보다 훨씬 어린애다운 동경과 꿈을 품고 있었을 꼬맹이 동생이 부모님 어느 쪽에게도 한마디 불평 없이 생글생글 찬성하는 모습을 보면서 절반은 마음이 아프고 절반은 화가 났다.

"여기 좀 봐, 피카짱. 이걸 장식했어."

덴코가 쇼윈도 앞에서 가슴을 쭉 폈다. 피카는 환호성을 지르며 뛰어올랐다.

"와, 덴코짱 대단해! 고마워!"

어라, 하며 아버지가 슈퍼마켓 봉지를 고쳐 들고 소리를 높였다.

"이게 뭐야, 사진 액자 부탁해놓고 왔는데."

정말로 가족사진을 장식할 생각이었던 것이다. 에이이치는 식은땀이 솟았다.

"죄송해요. 이건 저희 집에서 보낸 이사 선물이에요."

덴코가 목을 움츠리면서도 '봐라, 내 말이 맞지?' 하는 눈짓을 보냈다.

"보기 좋은데, 뭐. 아무래도 가족사진 내다 걸기는 부끄럽잖아. 이쪽이 훨씬 멋져. 고맙다, 덴코짱."

저녁은 스키야키라고 말하고, 어머니가 가게 출입문—아니, 현관문—을 열었다.

아버지와 에이이치와 덴코 셋이서 소 한 마리의 칠십 퍼센트쯤은 확실하게 먹어치웠다. 그러고 나서 커피를 마시자며 모두 함께 거실로 자리를 옮겼다.

거실이다. 옛날에는 사진 촬영용 스튜디오였을지 모르지만, 그래서 창이 없고 천장이 높아 난방이 구석구석까지 돌진 않지만, 그래도 지금은 하나비시 가의 거실이다.

피카는 거실에 들어가자마자 잔뜩 신이 나서 외쳤다.

"덴코짱은 어떤 게 좋아?"

그러고는 왼쪽 벽으로 날듯이 달려갔다.

거듭 말하지만, 이 집은 전에 살던 집보다 훨씬 넓었다. 하나비시 가족이 소유했던 가구나 전기 제품을 다 채우고도 공간이 남았다. 그것을 충분히 계산에 넣고 한 조치이긴 했지만 —여하튼 부모님은 이사 전에 종이 모형을 만들어 가구 배치까지 생각해두었다— 이 거실에는 가구도 비품도 없는 휑한 벽면이 하나 있었다. 예전에 이곳에서 사진을 찍을 때, 피사체는 이 벽을 등지고 포즈를 취했다. 그래서 벽 윗부분에 롤스크린 배경이 붙어 있었다. 그것도 여덟 가지 패턴으로, 원하는 대로 말아 올리거나 내려서 바꿀 수가 있었다. 이것 역시 아버지가 고집한 고구레 사진관의 유물이었다. 이유는 앞에서와 마찬가지다. 재미있지 않니? 떼어버리면 쓰레기가 될 뿐이야, 아깝잖아.

피카는 스크린을 끌어당기는 줄을 쥐고 있었다. 배가 잔뜩 부른 덴코가 드러누운 채 주문했다.

"후지 산!"

"네에, 후지 산입니다!"

후지 산 배경막이 주르륵 내려왔다. 남길 바에는 더러운 건 싫어서 열심히 먼지를 떨어냈지만, 고색이 올라오고 빛이 바랜 것은 어쩔 도리가 없었다.

"좋은데, 벽지도 간단히 바꿀 수 있고."

아버지도 누워서 뒹굴며 말했다. 배를 깔고 드러눕자 아버지 머리 바로 위에 후코의 위패를 올려둔 작은 불단이 위치했다. 칠을 하지 않은 원목에 문 겉면에는 꽃 조각이 가득했다. 여자애한테 어울린다면서 어머니가 골랐다.

에이이치가 앉은 곳에서는 불단 속 후코의 영정 사진이 정면으로 보였다. 유난히 좋아했던 노란색 원피스를 입고 눈이 부신 듯 가늘게 뜬 눈으로 웃고 있었다. 죽기 얼마 전에 가족끼리 우에노 동물원에 갔을 때 찍은 사진이었다. 잊을 수는 없다. 에이이치가 셔터를 눌렀으니까.

"피카짱, 그림 모양을 어떻게 알아?"

"이 끈에 꼬리표가 하나하나 붙어 있으니까."

"저건 무슨 촬영 때 썼을까? 꼭 목욕탕 벽에 있는 그림 같잖아."

커피 잔을 늘어놓으며 어머니가 말했다.

"환갑 축하 촬영 같은 거 아닐까?"

"벚꽃 그림도 있었지?"

그건 이거야, 하며 피카가 다른 끈을 잡아당겼다. 벚꽃이 아니라 흰 바탕에 황금색 구름이 그려진 막이 내려왔다.

"아, 잘못 내렸다."

"저건 금혼식용인가?"

"나도 해볼래."

덴코도 일어섰다.

"시치고산七五三* 배경도 있었지? 이사할 때 봤어."

"무슨 그림이더라?"

"신사 도리이** 그림이야. 새가 날아다니고."

이것도 아니다 저것도 아니다 떠들어대고, 쉴 새 없이 올렸다 내렸다 하며 피카는 한껏 신이 났다. 덴코가 오면 늘 그랬다.

"그건 그렇고, 이 글씨 달필인데요."

덴코가 끈에 붙은 꼬리표를 만지며 아버지 쪽을 돌아보았다.

"아저씨, 이거 보셨어요? 꽤 깊이 있는 훌륭한 글씨예요."

어디, 어디, 하며 아버지가 드러누운 채 고개를 뺐다. 덴코는 끈을 잡아당겨 아버지한테 보이는 곳까지 꼬리표를 끌고 갔다.

"그렇죠? 전에 살던 사람, 습자習字라도 배웠나?"

"노인이었으니까. 여든다섯에 돌아가셨대."

아버지가 말했다.

"그런데도 이 글씨는 흐트러짐이 없네요."

---

* 어린이의 성장을 축하하는 잔치.
** 신사 입구에 세운 두 기둥의 문.

"더 젊었을 때 썼겠지."

에이이치가 끼어들었다.

"봐, 꼬리표도 누렇게 바랬잖아. 아주 옛날에 쓴 거야."

뭐든 다 낡았다니까, 이 집은.

"요즘 배경막은 이런 롤 방식이 아니라 문처럼 옆으로 밀고 당기는 방식 아닌가?"

피카 입학 때 기념사진을 찍은 사진관은 그랬다.

"그 사진관 아저씨, 솜씨가 좋았지. 다음 가족사진 촬영은 하나짱 대학 입학식 때나 되려나."

어머니가 말했다.

"그런 얘긴 됐습니다. 아직 멀고 먼 얘기니까. 어떻게 될지도 모르고."

올해 4월 고등학교 입학 때도 부모님이 기념사진을 찍으려 했지만 간신히 피한 에이이치였다. 사진은 좋아하지 않는다. 자기가 찍힌 사진을 유심히 바라본 일은 한 번도 없다.

배가 꽉 찬 아버지가 하품 섞인 목소리로 말했다.

"그렇게 귀찮아하지 말고 찍자. 이제는 사진관에 갈 필요도 없이 어떤 기념사진이든 여기서 다 찍을 수 있잖아."

"아, 실은 저희 집에서는 늘 그렇게 해요. 사진관 아저씨가 조수를 데리고 집으로 오거든요. 지난달에도 다녀갔어요."

덴코가 말했다.

"무슨 기념사진인데?"

"할아버지가 훈장을 받아서."

다나코 가문은 부자에다 명문가다.

우와? 뭐? 축하해! 그런 얘기는 빨리 해줘야지. 축하 선물이라도 보내야겠네. 이러쿵저러쿵 소란을 떠는 와중에 인터폰이 울렸다.

가게가 딸린 주택은 대개 그렇겠지만 이 집도 가게 출입구 말고 집 쪽에도 출입구가 있었다. 뒤쪽 골목길로 난 문이라 무심코 '뒷문'이라고 부르게 되지만, 하나비시 가로 치면 그쪽이야말로 정식 현관이라 인터폰도 거기에 설치했다. 골목길 쪽은 가로등이 적어서 밤이 되면 어둡기 때문에 센서 라이트와 모니터 화면까지 달린 인터폰이었다.

참고로 덧붙이면, 리폼 전에는 만두에 배꼽이 달린 것 같은 구식 버저였다. 아버지는 그것도 그대로 남기고 싶어 했지만, 아무래도 그 점에서는 어머니의 반대에 부딪쳤다. 우리 집에는 피카짱도 있으니 보안 문제는 철저히 챙겨야 해요.

설치했으니 누가 오면 울리는 게 당연한 인터폰이다. 그렇지만 왠지 모두 서로의 얼굴만 쳐다보았다. 이사 온 지 일주일. 이웃집에 인사는 다녔지만 사귄 사람은 아직 없다. 이런 시간에 올 사람이 누가 있을까?

"신문 넣는 사람인가?"

어머니가 일어서서 부엌 모니터를 보러 나갔다. 피카도 따라갔다. 곧이어 '아무도 없네.'하는 소리가 들려왔다.

"아무것도 안 보이는데."

"불은 켜졌어?"

"응, 켜졌어."

피카가 발돋움을 하며 모니터를 들여다봤다.

"장난인가 봐."

어머니는 시선을 돌리고, 나간 김에 부엌 그릇들을 정리하기 시작했다. 피카의 뺨에 반사되던 모니터 조명이 꺼졌다.

그런데 그 순간, 또다시 인터폰이 울렸다.

피카가 재빨리 손을 위로 뻗어 통화 버튼을 눌렀다. 인터폰이 최신형이라 버튼 조작만으로도 뭐든 할 수 있었다.

마이크를 향해 피카가 소리쳤다.

"네, 누구신가요?"

다 같이 귀를 기울였지만 스피커에서 흘러나오는 소리는 귀에 거슬리는 잡음뿐이었다. 대답은 없었다. 발돋움을 하며 인중까지 쭉 늘인 피카가 매달리듯 모니터를 바라보았다.

"아무것도 안 떠."

장난이라니까, 어머니가 다시 말했다.

"내가 보고 올게."

에이이치가 일어섰다. 덴코도 따라 일어섰다. 복도로 나오자, '가게 쪽도 가봐야겠지.' 하고 양쪽으로 갈라졌다.

에이이치는 복도 불을 켜려고 스위치를 더듬다가 순간적으로 동작을 멈췄다. 누군가 장난을 치는 거라면 이쪽이 가까이 다가간 것을 못 알아채게 하는 편이 낫다.

뒷문―이 아니라 현관― 입구로 내려서서 도어 렌즈에 눈을 붙였다. 센서 라이트는 여전히 켜 있어서 훤했지만 아무도 없었다. 비좁은 골목을 사이에 낀 앞집에 자전거 한 대가 세워져 있을 뿐이었다.

에이이치는 자물쇠를 열고 체인도 풀고 쾅, 소리가 나게 문을 열었다. 손잡이를 잡은 채, 몸을 반쯤 문밖으로 내밀었다. 곧장 몸이 부르르 떨렸다. 상당히 매서운 밤 추위였다. 좌우를 돌아보았다. 골목에는 아무도 없었다. 아스팔트가 센서 라이트 빛을 푸르께하게 반사할 뿐이다. 불과 몇 년 전까지만 해도 이 골목은 비포장이었다고 부동산에서 말했다. 그래서 길이 아주 깔끔해요. 포장한 지 얼마 안 되었으니까.

이런 시간에 남의 집 인터폰을 딩동 누르고 도망칠 아이들이 과연 있을까? 있을 수……도 있나? 오늘날의 초등학생은 공부니 학원이니 바빠서, 연장 근무를 하는 직장인 못지않게 밤이 늦어도 아무렇지 않게 길거리를 걸어 다닌다. 피카 친구들도 하나같이 그랬다.

낮에 덴코가 상점가를 지나가는 여고생을 봤다고 했으니, 아직 우리가 만나지 못했을 뿐, 이 동네의 젊은 층 인구도 제로는 아닐 것이다. 색다른 센서 라이트가 신기해서 꼬맹이가 장난을 쳤겠지. 그렇게 생각하며 문을 닫고 자물쇠를 채운 순간, 가게 쪽에서 덴코가 으아악 하고 소리를 질렀다.

에이이치보다 먼저 부모님과 피카가 달려갔다. 덴코는 그 쇼윈도 상자와 유리 사이에 낀 채, 엉거주춤하고 이상야릇한 자세로 서 있었다. 시선은 유리 바깥쪽에 못 박혀 있다.

"무슨 일이야?"

모여든 사람들을 본 덴코는 다시 한 번 으아아, 신음하고는 유리 너머를 손가락으로 가리켰다.

"뭐가 지나갔어."

그야 당연히 지나가겠지, 임사 상태라고는 해도 일단은 상점가잖아.

"획 하고 지나갔어."

허공에 떠 있었다고 했다.

"그건 그렇고, 거긴 왜 열었어?"

고구레
사진관 ㊤

"밖을 내다보려면 이게 제일 빠르잖아."

전에는 가게 출입문이 반투명한 수지 성분이었기 때문에 밖에서도 카운터 언저리까지 어렴풋하게 들여다볼 수 있었다. 그대로 두면 아무래도 안정감이 없을 것 같아서 리폼할 때 일반 주택용 현관문으로 갈아 달았다. 그곳에는 창문도 없으니 밖을 내다보려면 쇼윈도를 여는 게 가장 빠른 건 사실이었다.

아버지가 실내용 슬리퍼를 신은 채 바닥으로 내려가서 덴코와 나란히 섰다. 유리에 손을 얹고 내친김에 얼굴까지 밀어붙인다.

"뭐가 휙 하고 지나갔는데?"

"여자애요."

"아까 낮에도 그랬잖아."

에이이치가 말했다.

"그때는 살아 있었어. 제대로 걸어갔다고. 맨다리였고. 그렇지만 지금은 아니야."

"여자애라니, 어떤 여자애?"

바닥으로 내려서는 디딤대에 서서 기둥에 손을 얹으며 어머니가 물었다. 피카는 어머니 허리에 매달려 있었다. 덴코가 힐끗 그 모습을 보더니 말했다.

"미안해, 피카짱. 놀라게 할 생각은 없었어."

피카는 굳어 있었다.

"응? 어떤 여자애냐고? 몇 살쯤이나 됐어?"

어머니가 다시 물었다.

"아, 우리 또래예요."

"역시 낮이랑 똑같잖아."

다시 에이이치가 말했다.

"아니야, 그 애는 교복을 입었어. 이번에는 무슨…… 하얀 옷이었는데."

피카는 눈을 휘둥그레 뜨고 어머니에게 점점 더 찰싹 달라붙었다. 그 머리에 손을 얹고 어머니가 말했다.

"그렇구나, 큰 애였구나."

아버지가 유리 앞에서 뒤를 돌아보았다. 이마를 붙였던 유리에 부연 자국이 남았다.

"후코 아니야, 여보."

더할 수 없이 부드러운, 달래는 듯한 말투였다. 어머니가 미소를 지었다.

"응, 그렇겠지. 후코는 우리 집에 있으니까."

순간, 쥐 죽은 듯 고요해졌다.

어머니는 피카의 머리를 헝클어뜨리며 큰 소리로 웃었다.

"별일이 다 있구나, 피카짱. 너무 겁낼 거 없어. 틀림없이 누군가 급히 뛰어갔을 거야."

"그럼, 그럼. 난 겁쟁이라 걸핏하면 쫀다니까."

덴코도 허둥지둥 웃어넘겼다.

"얼른 목욕해야지. 벌써 잘 시간이야."

어머니가 피카를 데리고 안으로 들어갔다. 덴코는 쇼윈도를 원래대로 닫았다. 아버지는 슬리퍼를 벗어 들고 힘차게 탁탁 두드린 다음, 안으로 올라오며 고개를 갸웃거렸다.

"역시 나오나, 이 언저리에서."

"아저씨, 목소리가 커요."

"아니, 실은 스도 씨한테 말이지."

스도라는 사람은 이 집 매매를 담당해준 부동산의 사장이다. 대대로 이 지역에 뿌리를 내리고 장사해왔는데, 자기가 삼 대째라고 했다.

"옛날에 이 부근이 공습을 당해서 수많은 사람들이 타 죽었다는 얘기를 들었거든."

그 얘기라면 에이이치도 들었다. 이 마을은 간토 대지진 때 피해를 입고, 제이차세계대전 말에 대공습을 당하고, 전후 부흥기에는 수해를 입고, 아무튼 줄기차게 피해만 당한 과거가 있는 듯했다.

―저희 아버지 대에는 옛집을 헐자 집터 밑에서 인골이 나왔다는 소리도 자주 떠돌았으니까요.

　방공호 자리가 발견되어 한꺼번에 수많은 인골이 나온 일도 있다고 했다.

　―아, 물론 지금이야 그런 일은 없죠. 이미 거의 다 나왔습니다. 이 집은 괜찮습니다.

　거의 다 나왔다니, 실례되는 표현이라는 생각이 들었다.

　"그것만은 아니지. 이 부근에서 죽은 사람들은 유령 같은 건 되지 않는다고 했잖아."

　에이이치는 스도 사장의 말 중 한 부분을 떠올렸다. 계약과 관련된 중요한 이야기는 한 귀로 듣고 한 귀로 흘려버리다시피 했지만, 이 말만은 인상에 남았던 것이다.

　"유령은 되지 않는다, 모두 역사가 되었으니까, 그렇게 말했어."

　"우와, 멋진 말씀을 하는 사장님이네."

　덴코가 휘파람이라도 불 것 같은 표정으로 말했다.

　"피카가 무서워하니까 이런 얘기는 그만두자. 애당초 어른스럽지도 않아."

　죄송합니다, 덴코와 아버지가 동시에 사과했다. 절묘한 순간에 피카의 목소리가 부엌 쪽에서 들려왔다.

"덴코짜앙, 나랑 같이 목욕하자."

"얼른 가!"

에이이치가 덴코에게 명령을 내렸다.

"혹시라도 오늘 밤에 피카가 오줌을 싸면 이불 말리는 건 네 책임이야."

"아, 그건 걱정 마. 피카짱, 나랑 같이 침낭 속에 들어가서 스튜디오에서 잔다고 했으니까."

스튜디오가 아니라니까, 거실이라고!

3

덴코는 일요일 밤에도 묵었고 그날도 피카랑 같이 잤다. 그 바람에 에이이치까지 두 사람한테 맞춰주느라 이틀 밤 연속 거실로 이부자리를 들고 가서 잘 수밖에 없었다. 그 때문인지 월요일 아침에는 목이 뻐근해서 견딜 수가 없었다.

이상한 일이었다. 덴코네서 묵을 때는 에이이치도 침낭을 빌려서 잔다. 그때는 전혀 문제가 없는데, 요에서 자고 나면 잠자리가 불편해서 목이나 어깨가 결렸다.

"우리 침낭은 초모룽마^{Chomolungma*} 같은 데 오르는 등산가들도 사용하는 제품이잖아."

다나코 가문에서 제작한 침낭이라는 의미는 아니다. 덴코네 집에는 가족 숫자 플러스 에이이치용 침낭이 마련되어 있었다. 덴코 아버지에게 간혹 정원에서 자는 취미가 있기 때문이었다. 정원사가 손질까지 해주는 정원이니 진정한 의미의 야영은 아니다. 게다가 덴코 아버지는 세대주의 권리니 어쩌니 하면서 나중에는 자기 혼자만 잔디밭 위에서 잤다. 봄철 같은 때는 폭신폭신하다고 했다.

처음에 들었을 때는 맞추긴 힘든 이상한 취미라고 생각했지만, 막상 해보니 예상외로 재미있었다. 물론 덴코 아버지도 계절을 골라가며 취미 생활을 하기 때문에 몸에 그다지 무리가 가지도 않았다. 침낭 속에 들어가 밤하늘을 올려다보면 도심인데도 별이 꽤 많이 보였다. 나쁘지 않았다.

"아버지랑 언제 한번 신주쿠 중앙 공원에서 자보자는 얘기도 했는데."

"관둬라. 그러다 괜히 노숙자 폭행범한테 당한다."

덴코 아버지의 환자들이 곤란해지지 않겠는가. 담당 의사

---

* '세계의 어머니 신'이라는 뜻으로 에베레스트를 가리키는 티베트어.

선생님이 공원에서 자다 흠씬 두들겨 맞아서 내 틀니를 못 만들게 됐다지 뭡니까.

주말부터 계속 하나비시 가에 묵어서 오늘 아침 덴코는 그 얼룩덜룩한 옷차림새 그대로였다. 미쿠모 고등학교는 교복이 있긴 해도 기본적으로 자유복 등교라 문제 될 건 없었다. 교복을 입든 사복을 입든 자유라는 의미다.

나란히 전차를 타고 개찰구를 빠져나와 교문을 통과했지만, 덴코와는 반이 달라서 건물 안으로 들어간 후 헤어졌다. 졸리고 목도 아프고 고단한 월요일이었다. 뭐, 하긴. 수업받기 힘든 거야 어제오늘 일도 아니니 상관은 없지만.

이런 걸 인생의 아이러니라고 하는 걸까? 미쿠모 고등학교에 합격했을 때, 부모님은 뛸 듯이 기뻐하며 칭찬을 아끼지 않았다. 장하다, 잘했다, 애썼다, 에이이치! 물론 에이이치 본인도 기뻤다. 다 널 위해 하는 말이니 포기하라고 했던 담임이나 좌절도 인생 경험의 하나일 테니 도전해보라고 했던 진로지도 선생에게 앙갚음을 한 기분이었다. 지금은 그 모든 추억들이 빛이 바래고 칙칙해져서 부옇게만 보인다. 무슨 일이든 순발력보다는 지구력이다. 그리고 지구력을 키우는 것은 순발력을 단련하는 것보다 훨씬 어렵다.

덴코 덕분이라고 할까, 덴코 때문이라고 해도 좋을지 모르지만, 에이이치는 미쿠모 고등학교에서 이른바 청춘을 만끽할 만한 인간관계를 쌓겠다는 욕망에서는 아예 처음부터 해방된 셈이었다. 등교해서 수업 시간을 잘 견뎌내고, 방과 후가 되면 집으로 돌아간다. 그러는 동안 반 친구가 말을 걸면 적당히 맞장구치고 웃기도 하지만, 딱히 친한 친구는 없었다. 친해지고 싶은 누군가를 만나지도 못했다. 물론 걸프렌드 같은 건 저 머나먼 다른 은하계의 얘기다.

그래도 동호회에는 들어갔다. 특별활동이 아니고 단순한 동아리 활동이기 때문에 구속은 느슨했다. 상하 관계도 없는 거나 다름없었다. 조깅 동호회라 부른다. 명칭부터가 잘난 척하는 게 없다. 에이이치는 그 점이 마음에 들었다. 동아리 활동 참가도 자유다. 월요일부터 금요일까지, 편한 시간에 나가서 준비운동만 같이 하고 그 후에는 각자 학교 근처에 정해놓은 코스를 달린다. 쉬지 않고 제대로 달리면 이십 킬로미터 가까이 되는 코스지만, 상급자가 되면 그것만으로는 부족해서 풀코스에 도전하기 위해 프로 클럽에 끼어 다른 곳으로 달리러 가기도 한다.

중학교 때 에이이치는 핸드볼 부였다. 훈련을 위한 달리기는 물리도록 했기 때문에 이십 킬로미터 정도는 달릴 수 있었다. 당장은 그 이상을 목표로 삼을 생각도 없었다.

4월 이후, 일주일에 월·수·금 사흘을 조깅의 날로 정했다. 하지만 오늘은 그만두자. 뛰면 목이 쿵쿵 울려서 아프다. 신발장 옆에서, 동호회에서 자주 같이 달리는 하시구치 다모쓰와 마주쳐 오늘은 패스하겠다고 말했다.

"나도 일찍 끝낼 거야. 입시 학원 시험이 있어."

하시구치는 장대처럼 키가 크고 얼굴도 팔다리도 길었다. 중학교 때 특별활동부에서 제일 친하게 지냈던 골키퍼랑 매우 비슷한 체형으로, 얘기를 나눠보니 성격도 약간 비슷했다.

"아, 참! 하나짱 이사했다며?"

에이이치는 깜짝 놀랐다. 하시구치에게 말한 기억이 없다. 연하장을 제대로 시기에 맞게 써 보낸다 해도 지금부터 시작할 일이다.

"그렇긴 한데, 어떻게 알았어?"

"덴코한테 들었지."

덴코는 하나짱의 친구는 자동적으로 자기의 친구라는 주의主義였고, 그렇다 보니 하시구치와도 금세 친해졌다. 에이이치보다 더 친할지도 모른다.

"그 녀석이 여기저기 떠벌리고 다녀. 재미있는 집이라며?"

하시구치가 웃었다. 덴코 자식, 어젯밤에 침낭이라도 짓밟아줄걸.

"재미는 무슨. 우리 부모님이 좀 특이해. 나한텐 달갑지 않은 민폐야."

흐음, 하며 하시구치가 웃음을 멈췄다.

"사진관이라던데. 멋진 스튜디오도 있고."

"하나도 안 멋져. 동네 사진관인걸, 뭐. 엄청 낡은 집이고."

하시구치는 다시 흐음, 하며 고개를 끄덕이더니 신발장에서 꺼낸 운동화를 든 채 말했다.

"친척 중에도 사진관을 했던 집이 있어. 아버지의 형님, 큰아버지."

이번에는 에이이치가 흐음, 하고 대꾸했다.

"삼 년쯤 전이었나, 가게를 닫아버렸지. 장사가 안 돼서. 요즘은 다들 디지털카메라로 찍어서 자기 손으로 직접 프린트하잖아? 사진관으로 현상하러 오는 건 일회용 카메라 정도지. 그것도 편의점이나 약국에 뺏겨버렸대."

이번에는 흐음 소리도 낼 수 없었다. 사진관의 현 실태가 그 정도였구나.

"여러모로 편리해지면 사라져가는 장사도 생기나 봐. 전문직이 더 위험해."

하시구치는 그 큰아버지가 싫지 않은 모양이었다. 안타까워하는 말투였다.

"너희 집은 괜찮잖아. 절대 사라지지 않을 전문직이니까."

하시구치의 아버지는 변호사다. 그래서 하시구치도 사법 시험을 목표로 삼은 듯했다. 의사 일가인 덴코도 그렇지만 미쿠모 고등학교에는 그런 학생들이 많았다. 부모가 정치가라는 학생도 있었다. 그게 바로 에이이치의 마음이 편치 않은 이유 중 하나이기도 했다.

하나비시 히데오는 평범한 직장인이다. 근무하는 회사는 업계에서 대기업이라 불리는 정밀기계 부품 제조 회사로, 제조업의 저력을 다시 평가하게 된 요즘에는 텔레비전 광고가 —이른 아침이나 한밤중의 싼 시간대에— 나오기도 한다. 그러나 아버지는 엔지니어가 아니다. 사무직으로 입사한 후 이날까지 총무과에서만 일해왔다. 그나마 총회꾼 대책 같은 일을 한다면 프로처럼 보이겠지만, 총무과 안에서도 서무 분야 인력으로 오로지 그 일만 하는 듯했다.

아버지는 회사에서 생긴 일을 집에서는 거의 꺼내지 않았다. 다른 얘기뿐이었다. 그래도 아주 가끔 환영회나 망년회 같은 때, 집에 가서 한잔 더 하자며 동료나 부하 직원을 데리고 오기도 했는데, 그때 흘러나온 대화를 주워 모아 종합적으로 추측해보면 '회사에서 아버지의 지위는 대수롭지 않다'는 결론에 도달할 수밖에 없었다.

그래서 에이이치도 아버지를 대수롭지 않게 여긴다는 뜻은 아니다. 그렇게 충동적이고 직관적으로, 사회와 똑같은 잣대로 아버지를 평가할 생각은 없다. 다만 이따금, '아버지는 일이 재미있을까?' 하는 의문이 생길 때가 있었다. 서무는 달리 표현하자면 잡무를 담당하는 만물상이잖아.

지금은 정규직이지만 앞으로 어떻게 될지 불안하기도 했다. 업무 성과가 조금이라도 떨어지면 제일 먼저 아웃소싱으로 돌리는 부서 아닌가? 뭐, 하긴. 앞일을 미리 끌어다 불안해한들 뾰족한 수도 없을 테니 아무 소용도 없겠지만.

"우리도 알 수 없어. 미국처럼 변호사가 너무 많이 늘어나서 먹고살기 힘들지도 몰라."

하시구치는 조금도 불안하지 않은 투로 그렇게 말하고, 그럼 나중에 보자며 체육관 쪽으로 달려갔다. 마르고 키가 커서 뛰면 몸이 좌우로 휘청휘청 흔들린다.

덴코는 중학교 때는 브라스밴드 부에서 드럼을 쳤고, 이번에는 경음악 동호회에 들어갔다. 그곳 역시 느슨하고 속 편한 동아리인지, 언제 물어봐도 어떤 악기와 무슨 파트를 담당하고 있는지 확연치 않았다. 그래도 매일같이 동아리 방에는 다녔다. 그래서 조깅을 안 하고 돌아가는 날에는 에이이치 혼자였다.

역 앞 편의점에서 만화 잡지를 잠깐 들척거리고, 하품을 참아가며 집으로 돌아왔다. 오후 네 시가 가까운 시간. 이 무렵에는 집에 아무도 없다. 피카가 다니는 호유 학원은 초등학교 때부터 과외활동이 왕성해서 녀석은 미술부에 들어갔다. 그 '꽃 달린 코끼리' 같은 것도 만들고, 그림도 그린다. 그 밖에도 본인이 원해서 어린이 영어 회화 학원에도 다닌다. 그쪽은 일주일에 사흘인데 여섯 시가 넘어야 돌아온다. 호유 학원은 어머니의 직장과 가까워서 시간이 맞을 때는 같이 다니지만, 평균적으로 보면 피카 혼자 오가는 일이 훨씬 많았다.

피카가 초등학교부터 사립학교에 들어가 전차 통학을 하게 되었을 때, 에이이치는 진심으로 아주 놀랐다. 부모님이 용케 허락을 해줬다고 할까, 어떤 단계를 넘어섰다고 느꼈기 때문이다. 막상 통학하기 시작하면, 역시 안 되겠다며 근처 공립학교로 전학시킬지도 모른다는 생각까지 했다.

후코를 잃고 나서 부모님은 심한 겁쟁이가 되었다. 겁쟁이라는 말이 너무 지나치다면 신경질적으로 변했다고 할까, 잠시도 피카에게서 시선을 떼지 못했다. 후코의 사인死因이 사인인 만큼, 감기가 유행하는 계절이면 집 안 공기가 정전기를 띨 정도로 바짝 곤두선 게 느껴졌다.

줄곧 그래왔는데, 막상 취학 시기가 되자 만 여섯 살짜리 피카를 혼자 전차에 태워 학교에 다니게 한다는 것이었다. 설마 싶었다. 피카야 물론 할 수 있다. 녀석은 야무지니까. 그렇지만 부모님한테는 무리일 거라고 생각했다. 아침마다 어머니가 현관에서 피카의 책가방을 붙들고 훌쩍거리는 건 아닐까?

하지만 그 일은 그럭저럭 무난하게 흘러갔다. 피카는 어린이용 휴대전화와 방범 버저를 들고 호유 학원에 탈 없이 다니고 있다. 아직까지 긴급사태는 발생하지 않았다. 학교는 재미있냐고 물으면 피카는 한 치의 망설임 없이 곧바로 대답했다.

―응! 하나짱은? 학교 재밌어?

―뭐, 그럭저럭.

그보다 형이라고 불러.

운동복으로 갈아입고, 파스를 찾아 이리저리 어슬렁거렸지만 눈에 띄지 않았다. 근처에 분명 약국이 있었지. 사 오는 게 빠를 것 같아서 뒷문에서 샌들을 꿰신었다.

바로 그 순간, 인터폰이 울렸다.

에이이치는 속공速攻으로 문을 열어젖혔다.

또다시 아무도 없었다. 아직 해가 있어서 센서 라이트는 켜지지 않았다. 문밖으로 나가 좌우를 둘러보며 '누구십니까?'라고 말해보았다. 가능한 한 강압적인 목소리를 낼 생각이었지만 힘이 너무 들어가는 바람에 목소리가 뒤집히고 말았다. 멍청하긴.

그냥 약국에나 갈 생각이었는데 정신을 차리고 보니 문을 닫고 샌들을 벗고 가게 쪽으로 돌아가고 있었다. 만약을 위해서야. 그제 덴코가 했던 대로 똑같이 해보자. 에이이치는 쇼윈도로 다가가 손잡이를 잡고 앞으로 당겼다.

그리고 놀라 나자빠질 뻔했다. 교복 차림의 여고생이 유리에 찰싹 달라붙어 있었기 때문이다. 에이이치가 별안간 나타나서 상대도 놀란 듯했다. 펄쩍 뛰어오르며 황급히 물러서더니 치맛자락을 매만졌다. 무릎 위로 이십 센티미터나 올라간 미니였다. 울퉁불퉁한 무릎이 훤히 드러났다.

다리가 있다. 스스로 생각하기에도 한심했지만, 가장 먼저 그것부터 확인했다. 살아 있는 인간이다.

에이이치는 쇼윈도를 닫고 황급히 가게 쪽 출입문을 열었다. 여고생은 여전히 보도에 서 있었다. 시선이 딱 마주쳤다. 건넬 말이 떠오르지 않았다.

여고생이 눈을 깜박이더니 먼저 입을 열었다.

"저어, 여기 사진관이죠?"

에이이치의 머릿속 언어 소프트웨어는 여전히 프리즈 상태였다. 여고생은 머리를 흔들어 어깨 위의 머리칼을 떨쳐내더니 다시 한 번 물었다.

"사진관이죠? 가게, 다시 시작한 거 맞죠?"

에이이치는 입을 떡 벌렸다. 일단 심호흡부터 했다.

"계속 닫혀 있었는데, 요즘 불이 켜져서⋯⋯."

미쿠모 동급생 여자애들 중에도 그런 애들이 많지만, 어리광 섞인 혀 짧은 말투였다. 그것이 에이이치에게 현실감을 되찾아주었다. 평범한 여자애였네.

"그제, 토요일 밤에도 왔었어요?"

슬쩍 물어보았다. 이쪽에서는 가장 먼저 확인하고 싶은 사항이었다.

"어?"

여고생은 다시 머리를 흔들었다.

"그제라니, 내가요?"

"응. 토요일 밤 아홉 시가 넘어서였을까, 인터폰 눌렀지?"

말끔하게 정리된 여고생의 눈썹이 일그러졌다. 눈빛이 사납게 변했다. 반 발짝 뒤로 물러나며 에이이치와 거리를 벌렸다.

"여기, 가게 아니야?"

기분이 상한 동시에 에이이치가 동년배라는 걸 의식한 듯, 여고생 반말로 물었다. 목소리도 날카로웠다.

"간판이 그대로 걸려 있어서 사진관인 줄 알았던 것뿐이야. 뭐가 잘못됐어?"

"그때 혹시 하얀 옷 입었어? 하얀 외투나 스웨터나?"

말끔하게 다듬어진 눈썹이 치켜 올라갔다.

"그게 무슨 상관이야?"

기분 나빠, 정말. 여고생은 입속으로 중얼거렸다. 어리광 섞인 혀 짧은 말투는 흔적도 없이 사라졌다.

에이이치도 발끈했다.

"우리 집, 사진관 아니야."

여고생이 한층 더 날카로워졌다.

"진짜 웃겨. 그럼 간판은 왜 걸어?"

"그게 너랑 무슨 관계라도 있어?"

여고생은 순식간에 샐쭉해졌다. 역시 동급생 여자애들한테 익숙한 태도인 데다 빈틈없이 공들여 화장한 얼굴이었다. 그런 것치고는 예쁘지도 않았다. 대체로 다들 그렇다. 그런데도 하나같이 화장을 한다.

"아무튼 우리 집은 사진관 아니야."

내뱉듯이 말하고 에이이치는 문을 닫으려 했다. 그러다 불현듯 생각나서 뒷말을 덧붙였다.

"이 간판도 조만간 뗄 거야."

이제 십 센티미터면 문이 닫히려는 찰나, 쨍쨍거리는 여고생의 목소리가 날아와 적확하게 에이이치의 귓속으로 파고들었다.

"난 너희 가게 사진 때문에 피해를 입었어. 도망쳐도 소용없어."

못 들은 척할 수 없다, 그런 생각이 들고 말았다.

하나비시 가는 사진관도 아니고, 여자애가 말하는 '너희 가게'도 고구레 사진관이니 전혀 관계가 없다. 문을 닫아버리면 그만이다. 그러나 '피해'라는 단어는 무겁다. 정말로 고구레 사진관에서 맡은 사진과 관련된 문제로 찾아왔다면 모른 체해서는 곤란할지도 모른다. 집을 판 그 부부에게 ─아니면 스도 사장에게라도─ 한마디쯤 보고할 의무는 있지 않을까?

에이이치는 다시 문을 열었다. 화가 난 여고생이 바짝 다가섰다.

"피해라니, 무슨 피해?"

목소리를 진정시키고 에이이치가 물었다. 여고생은 에이이치가 브레이크를 밟았다는 것을 알아채자마자 더 힘껏 액셀러레이터를 밟아대기 시작했다. 어깨에 메고 있던 학교 가방을 열더니 그 속에서 봉투 하나를 꺼내 에이이치의 코앞에 들이밀었다.

"네 눈으로 똑똑히 봐. 이거야!"

에이이치는 손을 내밀지 않았다. 다갈색 종이봉투가 콧등을 찌를 것 같았다.

"무슨 사진인데 그래?"

기다렸다는 듯이 여고생이 하이 톤의 목소리로 소리쳤다.

"심령사진이다, 왜!"

흔하디흔한 카비네판 컬러사진이었다. 사진 오른쪽 밑에 '4. 20.'이라는 숫자가 찍혀 있었다. 사진이 촬영된 날짜다. 안타깝게도 연도까지는 알 수 없지만, 갓 찍은 사진은 아닌 것 같았다.

자기 집에서 느긋하게 쉬는 가족사진이었다. 어쩌면 방문객도 섞여 있는지 모르겠다. 동년배로 보이는 사람들이 피사체로 찍혀 있었다. 촬영 장소는 그 집 거실인 듯했다. 다다미 방 객실이니 '다실'이라는 표현이 딱 들어맞는다고 할까? 음식상이 차려져 있고, 남녀 여섯 명이 상을 둘러싸고 앉아 있었다. 상 위에는 맥주병, 컵, 요리 접시에 초밥 찬합, 평범한 식사 풍경은 아니었다. 그랬다면 굳이 사진을 찍을 필요도 없었겠지. 아, 그래서 방문객이 동석했다고 보면 앞뒤가 맞나? 무슨 모임인 것이다.

그저 에이이치가 받은 인상으로 판단할 수밖에 없기 때문에 대충 추측한 것이긴 하지만, 그 자리의 중심인물은 아저씨 두 사람이었다. 예순 전후쯤 됐을까, 형제인 듯했다. 얼굴 생김새도 이마가 벗겨진 정도도 많이 비슷했다. 오른쪽 아저씨 옆에 앉은 사람은 아마도 그의 부인일 것이다. 역시 오십 대 중반에서 예순쯤 되어 보이는 여성이었다. 세 사람은 촬영자 쪽을 향해 웃고 있었다.

그들 맞은편에 또 다른 세 인물이 있었다. 이쪽은 카메라를 쳐다보기 위해 앉은 채로 몸을 비틀며 뒤를 돌아보고 있었다. 그중 두 사람은 아주머니였다. 한 사람은 정면으로 앉은 아주머니와 엇비슷한 연배였고, 다른 한 사람은 '아주머니' 셋 중에서 가장 젊어 보였다. 어쩌면 마흔 살도 안 되었을지 모른다.

여자 세 사람을 언뜻 본 느낌으로는, 어떻게 조합을 해도 자매 관계는 아닌 것 같았다. 얼굴도 몸매도 전혀 닮지 않았다. 한데 이상하게도 앞쪽의 두 아주머니는 똑같이 긴소매 검은 원피스를 차려입고, 목에는 진주 목걸이를 걸고 있었다. 아직 세상 경험이 적은 에이이치도 그것이 상복이라는 것 정도는 한눈에 알아볼 수 있었다.

그렇다면 이 상은 제사 후에 차린 음식상일까? 하지만 다

고구레
사진관 상

른 사람들은 평상복 차림이었다. 아니, 잠깐. 평상복이긴 하지만 완전히 보통 차림새는 아니다. 모두 깃이 달린 옷을 입었고, 남자들은 허리띠를 두른 바지를 입었다. 상다리 밑으로 언뜻 보이는 정면에 앉은 아주머니의 다리에는 스타킹이 신겨 있었다. 게다가 그 아주머니도 찬찬히 살펴보니 옷깃 사이로 목걸이가 엿보이는 것 같았다.

에이이치는 일어서서 옆에 붙은 피카 방으로 성큼성큼 들어가 현미경을 찾았다. 과학 실험에 쓴다면서 산 지 얼마 안 되었을 것이다.

성난 여고생은 사라지고 문제의 사진만 손에 남자, 에이이치는 자기 방에 틀어박혔다. 아직 누가 들어올 시간은 아니었지만 자기 책상에 앉아야 집중이 잘되기 때문이었다. 그 사진을 섣불리 가족에게 보이면 안 된다는 판단도 있었다. 기분 나쁜 사진인 건 분명하니까. 웃어넘겨버릴 수 없을 정도로 기괴하니까. 여고생에게 사진을 넘겨받아 휙 훑어본 순간 그런 생각이 들었기 때문에 에이이치는 매우 진지하게 몰두하고 있었다. 그렇다, 사진 분석에.

피카의 현미경은 책상 서랍 속에 들어 있었다. 에이이치는 그것을 손에 든 채 계단을 내려와 현관까지 가서 현관문 불을 켰다. 부엌 불도 켰다. 12월의 해는 짧아서 사진 분석에 푹 빠져 있는 사이, 집 안팎이 어느새 어두컴컴해져 있었다. 그래서 갑자기 으스스한 기분이 들었던 것이다. 복도 불까지 모조리 켰다.

내가 바본가?

등줄기가 오싹했다.

현미경으로 확대해서 보니 앞쪽의 아주머니는 역시나 목걸이를 하고 있었다. 무늬가 있는 블라우스 옷깃에 레이스 테두리가 붙어 있다.

상을 둘러싼 여섯 번째 인물—상 앞쪽에서 뒤를 돌아보는 세 사람 중 마지막 한 사람—은 이십 대 중반에서 삼십 대쯤으로 보이는 남성이었다. 그의 신분은 한눈에 추정할 수 있었다. 아마도 정면으로 앉은 아주머니의 —다시 말해 부부로 추정되는 두 남녀의— 아들일 것이다. 아주머니와 귀 모양이 똑같았다. 끝이 뾰족하고 길고 가늘며 귓불이 작은 귀.

혈족의 특징은 귀 모양에 잘 드러난다. 얼굴은 우연히 남과 비슷한 경우도 있지만 귀는 그렇지 않다. 귀가 비슷하면 혈연관계일 확률이 높다. 이런 자투리 지식을 알려준 사람은 덴코의 아버지였다. 덧붙여 말하면 치열도 서로 닮지만, 그것은 치과 의사가 아니면 확실하게 구분하기 어려우니 문외한은 귀를 봐야 한다고 했다. 그때는 그런 걸 가르쳐봐야 평생 쓸데도 없을 거라 생각했는데, 들어두길 잘했다.

에이이치는 미리 사둔 여분 공책을 꺼내 가로로 펼쳐놓고 사진에 찍힌 인물 배치도를 간략하게 그려 넣었다. 그리고 각각의 머리 위에 추정되는 관계를 적어보았다.

정면으로 앉은 아저씨 두 사람 중, 아주머니와 나란히 앉은 쪽에 '남자 1', 혼자 앉은 쪽에 '남자 2', 두 남자를 반원으로 연결하고 거기에 '형제(?)'라고 썼다. '남자 1' 옆의 아주머니에게는 '여자 1', 나란히 앉은 아저씨와 반원으로 연결하고 '부부(?)'. 앞쪽의 상복 차림인 두 아주머니에게는 연령순으로 '여자 2', '여자 3'이라 쓰고 반원으로 연결해 '방문객(?)'이라 적었고, 여섯 번째 '남자 3'은 '부부의 아들(?)'이라고 썼다.

아! 하지만…… 사진의 피사체는 일곱 명이었다.

단지, 일곱 번째 사람은 다른 피사체와의 관계를 추측하기에 앞서 과연 '사람'으로 세어도 좋을지 어떨지, 하는 문제가 있었다.

떠들썩하게 식사 모임 중인 여섯 사람이 모인 거실 오른쪽으로 객실이 끝나는 문턱이 보였다. 맹장지문이 열려 있었다. 문턱 너머는 마룻바닥이니 복도가 아니라 부엌일 것이다. 식탁 테두리와 의자가 절반쯤 찍혀 있었다.

다시 말해 누가 찍었는지는 모르지만, 솜씨가 서툰 스냅사진이었다. 객실에 있는 남녀 여섯 사람의 기념사진이라면 객실만 찍었어야 옳다. 그런데 프레임 오른쪽 끝에 쓸데없는 배경이 들어가고 말았다. 좀 더 중앙의 피사체에 집중하고 주위의 잡다한 가구 따위는 찍히지 않게 신경 써야 했는데. 부엌 의자는 당연히 식탁 높이보다 낮고 그 사이에 공간이 있다.

일곱 번째 피사체는 그곳에 있었다.

얼굴은 여자다. 아니, 기본적으로 여자의 얼굴이다. 이마 위는 식탁 때문에 잘려 나갔다. 식탁 위로 여자의 머리칼—머리 부분이 올라온 모습—은 찍히지 않았다. 턱 밑으로는 의자 시트 부분에 잘렸다. 의자는 나무로 만든 다리 세 개짜리의 흔하디흔한 것으로, 그 사이에도 공간이 있다. 그러니 일곱 번째 피사체가 그런 곳에 웅크리고 앉았다면 의자 다리 사이로 몸이 찍혔어야 마땅하다. 아니면 의자 밖으로 비어져 나오게 찍혔거나.

그런데 아무것도 없었다.

다시 말해서, 식탁 밑과 의자 받침 사이에 여자의 눈썹, 두 눈, 코, 양 볼, 입술만 두둥실 떠 있는 것이다. 그 눈은 활짝 뜨여 카메라를 바라보고 있었다. 입술은 살짝 벌어서 무슨 말을 하려는 것처럼 보이기도 했다. 얼굴 양옆이 부옇게 흐려져서 귀는 보이지 않았고 머리 모양도 알 수 없었다.

과연 그 여고생이 '심령사진이다, 왜!'라고 소리칠 만했다. 텔레비전 버라이어티 프로그램에서 심령사진이나 심령 비디오를 다룰 때는, 이것보다 훨씬 초점이 빗나간, 가만 보면 사람 얼굴 같기도 한 수준의 사진을 놓고도 출연자들이 꽥꽥 소리를 지르며 난리를 쳐댔다.

에이이치는 사진을 가만히 바라보았다. 사진 속의 여자 얼굴도 에이이치를 바라보았다.

당신 누구야?

강제로 돌리지 않으면 시선조차 뗄 수 없다. 에이이치는 억지로 시선을 돌렸다.

그 여고생은 올가을 10월 첫째인가 둘째 주 일요일에 근처 도다하치만구라는 신사 경내에서 개최된 벼룩시장에서 이 사진이 손에 들어오고 말았다고 했다.

─원해서 산 게 아니야.

그녀가 산 물건은 세 권에 단돈 백 엔인 스프링 노트 세트였다. 표지가 예뻤다고 했다. 그런데 집에 들고 가서 자세히 살펴보니 그중 한 권에 이 사진이 끼여 있었다는 것이다.

─사진만 달랑 들어 있었어?

─아니야. 잘 좀 봐. 그 종이 속에 들어 있었다고.

'그 종이'란 고구레 사진관 상호가 찍힌 가로로 긴 봉투였다. 별로 낡지는 않았지만 접힌 부분이 닳아 있었다.

　—이 사진 한 장뿐이었어?

　—그래. 다른 것도 있었으면 같이 가져왔을 게 뻔하지. 기분 나쁘잖아.

　그녀로서는 사진 출처를 추측하는 실마리가 '고구레 사진관'이라는 이름이 새겨진 봉투뿐이었던 것이다.

　—친구들한테 물어봤더니 이 상점가에 그런 사진관이 있댔어. 그런데 문 닫은 지 오래라고.

　곤란에 처한 그녀는 몇 번이나 이 가게 상황을 살피러 왔다. 간판이 남아 있으니 언젠가는 다시 개업하겠지, 폐점이 아니라 임시 휴업일 뿐인지도 모른다고 생각했다. 그런데 그곳으로 아무것도 모르는 하나비시 가족이 이사를 왔고, 정성 들여 리폼을 한 데다 세대주의 색다른 취향 때문에 간판까지 그대로 내건 채 생활하기 시작한 것이다. 여고생으로서는 '기다리던 바였습니다!'나 다름없었다.

　—아무 말 없이 신문 꽂이에 꽂아둘 수도 있었어. 하지만 그러면 확실하게 돌려준 게 아니니까 아무래도 나한테 화가 미칠지도 모르잖아. 어쨌든 너희 집 사진이니까 네가 처리해.

　일방적으로 쉴 새 없이 몰아붙여서 손에 든 사진에 시선을 빼앗겨버렸다. 정신을 차리고 보니 그 여학생은 이미 사라지

고구레
사진관 ㉖

고 없었다. 이름도 연락처도 몰랐다. 우리 집은 고구레 사진관이 아니야, 선의의 제삼자일 뿐이야, 하고 다시 한 번 주장할 기회를 놓치고 말았다. 그래서 하는 수 없이 이렇게 문제의 사진을 째려보고 있는 것이다.

무슨 단서가 없을까?

이런! 에이이치는 마지못해 인정했다.

단서라니, 뭘 하기 위한 단서?

4

"이 여자, 미인인데."

책상 모서리에 엉덩이를 걸치고, 뒤축을 구겨 신은 실내화를 대롱대롱 흔들면서 덴코가 말했다.

다음 날 방과 후였다. 교실에는 에이이치와 덴코뿐이었다. 네가 동호회에서 뭘 하는지는 모르지만, 뭘 하든 오늘은 빠지고 나랑 얘기 좀 하자! 에이이치가 아침부터 끈질기게 부탁해서 그런지 교실로 찾아왔을 때 덴코는 호기심이 가득한 표정이었다. 지금도 그 표정에는 변함이 없다.

"이건 미인이네 아니네 하는 문제가 아니야. 기분 나쁘지 않냐?"

"별로. 그래봤자 단순한 사진일 뿐이야. 하나짱, 좀 냉정하게 생각해."

"단순한 사진에 여자 유령이 찍혀!"

"유령인지 뭔지 알 수 없지. 카메라 고장일 수도 있어. 이중으로 찍혔는지도 모르고. 트릭 사진 말이야."

물론 에이이치도 그런 가능성을 생각 안 한 건 아니다. 이런 사진은 대개 그런 종류일 것이다. 그래도 편의상이라고 할까, 이야기의 흐름상 '여자 유령'이 더 어울리지 않나?

"이걸 들고 온 여자애도 느낌이 안 좋아. 네가 유령이라고 착각했던 여자애 말이야."

심술궂게 지적하자, 덴코는 웃었다.

"그랬지. 하지만 그때는 정말로 그 애 다리가 없는 것처럼 보였어. 가로등이 낡아서 그랬나?"

인간의 눈은 자주 사물을 잘못 본다. 그러나 카메라는 다르다. 기계는 착각 따위 일으키지 않는다.

"트릭이라면, 대체 누가 무슨 목적으로 이렇게 공들인 짓을 했을까."

"그야, 보나 마나 남들 놀라게 하려는 장난이겠지. 컴퓨터만 쓰면 이 정도 만드는 건 식은 죽 먹기야."

"……너한테 상담한 게 잘못이다."

에이이치가 사진을 가방에 집어넣으려 하자 덴코가 그의 정수리 위로 고장 난 목소리를 쏟아냈다.

"우와아! 하나짱, 너 진짜로 곤란한 거야?"

"이런 걸 받고도 곤란하지 않은 사람이 있다면 그게 더 이상하지."

"그럼 내가 가지고 가서 찢어버릴게."

빙그르르 돌아서더니 덴코가 오른손을 내밀었다.

"버리기 전에 어머니랑 아버지한테도 보여줘야겠어. 두 분 다 재미있어하실 테니까."

에이이치는 사진을 잡은 채로 눈을 치켜뜨며 덴코를 노려보았다.

"너, 정말."

"우리 집은 괜찮아. 영적 장애 같은 건 안 믿으니까."

"영적 장애?"

덴코가 술술 설명을 늘어놓았다.

"심령사진을 갖고 있으면 사진에 찍힌 영혼의 염원이 사진 소유자에게 영향을 미쳐서 뭔가 안 좋은 일이 생긴다, 그런 걸 영적 장애라고 하지."

"그런 걸 어떻게 알아?"

"상식이야. 모르는 하나짱이 더 희한하지."

그런가?

"그런 것도 모르면서 되게 무서워하네. 하나짱, 뜻밖에도 빌리버였나?"

"빌리버는 또 뭐야?"

"심령현상이나 초능력처럼 현대 과학으로는 설명할 수 없는 온갖 것들이 실재한다고 굳게 믿는 사람을 가리키는 말이지. 믿다, 즉 빌리브에서 파생된 말."

진짜야? 일본식 영어 아니고?

"난 단지……."

"아무렇게나 휙 버릴 순 없으시다?"

"넌 그럴 수 있냐?"

"아, 글쎄! 난 버릴 수 있다니까. 나한테 맡겨."

덴코가 이번에는 왼손을 내밀었다. 하지만 에이이치는 '그럼 부탁한다.'라고 말할 수 없었다.

살짝 진지한 표정으로 바뀐 덴코가 손을 내리며 말했다.

"너 실은 해명하고 싶은 거지?"

"해명이라니?"

이 수수께끼, 하며 덴코는 손가락으로 사진을 가리켰다.

"왜 이런 걸 찍었는가, 혹은 왜 이런 게 찍혔는가? 이 여자는 누구인가? 이 아저씨, 아주머니 들은 어떤 사람인가?"

"내가 뭣 때문에?"

"알고 싶은 거 아니었어? 그림까지 그렸잖아."

에이이치는 어제 끼적거린 공책까지 들고 왔다. 그것이 지금 책상 위에 펼쳐져 있었다. 덴코의 말에 허겁지겁 공책을 덮었다.

"이건 으음…… 딱히 목적이 있어서 그런 건 아니야."

"하나짱은 꼼꼼하니까. 한데 놓친 것도 있네. 찍힌 사람들만 살펴봤지?"

덴코는 말했다.

"정면을 향하고 있는 세 사람 뒤에 텔레비전이 있잖아. 그 위에는 달력이 놓여 있고."

에이이치는 사진을 다시 살펴보았다. 분명 그 말이 옳았다. 하지만…….

"숫자가 작아서 안 보이잖아."

"이리 줘봐. 난 인간 스캐너니까."

덴코는 양쪽 눈 시력이 모두 2.0이다. 한참 동안 사진에 눈을 바짝 붙이고 살펴보더니 말했다.

"2003년이야. 4월 20일은 무슨 요일이었지? 천문부에 물어보면 금방 알아봐줄 텐데."

오 년 전이군, 하고 고개를 끄덕였지만 에이이치는 곧바로 생각을 바꿨다.

"그런 걸 안다고 뭐가 달라지나?"

"해명의 실마리. 작은 것부터 차근차근."

"글쎄 난 해명 따윈 하고 싶지 않다니까! 이걸 어떻게 처리하면 좋을지 알고 싶을 뿐이라고! 그래서 상담한 건데."

"그럼 그냥 버리라니까. 상담해줬잖아. 버리자, 버려. 자, 안녕."

당장이라도 찢으려 하는 덴코의 손에서 에이이치는 황급히 사진을 낚아챘다.

"버렸다가 혹시…… 무슨 일이라도 생기면 어떡해?"

"아무 일 없다니까 그러네."

"단언할 수 있는 근거가 어딨어?"

날카롭게 추궁하는 에이이치를 덴코는 물끄러미 바라보았다. 그러더니 실로 기쁜 듯이 활짝 웃었다.

"그러니까 그 근거를 찾아내기 위해 해명해보자고. 그러고 싶은 거지?"

책상에서 내려온 덴코는 의자를 끌어내 제대로 앉았다.

"하나짱 너 말이야, 스스로는 알아채지 못한 거 같은데, 애매모호하고 확실치 않은 건 그대로 넘어가지 못하는 성격이잖아."

이건 또 무슨 영문 모를 소리야?

"너 얼마 전에는 '뭐, 상관은 없지.'가 내가 늘 하는 말버릇이라며? 그거랑 완전히 반대잖아."

"맞아, 그랬지. 하지만 그거랑 이건 달라. 네가 '뭐, 상관은 없지.'로 정리하고 끝내는 건 네 마음과 감정 수준의 문제야. 네가 수긍하거나 타협해버리면 그만인 문제는 한 귀로 듣고 한 귀로 흘린다는 얘기지."

덴코는 실제로 한쪽 귀에서 다른 쪽 귀로 뭔가를 흘려보내는 몸짓을 하며 말했다.

"하지만 이쪽은 논리적인 문제잖아? 이치를 세워서 풀어야 할 수수께끼라고. 그런 경우에 넌 절대 적당히 얼버무리지 못해. 예를 들면, 이사하기 전에 우리 집으로 자러 왔을 때 아버지랑 토론했던 거 기억나? 달의 크기에 관해서."

공중에 떠 있는 달 얘기다.

"지평선 가까이 있을 때는 크게 보이고 공중에 떠오르면 작게 보인다, 그 이유가 뭘까? 아직까지도 명확하게 입증되지 않았잖아. 지평선과 가까우면 지상의 건물이나 지형과 비교할 수 있어서 크게 보인다는 게 일단 정설이긴 하지. 결국은 눈의 착각이란 말이야. 하지만 완벽한 논리로 증명된 건 아니지. 아버지가 그렇게 말씀하시니까 하나짱, 굉장히 골똘히 생각에 잠겼잖아. 정확하게 측정하려면 어떤 방법이 있을까 고민하면서 그때도 그림까지 그려가며 토론했어."

그러고 보니 그런 일이 있었지.

"나중에 아버지가 그러시더라. 하나짱의 그런 성향은 물론 타고난 부분도 있겠지만 틀림없이 피카짱 때문일 거라고."

또다시 영문 모를 소리였다.

"왜 난데없이 피카가 나와?"

"네가 혹시 피카짱한테 '형아, 달님은 왜 높은 데 올라가면 작아져?'라는 질문을 받으면 제대로 대답해야 한다고 생각한다는 뜻이야. 모든 일이 마찬가지지."

형님의 책임감이라고 했다.

"의미를 모르겠다. 그럼 남동생이나 여동생이 있는 녀석은 모두 그렇다는 거야?"

덴코는 물러서지 않았다.

"그건 아니야. 하나짱은 특별한 예지, 안 그래? 피카짱은 너보다 훨씬 어려. 그 점이 다른 거야. 넌 피카짱이 철들면서 세상 온갖 일들에 '왜? 왜?' 질문을 던지게 된 후로 언제든 대답할 수 있게 준비하는 사람이 된 거라고. 그 자리에서 곧바로 대답할 수는 없더라도 언젠가 대답해줄 수 있게. 까맣게 모르는 거라도 왜 모르는지 대답할 수 있게."

나는 그렇게 훌륭한 형이 아니야.

"거기에 여덟 살이나 많은 형의 명예가 걸려 있다고 말한다면 어쩔 수 없는 일이고."

분명 피카는 어느 시기부터인가 무턱대고 '응? 왜 그래? 어째서 ○○은 ○○이고 ××가 아니야?'라는 유형의 '왜 공격'을 퍼붓기 시작했다. 에이이치는 성가셔서 견딜 수 없을 때가 많지만, 가끔은 재미있는 일도 있었다. '어, 나한테는 너무나 당연한 일인데 피카는 아직 모르는구나.' 하는. 하지만 그런 일에 덴코가 말하는 만큼 중요한 의미나 동기부여를 느낀 적은 없다.

"덴코, 네 생각은 지나쳐. 어쨌든 이 사진 건은 피카에게는 비밀이다."

"무서운 꿈을 꿀지도 모르니까."

뭐야, 덴코도 기분 나쁘게 느낀 건 마찬가지잖아.

"그 벼룩시장이 열렸다는 신사는 어디지?"

도다하치만구는 상점가 북쪽 끄트머리에서 다리를 하나 건너간 곳에 있었다. 조그만 신사로, 경내는 좁지만 벚나무 고목들이 가득하니 봄에는 경치가 좋을 것이다.

"그 여자애가 산 스프링 노트를 판 사람이 누군지 알아내면 강력한 단서가 되겠지. 벼룩시장을 열려면 신사 측에 허가를 받아야 할 테니 사무실에 가서 물어보면 주최자를 알 수 있을 거야."

"그럴 필요까진 없어. 그보다 역시 스도 씨한테 부탁해야겠다. 집을 판 주인에게 이 사진을 돌려보낼래."

해석의 폭을 넓히면, 이 사진은 고구레 사진관의 잔류물이라고 볼 수도 있다. 그러니 중개한 부동산을 통해 집을 판 주인한테 반환하는 게 이치에 맞을 것이다. 그래. 우물쭈물하지 말고, 덴코에게도 얘기하지 말고, 곧바로 그렇게 했으면 끝날 일이었어. 내가 왜 그렇게 쓸데없이 허둥거렸지?

반대할 줄 알았는데 덴코는 순순히 자리에서 일어섰다.

"그럼 그렇게 하지, 뭐. 쇠뿔도 단김에 빼라잖아. 당장 가자, 스도 부동산으로."

"스도는 사장님 성이고, 회사 이름은 ST 부동산이야."

에이이치도 어깨에 가방을 멨다.

ST 부동산은, 나도제비난 조화도 맥 빠져 보이지만 한 명뿐인 여직원은 그보다 훨씬 더 맥 빠져 보인다. 아직 이십 대일 텐데 언제 봐도 활기가 없다. 화장기도 없고 부스스한 머리는 매만진 흔적조차 없다. 차를 내오는데 손톱이 다 갈라져 있어서 놀랐던 기억도 있다. 영양실조라도 걸렸나, 하고.

공교롭게도 오늘은 그 여직원뿐이었다. 사장도 다른 직원도 밖에 나갔다고 했다.

"무슨 급한 볼일이라도 있어?"

나른하다기보다 진짜로 몸 상태가 안 좋은 듯 의자 등에 기대고 앉은 채, 핏기 없는 입술을 열어 그렇게 물었다.

"급한 일이면 휴대전화로 연락할 순 있는데."

"아니, 그렇게까지 급한 일은 아니에요."

"그 집, 어디 무너졌어?"

눈도 깜박이지 않고 심한 말을 한다.

"무너질 것 같은 상태였어요?"

"겉보기에는 무너질 거 같잖아."

"그렇지만 리폼도 했고……."

"그거야 위안 삼아 하는 거지. 살다 보면 무너져."

이 여직원에게는 비타민이나 철분만이 아니라 애사심이나 고객에 대한 예의 같은 것도 결여되어 있는 듯하다.

"사장님은 몇 시쯤 들어오세요?"

벽의 화이트보드를 올려다보고 있던 덴코가 간살스러운 목소리로 물었다. 직원들의 일정표 형식으로 된 화이트보드였지만 아무것도 쓰여 있지 않아서 참고가 되지 않았다.

"잠깐 나갔다 오겠다고 했으니 잠깐이겠지."

여직원은 쉴 새 없이 손톱을 만지작거렸다. 손거스러미를 떼어내려는 모양이었다.

"저어…… 누나가 가키모토 씨?"

덴코가 애교 섞인 미소를 지으며 물었다. 화이트보드에 늘어선 이름 중에 유일하게 핑크색 테두리로 둘러싸인 것이 '가키모토'였던 것이다.

"그런데?"

미스 가키모토가 훅 하고 손끝을 불었다. 미스 인터내셔널이라고 할 때의 미스가 아니라 사회인으로서 중요한 요소들이 여러모로 '미스'되었다는 의미에서의 미스다.

"저는 다나코라고 합니다. 하나비시 친구예요."

"흥."

대답이 아니다. 또다시 손끝을 분 것이었다.

"우리 집은 치과예요. 메구로에 있는데 솜씨가 좋죠. 괜찮으면 언제 한번 들러주세요. 그건 그렇고 가키모토 씨, 심령 사진에 관심 있어요?"

맥락도 뭣도 없는 질문이었다. 그러나 반응이 있었다. 미스 가키모토는 벗겨낸 살갗 허물인지 손거스러미인지를 불어버리기 위해 입을 동그랗게 오므린 채로 덴코를 쳐다보았다.

"뭐? 지금 뭐랬지?"

"심령사진."

귀에 거슬리는 소리가 났다. 미스 가키모토가 회전의자 위에서 몸을 움직인 것이다. 에이이치는 놀랐다. 그녀의 눈동자가 휘둥그레져 있었다. 지금까지는 반쯤 내리깐 모습밖에 보지 못했는데. 일 났네.

에이이치는 덴코를 팔꿈치로 찌르며 목소리를 최대한 낮췄다.

"이 바보야, '나 영감 있는 편이야.' 하는 타입이면 어쩌려고 그래?"

덴코도 속삭였다.

"그럼 어때. 참고하고 좋지."

둘이 앉아 있는 응접세트에서 미스 가키모토의 책상까지 거리는 대강 오 미터쯤 될까. 하지만 들린 모양이었다.

"미리 말해두지만 난 아니야. 영감 같은 거 없어. 그보다, 그런 게 있다고 떠벌리는 인간은 신용할 수 없지."

미스 가키모토는 의자 등받이에서 몸을 떼더니 책상에 양쪽 팔꿈치를 괴었다. 그리고 나른한 표정으로 돌아갔다. 그 과정 자체가 노곤해 보였다.

"……나왔어?"

"네?"

에이이치가 되물었다.

"유령 말이야."

"유령이라니, 어디에?"

"고구레 씨 가게. 나왔어, 그 할아버지 유령?"

에이이치와 덴코는 얼굴을 마주 보았다. 그리고 동시에 물었다.

"나와요, 고구레 씨가?"

"소문이 돌았지. 몰랐어? 사장님이 말 안 했나?"

처음 듣는 얘기다.

"어떤 식으로 나타나는데요?"

미스 가키모토는 입술 한쪽 끝을 치켜 올리며 일그러진 미소를 지었다.

"가게 본다던데. 오후에 그 카운터 안쪽에 앉아 있대. 봤다는 사람이 몇 명이나 있어."

에이이치는 등줄기가 또다시 오싹했다. 하지만 덴코는 희색이 만면해서는 응접세트를 벗어나 휘리릭 움직여 가더니 미스 가키모토의 맞은편 회전의자에 앉았다.

"가키모토 씨도 봤어요?"

"난 못 봤어. 소문만 들었지."

고구레
사진관 상

"그래도 믿어요?"

"나올 법한 할아버지인 모양이니까."

뭐가 그리 신이 나는지 덴코는 자리에 앉은 채 벙실거리며 에이이치를 돌아보았다.

"하나짱, 들었어? 귀중한 정보야."

그게 뭐가 귀중해? 그 사진이랑은 아무런 관계도 없고, 무엇보다 이 여자가 하는 말은 모순되잖아.

"당신, 조금 전에는 영감 따위 신용할 수 없다더니 유령 소문은 믿나 보네."

엉겁결에 거친 말투가 나왔다. 연상이라고 해봤자 열 살 차이까지 나진 않겠지. 상대방 태도가 나쁘니 이쪽도 이 정도가 좋다. 하지만 미스 가키모토는 태연했다. 졸린 듯이 눈을 한 번 깜박였을 뿐이다.

"하나짱."

덴코가 주의를 주는 표정을 지었다. 미스 가키모토는 반쯤 뜬 눈으로 에이이치를 노려보더니 말했다.

"이것 봐, 하나비시 댁 아들. 네가 착각하는 거야. 두 가지를 혼동하고 있어. 영감이 있네 없네 하는 거랑 유령이 나온다 안 나온다 하는 거는 전혀 다른 문제야."

그리고 그 눈으로 곁눈질을 하며 덴코에게 동의를 구했다.

"안 그래? 영감이니 뭐니 하는 애매모호한 게 없어도 유령은 누구나 볼 수 있어. 나도 봤는걸. 나올 때는 나오고, 있는 곳에는 있으니까."

에이이치는 이 여자가 이렇게 말을 많이 하는 건 처음 본다는 생각이 들었다. 거침없이 술술 얘기할 수 있었네.

"언제? 어디서요? 부동산에서 일하다 보면 괴기 체험도 많이 하죠?"

치켜주는 말투로 덴코가 장단을 맞췄다. 그런데도 미스 가키모토의 예의상 미소를 짓는 신경 반응은 작동하지 않았다.

"괴기라고 할 만큼 대단한 건 아니야. 신기하다고 보면 신기한 정도의 느낌이랄까."

"대관절 어떤 건데요? 구체적으로 말하면?"

바람잡이 덴코가 부채질을 했다.

"손님에게 맨션을 구경시켜주러 갔는데 창틀 위에 여자가 앉아 있었어. 섀시 위에. 천장까지 이 정도……."

미스 가키모토는 양손으로 삼십 센티미터쯤 되는 폭을 만들어 보였다. 마음만 먹으면 몸짓도 가능하네.

"그렇게 좁은 곳에 여자가?"

"그래, 찰싹 달라붙어 있었어. 머리칼을 축 늘어뜨려서 얼굴은 가려졌고."

"그래서 어떻게 됐어요?"

"어쩌고 말고 할 게 있나? 손님이 세를 안 냈을 뿐이지."

"다른 임차인은?"

"들어왔어. 지금도 살아. 여대생이야."

"그럼 섀시 위에 있던 여자는?"

에이이치가 엉겁결에 묻고 말았다. 또다시 뒤를 돌아보며 웃는 덴코의 표정이 비위에 거슬렸다. 그렇게 재밌냐?

"몰라. 안 나오는 거 아닐까?"

무심한 미스 가키모토와 달리 덴코는 흥분해 있었다.

"어쩌면 그 여자는 그 집이 아니라 먼저 보러 왔던 손님한 테 붙어 있었는지도 모르지. 그 손님, 남자였어요?"

"서른 살 넘은 직장인."

"우와! 그럼 그럴 만도 하네. 있을 법한 일이야."

"그 사람, 여자 닌자한테 걸려들어서 만날 쫓겨 다니는 거 아니야? 닌자라면 창틀 위에 달라붙을 수도 있잖아."

에이이치가 비아냥거리듯 말했지만, 미스 가키모토에게는 전혀 먹혀들지 않았다.

"사장님도 같이 봤어. 나 혼자 본 게 아니야."

"사장님은 뭐랬어요?"

"손님이 신경 안 쓰면 신경 쓰지 말래. 이 장사를 하다 보면 별의별 일이 다 있다고."

망설임 없는 단순 명쾌한 결론이었다.

"그럼 사장님이랑 가키모토 씨는 유령을 봤는데 그 직장인 남자는 눈치를 못 챈 거네요?"

미스 가키모토는 나른한 표정과는 달리 단숨에 빠른 말투로 쏟아냈다.

"그러니까 유령이 보이냐 안 보이냐는 영감 따위랑은 관계가 없는 거야. 난 여기서 근무하기 전에는 그런 체험이 한 번도 없었어. 사장님도 그런 타입이 아니야. 참고로 덧붙이면 거기서 본 유령이랑 거기 갔던 사람이 관계가 있는지 없는지도 몰라. 아무 때나 멋대로 나오는 거 아닌가? 나머지는 확률 문제겠지. 잘은 모르지만."

덴코의 눈빛이 반짝였다.

"가키모토 씨, 대단해요. 이론파야."

어떤 면이?

"하나짱. 사진 꺼내, 사진. 가키모토 씨한테는 그게 어떻게 보이는지 확인하고 싶어."

에이이치가 떨떠름해하며 머뭇거리자, 덴코는 제멋대로 가방에서 사진을 꺼내더니 미스 가키모토 눈앞에 공물貢物이라도 바치듯 조심스럽게 내려놓았다.

"어때요?"

턱을 괸 채, 미스 가키모토는 콧잔등 언저리에서 사진을 찬찬히 살펴보았다.

"……울고 있네."

"네?"

"이 여자, 울어. 눈물을 흘리잖아. 자, 봐."

미스 가키모토가 손가락 끝으로 사진을 콕콕 두드리며 말했다. 덴코는 펄쩍 뛰어올라 책상을 돌아가서 사진으로 달려들었다.

"그런가? 으음, 그러고 보니 여기 죽 흐르는 게 눈물이네요."

"너희는 몰랐어?"

"여자 어른이 우는 얼굴은 아직 못 봤으니까요. 경험이 부족해서."

덴코의 해명을 듣고 미스 가키모토는 납득한 듯했다.

"어른 얼굴인 건 틀림없네. 서른 넘었을까, 젊은 아가씨는 아닌데. 이목구비는 상당히 잘 갖춰져 있지만."

"그죠? 미인이라니까!"

"그렇게 호들갑을 떨 정도로 아름답진 않지만."

에이이치는 혼자만 따돌림당하는 기분에 은근히 심술이 나서 자리에서 일어섰다.

"덴코, 그만 가자. 이런 대화는 의미 없어."

그 말에 꼬리를 잇듯이 미스 가키모토가 예기치도 못한 엉뚱한 발언을 했다.

"나, 이 사람들 본 기억이 있는데."

놀라움에 에이이치도 굳어버렸다. 덴코는 눈을 휘둥그레 떴다.

"정말?"

미스 가키모토는 손가락 끝으로 사진을 집어 들어 눈앞으로 가져갔다. 몸을 움직이기 귀찮은지 반대편 손은 여전히 턱을 괸 상태였다.

"어디선가 본 적이 있어."

"이 여자 얼굴, 가키모토 씨보다는 연상인 것 같죠?"

미스 가키모토는 곁눈질로 힐끔 덴코를 쳐다보더니 사진으로 덴코의 콧등을 두드렸다.

"남이 얘기할 때는 잘 들어야지. 난 이 사람들을 본 기억이 있다고 했어. 얼굴뿐인 여자 쪽이 아니야. 먹고 마시는 이쪽 사람들."

어엇, 하고 외치며 덴코가 사진을 손가락으로 집었다. 콧기름이 묻었는지 허둥지둥 셔츠 자락으로 닦아냈다.

"가족이죠, 이 사람들?"

"그런 것 같네."

"이 근처에 사나? 가키모토 씨가 아는 사람이에요?"

"근처에 사는 사람이면 얼굴을 본 기억이 나는 정도가 아니겠지. 금방 알아, 아무리 그래도. 우리는 지역과 밀착된 사업이니까."

조금은 장사할 의지가 있는 듯한 말을 하네.

"그럼 기억을 좀 떠올려주세요, 어디서 본 기억인지. 부탁합니다."

그때 에이이치 뒤에서 출입문이 딸랑 하고 울렸다. 오셨습니까, 하는 소리가 들리더니 그 어조는 곧바로 누그러졌다.

"어, 에이이치였네."

스도 사장이었다. 목도리를 풀고 외투를 벗으면서 사무실 안으로 들어온다. 마흔두 살이라는데, 마음고생을 한 탓인지 체질인지 머리숱이 꽤 많이 줄어 있다. 미안한 말이지만 추레하고 늙수그레하다. 하지만 입을 여는 순간, 마이너스 열 살이 된다. 목소리가 젊기 때문이다.

"학교 마치고 오는 길이구나. 친구도 같이 왔네."

덴코가 고개를 꾸벅 숙였다. 자문자답한 사장은 아무래도 집이 무너졌냐고 물을 것 같지는 않았다.

"얘들, 유령 얘기 하러 왔어요, 사장님."

직원의 간결한 보고를 들은 사장은 긴장감 넘치는 소리를 냈다. 그리고 기겁한 듯 에이이치에게 곧바로 물었다.

"설마, 정말 나왔어?"

"그럼 사장님도 알고 계셨네요, 고구레 사진관의 유령 소문."

에이이치는 응접세트 소파 팔걸이에 엉덩이를 걸치고 팔짱을 끼었다. 이런 상황에서는 고객의 아들로서 강하게 나가도 문제 될 게 없다.

"우리 집에는 그런 말을 들은 사람이 아무도 없는데요. 그런 부동산 거래는 문제가 있지 않아요? 중요한 정보를 숨긴 셈인데."

스도 사장은 미스 가키모토와 달리 붙임성도 좋고 애사심도 있고 사회성도 갖춘 게 틀림없다. 하지만 이 건과 관련해서 전혀 동요하지 않는다는 점에서는 그녀와 다를 바 없었다. 당황한 것은 한순간뿐이었고 이미 회복되어 있었다.

"어이쿠, 에이이치랑 친구한테 아무것도 대접 안 했나? 가키모토 씨, 차 좀 부탁해."

그러고는 넥타이를 풀면서 에이이치의 맞은편 소파에 앉더니 생긋 웃었다.

"그 집은 애당초 샀잖아."

그것은 '고가 있음.'의 '고가'이기 때문이었죠!

"은근슬쩍 초점을 돌리지 마세요."

"그래, 지금 표현은 옳지 않았어. 정정하지."

스도 사장은 가볍게 손을 들어 올리고 잠시 생각에 잠겼다가 말했다.

"예를 들어 그 집에서 살인 사건이 있었다거나 하는 정보라면 분명하게 알려야 해. 하지만 소문 수준은 정보가 아니지."

확실한 사실이 아니기 때문이라고 했다.

"내가 혹시라도 부동산 가치에 부당한 손해를 끼치는 풍문을 유포한다면 그건 오히려 파는 사람에게 불성실한 거래가 되는 셈이잖아."

"그럼 사는 사람은 어떻게 되죠?"

따지고 들자, 슬쩍 빠져나가며 되물었다.

"정말 나왔어? 네가 봤고?"

에이이치가 대답을 망설이자, 어느 틈에 약삭빠르게 미스 가키모토를 도와 차를 준비한 덴코가 쓸데없는 소리를 하며 끼어들었다.

"아니에요. 전혀 다른 유령 얘기예요."

"맞아, 전혀 다른 사건."

미스 가키모토도 덴코가 내온 차를 입으로 가져가며 느긋하게 말했다.

"에이, 뭐야. 괜히 깜짝 놀랐네."

스도 사장은 금세 웃는 얼굴로 변했다. 웃으면 이 사람은 훨씬 더 젊어진다. 아니, 갓난아기처럼 웃는다고 말해도 좋을 정도다. 평소 같으면 이 웃는 얼굴이 장사의 윤활유가 될 것이다. 그러나 에이이치는 버럭 화가 솟구쳤다.

"양쪽 다 우리 집 얘기니까 전혀 관계가 없는 건 아니죠."

에이이치가 설명하는 사이에, 덴코가 사장에게 그 사진을 건네주었다.

어라, 하고 사장이 소리를 높였다.

"어라어라어라어라어라."

덴코와는 반대로, 사장은 사진을 찬찬히 살피기 위해 얼굴을 멀찍이 뒤로 뺐다. 노안이 시작된 모양이었다.

"이게 틀림없이 고구레 사진관에서 현상한 사진이란 말이지?"

"그렇겠죠. 고구레 사진관 봉투에 들어 있었으니까."

에이이치가 무뚝뚝하게 대답했다.

"그럼 틀림없겠지. 그렇군, 미타 씨가 고구레 씨한테 사진을 부탁한 거야."

에이이치와 덴코는 다시 얼굴을 마주 보았다.

"미타 씨? 사장님, 이 사람들 알아요?"

사장은 사진을 탁자 위에 내려놓더니 악의 없는 눈빛으로 에이이치를 바라보았다.

"응, 알아. 우리 손님은 아니었지만, 이건 미타 씨의 집이었으니까."

에이이치는 팔걸이에서 내려와 사장의 맞은편 자리로 옮겼다.

"장소가 어디죠?"

"고구레 씨 가게……가 아니라 너희 집에서 가자면, 버스 도로를 끼고 서쪽에 해당할 거야. 미야마 초등학교라고 아나? 아니면, 슈퍼마켓 가나메."

슈퍼마켓은 안다.

"그 부근이니까 센카와 2가지. 그 집도 오래된 단독주택이었어."

"그럼 여기 찍힌 사람들은 미타 씨 일가겠네요?"

"응. 이 세 사람은 틀림없어. 미타 씨랑 부인이랑 아들."

사장은 '남자 1', '여자 1', '남자 3'을 차례로 가리켰다. 역시 부부와 그들의 아들이었다.

"나머지 사람들은 미타 씨의 친척이랑…… 상복을 입은 여자들은 아마도 이쪽 분들이지 싶은데."

이쪽 분들이라고 말할 때, 사장은 양쪽 손바닥을 맞대고 절을 올리는 몸짓을 했다.

"종교요?"

"그래, 맞아. 부인이 아주 열심히 믿었지. 일련종日蓮宗이나 정토종淨土宗 같은 건 아니고 훨씬 새로운 쪽."

신흥종교라는 의미겠지.

"그런 신앙을 갖고 있으면 절에서 모시는 제사와는 별개로 신자들끼리 모여 배례를 올리는 일도 있지. 그런 모임을 가졌을 때 찍은 사진 아닐까?"

제사 후의 음식상인가, 상복을 입은 이 사람들은 방문객인가, 했던 에이이치의 추리는 대체로 들어맞은 듯했지만, 그런 자잘한 일들은 아무래도 상관없었다. 피사체의 신원이 밝혀졌으니 문제는 완전히 해결된 셈이다.

"그럼 이건 그 미타 씨라는 분에게 돌려주면 되겠네요."

사장의 표정이 진지해졌다.

"글쎄, 그건 어떨지. 돌려주긴 힘들 텐데."

"왜요?"

"재작년 가을, 9월이었나, 세 사람 다 세상을 떠났으니까."

에이이치도 덴코도 미스 가키모토도 놀랐지만, 리액션은 세 사람 제각각이었다. 에이이치는 곧바로 말이 나오지 않았다. 덴코는 반사적으로 물었다.

"그럼 그쪽도 유령?"

미스 가키모토는 자문자답하듯이 중얼거렸다.

"난 왜 본 기억이 있을까?"

사장이 고개를 빼 미스 가키모토를 돌아보았다.

"가키모토 씨, 미타 씨 얼굴 기억나?"

"약간 그런 느낌이 들었어요."

"자네, 기억력 하나는 끝내주는군. 혹시 신문에서 본 거 아닌가? 지방면에는 얼굴 사진까지 실렸으니까. 꽤 큰 기사였지."

에이이치의 가슴속에 서서히 검은 안개가 끼기 시작했다.

"사건이 있었어요?"

"화재야. 일가족 세 명이 타 죽었지."

다시 할 말을 잃은 에이이치의 시야 한쪽 끄트머리에서 미스 가키모토가 덴코에게 설명을 하고 있었다.

"난 여기서 일한 지 아직 일 년째야."

"아, 그런데 화재는 재작년이었으니까."

"맞아. 근데 정말 신문에서 봤나? 그럴지도 모르지."

"가키모토 씨는 어디 살아요?"

"신덴 3가에서 죽."

"그럼 가깝지. 바로 다음 역이잖아요. 똑같은 지방면을 봤어도 이상한 일은 아니네. 그건 그렇고, 정말 기억력 좋은데요."

사장님, 하고 미스 가키모토가 불렀다. 여전히 의욕 없는 단조로운 목소리였다.

"우리 손님도 아닌데, 잘 아네."

반말이었지만 스도 사장은 신경 쓰지 않았다.

"이 지역 사람이잖아. 아들은 우리 손님이 될 뻔한 적도 있고."

월정 주차장을 찾는다고 해서 몇 군데 소개해줬지만 요금이 비싸다는 이유로 계약은 성사되지 않았고, 아들은 결국 차를 팔았다고 했다.

"언제 얘긴데?"

또다시 반말이었다.

"그건 훨씬 전 일이지. 아니, 그렇게 오래전도 아닌가? 이삼 년 전쯤? 그 후에도 얼굴을 마주치면 인사 정도는 주고받았어. 이름이 뭐였더라…… 마코토였나, 마사토였나?"

사장이 고개를 갸웃거렸다.

"그렇게 세상을 떠나서 참 안타까웠어, 정말로."

"화재 원인은 뭐였어요? 방화? 원인 모를 화재?"

에이이치가 묻자 스도 사장은 웃으며 대답했다.

"그렇게 심각한 표정 지을 건 없어. 비극적인 일이긴 하지만."

"하지만 사건 가능성이⋯⋯."

"아냐, 아냐. 그런 식으로 들렸나? 미안, 미안."

미타 씨의 담뱃불이 제대로 안 꺼진 게 원인이었다고 확실히 밝혀졌다.

"불이 난 게 한밤중이어서 세 사람 다 피하지 못했지. 오래된 목조 건물이라 불이 순식간에 번지는 바람에⋯⋯."

불이 난 장소는 일 층, 가족 세 사람은 이 층에서 자고 있었다. 연기가 가득차고, 계단이 불타 내려앉고, 불붙은 기둥은 건물을 지탱하지 못해 붕괴했다. 사체는 곧바로 신원을 파악할 수 없을 정도로 심하게 탔다. 대참사였다.

신이 나서 조잘거리던 덴코도 입을 다물었다. 미스 가키모토와 나란히 앉아 얌전히 턱을 괴고 있었다.

"이 사진, 벼룩시장에 누가 내놓았을까?"

에이이치도 자연스레 목소리가 낮아졌다. 차를 마시며 사장이 말했다.

"일부러 내놓진 않았겠지. 이런 개인적인 물건을 팔 사람은 없을 테니 실수로 섞여 들었을 거야."

"그렇다고 해도 누가요? 관계자는 다 죽었다면서요?"

"다 죽은 건 아니야. 나머지 세 사람, 사진에 찍힌 다른 사람들이 있잖아. 이런 사진은 피사체 숫자만큼 현상해서 나눠

주게 마련이니까."

살아 있는 세 사람 중 누군가라는 뜻인가? 아니, 이 사진을 찍은 인물까지 포함해서 생각해야 하나?

"장난이나 트릭이나 카메라 고장이나, 원인은 여러 가지를 생각해볼 수 있겠지."

사장이 곧바로 말을 이었다.

"현상할 때 실수라거나. 고구레 씨라면 그럴 가능성도 높…… 아, 오 년 전이면 아직 괜찮았을까?"

말끝이 작은 목소리로 잦아들었다.

"조금 전에 '영적 장애'라는 말을 알게 됐는데요."

에이이치가 말하자, 스도 사장이 흥미진진하다는 듯 눈을 휙 들었다.

"응?"

"이것도 그런 걸까요?"

"그런 거라니, 어떤 거?"

"그러니까……."

말하기 곤란했다.

"여기 찍힌 여자 유령 같은 얼굴이랑 미타 씨 일가 세 사람이 타 죽은 일 사이에, 뭐랄까…… 불가사의한 연관이 있다거나."

사진이 촬영된 시기는 오 년 전 4월, 세 사람이 화재로 죽은 것은 그로부터 삼 년 오 개월 후였다.

"아하, 그런 의미의 영적 장애 말이군."

고개를 끄덕이는 모습을 보니 스도 사장도 그 말의 의미를 아는 모양이었다.

"반대로 불길한 일의 징조로 볼 수 있을지도 모르지."

사장의 말에 덴코가 반응을 보였다.

"네, 맞아요! 심령사진을 그렇게 해석하는 방식도 있어요."

"미래에 안 좋은 일이 일어날 것을 유령이 미리 알려준다는 해석인가요?"

사장에게 되묻는 에이이치에게 미스 가키모토가 신랄한 파동을 담은 목소리로 내뱉었다.

"바보 같긴. 그게 말이나 돼?"

그 음성을 채취해서 도쿄 도都 수원水源에 투하하면 도민 몰살은 확실하다. 너무나 지독한 독기에 옆에 있던 덴코마저 목을 움츠렸다. 에이이치도 더 이상은 참을 수 없었다.

"나도 안 믿어. 하지만 이 사진을 소유한 사람은 그렇게 생각했을지도 모르잖아. 그런 가능성을 생각해본 것뿐이니까 툴툴대지 마."

"응응, 충분히 이해해."

무마하려는 것도 진정시키려는 것도 아니고, 사장은 태평하게 말했다. 미스 가키모토 역시 무마당한 것도 진정하라는 주의를 받은 것도 아니라고 받아들였는지 다시 내뱉듯이 말했다.

"소리까지 내면서 생각하다니, 입을 안 움직이면 글을 못 읽는 거나 마찬가지잖아, 멍청이."

뭐야, 이 여자. 상식에서 벗어났느니 어른스럽지 않다느니 운운하기 이전의 수준이다.

"가키모토 씨, 캔 커피 좀 사다 줄래. 에이이치랑 친구 것도."

스도 사장이 부드럽게 말했다. 미스 가키모토는 대답도 없이 일어서더니 동전 주머니를 들고 밖으로 나갔다. 그녀가 에이이치 옆을 스쳐 지나는 순간, 확연한 '기'가 느껴졌다. 이런 경우를 도오리마通り魔*라고 부르는 게 아닐까.

"저 친구, 좀 특이하지. 불쾌했다면 미안해."

"조금이 아니에요. 자릿수가 달라요."

"미안해. 그럼 한 자릿수 더 올릴 테니 이해해줘."

"사장님, 무슨 약점이라도 잡혔어요?"

"그건 어른들 세계의 얘기니까 그만하지."

---

* 만나는 사람에게 해를 끼치고 순식간에 지나가 버린다는 마물. 또는 그와 같은 악한.

사장이 갓난아기의 미소를 지으며 이번에야말로 에이이치를 달래듯이 말했다.

"어쨌든 사진의 출처를 조사하고 싶으면 벼룩시장 주최자한테 문의하는 게 가장 빠른 방법 같군."

그러고는 사진이 아니라 사진관 이름이 새겨진 봉투를 집어 들고 유심히 바라보았다.

"옛날 생각 난다. 우리도 예전에는 고구레 씨한테 부탁했는데."

고구레 사진관.

"그 가게는 언제까지 영업했어요?"

사장이 씁쓸하게 웃었다.

"매매 전에 한차례 설명했는데, 에이이치는 기억 안 나나?"

집중해서 듣진 않았습니다.

"고구레 씨, 고구레 야스지로라는 할아버지였지. 올 2월에 돌아가셨어. 여든다섯 살이셨고."

길을 지나던 사람이 카운터 옆에서 조간신문을 손에 들고 쓰러져 있는 모습을 발견했다고 한다.

"심장에 큰 게 쾅 하고 왔던 모양이야. 심근경색이었지."

"혼자 생활하셨대요?"

"간호가 필요하다는 판정이 나와서 일주일에 몇 번인가 요양 보호사가 다녔던 모양이지만, 기본적으로는 혼자 사셨지."

사망 시점에도 가게는 일단 '영업 중'이었다고 한다.

"그 나이에 장사가 됐을까요?"

"개점휴업 상태였지. 무엇보다 손님이 없었으니까."

그런데도 아침에는 다섯 시에 문을 열고 저녁에는 일곱 시에 문을 닫았다. 그것이 고구레 노인의 습관이었다.

"요즘은 옛날 사진관에 사진 현상을 부탁하는 사람이 거의 없잖아. 편의점이나 싼 체인점이 있으니까."

그런데도 고구레 사진관은 영업을 계속했다.

"이 주변 지역은 새 맨션도 들어서서 많이 젊어졌어. 하지만 그 상점가는 뒤처져버렸지. 사는 사람도 노인들뿐이잖아."

고령자는 자식이나 손자랑 같이 살지 않는 한, 사진 촬영 기회 자체가 적다고 스도 사장이 말했다.

"인생의 화려한 시기는 지나버린 지 이미 오래니까."

그래도 노인들이 사는 그런 집에서는 어쩌다 간혹 사진을 찍으면 오랜 세월 같이해서 속속들이 사정을 잘 아는 고구레 사진관에 현상을 부탁했다. 그리고 내친김에 가게 앞에서 수다를 떨기도 했다. 고구레 사진관은 그렇게 '영업'을 계속했다.

"그런데…… 그래, 내가 소문을 들은 건…… 으음, 꽤 오래전인데."

고구레 씨도 이젠 틀렸다는 소문이 떠돌았다고 한다.

"손이 잘 안 움직여서 전표도 못 쓰고, 부탁한 사진 현상도 잊어버렸던 모양이야. 심할 때는 맡긴 필름이나 일회용 카메라까지 잃어버렸지. 어디 뒀는지 잊어버린 거라."

"망령……이 나기 시작했다는 뜻인가요?"

"뭐, 딱 부러지게 표현하자면 그렇지."

그래서 조금 전에 '오 년 전이면 아직 괜찮았을까?'라는 말을 했던가. 어쨌거나, 그렇게 되자 얼마 없던 고정 고객마저 멀어졌다. 고객 쪽에서는 필요성이 사라지고 고구레 사진관 쪽은 신용을 잃어간 것이다. 그런데도 고구레 사진관은 여전히 '영업'을 계속했다.

"고구레 씨야 아침에 일어나면 커튼을 걷듯이 가게 문을 열고 밤이 되면 커튼을 치듯이 가게도 닫는 것뿐이었겠지만. 하긴, 나도……."

사장은 겸연쩍은 듯 웃었다.

"이대로 장사 계속하다 할아버지가 되면 똑같아질 수밖에 없겠지."

고구레 노인은 십오 년 전에 아내를 먼저 떠나보내서 사진관 토지와 건물은 외동딸이 상속받았다. 그 딸 부부가 바로 하나비시 가로 보자면 옛 주인인 셈이다.

"이시카와 씨, 이시카와 노부코 씨지. 요코하마에 살아."

"외동딸이고, 아버지가 여든 살이 넘었는데도 같이 살지 않았어요?"

"에이이치, 정말로 하나도 기억 못 하네."

사장이 웃어서, 에이이치는 죄송하다며 목을 움츠렸다.

"노부코 씨는 시댁 어른들을 간병하기 때문에 고구레 씨까지 돌봐드릴 여력이 없었어. 고구레 씨도 자기는 혼자 살아도 괜찮다고 말했고. 실제로 가게는 물론이고 생활도 제대로 했으니까."

"생활비는요?"

"연금이 나오잖아."

고구레 노인은 다른 무엇보다 그 가게를 떠나고 싶어 하지 않았다고 한다.

"난 말이죠, 에이이치 군과 마찬가지로 매사에 다양한 가능성을 생각해보지만, 기본적으로는 합리주의자입니다."

새삼스럽게 말투를 바꾸면서도 얼굴은 여전히 싱글거리며 사장이 말했다.

"그러니까 유령의 존재를 머리로 믿는 건 아니야."

"조금 전에 여직원한테 맨션 창틀 위에 달라붙은 여자 얘기를 들었는데요."

"맞아요, 충격적인 목격담!"

모처럼 텐코가 장단을 맞췄다.

"아아, 그거. 그건…… 좋지 않은 풍경이었지. 응, 그런 일도 있긴 해. 아주 가끔은."

사장은 별안간 먼 곳을 바라보는 시선으로 변하나 싶더니, 얼굴에 찬물이라도 들쓴 것처럼 빠르게 눈을 깜박거렸다.

"세상에는 다양한 사람들이 있으니 다양한 일들도 생기게 마련이다, 개중에는 신기한 일도 있다, 나는 그런 세계관으로 이 장사를 하고 있습니다."

다만, 하고 사장은 자세를 고쳐 앉더니 손깍지를 꼈다.

"그 소문, 고구레 씨의 유령이 나온다는 소문 말인데."

한 바퀴 빙 돌아서 화제는 다시 처음으로 돌아왔다. 에이이치는 고개를 끄덕였다.

"고구레 씨가 돌아가시자마자 바로 떠돌기 시작했어. 나왔다느니 봤다느니. 그래서 난 그런 일도 신기할 건 없다고 생각했지. 그 사진관은 고구레 씨의 인생 자체였으니까. 건물이 남아 있는 한 고구레 씨의 영혼은 그곳에 머물 거라고 오히려 납득했을 정도야."

그러나 상속인인 이시카와 노부코는 그 집을 매각하고 싶다며 스도 사장에게 의뢰했다. 생전에 고구레 노인이 딸에게 미리 그런 취지가 담긴 말을 남겼다고 한다. 집을 팔 때는 ST 부동산에 맡겨라. 아버지 대부터 알고 지낸 사이인 데다 지역 부동산에 맡기는 게 최고라고.

사장의 말이 살짝 변명조로 바뀌었다.

"팔기로 하면, 나도 물론 그 건물을 남기긴 어렵다는 거야 잘 알았지. 그래서 '고가 있음.'이라고 내놓은 거야. 건물은 보나 마나 허물어질 테니까……."

에이이치가 재빨리 끼어들었다.

"그런데 우리 부모 같은 색다른 취향을 가진 손님이 나타났다?"

그렇지, 그렇지, 하며 사장이 웃었다. 어른이 얼러줘서 좋아하는 갓난아기 모습을 쏙 빼닮은 표정이었다.

"정말 기뻤어. 신께서 인도해주신 것 같은 기분이었지. 그 건물 좋지? 운치 있잖아. 나도 머리로는 자산 가치가 없다는 걸 알았지만, 차마 허물기는 아까웠지. 그래서 진짜로 고마운 일이었어."

겉치레나 장삿속으로 하는 말은 아닌 것 같았다. 눈빛이 반짝였다.

"자네 아버님, 일 때문에 몇 번인가 이 근처에 들른 적이 있는데, 마을 분위기가 마음에 들어서 언젠가는 여기서 살고 싶었던 모양이야."

분명 그런 얘기는 했다.

"메구로처럼 한적한 곳에 살았는데 갑자기 이런 곳에 이사 오겠다고 하니 놀라웠지."

"메구로에 산 건 마침 회사 사택이 거기 있었기 때문이에요."

그 사택은 허물어진 지 이미 오래고 그 대신 주택비 보조 제도로 바뀌었지만, 사택에서 나올 당시에는 에이이치가 아직 초등학생이라 전학시키기는 가엾다며 부모님이 같은 지역에서 임대 맨션을 구했던 것이다.

"한적한 걸로 치면 지금 집도 조용해요. 너무 조용해서 묘지 같죠."

스도 사장은 숱 없는 머리칼을 쓸어 올리며 웃었다. 그리고 조심스럽게 고구레 사진관 이름이 새겨진 봉투의 주름을 펼치고 그 속에 사진을 넣더니 에이이치 앞으로 내밀었다.

"혹시라도 부모님이 고구레 씨 유령 얘기를 언짢아하시면⋯⋯."

"유령은 없다니까요. 아무 일도 없어요."

에이이치는 힘주어 잘라 말했다.

"하지만 소문은 별개잖아. 귀에 들어가면⋯⋯ 어린 남동생도 있고."

사장은 오늘 대화 중 가장 미안해하는 표정을 지었다.

"부모님은 어떻든 간에, 자기 집에서 유령이 나온다고 하면 히카루가 무서워하겠지."

"그러니까 가족에게는 비밀로 할 겁니다. 소문 얘기도 조심할 거예요."

그 순간, 덴코의 유령 목격 소동이 벌어졌을 때 어머니가 곧바로 중얼거렸던 목소리가 에이이치의 귓가를 스치고 지나갔다.

─후코는 우리 집에 있으니까.

"유령이라면 우리 집에도 하나 있으니 이미 정원도 꽉 차버렸고."

스도 사장이 눈을 살짝 휘둥그레 뜨며 에이이치를 바라보았다.

"아니, 아무것도 아니에요. 지금 얘기는 취소할게요. 의미 없는 발언입니다."

재빨리 가방에 봉투와 사진을 집어넣었다.

"고맙습니다."

"이제 와서 말하긴 뭣하지만, 자네가 굳이 떠맡을 필요는 없을 것 같은데……."

"이걸 받은 사람이 저니까요."

"하나짱이 처음에는 집을 판 사람에게 돌려보낸다고 했어요. 고구레 사진관의 사진이라면서. 그래서 우리가 여기로 찾아온 거죠."

덴코가 또다시 쓸데없는 소리를 했다. 사장이 널찍한 이마를 손바닥으로 탁 하고 때렸다.

"아얏, 그렇군. 잔류물이라고 해석한 거지?"

에이이치는 덴코를 노려보았다.

"그렇지만 노부코 씨도 상황이 그렇다면, 이런 걸 돌려줘봐야 곤란할 뿐이겠죠? 그러니까 됐어요."

"알았어. 마음이 따뜻하네."

같은 또래 여자애라면 어떨지 몰라도 마흔 넘은 아저씨한테 들어서 기분 좋을 대사는 아니었다. 거기에 한술 더 뜨며 덴코가 불필요한 리액션을 했다.

"맞아요, 에이이치는 정말 마음이 따뜻해요."

"힘에 부치면 언제든 다시 와."

"네. 덴코, 가자."

"캔 커피도 안 마시고 가나?"

그것이 지상 최후의 캔 커피라 하더라도!

"됐습니다!"

다행히 돌아오는 미스 가키모토와 마주치는 일은 없었다.

5

도다하치만구의 사무실은 궁사宮司*의 자택 한쪽에 있었다. 사무실 입구가 닫혀 있어서 에이이치는 뒤쪽으로 돌아가 문 옆에 달린 인터폰을 눌렀다. 곧바로 여자 목소리가 대답을 했고, 에이이치의 어머니와 동년배로 보이는 아주머니가 문을 가볍게 열었다.

에이이치는 먼저 이름부터 밝히고 용건을 꺼냈다.

"10월에 여기서 열린 벼룩시장 건으로 찾아왔습니다. 제가 산 물건 속에 실수로 끼어든 물건이 있었는데, 아무리 봐도 파는 물건은 아닌 것 같아서 돌려주려고요."

"하나비시 학생이라고 했죠?"

아주머니가 앞치마에 손을 닦으면서 교복을 입은 에이이치를 휙 훑어 내리듯 관찰했다. 미쿠모 고등학교 배지 언저리에서 시선이 이 초쯤 멈췄다.

"혹시 상점가 사진관으로 이사 온 댁의 아드님인가?"

"그렇습니다."

대답은 했지만 에이이치는 속으로 적잖이 놀랐다. 어떻게

---

* 신사를 지키는 우두머리 신관.

고구레
사진관 상

알았지?

"저희 집을 아세요?"

아주머니가 웃는 얼굴로 대답했다.

"그럼, 해피 거리 사람들은 같은 씨족신의 후손들이잖아."

그 임사 상태의 상점가에는 '센카와 해피 거리'라는 명칭이 붙어 있었다. 그리고 해피 거리의 가게들은 해피 상가 번영회라는 조직에 소속되는 모양인지, 방금 지나온 신사의 도리이 기둥에도 '기부 센카와 해피 상가 번영회'라고 새겨져 있었다.

"그렇군요. 죄송합니다, 진작 인사를 드렸어야 하는데."

"어머나, 무슨 소리. 그런 건 괜찮아요."

똑 부러지는 학생이네, 하며 칭찬해주었다. 오늘은 덴코가 특별활동을 빠질 수 없다고 해서 같이 오지 않았는데 정말 다행이었다.

"우리는 벼룩시장에 장소를 빌려줬을 뿐이에요. 하지만 전체 관리를 맡았던 한다 씨랑은 잘 아니까 그 물건은 우리가 보관했다 돌려줘도 되는데."

"아뇨…… 직접 돌려드리는 게 나을 것 같아요."

온화했던 아주머니의 눈빛이 살짝 예리해졌다.

"어머, 그래요? 하지만 한다 씨도 누가 내놓은 물건인지 다

알진 못할 텐데."

"일단 말씀이라도 드려보겠습니다."

아주머니의 예리한 눈빛은 불쾌함이 아니라 호기심에서 비롯되었던 모양이다.

"그렇게 중요한 물건이 섞여 있었나?"

"아, 네…… 뭐, 그냥."

아주머니는 다시 한 번 에이이치의 온몸을 스캔했다. 그러고는 정말 똑 부러지는 학생이네, 하며 이번에는 은근한 비아냥거림을 담아 말했다.

"한다 씨는 역 앞 국숫집 따님이야. 육교를 건너면 산유 빌딩이 있는데, 아는지 모르겠네? 그 건물 이 층에 있는 송월암이라는 가게지. 전화보다는 직접 가는 게 빠를 것 같은데."

분부대로 따르기로 했다.

송월암은 오후에는 다섯 시부터 문을 열어서 지금은 '준비 중' 표시가 걸려 있었다. 포럼도 안 내려져 있었지만, 출입구에 자물쇠를 채워놓진 않아서 열어보았다. 미닫이문이 달그락거렸다. 그와 동시에 소리가 들렸다.

"죄송합니다. 아직 안 열었……."

안쪽 주방에서 청바지에 하얀 작업용 앞치마를 두른 여자가 나왔다. 서른이 조금 넘었을까. 키가 컸다. 여자는 에이이치를 보더니 고개를 살짝 갸웃거렸다.

"저어, 신사 경내에서 열렸던 벼룩시장 건으로 찾아왔는데요."

교복 차림의 고등학생이 혼자 국숫집에 왔나? 그런 수수께끼가 그 한마디에 풀린 모양이었다. 키 큰 여자의 눈이 맑아졌다.

"도다하치만구?"

"네. 10월에 열렸죠? 이 가게의 한다 씨라는 분이 총관리를 맡으셨다고 들어서."

"그 한다가 바로 나예요."

서글서글한 분위기의 여자는 자기 콧잔등을 가리켰다. 국숫집 따님이 이 사람이로군.

"무슨 일로 왔을까? 출점하려고? 다음 예정은 3월인데."

탁자를 돌아 가까이 다가와서 에이이치를 관찰하는 한다 씨의 시선 역시 학교 배지 언저리에서 한순간 멈췄다. 이런 걸 달아봐야 아무 의미도 없다고 굳게 믿어왔는데, 학교 밖 세계에서 학생 신분을 증명할 만한 물건은 그것뿐이었다.

"학교에서 뭘 내놓으려고?"

"아니, 그건 아니고요."

에이이치는 조금 전의 설명을 되풀이했다. 곧바로 도다하치만구 때와는 다른 반응이 느껴졌다. 한다 씨의 얼굴에 놀라움의 빛이 번져갔다. 이건 어떤…… 기대라고 해야 할까?

"잠깐 기다려."

한다 씨는 의심스러운 듯 치뜬 눈으로 말했다.

"자, 일단 앉아."

그러고는 가까이 있는 의자를 가리키더니 자기가 먼저 자리를 잡고 앉았다. 국숫집에 어울리는 고풍스러운 의자였다. 시트 부분에 쪽빛으로 물들인 천 방석이 묶여 있었다. 에이이치는 그 옆까지 다가갔지만 가방을 어깨에 멘 채로 서 있었다.

"잘못 섞여 있었다는 물건이 혹시……."

한다 씨는 혹시, 하고 힘 있는 목소리로 반복하더니 말을 맺었다.

"사진……인가?"

빙고!

대답하기 전 몇 초 동안, 에이이치는 상대의 눈을 바라보았다. 안타깝게도 보이는 것은 눈동자뿐이었지만, 거기에서 묻어나는 호기심은 만족스러웠다.

"그렇습니다."

"혹시, 혹시, 혹시……."

키가 큰 한다 씨는 팔도 길고 손바닥도 컸다. 그 손바닥을 팔랑팔랑 흔들며 물었다.

"좀 이상한 사진이었어?"

더블 빙고다. 에이이치는 그녀의 몸짓에서 묻어나는 호기심까지 충분히 음미한 후 대답했다.

"네. 이른바 심령사진이라는 게 아닌가 싶은데요."

말이 끝나자마자 한다 씨는 의자에 앉은 채로 온몸에서 힘을 쭉 빼며 긴장을 풀었다. 얼굴에도 웃음이 번졌다.

"아아, 다행이다! 설마 했는데! 어려울 줄 알았어."

기대의 빛은 순식간에 안도의 빛으로 변했다. 지금까지 에이이치가 그렸던 그 어떤 추측에도 이런 반응은 존재하지 않았다. 의심하거나 비웃거나 수상쩍게 여기지도 않고, 이렇게 기뻐할 줄이야.

"미안해. 많이 놀랐지? 굉장히 기분 나쁜 사진이라던데. 여자 얼굴이 이렇게…… 이상한 곳에 휑하니 떠 있다며?"

"아, 네에."

한다 씨는 사진을 직접 보지는 못한 것 같았다.

"어디 들어 있었어? 학생은 뭘 샀지?"

"스프링 노트요."

한다 씨는 빠르게 눈동자를 굴렸다. 생각을 떠올리는 듯했다.

"스프링 노트라……. 노트 같은 건 많이 나왔는데, 그런 게 있었나?"

"세 권이 한 세트였어요."

"아, 그거! 그럼 고운당에서 내놓은 재고였나?"

고운당은 문구점일까?

"어떻게 그런 데…… 노트 사이에 끼여 있었어?"

"네. 그래서 살 때는 몰랐어요. 지난주에 쓰려고 펼쳐본 후에야 알았습니다. 고구레 사진관 이름이 새겨진 봉투에 담겨 있었어요."

"아! 맞아, 맞아! 그 얘기도 들었다. 그럼 정말 틀림없네."

미안해, 하며 한다 씨가 아까보다 정중하게 고개를 숙였다.

"우리도 물건 나눌 때 알아채질 못했어. 그도 그럴 게, 달랑 사진 한 장뿐이잖아? 알아채긴 힘들지. 교단 사람들한테 문의가 왔을 때는 이미 물건을 내놓은 후였고."

교단? 대체 무슨 교단이지?

가게 안에도 주방에도 다른 인기척은 느껴지지 않았다. 어렴풋이 국수장국 향기가 떠다닐 뿐이었다. 그런데도 한다 씨는 주위를 신경 쓰며 목소리를 낮췄다.

"교단 관계자들도 공양을 부탁받은 물건을 실수로 잃어버렸다고 내놓고 말할 순 없잖아. 사색이 되어서 찾았던 모양이야."

에이이치의 뇌리에 두 손을 모으는 몸짓을 해 보였던 스도 사장의 모습이 떠올랐다. 사진 속의 검은 원피스 차림 여자들. 미타 씨의 부인은 아주 열심히 믿었지…….

교단이란 신흥종교를 가리키는 말이었다.

"그럼 교단에서도 벼룩시장에 출점했나요?"

은근슬쩍 떠보자, 한다 씨는 우스울 정도로 곧바로 반응했다.

"그게 아니라 그쪽에서 신자분들에게 모은 물건을 우리가 잔뜩 떠맡았지. 그 속에 문제의 사진이 섞여 있었던 거야."

"공양을 올려달라고 부탁받은 사진이었군요."

"맞아, 맞아."

한다 씨는 고개를 몇 번씩이나 크게 끄덕거리고 나서 훤칠한 상반신을 천천히 앞으로 내밀었다.

"으음…… 근데, 어떤 사진이야? 지금 있어?"

실제로 사진을 보지 못해서인지 호기심이 가득했다.

"아뇨, 안 가지고 왔는데요."

에이이치는 순간적으로 거짓말을 했다. 사실은 가방 속에 들어 있었다. 다만, 그 자리에서 사진을 꺼내 보여 소리를 지르며 요란을 떨게 하긴 싫다는 생각이 반사적으로 든 때문이었다.

"안 가지고 왔구나. 아쉽다."

한다 씨는 결코 나쁜 뜻은 없었을 것이다. 상황이 반대였다면 에이이치도 비슷한 반응을 보였으리라.

"그 사진은 신자분이 소지했던 물건인가요?"

"그렇대. 옛날 사진을 정리하다가 찾았다나 봐."

그렇다면 사진의 주인은 검은 원피스를 입은 두 여자 중 한 사람일 것이다.

"찍은 당시에는 평범한 사진이었다던데. 근데, 그런 일이 가능할까? 단순히 못 알아챘던 거 아닐까?"

분위기로 볼 때, 한다 씨는 피사체인 미타 씨 일가족의 횡사는 모르는 것 같았다. 그런 정보까지는 전해지지 않았겠지. 에이이치는 한발 더 나아가 내막을 캐보기로 했다.

"교단 분은 사진이 사라지자마자 벼룩시장에 내놓은 물건에 섞여 들었다는 걸 알아챘대요?"

"아니, 전혀. 그래서 연락이 늦게 온 거야. 교단 안을 샅샅이 찾아본 후였으니까. 밖으로 나갈 리는 없다고 믿었나 봐. 부탁받은 소중한 물건이니 보관도 제대로 했던 모양이고."

한다 씨는 얼굴을 찡그리며 입을 살짝 삐죽거렸다.

"만에 하나라도 모르니 찾아달라고 해놓고서 말을 건네자마자 얼마나 끈질기게 보채던지. 그래봐야 이쪽에서도 찾아

고구레
사진관 상

낼 방법은 없잖아."

그렇죠, 하고 에이이치도 맞장구를 쳤다.

"혹시 정말로 벼룩시장에서 판 물건에 섞여 있다고 해도 산 사람이 발견해서 연락을 줄 때까지 기다리는 수밖에. 이쪽에서는 그 정도 대답밖에 못 한다고."

교단과 벼룩시장 관리를 맡았던 한다 씨의 관계는 약간 악화되어 있는 듯했다.

"그것도 대충 짐작으로 대꾸했을 뿐이야. 우리가 관리를 맡았다는 걸 모르면 그걸로 끝이지, 뭐. 학생은 용케 알아냈네."

"운이 좋았던 것 같아요."

에이이치는 어깨의 가방을 고쳐 메고 발걸음을 떼었다.

"고맙습니다. 그럼 교단으로 가보겠습니다."

장소를 가르쳐달라는 의미도 담아서 말했지만, 한다 씨에게는 전해지지 않았다. 그뿐인가.

"안 돼, 안 돼. 그만둬."

"찾아가면 안 돼요?"

"학생처럼 어린 사람이 생각 없이 드나들 만한 곳이 아니야. 괜히 입교하라는 설득이라도 당하면 곤란하잖아?"

한다 씨는 그 교단의 교의에 부정적인 듯했다.

"그런 사람들은 신심에 푹 빠져 살아. 앞뒤 분간이 없지. 가까이하지 않는 게 좋아."

부정적인 게 아니었다. 완전 부정이었다.

"사진은 우리 집으로 가지고 와. 내가 돌려줄 테니까. 학생 얘기는 꺼내지도 않을 거야."

"아니, 그렇지만⋯⋯."

"다 학생을 위해서 하는 소리야. 어른의 충고를 따라."

한다 씨의 말이 옳다. 에이이치가 교단인지 뭔지 하는 곳에 가서 설득을 당하느냐 마느냐는 별개로 하더라도, 이쪽에서 사진을 돌려줘버리는 게 해결 방법으로는 가장 빠르고 또한 타당할 것이다.

그러나 수수께끼는 그대로 남는다.

그 여자는 누구인가? 그 사진에는 무슨 의미—혹은 의도—가 있는가? 의미도 의도도 없을 가능성도 있지만, 사진을 건네줘버리면 그것조차 알 수 없게 된다.

갑자기 어른의 관록을 드러내며 한다 씨가 에이이치를 똑바로 쳐다보았다.

이 사람에게 사진을 건네면 틀림없이 보겠지. 가족끼리 경영하는 것 같은 이 가게 사람들에게도 보여주겠지. 한바탕 화제로 삼으며 떠들어대겠지. 사진은 그러고 나서야 교단으로 돌아가겠지. 그곳에서도 이야기가 한껏 달아오르겠지⋯⋯.

그 후 사진은 '공양'되고, 아마도 사라져버릴 것이다. 에이이치가 품고 있는 의문은 영원히 풀 수 없게 된다. 혹시라도 교단 관계자가 사진과 관련된 사정을 알고 있다고 해도 외부인인 데다 아직 미성년자인 에이이치에게 상세히 알려주지는 않을 것이다.

"그런 물건은 소유하지 않는 게 좋대."

다시 한 번 밀어붙일 작정인지 한다 씨가 말을 이었다.

"섣불리 가지고 있다간 나쁜 영향이 있을지도 모른다잖아."

에이이치가 입을 다물고 있자, 이번에는 은근슬쩍 타이르기 시작했다. 목소리가 순식간에 확 낮아졌다.

"실제로 너무 이상하잖아. 아무리 종이 한 장이라도 따로 보관했던 물건이 벼룩시장 상품에 섞여 들다니, 그것만으로도 충분히 섬뜩하지. 마치 사진에 의지가 있어서 제 발로 교단에서 도망친 것 같잖아."

생각지도 못한 발상이었다. 에이이치는 눈을 휘둥그레 떴다. 한다 씨가 고개를 크게 끄덕거렸다.

"그 사진에 찍혀 있다는 여자 유령, 공양되어서 내쫓기는 게 지독히도 싫었던 거 아닐까? 무서운 일이야."

그 순간, 떠오르는 생각이 있었다.

─이 여자, 울고 있네.

미스 가키모토에게 지적당한 후, 사진을 다시 찬찬히 관찰했다. 그 말을 듣고 보니 눈물 자국이 있는 것 같기도 하고 아닌 것 같기도 했다. 다만, 사진 속의 여자 얼굴이 뭔가를 호소하는 것은 확실해 보였다.

마치 사진에 의지가 있어서.

조금 전에도 사진을 보여주고 싶지 않다는 생각이 들었다. 그것과 비슷할 정도로 강렬하고, 비슷할 정도로 순간적인 충동이 에이이치를 사로잡았다.

이 자리에서는 다시 한 번 거짓말을 해야 한다.

"사실 사진은 이미 없어요."

한다 씨의 입이 빼끔히 열렸다.

"태워버렸어요. 기분이 나빠서."

시선을 마주치고 싶지 않아서 고개를 숙였다. 그대로 이야기를 계속했다.

"그런 물건을 어떻게 처리해야 하는지는 몰랐지만 불로 태우는 게 제일 좋을 것 같았어요. 물론 아무한테도 보여주진 않았습니다."

어머나, 하고 한다 씨가 작은 목소리로 말했다.

"그런데 나중에 생각해보니 아무래도 실수한 것 같았어요. 사진 주인이 찾고 있을지도 모르고. 그래서 벼룩시장에 관해 물어보려고 신사로 찾아갔던 거예요."

실내가 고요히 가라앉았다. 어디선가 물 끓는 소리가 들렸다.

"언제 태웠어?"

"사진을 발견하고 바로요. 라이터 불을 붙여서."

"으음, 근데……."

한다 씨의 목소리가 발밑에서부터 슬그머니 다가왔다.

"그 후로 이상한 일은 없었고? 가위에 눌린다거나 몸이 아프다거나."

"아무 일도 없었어요."

전혀. 단 한 번도. 이상 무. 그 부분은 진실이라 에이이치는 고개를 들고 한다 씨의 눈을 바라보며 대답했다.

"그러니 괜찮을 겁니다. 제멋대로 행동해버려서 사진 주인에게 한마디쯤 사죄하고 싶을 뿐입니다. 그게 다예요."

한다 씨가 코로 한숨을 내쉬었다. 에이이치는 죄송합니다, 하고 고개를 숙였다.

"신광진神光眞 도교회道敎會라는 교단의 조토 지부야. 도다하치만 근처. 한눈에 저거다 하고 알아볼 수 있을 만큼 새하얗고 큰 건물이니까 그 근처에서 물어보면 금방 찾을 거야."

"네. 고맙습니다."

이 국숫집, 맛있으면 안타까운 일인데. 두 번 다시 못 올 테니까. 계단을 뛰어 내려가면서 에이이치는 생각했다.

한다 씨의 말에 거짓은 없었다. 잘못 찾을 리가 없을 정도로 벽이 새하얀 건물이었고 '종교법인 신광진 도교회'라는 간판도 화려해서 낯선 사람은 가까이 다가가기 힘든 분위기였다.

그나마 다행인 것은 건물 안에 병설 유치원이 있다는 점이었다. 놀이기구가 있는 안뜰에 아이들 모습은 보이지 않았지만, 때마침 직원인 듯한 남자가 청소 도구를 들고 나와 있어서 울타리 너머로 말을 건넬 수 있었다. 지부 접수처는 도로 쪽에 있고 지금은 열려 있으니 누구나 들어갈 수 있다고 친절하게 가르쳐주었다.

"진리의 길에 오신 걸 환영합니다."

구십 도로 허리를 굽히는 인사였다.

지부 접수처에는 미스 가키모토와는 별종의 생물인 듯한, 아름답고 상냥하고 말씨도 고운 젊은 여자가 있었고, 오늘로 벌써 세 번째인 에이이치의 '도다하치만구의 벼룩시장 운운' 이야기를 듣자마자 내선 전화로 누군가를 불러냈다. 그 민첩한 반응으로 추측하건대, 그 사진의 분실―혹은 유출―은 이 지부 내에서는 꽤나 큰 문제였던 모양이다.

"담당자가 금방 나올 테니 저쪽에 앉아서 잠시만 기다려주세요."

아리따운 접수처 아가씨가 조심스럽고 상냥한 말투로 권해준 의자는, 얼굴이 비칠 정도로 정갈하게 닦아놓은 휑하니 넓기만 한 로비 바닥 위에 오브제처럼 띄엄띄엄 놓여 있었다. 의자와 한 쌍인 탁자 위에 청초한 작은 꽃이 꽂힌 꽃병이 놓여 있을 뿐, 에이이치가 막연하게 상상했던 십자가나 만다라나 불상이나 아이콘이나 교주의 초상이나…… 여하튼 그런 종류의 물건은 전혀 없었다.

이곳의 신은 나 같은 사람은 모르는 완전히 새로운 형태일까? 에이이치가 생각한 순간, 그런 가정을 뒤엎는 '담당자'가 신발 소리를 울리며 등장했다. 아무리 봐도 절의 비구니였다. 반 발짝 뒤에서 따라오는 중년 여성은 수수한 정장 차림에 목에는 긴 염주를 걸고 있었다.

에이이치는 의자에서 일어섰다. 영화나 드라마가 아니라 실제로 비구니를 만나는 것은 난생처음이었다.

"진리의 길에 오신 걸 환영합니다."

이 말이 이 교단의 '안녕하세요.'인 모양이었다. 에이이치는 방해를 해서 죄송합니다, 하고 대답했다.

비구니의 가사袈裟는 정식 종교 행사에 입는 타입은 아닌 듯했다. 간결한 모양새로, 머리에 쓴 두건만 없다면 다른 장사를 —이렇게 말해도 될지는 모르겠지만— 하는 사람처럼 보이기도 했다. 예를 들면 점쟁이라거나.

비구니가 자기는 지부장 대리이며, 묘심妙心이라고 이름을 밝혔다. 같이 따라온 여성은 사무 쪽을 담당하는 노구치라고 했다. 두 사람 다 고등학생을 상대하면서도 정중하기 이를 데 없었지만, 아무래도 명함 같은 건 건네지 않았다.

설령 건넸다 해도 에이이치의 눈에는 들어오지 않았을 것이다. 노구치 씨의 얼굴에 온 정신을 빼앗겼으니까. 사진 속에 있던 사람이었다. 검은 원피스를 입은 여성 중에서 연상 쪽. 바로 이 얼굴이다. 불과 오 년 전이라 겉모습은 거의 변하지 않았다.

"연락 주셔서 정말 감사합니다. 꽤나 수고스러웠죠? 고마워요. 그건 그렇고, 대단하네. 사진 한 장으로 우리까지 찾아내다니 훌륭해요."

"놀랐어요. 학생은 탐정 기질이 있는 게 아닐까?"

묘심 비구니는 에이이치가 보기에 어머니를 넘어서 할머니 연배쯤 되는 사람이었다. 노구치 씨는 지극히 평범한 아주머니였다. 그런 두 사람이 입을 모아 치켜세워주니 아무래도 좀 어색했다. 어쨌든 덴코가 없어서 다행이었다.

"그렇게까지 수고스럽진 않았습니다."

틈을 보이면 또다시 격찬을 아끼지 않을 것 같아서 에이이치는 사진을 태워버리고 말았다는 말까지 단숨에 쏟아놓았다.

"한다 씨를 찾아뵙고 이쪽에서 많은 분들이 사진의 행방을 걱정하고 있다는 말을 들으니, 더더욱 경솔한 짓을 저질렀다 싶었습니다. 정말 죄송합니다."

두 여자는 손을 부여잡을 듯이 환한 미소를 지었다.

"잘 알았습니다. 그거면 충분해요. 아직 어린데 빈틈이 없군요. 보나 마나 학생의 부모님이 훌륭한 분들이시겠죠."

"꼭 한번 뵙고 싶네요."

안 만나는 게 좋을 겁니다.

에이이치는 노구치 아주머니에게 시선을 돌렸다.

"사진을 같이 찍으셨죠? 그렇다면 그건 노구치 씨의……."

아주머니는 공이 튀듯이 고개를 끄덕였다.

"네에, 내 앨범에 들어 있던 사진이에요. 옛날에 신자 가족 분들과 같이 찍은 사진이죠."

"멋대로 태워버려서 정말 죄송합니다."

묘심 비구니와 노구치 아주머니가 시선을 힐끗 마주쳤다. 에이이치는 읽어낼 수 없는 대화가 그 눈빛 속에 담겨 있는 듯했다. 묘심 비구니가 말했다.

"보는 사람의 마음을 조금 어지럽힐 수 있는 사진이었죠?"

"네."

꽤 많이, 하고 뒷말을 덧붙였다.

"솔직히 어떤 생각이 들던가요? 젊은 분의 느낌을 듣고 싶군요. 말을 조심할 필요는 없어요."

"기분 나쁘다는 생각이 들었습니다."

"그래요, 그게 자연스럽죠."

노구치 아주머니는 목에 건 긴 염주를 손으로 잡고 굴리기 시작했다. 경쾌한 소리가 났다.

"여기 계신 분들도 다들 그렇게 생각하셨어요?"

"사람의 혼이란 이따금 그런 형태로 눈에 보일 때가 있습니다. 우리에게는 좋은 경험이었어요. 학생한테도 그랬으면 기쁘겠지만, 지금도 여전히 기분 나쁘다는 생각뿐인가요?"

이야기를 하는 묘심 비구니 옆에서 노구치 아주머니는 눈을 감고 염주를 굴렸다.

"혼이라면…… 그 사진에서 식탁 밑에 찍힌 사람은 역시 돌아가신 분인가요?"

에이이치는 부드러운 목소리로 되물었다.

"학생 생각은 어때요?"

"평범하게 생각하면, 뭐…… 그렇겠다 싶지만."

묘심 비구니가 고개를 끄덕이더니 말했다.

"우리에게 그 사진에 찍힌 얼굴은 부처님의 사자使者입니다. 여기서 정중하게 제사를 지냈어야 옳은데, 실수로 그만 밖으로 나가버렸죠. 그래서 다들 마음이 아팠습니다. 이렇게 찾아주신 것에 진심으로 감사드립니다."

"사진을 태워버린 일은 마음에 두지 마세요."

여전히 염주를 굴리며 노구치 아주머니가 말했다. 다시 뜬 눈에는 어렴풋이 눈물이 어려 있었다.

"그것 역시 학생의 의지로 한 행동이라기보다는 부처님의 뜻입니다. 의외의 일에 갈팡질팡 어쩔 줄을 모른 우리를 부처님이 학생을 통해 꾸짖어주신 거겠죠. 감사할 일입니다."

이렇게 정중한 대우를 받으며 거짓말을 해야 하는 처지인 에이이치야말로 어쩔 줄을 몰라야 마땅할 것이다. 양심의 가책을 느낄 법도 했다. 그러나 그런 기분은 들지 않았다.

"그렇게 소중한 물건인데 어쩌다 벼룩시장에 내놓은 물건 사이에 섞여 들었을까요?"

묘심 비구니가 찹쌀떡처럼 포동포동하고 새하얀 뺨에 미소를 머금었다.

"모를 일이죠. 저희로서는 부처님께서 하시는 일의 모든 의미를 알 길은 없습니다. 알 수 없는 것은 없는 대로 받아들여야 합니다. 알 수 있다, 알아내야만 한다고 생각할 때 생겨나는 오만을 바로잡아야 하죠. 그것이 바로 현세에서의 수행이란 겁니다."

노구치 아주머니는 다시 눈을 감고 염주를 만지작거리며 몇 번씩이나 고개를 끄덕거렸다.

"학생 생각은 어때요?"

에이이치는 대답 대신 일부러 다른 얘기를 꺼냈다.

"사진에 찍힌 가족은 여기 신자분이죠? 문제의 그 여성도…… 얼굴만 찍혀서 알아보긴 힘들겠지만, 여러분도 아시는 분인가요?"

노구치 아주머니는 대답하지 않았다. 묘심 비구니는 미소를 머금은 채로 고개를 살짝 갸웃거렸다.

"그것을 아는 게 학생한테 무슨 의미가 있나요? 왜 알고 싶어 할까?"

"아니…… 죄송합니다, 의미 같은 건 없습니다. 그저 호기심에."

"그렇다면 부처님의 사자라는 저의 말을 학생의 마음속에도 그대로 담아줄 수 없을까요?"

네, 하고 대답한 에이이치는 다시 눈을 내리깔았다.

예상했던 대로 사진에 얽힌 내막은 가르쳐주지 않는다. 아까부터 묘심 비구니는 에이이치의 질문에 질문으로만 대답할 뿐이다. 그때마다 슬금슬금 그쪽으로 끌려가는 느낌이었다. 마음이 점점 편치 않았다. 등받이에 걸어둔 책가방 속에서 그 사진 역시 빨리 이곳에서 나가고 싶어 하는 것 같은 기분이 들었다.

—마치 사진에 의지가 있어서.

그래, 맞아. 어렵게 빠져나왔으니 다시 돌아가고 싶진 않겠지.

"그럼, 이만 실례하겠습니다."

난폭하게 의자를 빼는 바람에 귀에 거슬리는 금속성 소리가 울려 퍼졌다. 묘심 비구니는 미소를 머금은 채, 가방을 어깨에 메는 에이이치를 바라보았다.

"학생이 이렇게 찾아와준 것도 부처님의 인도입니다. 진리의 길의 가르침에 옷깃이라도 스쳤다 생각하고 부디 이것을 가지고 가시기 바랍니다."

묘심 비구니가 뒤를 쓱 돌아보자, 거의 동시에 접수처 아가씨가 발소리도 없이 다가왔다. 리플릿 한 권을 손에 들고 있었다. 묘심 비구니는 그것을 건네받더니 일어서서 에이이치에게 내밀었다.

"알겠습니다. 고맙습니다."

에이이치는 제대로 보지도 않고 손놀림만 정중하게 리플릿을 받아서 가방 속에 집어넣었다.

"진리의 길에 오신 걸 환영합니다."

헤어지는 인사말도 똑같았다. 묘심 비구니와 노구치 씨와 접수처 아가씨가 나란히 서서 고개를 숙였다. 에이이치는 말없이 인사만 하고 로비에서 나왔다.

보도로 발을 내딛고 걷기 시작하자 걸음이 점점 빨라졌다. 꽤 멀리 벗어났는데도 신광진 도교회에서 뻗어 나온 눈에 보이지 않는 실이 여전히 들러붙어 있는 것 같아서 몇 번이나 손으로 등을 털어냈다.

그날 늦은 밤, 에이이치는 자기 방 책상에 턱을 괴고 앉아서 눈앞에 세워놓은 사진과 마주했다. 천장의 형광등 불빛은 그늘을 만들어서 스탠드를 켜두었다. 사진 속의 여자 얼굴이 또렷하게 잘 보였다. 저녁을 먹을 무렵부터 부슬부슬 비가 오기 시작하더니 이제는 빗발이 거세져 처마 밑으로 빗방울 떨어지는 소리가 들렸다. 부모님도 피카도 이미 잠들어서 집 안은 쥐 죽은 듯 고요했다.

자, 그럼.

어쩐지 말을 걸어보고 싶은 기분이 들었다.

이제 당신은 자유의 몸인데, 앞으로 어떻게 할까?

사진 속의 여자는 무슨 말을 하고 싶은 것처럼 입을 살짝 벌리고 있을 뿐, 대답이 없었다.

정말 우는 거야? 내가 당신이 여기 나타난 의미를 알아내서 당신 마음을 풀어주면, 그 눈물도 사라질까? 아니면 이런 식의 생각이 바로 오만일까? 이런 사진에 의미 따윈 없는 걸까?

"하나짱, 뭘 봐?"

간이 떨어지는 줄 알았다. 에이이치는 황급히 손바닥으로 사진을 덮고, 온몸을 홱 돌리며 돌아봤다. 힘이 남아돌아 의자에서 떨어질 뻔했다. 바로 뒤에 파자마 차림으로 담요를 들쓴 피카가 눈을 휘둥그레 뜨고 서 있었다.

"피카!"

시계를 보니 자정이 가까운 시간이었다. 그런데도 피카는 말똥말똥 깨어 있었다. 깬 지 한참 됐나?

"옆에 올 때는 소리라도 내. 네가 닌자냐?"

흐웅, 하며 피카가 입을 삐죽 내밀었다. 에이이치가 덮어버린 사진이 신경 쓰이는 것이다.

"그건 뭐야?"

"아무것도 아니야. 화장실 가려고?"

피카는 그 나이에도 이미 어엿한 독서가라 에이이치가 놀랄 만큼 어려운 책을 읽을 때도 있었다. 그래도 아직 귀여운 구석은 남아서 읽은 책의 내용에 따라 밤에 혼자 화장실에 못 가기도 했다.

"아냐, 내가 아니야."

피카가 얼굴 가득 미소를 지으며 옆에 있는 자기 방을 손가락으로 가리켰다.

"천장이 오줌 쌌어."

비가 샌 것이다. 이런 우연의 일치가 있을까, 피카의 침대 바로 위였다. 천장 판자에 얼룩이 번지고 벽을 따라 물이 한 줄기 흘러내리고 있었다.

에이이치는 부모를 두드려 깨우고, 천장을 원망하고, 이 집을 원망하고, ST 부동산을 원망했다.

"어느 분께서 지붕 방수 보수는 완벽하다고 하지 않았나?"

"아아, 그렇게 화낼 것까진 없잖니."

아버지는 긴박감이 없었다. 어머니도 졸리고 추워 보였다. 가구와 이부자리를 덜컹덜컹 한쪽으로 치우며 바삐 움직이는 아버지와 에이이치를 피카와 함께 담요를 들쓰고 하품을 하며 지켜보았다.

"나, 하나짱 방에서 자도 되지?"

"안 돼. 엄마랑 자."

"싫어. 아빠 코 고는 소리 시끄럽단 말이야."

내 방에도 남아도는 공간은 없다. 침대와 책상 사이에 이부자리를 펴면 드나들기 너무 불편해진다. 실로 정당한 주장이었고 그대로 밀고 나가면 부모님도 꺾일 듯한 분위기였는데, 피카가 에이이치의 소매를 획 잡아당겼다.

"하나짱, 조금 전에 사진 봤지."

일단 목소리를 낮추고 말했다.

"숨어서 봤잖아. 몰래 봤지. 그거 혹시 그런 사진이야? 난 잘 모르니까 아빠나 엄마한테 물어봐야 할까?"

이런 악마 같은 자식.

"밤마다 네 얼굴 위를 냄새나는 발로 넘나들 테니 각오해."

"그럴 필요 없어. 공간은 있으니까."

에이이치 방의 벽장 위 칸이 비어 있다고 했다.

"옷상자만 밑으로 내리면 나 한 사람 정도는 잘 수 있어."

"피카짱, 벽장 속에서 자고 싶어?"

밝은 귀로 알아채고 어머니가 물었다. 순간, 악마는 우리 집의 아이돌로 변신했다.

"응! 이층침대 같아서 재밌잖아."

친한 친구 형제가 이층침대에서 자는 게 오래전부터 부러

왔다고 했다.

"그랬구나. 하나짱이랑 피카짱은 덩치가 너무 달라서 이층 침대는 힘들겠지."

판결이 나왔다. 에이이치는 벽장의 옷상자 두 개를 꺼내 침대 밑으로 밀어 넣었고, 아버지는 피카의 이부자리를 옮겨다 벽장 위 칸에 깔았다. 분명 피카 혼자라면 충분히 잘 수 있는 공간이었다.

"잠자리도 꽤 편하겠는걸."

'허, 그것참.' 하면서 부모님은 침실로 돌아갔다.

"얼른 잠이나 자."

벽장문을 닫으려 하자, 피카가 다리를 내밀며 가로막았다.

"하나짱, 그 사진은 뭐야?"

"보고 싶냐?"

"보고 싶어."

"보여줄 순 있는데 화장실 못 가게 돼도 난 모른다."

에이이치가 으름장을 놓았다.

"내가 여기서 오줌 싸면 곤란한 사람은 하나짱일 텐데."

피카는 전에 어머니랑 시내를 걸어가다가 드라마 아역 배우를 해보지 않겠냐는 스카우트를 받은 적이 있다. 이미지가 딱이야, 이 꼬마. 어디의 프로듀서인지는 모르지만 그 사람은 피카의 이런 내면의 암흑까지 꿰뚫어 보았을까? 빛이 있는 곳에는 그림자도 있다.

하는 수 없었다. 에이이치는 사진을 보여주었다.

"고구레 씨가 현상한 사진이라 우리 집으로 가져왔대. 아직은 엄마나 아버지한테 알리고 싶지 않아. 시끄러워질 테니까."

피카는 건성으로 듣는 듯, 사진에 시선을 빼앗기고 있었다.

"이건 심령사진이네."

피카 나이에도 곧바로 그런 단어가 나오는 것이다.

"아름다운 사람이네, 이 여자분."

덴코와 똑같은 감상이었다.

"하나짱, 이 사진 어떡할 거야?"

"그 생각을 하는 중인데 네가 방해했잖아."

피카는 악의 없는 시선을 빙그르르 돌렸다.

"여기 찍힌 사람을 찾아보면 어떨까?"

"찾아봤어. 그 사진의 주인은 찾았는데, 그 사람은 이 사진을……."

어떻게 설명해야 하나?

"……소중하게 여기질 않아."

"뭔가 복잡한 사연이 있어 보여?"

피카가 물끄러미 에이이치의 얼굴을 바라보았다. 눈동자 뿐 아니라 흰자위까지 푸르스름해 보일 만큼 맑고 투명하다. 에이이치는 잃어버린 지 이미 오래인 '아이의 눈'이었다.

"그렇긴 하지만 너랑은 관계없어."

"하나짱 혼자서 해결할 수 있겠어? 휴대전화도 내 조언이 없었으면 못 찾았을 거면서."

"형을 우습게 보네."

"그런 적 없어. 하지만 조금 전에 내가 한 말을 하나짱은 제대로 이해하지 못했잖아. 여기 찍힌 사람……."

피카는 조그만 핑크빛 손톱으로 여자의 얼굴을 가리켰다.

"이 사람을 찾아보면 어떻겠냐고 한 거야."

"그건 유령이야. 이미 죽었다고."

"신원 조사는 해볼 수 있잖아?"

"아, 글쎄! 실마리가 없다니까. 사진 주인도 안 가르쳐주고……."

묘심 비구니와 노구치 씨는 이 여자를 알면서도 모른 척했을까, 아니면 전혀 모르는 걸까? 도무지 가늠할 수 없었다. 미타 일가 세 사람의 그 후 운명도 알고 있을 테지만 냄새조차 풍기지 않았다. 그들은 만만치 않다. 두 번 다시 가까이하고 싶지도 않다.

고구레
사진관 상

"애당초 유령인데 피사체랑 꼭 연관이 있는 사람, 실제로 살아 있던 사람인지 어떤지 알 게 뭐냐. 이리저리 떠돌다 우연히 여기 찍혔을 뿐인지도 모르고."

피카가 깔깔거리며 웃었다.

"하나짱도 참, 아무리 심령사진이라도 그렇게 아무렇게나 찍히진 않아. 이 여자가 여기 찍힌 데는 그만한 이유가 있을 거라고. 이 집……."

피카는 손가락으로 사진 테두리를 어루만지며 말을 이었다.

"틀림없이 이 집이야."

"집은 불타버리고 이젠 없어."

에이이치는 엉겁결에 불쑥 말해버렸다. 피카의 검은 눈동자가 한층 더 커졌다.

"역시 뭔가 내막이 있군."

"그런 말투 쓰지 말랬지."

그러나 피카는 제법 그럴듯한 말을 해주었다. 집은 타서 이미 없지만 장소는 알고 있다.

"그런 걸 뭐라고 하던데, 어떤 장소에 붙어 있는 유령."

지박령이라고 피카가 대답했다.

"심령사진 책이라면 나도 있어. 책꽂이에 꽂혀 있지."

"형이 늘 하는 생각인데, 히카루는 좀 더 어린애다운 책을 읽으면 어떻겠냐?"

"귀신 책이야. 어린애답잖아."

피카의 책꽂이는 꽉꽉 들어차서 목적하는 책을 찾아내는
데 시간이 꽤 걸렸다. 두 권이 있었다. 한 권은 피카의 말대로
아이들에게 적합한 내용이었지만, 다른 한 권은 서브컬처 계
통의 평론집이었다. 대체 이런 책을 누가 사준 거냐고.

방으로 돌아오니 피카는 이불 속에 쏙 들어가 있었다. 얼
굴이 보이지 않았다. 책상 위에 책을 내려놓고 스탠드를 끌어
당기자 우물거리는 목소리가 들렸다.

"그런데, 하나짱."

"잘 자라."

"틀림없이 트릭 사진일 거야."

스탠드 갓에 손을 얹은 채, 에이이치는 망연자실했다.

나는 정말로 덴코랑 뒤바뀐 자식이 아닐까? 덴코랑 피카
가 형제고 나는 다나코 집안의 후계자가 아닐까?

6

"그런 일로 지각하다니 어처구니가 없군."

고구레
사진관 상

"시끄러."

다음 날 점심시간에 에이이치는 하룻밤 만에 두 권의 책을 훑어보고 알아낸 심령사진의 역사를 덴코에게 한차례 들려주었다. 대략 백사십 년 전에 미국에서 생겨나 영국으로 건너갔고, 19세기 말에 유럽에서 붐을 일으켰고, 메이지 유신 무렵에는 일본에도 유입되었다. 심령사진이란 '개념'의 역사였다.

사진에 찍힌 '유령' 같은 존재의 정체는 현상하면서 생긴 실수이거나 카메라 고장이거나 단순한 트릭이라는 것은 메이지 10년대에도 이미 확연히 인식되었다고 한다. 유입된 지 얼마 지나지 않아서였다. 사진의 이중 인화 기술이 발달하는 한편, 매우 진지하게 '현상現象으로서의 심령사진'을 연구하는 사람들이 있었기 때문이다.

그런데도 과학적 해명이 발달하는 동시에 다른 한쪽에서는 심령사진이 몇 번씩이나 세상을 떠들썩하게 만들었다. 메이지, 다이쇼, 전쟁 전 쇼와, 각각의 시대에 심령사진에 얽힌 엇비슷한 사건들이 일어났다. 과학이라는 '학문'에서 멀리 떨어져 있었던 수많은 일반 서민에게 '거기에 있을 수 없는 사람'이 찍힌 사진은 여전히 불가사의한 현상이었고, 일부 종교 관계자들이 귀중한 소재로 사용하는 바람에 신비성이 강해져버린 측면도 있었다.

전쟁 후, 70년대 오컬트 붐으로 심령사진은 또 한 번의 절정기를 맞아 순식간에 대중화된다. 하지만 모든 일이 그렇듯이 붐은 반드시 끝나게 마련이고, 파도가 높으면 높을수록 반동도 크다. 이 무렵에는 이미 전쟁 전과 사정이 달라서 서민들에게도 과학은 일상적이고 가까운 것이 되었다. 그리고 그쪽 잣대를 들이대면 모두 열이 식게 마련이다. 그 후로는 차츰 세간의 관심이 옅어졌고, 1995년의 옴진리교 사건을 발단으로 시작된 '오컬트 때리기'로 확연한 쇠퇴기에 접어들었다.

　그런데 요즘 들어 다시 슬금슬금 되살아나는 것 같았다. 처음부터 아예 '재미 삼아' 하는 거라고 익스큐스를 끝낸 텔레비전의 버라이어티 프로그램이나 명백하게 픽션인 영화가 단서가 되었다. 70년대 당시의 열광과는 다른 종류의 좀더 오락에 가까운 취급 방식이긴 하지만 여전히 심령사진이나 심령 영상은 존재하며 사진에 유령이 찍히는 일이 있다는 '상식'도 건재하다. 요즘에는 오로지 인터넷으로만 정보가 퍼져나가 도시 전설화하는 패턴이 많다고 한다.

　에이이치는 생각했다. 그것은 이제 '그렇게 생각하고 싶어 하는' 인간의 천성이 만들어낸 행위라고 말할 수밖에 없다. 과학은 과학대로 존중하고 그 혜택을 입으면서도, 인간은 사진이라는 기록 매체에 '유령'이 찍히는 일도 있다고 믿고 싶어 하는 것이다. 부분적인 사고 정지다. 그 크기나 감도는 제 각각이지만 인간은 누구나 이런 사고 정지 스위치를 가지고 있다. 평생 동안 안 누르는 사람이 있는가 하면, 뭔가 구체적 인 '증거'를 보여주면 곧바로 눌러버리는 사람도 있다.

그것은 아마도 그 스위치가 지금으로써는 유일하게 일상 속에서 사후 세계의 실재를 믿는 것과 깊게 연관되어 있기 때문이 아닐까? 죽음 이퀄 무無가 아니라는 것에 대한 믿음. 아니, 기대라고 하는 게 나을까?

—후코는 우리 집에 있으니까.

어머니의 그런 발상과 심령사진은 뗴려야 뗄 수가 없다는 식으로 강 건너 불구경하듯 생각한 것은 아니다. 그것은 모두 에이이치 자신의 일이었다. 주어는 '인간'이 아니라 '나'였던 것이다.

그렇기 때문에 책을 읽으면서도 몇 번이나 손길을 멈추고 생각에 잠기곤 했다. 만약 우리 집에 세상을 뜬 후코라는 존 재가 없었다면 어땠을까? 후코가 건강하게 살아 있고 오빠한 테 밉살스러운 소리를 할 나이가 되었다면? 그렇다면 나의 이 스위치도 조금은 누르기 힘든 장소에 설치되지 않았을까?

"그래서 하나짱은 어때? 여전히 해명할 의욕이 있는 거야?"

"이미 시작한 일이니까."

에이이치 스스로도 지난번에 들은 덴코의 분석이랄까 고찰은 맞는 말일지도 모른다는 생각이 들기 시작했다. 이 건을 애매모호하게 놔두자니 마음이 편치 않았다. 어떤 형태라도 좋으니 수수께끼를 풀고 싶었다. 이렇게 떠들썩한 짓을 한 놈을 밝혀내고, 대체 어떤 인간인지 확인하고 싶었다.

늦잠을 잔 것뿐이면 한 시간 지각으로 끝날 일이었다. 두 시간이나 늦은 이유는 어차피 늦은 김에 미타 씨네 집터를 보러 갔기 때문이다. 그곳에는 월정 주차장이 만들어져 있었다. '빈자리 있습니다.'라는 간판에 적힌 연락처는 ㈜게이오 부동산. 전화번호로 추측해볼 때 그 지역 부동산이었다.

그래서 ST 부동산에 도움을 청하기로 했다. 미스 가키모토가 전화를 받으면 무조건반사로 끊어버릴 참이었는데, 다행히 사장이 받았다.

—미타 씨 토지를 누가 상속받았는지 알고 싶어요.

—그건 알겠는데…… 에이이치, 학교는?

—지금 갈 거예요.

며칠 걸릴 거야, 하며 사장이 쓸쓸하게 웃었다.

"하나짱, 설마하니 오늘 방과 후에 그 근처를 돌면서 이 여자 얼굴을 본 적이 있냐고 묻고 다니진 않겠지?"

덴코가 눈썹을 위아래로 꿈틀거리며 묘한 표정을 지었다.

"그럴 생각인데."

"그건 너무 무방비한 거 아닌가? 그 근처에도 신광진 신자
가 있을지 모르잖아."

"신중하게 할 거야."

실제로 사진을 보여주는 건 최후의 선택이다. 일단은 그
여자로 추측되는 인물의 존재와 그녀의 죽음을 확인하는 일
부터 시작할 생각이었다.

"어쨌든 그럴듯한 구실부터 만들어야지."

"사회 과목 자유 연구라고 둘러대지, 뭐."

방과 후, 오늘도 특별활동이 있다던 덴코가 신발장 옆에서
기다리고 있었다.

"초등학교 반창회를 할 계획인데, 담임선생님이 출산휴가
를 냈을 때 임시 교사로 와줬던 선생님의 연락처를 몰라서
옛날 주소를 의지 삼아 찾아다닌다는 구실은 어떨까?"

덴코도 참 한가한 인간이었다.

"응, 그걸로 할게."

에이이치는 센카와 일대를 돌기 시작했다. 상대방의 신용
을 가장 빨리 얻기 위해서는 교복이 효과적이라는 것은 이미
알고 있었지만, 이번에는 본명을 밝히지 않고 덴코가 지어낸

이야기를 전면에 내세우기로 결정해서 사복으로 갈아입고 도수 없는 싸구려 안경까지 썼다.

물어보고 다닐수록 그 지역 특유의 정보 네트워크 위력을 통감할 수 있었기 때문에 이번 선택은 정답이었다. 조사가 끝나고 에이이치의 궁금증이 풀리는 건 좋지만, 하나비시 집안에 묘한 소문이 돌아서 살기 힘들어지면 곤란할 테니까.

센카와에도 그 주변에도 노인 세대는 많았다. 갓 지은 세련된 맨션들 골짜기 사이에 쥐 죽은 듯 늘어선 오래된 단독주택은 거의 예외 없이 할아버지, 할머니의 집이었다. 혼자 사는 노인도 눈에 띄었다. 오 년 전 일이니 딱히 노인들 집만 노릴 필요는 없었지만, 그런 집의 재택 확률이 월등히 높았고 효율도 좋았다. 대화 상대를 그리워하는 노인들은 이쪽이 양심의 가책을 느낄 정도로 쉽게 믿고 금세 마음을 열고 얘기를 들려주었다. 에이이치가 아무 말 안 해도 화제는 점점 더 넓어져갔다.

대화의 물꼬를 트는 실마리는 덴코가 지어낸 이야기에 의지했지만, 이야기가 미타 씨 집이 있었던 장소에 이르면 노인들은 반드시 화재 일을 입에 올렸다. 기억이 아직도 생생한 듯했다. 그 화재 때 피해를 입은 것은 미타 씨네만이 아니고 인접해 있던 이 층짜리 다세대주택도 일부가 타서 부상을 당한 사람도 있다고 했다. 그 다세대주택은 보수해서 주민도 그대로 살았지만, 결국 이 년 후에 철거되어 지금은 편의점이 들어섰다. 탐문하러 간 맨 처음 집에서 그런 정보를 알아낸 덕분에 그 후에는 편리하게 써먹었다.

—우리 선생님도 그 아파트에 살다 화재를 당하셨으니 이사하셨을지도 모릅니다. 서른 살쯤으로 꽤 미인이셨습니다.

에이이치의 말에, 그런 사람이라면 ○○ 씨 아닌가 하며 온갖 정보들이 모여들었다. 그러나 도움이 되지는 않았다. 그 중에는 확연하게 역 앞 산유 빌딩 송월암의 한다 씨를 가리키는 것 같은 정보까지 섞여 있었다. 안타깝지만 그 사람은 유령이 아니다—미인도 아닌 것 같고.

미타 집안의 사람들, 특히 부인이 신광진 도교회에 귀의해 열심이었다는 것은 근처에서도 유명했던 모양이다. 미타 씨를 알았던 사람을 만나면 어디서든 금세 그 화제부터 나왔다. 그러니 틀림없이 극락에 갔을 거라는 의견과 신심이 그렇게 깊었는데 그런 일을 당하다니 아이러니하다는 의견이 팽팽히 맞섰다. 딱 한 사람, 미타 씨네 맞은편에 살았다는 미용실의 선생님은 부인에게 새치 염색과 파마를 해줄 때마다 자기 종교를 믿으라고 설득해서 난처했다고 몹시 불쾌했던 듯한 말투로 이야기를 들려주었다.

신심이 깊은 부모의 그늘에 가려져서일까, 아들 쪽 그림자는 옅었다. 근처 노인들도 그에 관해서는 잘 모르는 것 같았다. 간신히 이름이 '眞' 자를 쓰는 '마코토'라는 것만 알아낸 정도다. 미타 씨는 아들이 아직 어렸을 때 이 마을로 이사 왔지만, 그 아이는 동네 학교에 다니지도 않았고 다 큰 후에는 곧바로 집을 나가지 않았나? 화재가 났을 때는 돌아왔다고? 아아, 맞아, 그랬지. 그럼 학생은 미타 씨의 아들을 찾나? 그 아들도 선생님이었어? 아, 그건 아니군.

고령자를 상대로 대화를 나누다 보면 툭하면 이야기의 맥락이 엉키고 만다. 그것을 꺼리면 안 된다. 오히려 잘 이용해야 한다는 것을 에이이치는 배웠다. 그때 생겨나는 일말의 죄의식 역시 억눌러야 한다는 것도.

에이이치에게는 친가에도 외가에도 조부모가 있지만 양쪽 다 유대는 깊지 않았다. 그 이유를 설명하자면 길어지는데, 한마디로 정리하면 그것도 후코의 영향이다. 특히 친가인 하나비시 본가와 며느리인 어머니의 관계는 후코의 죽음을 경계로 거의 끊어져버렸다. 그래서 에이이치는 이렇게 많은 할아버지, 할머니와 한꺼번에 이야기를 나누는 경험은 처음이었다.

덴코의 아버지에게는 야영 말고도 낚시 취미가 있었다. 멀리 가진 않는다. 도심에서 차로 약 한 시간쯤 걸리는 바닷가 둑에서 낚싯대를 던져놓고 즐기는 정도다. 그런데도 할 말은 많은지 언젠가 이런 말을 한 적이 있다.

ㅡ뜻밖에 낚은 물고기에는 뜻밖의 즐거움이 있도다.

목적했던 물고기가 아니더라도 뭔가를 낚으면 그 나름대로 즐겁다는 정도의 의미일 텐데, 탐문을 해나가는 와중에 에이이치도 그런 기분을 맛보았다. 선생님 찾기라는 구실 따윈 어디론가 날아가버리고, 어느 노부부 할머니의 공습 체험담과 할아버지의 만주 귀환 이야기에 한 시간 이상을 보내기도 했다.

그러면서도 머릿속 한구석으로는 이럴 때가 아니라거나 내가 지금 뭘 하나 싶은 생각도 들었다. 맥락 없이 똑같은 얘기만 되풀이하는 노인 특유의 횡설수설에 질리기도 하고, 조금은 짜증이 나기도 하고, 그런 자신이 어처구니없게 느껴지기도 했다. 열기가 식어버리는 것이다. 그런데도 일단 탐문을 끝내면 지긋지긋해서 더는 못 하겠다는 생각은 들지 않았다. 그러기에 앞서 다음 단계를 생각하게 되었다. 또다시 할아버지, 할머니를 상대로 같은 일이 되풀이될 거라는 걸 알면서도. 그렇긴 하지만…….

성과는 어땠냐고 물은 덴코는 '그런 탐문이라면 난 패스다.'라고 비웃었다. 피카는 의심 가득한 커다란 검은 눈동자로 응시하며 '하나짱, 매일같이 어디를 쏘다녀?' 하고 탐색해서, 본론과 관계없는 이야기에 얽매여 있기에는 현실적인 한계도 있었다. 스도 사장의 연락을 기다리는 동안만 그렇게 시간을 보낼 생각이었는데, 동아리 활동에 너무 얼굴을 내비치지 않는다고 이 학년 선배가 말을 건네기도 하고 하시구치역시 '어디 몸이라도 안 좋아?' 하며 걱정하기에 이르러서, 이제 그만 접어야겠다고 생각한 여드레째였다.

실마리가 잡혔다.

센카와 1가의 한 모퉁이에 언제 지나가도 셔터가 내려진 작은 가게가 있었다. 건물 정면 너비는 한 칸 정도, 집도 처마도 셔터도 기울어져 있었다. 고장이 나서 안 열리는 걸 거라고 생각했다. 한데 그 가게가 열려 있었다. 전통 과자 가게였다. 낡은 상품 진열대 안쪽에 낡은 레지스터가 있고, 늙은 여성—다시 말해 할머니—이 줄무늬 기모노를 차려입고 그 앞에 오도카니 앉아 있었다.

그곳에만 시간이 멈춰 있었다.

실례하겠습니다, 하고 가게 안으로 한 발짝을 들여놓자 먼지와 곰팡이 냄새가 느껴졌다. 진열대만이 아니고 상품도 하나같이 오래되고 빛이 바래 있었다. 유통기한은 어떨지.

소리를 듣고 기모노를 입은 할머니가 고개를 들었다. 옷차림과 반대로 머리는 단정하게 커트하고 염색까지 했다. 그 모습을 보니 마음이 놓였다. 머리까지 틀어 올렸으면 돌아서서 도망칠 참이었다.

"네, 뭐요?"

여느 때와 다름없이 덴코가 정성 들여 지어낸 이야기를 늘어놓고 기억나는 게 없냐고 물어보자, 기모노 할머니는 얼굴을 찡그리며 에이이치를 응시했다. 아니, 응시하려 했다. 눈이 나쁜 것이다. 다시 한 발짝 다가서자 확실해졌다. 눈동자가 부옇게 흐려져 있었다.

"잘은 모르겠는데."

"아, 네. 실례했습니다."

"나는 보다시피 노인이잖아."

귀는 먹지 않은 것 같지만 발음이 안 좋았다. 지난 여드레 동안의 경험으로 에이이치도 이제는 안다. 틀니 때문이었다.

"학생인가?"

"네."

"그 선생님이라는 사람, 미타 가의 마코토 씨 아내인 것 같은데."

전갱이 낚시를 하다가 계속 멸치만 낚았는데 난데없이 장어가 걸려들었다. 그로 인해 자기는 본래 장어 낚시를 하러 왔다는 사실을 떠올렸다. 에이이치는 엉겁결에 침을 꿀꺽 삼켰다.

"미타 가의 며느리라고요?"

"그 사람 초등학교 선생이었잖아?"

그렇게 물어도 동의할 만한 재료가 없었다.

"이웃분들에게 마코토 씨의 부인 얘기는 한 번도 못 들었는데요."

기모노 할머니는 말라비틀어진 것처럼 야위어 있었다. 머리는 그야말로 에이이치의 주먹 크기 정도였다—고 말하면 과장이겠지만, 심정적으로는 그런 느낌이었다. 그런 머리를 나른한 듯이 떨어뜨리고 할머니가 말을 이었다.

"며느님은 여기 안 살았거든. 여러 가지로 문제가 있어서 헤어졌어."

"무슨 문제요?"

할머니는 에이이치의 질문은 귀담아듣지 않았다.

"그러니 다들 잘 모르는 게지."

그렇게 중얼거리더니 레지스터 옆에 올려둔 동전 주머니처럼 생긴 자루를 오른쪽에서 왼쪽으로 옮겼다.

"아드님도 이제 겨우 부모 곁으로 돌아왔나 했더니 같이 죽어버렸잖아. 세 사람이나 죽었어."

"끔찍한 화재였다고 들었어요."

할머니의 부연 눈이 에이이치 쪽으로 향했다. 시선의 방향
은 맞았다.

"이상한 신심을 가지니까 그렇지. 내가 그렇게 말렸건만."

혼잣말 같았다.

"너무 안타까워. 모두 죽어버렸으니."

미타 집안과 친분이 있었던 사람이라는 추측은 할 수 있었
다. 서운함이 묻어나는 말투였다.

"도쿠코 씨는 그 며느리 일을 숨겼어."

도쿠코는 미타 씨 부인의 이름이었다.

"이혼하는 바람에 아들한테 흠집이 났다고 생각했으니까."

"네에?"

"딸이면 몰라도 아들이잖아, 그게 무슨 상관이라고. 그것
도 다 신심 탓이지."

그 이상은 아무리 밀고 당겨도 도움이 될 만한 이야기를
들을 수 없었다. 그래도 그걸로 충분했다. 미타 가에는 며느
리가 있었다. 귀중한 관계자다.

"이거 하나 주세요."

가까이 있던 사탕 깡통 하나를 집어 들자, 삼백 엔이라고

해서 동전으로 계산했다. 가게에서 나와 찬찬히 살펴보니 일
년 전에 유통기한이 지난 사탕이었다. 돌아가는 길에 역 앞
쓰레기통에 던지려다 멈췄다. 신광진 도교회의 리플릿은 재
활용 분류함에 망설임 없이 던져버렸는데 사탕 깡통은 쉽게
버릴 수가 없었다. 그도 그럴 것이 가까스로 낚아 올린 장어
였으니까.

"그걸 어떻게 알아냈지? 누구한테 들었어?"
스도 사장한테 걸려 온 전화였다. 에이이치는 전화를 받자
마자 미타 가의 며느리 얘기를 꺼냈다. 시간이 멈춰버린 것
같은 과자 가게 이야기도 했다. 스도 사장은 알고 있었다.
"그 집 할머니는 이미 인간이라기보다는 신에 가까우니까.
마음이 내키면 랜덤으로 가게 문을 열지. 이웃 사람들도 모두
익숙해져서 놀라지도 않아."
물론 물건도 사지 않는다.
"그분도 혼자 사세요?"
"아냐, 아냐. 손주 부부가 있어. 나랑 동급생."
이제는 우와, 하고 놀랄 일도 아니다. 이 지역에서는 부모
자식 두 세대에 걸쳐 살아온 주민이라면 어떤 형태로든 서로
에 관해 알고 있는 게 보통이었다. 스도 사장이 지역 사정에

밝은 것은 장사 때문만은 아니었다. 그런 토지 성향을 가진 곳이었다.

"그 과자 가게도 고구레 씨나 마찬가지로 개점휴업 상태니까."

손주 부부는 가게를 정리하고 임대를 놓고 싶어 하지만 할머니가 싫어해서 그대로 두었다. 기모노 할머니는 아흔 살이 넘었다고 했다.

"옛날에는 마을 부녀회 회장까지 맡았대. 그러니 정보통이겠지."

사장 쪽에서도 수확이 있었다.

"등기부만 확인했으면 금방 끝났겠지. 하지만 자세한 사정을 알아내려면 담당자랑 잠깐이라도 대화를 나눌 수밖에 없잖아. 그러려면 타당한 이유가 있어야 하고. 게이오 부동산 사장이랑 친하긴 해도 우리가 그쪽 토지를 노리는 것처럼 보일까 봐 말문을 여는 데 고생깨나 했지."

미타 씨의 토지를 상속받아 현재도 소유하고 있는 사람은 그의 남동생이었다.

"아마 같이 사진 찍은 사람일 거야. 얼굴이 비슷했잖아."

"그럼, 교단 신자겠네요."

"글쎄, 동생 쪽은 어떨지."

"만나셨어요?"

"아니, 통화만 했어."

세상을 떠난 미타 씨 가족의 스냅사진이 무슨 까닭인지 신사에서 연 벼룩시장에 섞여 있었다, 돌려드리고 싶은데 어떻게 하면 좋겠는가, 스도 사장도 그런 식으로 접근했다. 그러자 미타 씨의 동생은 곧바로 대답했다.

—그건 틀림없이 교단 쪽에서 나온 사진이겠죠. 우리 집 물건이 아니니 교단에 돌려주시면 됩니다.

"동생분은 사이타마에 살아. 이쪽 벼룩시장에 물건을 내놓을 리가 없지."

"그래서요? 사장님은 며느리 얘기를 어떻게 알았죠?"

저희 부동산은 미타 씨와 교제가 있었습니다, 그래서 그 사진도 저희 부동산으로 온 건데 사진에는 제가 모르는 여자분이 찍혀 있습니다, 혹시 짐작이 가는 분이라도 있으신가요, 하고 사장은 물었다. 그것도 교단 사람이겠죠, 하고 미타 씨의 동생은 선뜻 대답했다. 그 무뚝뚝한 말투를 듣고 사장은, 동생이 신자가 아닐 거라고 판단한 것이다.

그렇다면 사진 속의 그 웃는 얼굴은 친척 간의 친분을 위한 노력의 일환이었나?

"그래서 더 이상은 말도 못 붙이겠다 싶었는데."

설마 리에코 씨는 아닐 테고, 하고 그 동생이 불쑥 중얼거렸다. 그분은 누군가요? 아, 조카며느리예요. 처음부터 이런저런 말썽이 많았던 결혼이고 오래가지도 않았으니 형님 부부와 친분이 있던 분들도 잘 모를 겁니다.

어험, 하고 스도 사장이 기침을 했다. 목이 잠긴 게 아니라 잘난 척을 한 모양이다.

"그때부터 내가 한바탕 멋진 연극을 했지."

그 후의 대화 내용은 아래와 같다.

―아하, 그렇군요. 그런데 이 사진에서는 나이대로 봐서 아무래도 그 리에코 씨라는 분인 것 같습니다. 어쩌면 교단에서 찍은 사진일지도 모르겠네요.

―그럴 리 없어요. 그 사람은 신심을 꺼려서 형님 부부랑 안 맞았던 거니까.

―아하, 그렇습니까?

―조카 놈도 잘못했죠. 부모에게 상의도 않고 멋대로 아냇감을 찾으면 잘 풀릴 리가 없다는 걸 몰랐다니.

―하지만 헤어진 후에는 그 조카분도 센카와 본가에서 같이 사셨죠.

―이혼하고 의기소침해졌으니까요. 돈도 다 써버렸고.

―아, 네. 그래서 부모님 곁으로 돌아왔군요. 그러고 보니

조카분이 주차장을 찾으셨습니다. 저희 부동산에서 알아봐 드렸죠. 계약은 안 했지만.

—본가에 같이 살면 자동차도 필요 없으니까요.

이야기를 나누는 중에 동생분의 말투도 조금씩 풀어졌다. 사진 한 장으로 신경을 쓰게 해서 죄송합니다. 형님 부부가 찍힌 사진이면 우리 집에서 받을까요? 그런 식으로 이야기가 흘러갔다.

—알겠습니다. 그런데 미타 씨, 실은 여기 찍힌 사람은 조카분과 리에코 씨로 보이는 여자분 두 사람뿐입니다.

꼬리를 무는 거짓말 추가였다. 맨 처음에 '미타 씨 가족의 스냅사진'이라는 애매한 표현을 썼기 때문에 가능한 술수였다며 사장은 또다시 으스대는 투로 말했다.

"난 세 치 혀 장사로 연마된 사람 아닌가."

"잘 압니다."

—그래서 건네드리기가 좀 그렇습니다. 리에코 씨의 의향도 여쭤보는 게 좋을 것 같고요. 리에코 씨가 교단 활동을 열심히 하지 않았다면 교단에는 더더욱 돌려드릴 수 없는 노릇이겠지요.

사장은 신앙의 자유가 어떠니 초상권이 어떠니 떠들어대며 미타 씨의 동생을 현혹시켰던 모양이다.

―그런 문제도 있군요.

거기 휘둘린 동생분도 참 순진한 사람이었다.

"미타 씨 일가 세 사람이 화재로 죽은 것은 아드님이 리에 코 씨라는 사람과 이혼하고 몇 달도 안 지나서 생긴 일이래."

―그래서 리에코 씨는 조문도 오고 장례식에도 참석했어 요. 내가 상주 역할을 맡아서 그 당시 방명록이 있는데, 거기 적힌 연락처라도 괜찮으면 알려드리죠. 지금도 거기 사는지 어떤지는 모르지만.

동생분은 그렇게 말했다.

"어때, 수확이지? 이걸로 수수께끼는 다 풀린 거나 마찬가 지야!"

스도 사장은 마냥 기분이 좋았다. 거의 붕 떠 있었다. 분명 그만한 가치는 있었다. 에이이치도 이렇게 빨리 미타 마코토 의 옛 아내 소식을 알아낼 줄은 몰랐다.

"하지만 사장님."

"뭡니까?"

"지금 얘기를 들어보면 그 리에코 씨는 살아 있…… 아니, 생존해 계신 거네요?"

한 박자, 틈이 생겼다.

"그러네. 죽었으면 동생분이 말해줬겠지. 죽은 걸 모를 가능성도 있지만."

"아뇨, 안 죽은 편이 좋아요. 미타 집안은 이미 세 사람이나 죽었으니 죽은 사람이 더 나오면 너무 비참해요."

"그럼, 그럼."

"하지만 리에코 씨가 살아 있다면 심령사진이 될 리는 없잖아요."

그러니 수수께끼를 해명한 거나 마찬가지는 아니다, 하고 에이이치는 지적하고 싶었던 것이다. 이번에는 두 박자, 틈이 벌어졌다. 이윽고 스도 사장이 말했다.

"생령生靈이거나."

말도 안 돼.

가르쳐준 번호로 전화를 걸자 기계 소리가 응답했다. 이사로 인해 번호가 바뀌었습니다. 새 번호로 다시 걸자 그쪽은 부재중 안내였다. 메시지를 어떻게 남겨야 할지 도무지 갈피를 잡을 수 없어서 에이이치는 말없이 전화를 끊었다.

다음 날은 스쿼시 볼처럼 어지럽게 바운드되어 설렜다 풀이 죽었다 하는 마음을 가라앉히기 위해 일부러 동아리 활동에 참석했다. 이십 킬로미터를 달리고 집으로 돌아와 다시 한 번 전화를 걸자 연결이 되었다. 여자 목소리가 전화를 받았다. 에이이치는 이름부터 확실하게 밝혔다.

"미타 가의 이웃에 사는 학생입니다. 미타 마코토 씨의 부인이셨던 리에코 씨입니까?"

여자는 당황한 듯 잠시 침묵하다가 물었다.

"미타 가는 이제 없을 텐데 무슨 용건인가요?"

살짝 비브라토가 들어간 목소리였다. 악기에 비유하자면 불거나 치는 게 아니라 현을 타는 계열이다.

"으음, 그러니까 그게……."

부재중 안내 이상으로 어떻게 말문을 열어야 할지 망설여졌다.

"이상하게 여기시는 게 당연합니다. 대단히 미안하고 죄송스럽지만, 끊지 말고 얘기를 들어주십시오."

처음에는 금방이라도 끊어버릴 것만 같아서 숨이 끊어질 듯이 말투가 빨라졌다. 만나본 적도 없는 사람에게 사진 내용을 설명하기도 어려웠다. 그러나 상대는 전화를 끊지 않았다. 반응은 물론 없었지만 조용히 얘기를 들어주었다.

"그 사진을 학생이 가지고 있다는 거죠?"

그렇게 되물었을 때는 너무나 안도한 나머지 무릎이 살짝 휘청거렸다.

"네, 저한테 있습니다."

전화기는 꽤 오랫동안 침묵을 지켰다. 그리고 마침내 여자가 이렇게 말했다.

"나한테 보여줄 수 있어요?"

시원시원한 사람이었다. 이번 토요일 오후 두 시, 히비야 공원 분수대 앞에서. 네, 거기서 인사드리겠습니다. 무슨 표시라도 필요할까요? 저는 도립 미쿠모 고등학교 일 학년 학생입니다. 교복을 입고 학교 배지를 달고 나가겠습니다.

약속한 당일이었다.

"학교 가? 뭐 하러?"

부모님과 피카에게 삼 연타로 질문을 받았다.

"동아리 활동."

"교복 차림으로?"

"사복은 귀찮아."

피카는 한층 더 예리하게 물고 늘어졌다.

"하나짱, 데이트?"

결국 뿌리치고 달려 나올 수밖에 없었다.

히비야 공원은 세 번째였다. 앞서 두 번은 학교 행사 때문에 찾았다. 완전히 사적인 일이고 만나기로 한 상대가 여자라는 점에서만 본다면 이번은 분명 데이트에 가깝다. 대기권 밖이라는 느낌이 들 정도로 연상이긴 하지만.

이십 분이나 일찍 도착한 에이이치는 나의 정식 데이트는 언제쯤일까, 피카가 더 빠르지 않을까, 하는 시시한 생각에 잠겨 있었다. 지금부터의 전개는 전혀 상상이 가지 않았다. 미타 집안과 관련된 어떤 사정을 듣게 될까, 그런 사정은 내 조사에 의미가 있을까, 리에코 씨는 왜 그 사진을 보고 싶어할까 등등 생각해봐야 아무런 보탬도 안 되는 잡념들을 떨쳐내기 위해 멍하니 있으려 했지만 뜻대로 되지 않았다. 그러나…….

아아, 저 사람이다.

가까이 다가오는 모습만으로도 금세 알아볼 수 있었다. 머리로 알아본 것이 아니다. 눈으로 알았다. 도심의 쉼터. 겨울 햇살을 튕겨내는 분수의 물보라 옆에 쓸쓸히 서서 기다리는 학생복 차림의 에이이치에게 여자는 천천히 다가왔다. 낙타색 외투에 회색 바지 차림으로, 검은 토트백을 어깨에 메고 있었다. 야무진 쇼트커트. 균형 잡힌 이목구비. 키는 백육십 센티미터 안팎일까.

거기에 존재했다. 실재했다. 살아 있는 여성이었다.

그러나 심령사진 속 여자의 얼굴이었다.

이럴 수가.

7

직장이 근처라고 야마노 리에코가 말했다. 건네받은 **명함**에는 출판사 이름과 '편집부'의 직책이 적혀 있었다.

"교과서 부교재나 참고서를 만드는 회사예요."

그러고 보니 어렴풋이 눈에 익은 회사 이름이었다.

"초등학교 선생님이셨다고 들었는데요."

리에코는 눈을 깜박거리고 에이이치를 바라보았다.

"어떻게 알아요?"

조사했구나, 하는 말에 에이이치는 반사적으로 죄송하다며 사과하고 말았다.

공원 근처 찻집이었다. 점점 더 데이트다운…… 건 아니고, 면접을 보는 듯한 분위기였다. 웨이트리스가 커피를 내려놓고 자리를 뜬 후, 에이이치는 가방을 열었다. 야마노 리에코는 등을 곧게 펴고 앉아 있었다. 화장은 옅고, 액세서리는 없었다. 희미하게 향수 냄새만 감돌았다.

"이겁니다."

에이이치는 탁자 한가운데 살며시 사진을 내려놓았다. 리에코가 몸을 가볍게 앞으로 내밀며 사진을 보았다. 눈을 살짝 휘둥그레 떴다. 탁자 밑에서 손을 올려 사진을 만졌다. 그리고 카비네판 한 장짜리가 아니라 훨씬 더 두껍고 다루기 힘든 무언가를 들어 올리는 듯한 동작으로 사진을 얼굴 가까이 가지고 갔다.

에이이치는 말없이 기다렸다.

리에코가 사진에서 시선을 들었다.

"저예요."

에이이치의 몸속 어딘가에서 뚜껑이 확 열리는 듯한 감각이 스쳐 지나갔다.

리에코가 중얼거렸다.

"이상한 사진이네. 희한한 사진이에요."

말투에는 옅은 쓴웃음이 섞여 있었다. 얼굴에 미소는 없었다. 눈초리가 긴 눈은 깜박이지도 않았다.

"이 사진을 찍었을 때 일을 기억하세요?"

에이이치가 묻자 리에코는 사진을 탁자에 내려놓더니 에이이치 쪽으로 빙그르르 방향을 돌렸다.

"4월 20일이라는 표시가 있는데, 언제쯤 4월 20일인지 알아요?"

"오 년 전입니다. 2003년이에요."

"그럼 우리가 신혼이었을 무렵이네요. 그해 1월에 결혼했으니까."

남의 말을 하는 듯한 말투였다.

"하지만 나는 마코토 씨의 본가에는 거의 드나들지 않았어요. 특히 이렇게……."

리에코는 손톱 끝으로 사진을 가리키고는 말했다.

"교단 사람들이 와서 행사할 때는요. 싫어서 안 갔어요."

에이이치는 고개를 한 번 끄덕였다.

"난 이 자리에 없었어요. 내가 없어서 모두들 웃는 얼굴로 찍은 거예요."

에이이치는 말없이 찬물을 마셨다. 침묵이 흘렀다. 토요일, 히비야의 찻집에서 연상의 미인과 마주 앉은 채 에이이치는, 미쿠모 고등학교 시험을 치고 싶다는 희망을 꺼냈던 진로 상담 때의 일을 떠올렸다. 어색하고 거북해서 무심코 말을 내뱉었다가는 이야기의 흐름이 점점 더 원치 않는 방향으로 흘러가버릴 것 같은 위태로운 침묵.

리에코가 처음으로 뺨을 부드럽게 풀면서 에이이치와 시선을 마주쳤다.

"고등학교 일 학년이라고 했죠?"

"네."

"열여섯 살이네."

"네."

"행동력이 있구나."

칭찬을 받았다. 역시 선생님과 마주 앉은 느낌이었다.

"고맙습니다."

리에코는 하얀 앞니를 드러내며 웃었다.

"신광진 도교회에서 깜짝 놀라지 않던가요? 혼자서 그런 곳을 찾아가다니 용기가 대단한걸."

"별로 깊이 생각하지 않았으니까요."

그렇구나, 고개를 가볍게 끄덕이고 리에코는 또다시 사진으로 시선을 떨어뜨렸다.

"마코토眞라는 이름도 교단에서 지어줬대요. 그 정도로 시댁 어른들은 젊었을 때부터 신앙생활에 열심이었어요. 마코토 씨도 어릴 때부터 부모님을 따라다녔지만 감화되지는 않았다더군요. 대학에 들어가자마자 집에서 나왔죠. 부모님의 신심이 이해가 안 간다고 했어요. 줄곧 이해할 수 없었고, 자기는 그렇게 될 수도 없고 되고 싶지도 않다고 했어요. 적어도 나한테는 그렇게 말했죠."

말은 그렇게 했지만……

"그래도 부모 자식 간이잖아요."

리에코는 카메라를 향해 웃는 아버지와 어머니와 아들을 바라보며 질문을 던지듯, 확인을 하듯 다시 한 번 '부모 자식간이잖아요.'라고 중얼거렸다.

"이 사진 내가 가져도 될까요?"

"네."

당신 사진이니까. 소리 내어 말하진 않았지만 의미는 틀림없이 통했을 것이다.

"원래 소유자는 교단의 노구치 씨죠? 괜찮을까요?"

"그 사람한테는 돌려줄 필요가 없을 것 같습니다."

"그렇게 장담하는 건 조사한 사람의 권리인가?"

아주 조금이긴 하지만 도발적인 냄새가 풍기는 질문 방식이었다. 어색했던 진로 상담보다 훨씬 더 어려운 대화다. 그래도 이 자리에 역학적인 상하 관계는 없다. 무례하게 굴면 안 되겠지만 하고 싶은 말을 해도 꾸중 들을 일은 없다.

"그렇습니다."

에이이치는 단호하게 대답했다. 야마노 리에코의 눈동자가 한순간 반짝인 듯 느껴진 것은 멋대로의 착각일까?

"저는 줄곧 이런 사진이 어떻게 존재하는지 그 이유를 알고 싶어서 조사했습니다."

되받아치듯 리에코가 곧바로 말했다.

"이유는 나도 몰라요."

"트릭…… 같은 것도 아니고?"

시선이 딱 마주쳤다. 그리고 거의 동시에 둘이 같이 웃기 시작했다. 다시 한 번, 아까보다는 훨씬 작지만 단단한 마개가 에이이치의 몸속 어딘가에서 조용히 열렸다.

"학생이 조사한 한에서는, 이 사진 속의 내 얼굴이 처음부터 찍혀 있었던 건 아니죠?"

"그렇게 들었습니다. 현상한 사진을 받았을 때는 없었다고."

"노구치 씨의 집에 숨어들어서 앨범까지 뒤적여 이런 사진을 넣어두다니, 나도 그렇게 한가한 사람은 아니에요."

그러고 나서 리에코는 자기 말을 다시금 확인하듯 고개를 두 번 끄덕여 보였다.

또다시 침묵이 흘렀다. 회견은 끝나가는 것 같았다. 야마노 리에코가 손을 뻗어 사진을 토트백에 넣는다, 정말 이상한 사진이죠, 정리하듯 말하고 일어선다…….

그러나 그녀는 앉은 그대로였다. 커피 잔을 비우고 잔 받침에 내려놓더니 에이이치에게 시선을 던졌다.

"사진에 대한 감사 인사로 내막을 밝혀줄까?"

내부 장식에 유리와 거울을 풍족하게 활용한 찻집이었지만 두 사람은 가게 한가운데 앉아 있었기 때문에, 자기가 얼마나 멍청한 표정을 지었는지 그 순간의 에이이치에게는 보이지 않았다.

"학생한테는 아직 그런 경험이 없겠지만 어른이 되면 틀림없이 생길 거예요. 생판 모르는 타인, 그저 단 한 번 스쳐 지나는 타인에게, 가깝고 친한 사람에게는 절대로 말할 수 없는 신상 이야기를 털어놓는 경험. 그런 건 대개 택시 안이긴 하지만."

"운전기사님 말이죠?"

"으응. 그러니 지금도 그런 기분으로 얘기할게요. 한 토막만."

"등 돌리고 앉을까요?"

리에코가 활짝 웃었다.

"그렇게까지 할 필요는 없고."

스스로 생각하기에도 너무 생뚱맞은 말을 한 것 같아서 에이이치는 쑥스러웠다. 오늘 본 중에서 가장 밝고 온화한 미소를 머금은 야마노 리에코의 얼굴은 아름다웠다.

"나랑 마코토 씨는 혼인신고를 하기 일 년 전부터 같이 살았어요. 아니, 그렇다기보다 시부모님이 뜻을 굽히고 결혼을 승낙해줄 때까지 그 정도 시간이 걸린 셈이죠."

반대가 심했다고 한다.

"내가 신광진도교회의 신자가 아니었으니까."

"하지만 마코토 씨도 신심은 없었다면서요?"

"맞아요. 그래서 나랑 결혼하기 위해 더욱 열심히 부모님을 설득해야 했죠."

그런 보람이 있어서 2003년 1월, 두 사람은 정식으로 혼인 신고를 했다.

"혼인신고뿐이었어요. 예식도 피로연도 없이. 그게 타협점이었으니까."

신광진 도교회에는 독자적인 결혼 의식이 있고, 신자는 모두 그에 따른다고 했다.

"평범한 결혼식을 올리면 시부모님은 아무도 초대할 수 없다는 거예요. 초대해도 오지 않을 거라면서. 두 분 다 그 지부에서는 오래된 신자였으니 정말 곤란하셨겠죠."

결혼식쯤이야 안 하면 어때. 리에코는 스스로를 위로했다. 마음속으로는 몹시 아쉬웠지만, 부모와 아내 사이에 낀 마코토 씨의 처지를 생각해서 개의치 않는 척했다. 그걸로 말썽 없이 끝나면 그만이니까.

"나도 참 어수룩했어요."

같이 사는 건 감당할 수 없을 것 같아서 생활은 따로 했지만 시부모한테는 뻔질나게 전화가 왔다. 휴일에 느닷없이 찾아오는 일도 자주 있었다. 그리고 올 때마다 신앙 이야기를 꺼냈다. 리에코가 그것을 꺼리자 마코토가 부모에게 어떤 조치를 취했던 모양이다. 그 자리에서 의논 내지는 흥정한 결과였을까, 마코토는 리에코에게 말도 없이 본가를 드나들게 되었다. 대놓고 불려 나가는 일도 있었다.

리에코는 서서히 깨닫기 시작했다. 결혼한 이상, 시부모—두 사람의 굳은 신앙—와 적당한 거리를 유지하며 시치미 뗀 표정으로 살아갈 수는 없다. 나는 이미 미타 집안의 일원이 되었으니까. 그뿐이 아니다. 지금의 나는 미타 가문에서 공공연하게 내놓을 수 없는 '부족한 며느리'인 것이다.

시부모는 두 사람의 결혼을 납득하지 않았고 리에코를 용서하지도 받아들이지도 않았다. 리에코는 교단 신자들은 물론이고 이웃 사람들한테까지 며느리로 소개되지 못했다. 시부모는 리에코에게 교의를 늘어놓으며 입교를 권했고, 그녀가 거절할 때마다 골은 넓고 깊어졌으며, 정신을 차리고 보니 어느 한쪽이 손을 내미는 것만으로는 극복할 수 없을 정도로 틈이 벌어져 있었다.

"그래도 마코토 씨는 내 편이었어요. 하지만……."

부모 자식 간이잖아요. 조금 전과 똑같은 말을 중얼거렸다.

"이상한 일이지만, 나라는 제삼자가 끼어들자 시부모님과 마코토 씨는 오히려 더 가까워졌어요. 신앙 문제 때문에 줄곧 안 맞았는데 어느 틈에 화해한 거예요. 해결된 건 아니었죠. 유착이라는 말이 딱 들어맞을 거예요."

중간에 끼여서 쌍방을 달래고 충고하고 서로의 체면을 세워줘야 했던 미타 마코토는 고단했을 게 틀림없다. 지치고 질려서 결말을 낼 방법을 찾는 사이, 부모 쪽에 붙거나 아내 쪽에 붙거나 둘 중 하나뿐이라는 사실을 깨달았다. 중립적인 자리를 지킬 수는 없다. 양쪽의 틈바구니에서 마냥 떠다닐 순 없었다.

탁자 한가운데 에이이치 쪽을 향해 놓여 있는 그 사진. 결혼한 지 불과 석 달째인 미타 마코토는 본가에서 열린 교단 행사에서 부모님과 함께 웃고 있었다.

아내는 참석하지 않았는데.

아내가 참석하지 않았기 때문에.

아내에게는 나까지 참석하지 않으면 관계가 더 힘들어지니까 잠깐 얼굴만 비치고 오겠다고 말하고.

미타 마코토의 웃는 얼굴이 그 자리의 평온을 유지하기 위한 거짓이었다 하더라도, 그가 그렇게 웃을 수 있었다는 것은 어떤 징조, 어떤 흉조이지 않았을까?

"나한테는 입으로만 맞춰주면서 믿는 척하면 된다는 말도 자주 했어요. 그 교단의 교의 자체는 딱히 새롭지도 과격하지도 않다, 그러니 조금 좋은 이야기라고 결론 내리고 가볍게 흘려듣자고."

에이이치는 묘심 비구니, 노구치 씨와 나눈 짧은 대화를 떠올리는 것만으로도 그러기는 힘들 거라는 생각이 들었다.

"학생 친구들 중에도 아마 있을 거야. 내가 옛날에 맡았던 학생 중에도 그런 애가 있었어요. 자기는 부모를 마구 깎아내리면서 친구가 자기 부모를 비판하면 화를 내는. 가족이란 그런 거니까."

덴코는 에이이치의 아버지나 어머니를 관찰은 해도 비판하지는 않았기 때문에 그저 상상할 수밖에 없었다. 그런데 그 말이 맞을 것 같았다.

"내가 완고해질수록 그 사람은 착한 외아들로 변해갔어요."

입교하지는 않았지만 신광진 도교회의 교의에도, 거기에 인생의 모든 것을 건 부모의 삶에도 관대해졌다고 한다.

"그렇게 되니까 이번에는 우리 부모님이랑 마코토 씨가 껄끄러워지기 시작했죠. 우리 부모님도 그 결혼이 처음부터 마음에 든 건 아니었으니까."

이유는 역시 미타 집안의 신심 때문이었다.

"마코토 씨로서는 나 못지않게 우리 부모에게 이러쿵저러쿵 자기 부모 얘기를 듣는 게 불편했겠죠."

혼인신고를 한 지 삼 년 오 개월 만에 두 사람은 이혼하기로 결정했다. 물론 결혼 생활의 파탄은 그보다 훨씬 전부터 시작되었다. 대화가 말다툼으로 커지고, 부부 중 어느 한쪽이 자기 집으로 돌아가버리는 사태가 몇 번이나 발생했기 때문이다.

"이혼하기로 결정하니까 우리 부모님은 그제야 마음이 놓이시는 것 같았어요. 나 이상으로."

결혼 생활 동안 리에코가 시댁에 발걸음을 한 것은 손가락에 꼽을 정도였다. 그러니 이웃에도 알려지지 않았을 게 뻔하다.

"센카와 1가에 오래된 과자 가게가 있는데요."

리에코는 기억이 안 난다고 했다.

"그 집 할머니는 당신에 관해 알고 있었어요. 아주 조금이지만."

"시어머니에게 들었을까?"

"그런 것 같습니다. 옛날에 부녀회 회장을 맡았던 분이라니까."

"시어머니도 다른 사람한테 푸념을 늘어놓기도 했네."

말투에는 쓸쓸한 야유가 깃들어 있었다.

"그 교단 교의에서 푸념은 죄악이에요."

그 어떤 불행이나 시련도 달갑게 받아들이는 게 불심에 이르는 길이기 때문이라고 한다.

"다른 데서 이사 온 사람이 볼 때는 살짝 섬뜩할 정도로, 오래 산 사람들끼리 서로를 잘 아는 토지 성향이었어요."

그런 곳에서 사소하긴 해도 혼자 몸으로 조사 활동을 벌인 에이이치가 새삼 흥미롭게 여겨졌는지, 전형적인 교사의 눈빛으로 바라보는 게 느껴졌다. A는 받을 수 있을까?

"그런 곳에서 이웃 사람들에게 알려지지 않았다는 것은."

"적극적으로 숨겼다는 뜻이겠죠. 별스러운 일도 아니지. 나란 존재가 시부모 두 분께는 죄악이었으니까."

일부러 심한 표현을 쓰는 느낌이 풍겼다.

"많은 일들이 있었지만, 더는 못 참겠다고 분명하게 깨달은 계기는 내 일에까지 참견했을 때예요."

그 당시 리에코가 담임을 맡았던 반에서 학급 붕괴에 가까운 현상이 일어났다. 그에 대한 대처 방법을 고민하며 정신없이 쫓기던 어느 날 밤, 스트레스성 위궤양으로 피를 토하고 구급차에 실려 병원으로 옮겨졌다. 응급실로 달려온 마코토 씨는 걱정을 하면서도 확연히 느껴질 정도로 기뻐하는 표정으로 이렇게 말했다고 한다.

―리에코가 부처님의 길에서 등을 돌려서 학생들도 등을 돌리는 거야.

용서할 수 없었다.

"뺨이라도 때려주고 싶은 심정이었어요. 당신이 교사 일에 관해 뭘 아느냐고."

마코토 씨는 어머니 옆에서 말없이 시선을 피했다고 한다. 에이이치도 눈앞의 아마노 리에코를 똑바로 쳐다볼 수 없었다. 택시 운전기사라면 이런 괴로움은 없을 텐데. 룸미러만 안 보면 되잖아.

감정적인 대사를 내뱉고 나니 스스로도 부끄러워졌는지, 리에코는 '항복'이라고 말하듯 양손을 들고 눈동자를 빙그르르 돌렸다.

"그렇게 불행하고도 우스꽝스러운 결혼 풍경이었죠."

네, 하며 에이이치가 고개를 끄덕였다.

"재작년에 그 사람들이 화재로 죽었을 때……."

리에코의 얼굴에서 미소가 사라지고 다른 무언가가 스며들었다. 금방은 분류 불가능한, 표정으로 굳어지기 직전의 떨림 같은 무언가가.

"난 울지 않았어요."

눈물이 나오지 않았다.

"이혼한 지 백오십 일째였죠."

리에코는 잠시 입을 다물고 침묵했다. 에이이치도 말없이 기다렸다.

"위험을 피했다는 생각까지 들었어요."

에이이치는 아무 말도 하지 않았다.

"이게 뭐야, 신심이 깊어도 재난 하나 못 피하네, 생각했어요. 이렇게 비참한…… 일이나 당하고."

에이이치는 여전히 아무 말도 하지 않았다.

"우리 부모님도 헤어지길 정말 잘했다고 말했죠."

갑자기 그녀의 목소리가 잠겨 들었다. 하지만 곧바로 회복했다.

"밤샘도 하고 장례식에도 참석했어요. 그때도 따가운 눈총을 받았지만."

"누구한테요?"

"교단 사람들."

"왜요? 그건 이상하잖아요."

"이상하죠. 하지만 그게 바로 그 사람들의 사고방식이에요."

리에코는 입술을 일그러뜨리며 웃더니 말을 이었다.

"여하튼 난 그 사람들한테 불적佛敵이라고 불릴 정도였으니까. 내가 미타 집안에 악연을 불러들였다는 논리였죠."

에이이치는 의식적으로 코웃음을 쳤다.

"백오십 일 후에 효과가 나타나는 악연인가요?"

"재밌죠?"

비브라토가 실린 목소리로 말한 리에코는 갑자기 한쪽 손으로 눈을 덮었다.

"난 울지 않았어요. 슬픈 마음도 전혀 없었어요."

탁자에 팔을 괴고 고개를 숙이며 목소리를 떠는, 교사 같은 연상의 여성을 에이이치는 그저 말없이 바라만 보았다. 울지 않은 게 아니라 울 수 없었던 게 아니냐고, 오기로라도 울지 않겠다고 이를 악물었던 것뿐이지 않느냐고 물어볼 수는 없었다.

"내 안에 이미 그런 나는 존재하지 않았어. 어디에도 없다고 생각했어. 그런데…… 이런 데 있었네. 이런 데서 난 울고 있었어."

지금도 울고 있다는 생각이 들었다. 이 사람의 눈물을 봐서는 안 된다. 역시 운전기사는 등을 돌렸어야 옳다. 에이이치는 경직된 몸으로 고개를 숙였다.

말끔하게 닦인 탁자 위에 리에코의 얼굴이 비쳤다. 울지는 않았다. 아니, 어렴풋하긴 하지만 웃고 있었다. 웃으려고 했다. 야마노 리에코는 숨을 크게 들이마시더니 몸을 일으켰다. 입가에는 미소가 남아 있고 눈가가 발갛게 물들어 있었다.

"난 이 사람이 싫었어요."

사진 속의 검은 원피스를 입은 아주머니를 가리켰다.

"노구치 씨요?"

"응. 너무 싫어, 제일 싫었어요. 교의에만 푹 빠져서 아무런 의심도 없고, 옆도 안 돌아보는 데다 독선적이고."

"조금은 알 것 같습니다. 제가 찾아갔을 때, 노구치 씨는 이 얼굴이 리에코 씨라는 걸 알았을 텐데 아무 말도 하지 않았어요."

"내 얼굴을 잊어버린 게 아닐까요? 두 번밖에 못 봤으니까."

두 번 다 그녀가 남편과 함께 시댁을 방문했을 때, 노구치 씨가 기다리고 있었다고 했다. 물론 설득해서 입교시키기 위해서였다.

"그렇진 않을 겁니다. 아니까 말을 못 한 거죠."

사진을 분실하고 그렇게까지 허둥거린 이유도 여자의 얼굴에 짚이는 바가 있었기 때문일 것이다.

"묘심 비구니라는 사람, 나는 몰라요. 하지만 그 지부에는 늘 가사를 입은 사람이 두세 명 있다고 마코토 씨가 말했어요."

"만만치 않던데요."

에이이치가 엉겁결에 털어놓자 리에코는 웃었다.

"내가 얼마나 슬프고, 얼마나 깊게 상처 받고, 얼마나 힘들었는지, 굳이 비유하자면 적의 대표 격인 노구치 씨에게 알리고 싶었던 거겠죠. 그러니까 이런 데 나타났겠지."

　—마치 사진에 의지가 있어서.

　교단에서 공양 따윈 받고 싶지 않다. 여기 있다는 걸 알리고 싶다. 나는 울었다. 울고 있었다. 누구보다, 그 누구보다도 슬피 울고 있었다. 한평생을 같이하기로 마음을 정한 사람과 헤어지고 말았다. 한때는 사랑했던 사람과 서로 등을 돌리고 말았다. 미타 집안의 울타리 속으로 들어갈 수 없어서. 늘 따돌림만 당해서. 그래서 고집스럽게 헤어져버렸다. 그리고 그들의 죽음으로 이별을 고했다. 모든 게 너무나 슬펐다. 내가 얼마나 슬펐는지 당신이 알기나 하는가.

　미스 가키모토의 안력眼力은 정확했다. 사진 속의 여자는 온몸으로 울고 있었던 것이다.

　"지금도 고통스러우세요?"

　"아니."

　대답은 빨랐다. 고개를 흔드는 몸짓도 빨랐다.

　"그런 마음은 이 사진 속의 내가 다 흡수해줬어요. 이것을 보니 충분히 알 것 같아요. 이젠 매듭이 지어졌어요."

　"화재가 난 지 이 년이 지났기 때문이에요?"

　아니, 하고 이번에도 곧바로 대답이 나왔다.

　"9월 말에 재혼했어요."

이 사진이 노구치 씨의 수중에 출현하고, 교단으로 보내지고, 벼룩시장에 섞여 들어간 시기였다.

'아, 과연!' 하는 생각이 들었다.

"야마노는 지금 남편의 성이에요."

"그랬군요."

리에코가 토트백에서 손수건을 꺼냈다. 눈가를 훔치려나 했는데 아니었다. 사진을 정성스레 손수건에 싸기 시작했다. 그러면서 말했다.

"과거는 사진에 찍히네."

"사진으로 찍은 건 다 과거잖아요."

"아아, 정말 그렇지."

손수건에 싸인 사진은 토트백 속으로 사라졌다.

"소란스럽게 해서 미안해요."

"아, 천만에요."

결국 트릭도 아니었던 것 같고. 다시 말해 일부러 한 일이 아니었다.

"그건 그렇고, 이건 대체 뭐였을까? 심령사진도 아닌데."

그렇군. 결국 어떤 현상이라고 해야 하나?

"염사念寫일까요?"

피카의 책에서 얻은 지식이다. 세상에는 마음속에 떠올린 영상을 필름에 인화시키는 힘을 가진 사람들이 있는 모양인데, 그것을 염사라고 부른다고 했다. 하지만 그쪽 역시 다양한 조작과 기술이 있는 듯했다.

"난 장난치거나 트릭 같은 걸 부리지 않았어. 소란스럽게 해서 미안하다는 말은 그런 의미가 아니야."

"아, 압니다."

도무지 종잡을 수가 없었다.

"하지만 역시 심령사진일까?"

생각을 고친 듯이 리에코가 밝게 말했다.

"안 그래? 이건 결국 과거의 내 유령이니까."

내가 이런 데서 울고 있었어.

일부가 떨어져 나온 과거 현실의 단편.

불현듯 생각이 떠올라서 에이이치는 스도 사장과 미스 가키모토의 체험에 관해 얘기했다. 창틀 위에 찰싹 달라붙어 있었다는 긴 머리 여자. 야마노 리에코는 진지한 표정으로 얘기를 들었다.

"세상에는 다양한 사람들이 있으니 다양한 일들도 생기게 마련이다, 개중에는 신기한 일도 있다, 사장님은 그렇게 말했어요."

응, 하고 리에코가 고개를 끄덕였다.

"그럼 이것도 그런 일이라고 해둘까? 탐정으로서는 소화 불량이겠지만."

"장래에 택시 운전기사에게 신상 이야기를 털어놓게 될지 어떨지 모르지만, 이 일은 말할 것 같네요."

"괜찮아. 그것도 학생의 권리니까. 그때는 시효도 지났을 테고. 그보다, 사진을 들고 온 여고생은 다시 만날 기회가 있을까?"

"근처에 사는 애니까 확률이 제로는 아니겠죠."

"혹시 만나면, 사진에는 정말로 유령이 찍혔지만 이미 성불했으니 걱정 말라고 전해줘. 학생이 성불시켰으니까 안심하라고."

에이이치는 목을 움츠렸다.

"성불시킨 사람은 제가 아니라 리에코 씨잖아요."

리에코가 진지한 표정으로, 맑고 시원스러운 진지한 표정으로 말했다.

"그래, 학생 말이 맞아."

"그리고 쓸데없는 참견이겠지만, 전화번호 바뀌었다는 안내는 중단하는 게 좋지 않을까요?"

"왜?"

"나처럼 교단 사람들도 연락할지 모르잖아요."

리에코가 눈을 휘둥그레 떴다.

"내가 어떻게 지내는지 확인하려고?"

"확인하고 싶지 않을까요?"

야마노 리에코는 잠시 생각에 잠겼다가 '글쎄, 어떨까.' 하고 중얼거렸다.

"응, 안내는 일단 중단할게. 그 사람들에게는 내가 유령이 된 것처럼 믿게 하는 게 더 통쾌하니까."

눈에 힘이 있었다. 승부욕이 있는 사람이었네. 그렇게 생각하니 마음이 편해졌다. 이 사람에게 이 사진은 이미 끝난 현실인 게 틀림없다. 이쪽도 끝내기로 하자.

그럴 필요도 없었는데, 왜 그랬는지 둘이서 다시 히비야 공원 분수까지 돌아왔고, 분수 앞에서 헤어졌다.

"저어……."

에이이치는 중요한 말을 잊었다는 걸 깨닫고 입을 열었다. 리에코의 늘씬한 등이 돌아섰다.

"결혼 축하합니다. 행복하세요."

"고마워."

야마노 리에코는 소녀처럼 안녕, 하고 손을 살랑살랑 흔들었다.

"너무 잘 풀린 것 같기도 하고, 어중간한 것 같기도 하고."

덴코는 그렇게 말했다.

"역시 생령이었잖아."

스도 사장의 말이다.

"바보 같긴."

사장에게 사정 얘기를 들려줄 때 우연히 같이 있었을 뿐, 에이이치는 안중에도 없었던 미스 가키모토는 또다시 도민 몰살의 목소리로 말했다.

피카가 끈질기게 졸라댔지만, 해결편은 들려주지 않았다. 네 힘으로 추리해보라고 했다.

"그렇게 못되게 굴면…….."

"엄마, 아빠한테 일러도 좋아. 해볼 테면 해봐. 형한테도 생각이 있으니까."

그런 위협을 가할 때, 사람들은 대개 별생각이 없다.

"오줌 싸버린다."

피카가 말했다. 지붕 보수가 아직 완벽하게 끝나지 않아서 벽장 위 칸은 여전히 피카에게 점령되어 있었다.

"오줌 싸면 네 친구들한테 전화해서 쫙 퍼뜨려주지."

"하나짱은 정말 비인간적이야."

어휘력이 풍부한 초등학생이었다.

이 학기가 끝나고 겨울방학이 시작될 즈음에는 에이이치의 생활도 완전히 제자리로 되돌아왔다.

12월 28일 저녁 무렵이었다. 에이이치는 올해 마지막인 동아리 활동을 마치고, 술렁이는 연말 분위기에서 홀로 뒤처진 '해피'한 임사 상태의 상점가를 통과해 집으로 돌아가다가, 가게 쪽 출입구를 삼 미터쯤 앞둔 곳에서 멈춰 섰다.

어? 방금 쇼윈도 유리에 사람 그림자가 어른거린 거 아닌가? 어쩐지…… 누군가가 손잡이를 돌려서 상자 부분을 열고 유리 옆에까지 몸을 내밀고 있었던 것 같은데.

눈을 깜박거려 보았다. 쇼윈도 안에는 계절과 어긋난 고래와 돌고래와 꽃 달린 코끼리. 말일에는 일단 전부 치우고 설날 찰떡을 장식할 거라고 어머니가 말했다.

기분 탓인가?

에이이치는 목도리를 끌어당겨 다시 맸다.

혹시…… 나왔나?

조금 전에 보인 것 같은 인기척은 아버지도 어머니도 피카도 아니었다. 노인 같았다.

목도리 한쪽 끝을 움켜쥔 채 길가에 멈춰 선 에이이치는 자기 집을, 고구레 사진관 입구를 뚫어져라 바라보았다. 건물이 남아 있는 한, 고구레 씨의 영혼은 그곳에 남아 있을 것이다.

죄송합니다만 고구레 야스지로 씨, 저는 이미 올해 치 유령 접수를 마감했습니다.

다른 방향에서 시선이 느껴졌다. 뒤를 돌아보니 길 반대편에 그 여고생이 서 있었다. 체크무늬 더플코트를 입긴 했지만, 여전히 미니스커트에 무릎 아래까지 올라오는 양말이었다. 추위에 다리가 분칠한 것처럼 허옇게 드러났다.

전혀 호의적이지 않은 시선이 얼굴에 와서 박혔다. 그것을 피하듯 에이이치가 입을 열었다.

"있지."

여고생은 반 발짝 뒤로 물러서 옆에 있는 전봇대 뒤로 숨었다.

"너, 이 근처에 살면 또다시 우연히 마주칠지도 모르니까 일단 말해둘게."

여고생은 장식물과 마스코트를 주렁주렁 매단 가방으로 손을 집어넣더니 휴대전화를 꺼냈다. 대체 누구한테 신고라도 하겠다는 건지, 원.

"네가 들고 온 그 심령사진."

여고생이 문자를 찍었다.

"해결했으니까 이젠 걱정할 거 없어."

안심하라는 말까지는 하지 않았다.

"자, 그럼 이만."

에이이치는 서둘러 걸음을 돌리고 집으로 들어갔다.

여고생이 문자를 찍던 손길을 멈추고 에이이치를 바라보았다. 그 얼굴에는 에이이치가 전혀 상상치도 못한 표정이 떠올라 있었다.

혹시 누군가 이 순간을 사진으로 찍는다면, 그것을 현상하고 확대한 후 액자에 넣어 장식한다면, 기가 막히게 잘 어울릴 만한 제목이 있다. 그러나 에이이치는 아직 그것을 몰랐다.

그 제목은 바로…….

입은 모든 재앙의 근원.

두 번째 이야기

: 세계의 툇마루

1

　하나비시 가의 신년은 조용히 지나간다. 이벤트성이 부족하다. 아마도 가장 큰 이유는 친가에도 외가에도 가지 않기 때문이리라. 그쪽에서 누군가 방문하는 일도 없다. 소원한 사이인 것이다.

　하나비시 히데오·교코 부부는 그런 부분에서만큼은 둘다 꼼꼼한 성격이라 매년 12월 25일까지는 연하장을 다 써서 우편함에 넣는다. 에이이치가 그 작업을 언뜻 본 한에서는, 최소한의 예의로 양가 부모님에게도 보내기는 하는 것 같았다. 그러나 그쪽에서도 연하장이 오는지 어떤지는 알 수 없었다. 아버지나 어머니나 '어머! 할아버지, 할머니가 연하장을 보내셨네.'라든가 '이건 큰아버지가 보낸 거야.' 하며 보여준 적이 없으니 알 수 없을밖에.

에이이치도 그런 일에 신경 쓴 적은 없다. 아니, 사실은 그렇지 않다. 애써서 일부러 아무렇지 않는 척하는 사이에 그것이 습성이 되어버린 것이다. 가족이나 친족에게 '행사'란 그 가족이나 친족의 토대 부분에 파묻힌 지뢰를 드러내는 절호의 기회. 적이 일부러 지면에 얼굴을 드러내고 있는 셈이니 굳이 밟으러 갈 이유도 없어서 에이이치는 만사에 시치미 뗀 표정을 짓는 버릇이 생겼다. '무기여, 잘 있거라'였다. 의미가 좀 다른가?

이것은 피카도 터득했다. 지뢰를 의식한 것은 오히려 피카 쪽이 더 빨랐을지도 모른다. 회피 행위를 하는 형이라는 견본이 있는 만큼 독학한 에이이치보다도 원활하게 습득한 셈이다. 서당 개 삼 년이면 풍월을 읊는다더니. 이것도 의미가 좀 다른가?

여하튼 그런 까닭으로 하나비시 집안의 설은 '가족끼리만' 보낸다. NHK의 '가는 해 오는 해'가 시작되면 가족 넷이 함께 새해 첫 참배를 하러 간다. 오랫동안 새해 참배는 메구로 부동존不動尊으로 다녔는데, 올해부터는 도다하치만구로 바

고구레
사진관 상

꿨었다. 부동존과 하치만은 신의 종류가 다르니 섣불리 견주면 안 되겠지만, 신사의 규모로만 비교하자면 본사에 근무하다가 자회사로 발령받은 기분이었다.

아, 이런 벌 받을 만한 의견은 에이이치의 감상이 아니다. 아버지 히데오가 한 말이다. 다만 기특하게도 이런 말을 덧붙였다.

"그래도 토지신이 계신 곳으로 맨 먼저 신년 인사를 드리러 가는 게 마땅하지."

아버지도 어머니도 해피 거리 상점가 주민은 도다하치만의 후손이라는 말을 어디선가 들어서 알고 있었던 모양이다.

에이이치는 될 수 있으면 도다하치만에는 가까이 가고 싶지 않았다. 딱 마주친 궁사 부인이 '어머나, 지난번에는 반가웠어요.' 하고 말이라도 건네면 곤란하다. 부모님이 그 말을 못 들은 체할 리가 없다. 하나짱, 너 혼자서 여기 온 적 있어? 뭐 하러 왔는데? 왜 말을 우물거려? 부모에게도 못 할 얘기가 있니? 추궁당할 것이 불을 보듯 훤하다.

'가는 해 오는 해' 방송이 시시각각 다가오는 것을 곁눈으로 보며 갑자기 복통이 났다거나 잇몸이 부었다거나 방금 메구로 부동존의 계시가 와서 난 아무래도 그쪽으로 참배를 가야겠다거나 온갖 핑계를 고심하던 에이이치는 결국 어떤 말도 꺼내지 못하고 맥없이 따라나서는 꼴이 되었다.

막상 도착해보니 도다하치만구는 눈이 번쩍 뜨일 정도로 북적거렸다. 본전本殿 앞 계단 옆에 경비원이 나와 있을 정도였다. 궁사 부인은 어디 있는지도 알 수 없었다. 에이이치는 그제야 마음이 놓였다.

"이게 전부 이 지역 사람들일까?"

어머니가 신기해하는 것도 무리는 아니었다. 참배객들의 연령층이 매우 폭넓고 젊은 커플도 상당히 많이 섞여 있었다. 같은 씨족신을 모시는 후손, 다시 말해 그 임사 상점가의 주민들만 모인 것 같지는 않았다.

"어쩌면 알 만한 사람은 다 아는 하치만님인지도 모르지. 영험한 공덕이 있을지도 몰라."

기본적으로 낙천주의자인 아버지는 그런 말을 했고, 참배 줄에서 마주친 아저씨와 아주머니에게 인사를 건네기도 했다. 이웃 사람들이겠지. 어느새 친해진 모양이었다.

경비원의 유도에 따라 본전 앞의 급경사 계단을 올라가 참배를 마쳤다. 혼자서만 오래오래 참배한 피카가 어머니랑 떨어지는 바람에 희사함 앞의 인파에 파묻혀 빠져나오지 못하자 에이이치가 어른들 틈새로 팔을 집어넣어 가까스로 빼내야 했다.

피카는 몸집이 작다. 키도 몸무게도 여덟 살 아이 표준을 상당히 밑돌았고, 언뜻 보면 초등학교 이 학년이 아니라 유치원생 같았다. 본인도 그것을 ─입 밖에 내지는 않지만─ 고민하고 있다는 사실을 에이이치는 알고 있었다. 형의 눈에는 빤히 보였다.

"깔려 죽는 줄 알았네."

사람들 틈에서 호되게 시달린 피카는 머리칼이 거꾸로 일어서 있었다.

"다리 삐었어."

참배로 옆 정원에 피카를 내려놓고 근처 가로등 불빛에 비춰보니 오른쪽 양말 가장자리에 흙이 잔뜩 묻어 있었다. 아무래도 옆 사람 구두에 짓밟힌 모양이었다.

"아프니?"

"응."

땅바닥에 발을 디디면 저릿저릿 쑤시는지 깨금발을 하고 깡충거렸다. '어쩔 수 없다'의 제곱. 업어주기로 했다.

"참배하면서 꾸물대니까 그렇지."

"소원 빌 게 많은 걸 어떡해."

부모님은 뭘 하나 돌아보니 사무실 앞에 설치된 텐트 앞에 나란히 서서 두리번거리고 있었다. 어머니의 눈빛은 벌써부터 갈피를 못 잡고 이리저리 허둥거렸다. 피카짱은 어디 있지?

"아, 찾았다!"

아버지가 소리를 높였다. 그러자 어머니의 눈빛이 대번에 날카로워졌다.

"피카짱, 무슨 일이야?"

피카는 에이이치의 등에서 삐었다며 신이 난 듯 대답했다.

"어머나, 세상에. 집에 가자마자 찜질부터 해야겠다."

부적을 사 올 테니 먼저 안전한 곳으로 나가서 기다리라며 어머니는 요란을 떨었다. 경내가 좁아서 포장마차 같은 것은 나오지 않았다. 도리이 앞에 식혜를 파는 밴 한 대가 서 있을 뿐이었다.

그 옆을 스쳐 지나려는데 활기찬 목소리가 들려왔다.

"하나비시!"

돌아보니 밴 옆에 서 있는 판매원이 아는 얼굴이었다. 놀라웠다.

"탄빵* 아냐?"

무심코 말해버리자, 한 잔에 백 엔짜리 식혜를 사던 손님들이 일제히 판매원의 얼굴로 시선을 돌렸다.

---

* 일본의 유명한 캐릭터 이름. 처음에는 문구나 상품 캐릭터로 발표되었으나, 인기를 끌면서 그림책과 애니메이션으로도 제작되었다.

난감한 실수였다. 아무리 별명이라고 해도 상대는 여자애
다. 게다가 이 여자애의 '탄빵'이라는 별명은 그 얼굴을 보면
누구나 일 초 만에 충분히 납득할 정도로 설득력이 있었다.
동그란 얼굴에 피부색이 검다. 햇볕에 그을려서 검은 게 아니
고 검은 피부를 타고난 것 같았다. 별명을 붙인 사람은 초등
학교 때 친구였다고 본인 입으로 말한 적이 있었다.

"새해 복 많이 받아."

탄빵—본명 데라우치 지하루—은 지극히 성실한 인사를
건넸다. 손님들 사이에서 노골적으로 '이 여자애=탄빵'을 보
며 웃는 분위기도 있었지만 신경 쓰는 것 같지는 않았다.

데라우치도 미쿠모 고등학교 일 학년 학생이고, 반 친구는
아니지만 경음악 동호회의 회원이다. 다시 말해서 덴코의 친
구라 에이이치도 알게 된 것이다.

—저 애를 신발장에 넣어두면 신발에 곰팡이도 안 필 거다.

덴코가 그렇게 말했을 정도로 모든 일에 막힘이 없고 깔끔
하다고 한다. 혹시 해서 덧붙이자면, 덴코는 데라우치와 친하
다. 그러니 표현은 좀 이상하지만 그것은 칭찬하는 말이었다.

데라우치는 청바지 위에 쪽빛으로 물들인 긴 앞치마를 두
르고, 다운재킷을 든든하게 껴입고 있었다.

"아르바이트야?"

"아니, 우리 집 장사 거드는 중이야."

그 말을 듣고 자세히 살펴보니 밴 옆구리에 '전통찻집 데라우치 이동판매차'라고 페인트 글씨로 씌어 있었다.

"지하루, 친구니?"

밴 안에서 얼굴이 둥그스름한 아주머니가 불쑥 내다보았다. 역시나 피부가 검었다. 이동판매용으로 개조한 차 안에는 영업용 전기풍로와 큼지막한 은색 들통이 있고, 그 속에서 식혜가 뭉근히 끓고 있었다.

"응, 하나비시야. 다나코의 소꿉친구."

"너희 집 전통찻집이었어?"

"그래. 말 안 했나? 으음, 동생?"

피카가 등 뒤에서 에이이치 머리 옆으로 얼굴을 내밀고 있었다. 데라우치는 그 모습을 보고 웃었다.

"네 동생, 어리네."

"처음 뵙겠습니다, 히카루예요."

알맹이까지 유치원생으로 돌아간 것 같은 목소리로 피카가 인사했다. 이게 바로 녀석의 전략이다.

"덩치는 작아도 이 학년이야."

"하나짱, 무슨 말을 그렇게 해!"

피카가 뾰로통해져서 다리를 파닥파닥 흔들었다.

"헤에, 히카루도 형한테 하나짱이라고 부르네."

그러면서 놀라는 데라우치는 왠지 늘 성실하게 '하나비시'라고 불렀다.

"좋겠다, 형이 업어주기도 하고."

"아냐, 조금 전에 저쪽에서 발을 밟혀서 그래."

"어머나, 가엾어라. 그럼 식혜 서비스해줄게. 이리 와."

손님들이 모여 있는 밴 뒤쪽에서 운전석 쪽으로 돌아갔다. 운전석에는 둥그런 얼굴에 피부가 검은 아저씨가 앉아 있었다. 이쪽은 이목구비까지 많이 닮은 걸 보니 데라우치의 아버지가 틀림없었다. 그 아버지는 휴대전화로 통화 중이라 조금 전에 에이이치가 '탄빵 아냐?' 했던 말은 듣지 못했다—고 믿고 싶었다.

종이컵에 담긴 식혜를 목에 쏟으면 곤란할 것 같아서 에이이치는 피카를 내려놓았다. 피카도 타산적인 녀석이라 불평은 없었다.

"뜨거우니까 조심해."

"응! 잘 먹겠습니다."

"아, 귀여워."

데라우치는 또다시 얼굴을 미소로 일그러뜨렸다. 아, 글쎄! 그게 바로 피카의 전략에 걸려든 거라니까.

"해마다 여기서 장사해?"

데라우치의 집은 분명 역 두 개쯤 떨어진 곳에 있었다.

"이동판매차는 매년 나오지만 장소는 그때마다 달라. 아버지가 점을 보고 길한 방향으로 정하시거든."

"점을 보다니, 누구한테?"

"점쟁이 선생님."

에이이치의 머릿속에 언뜻, 연말에 만났던 신광진 도교회가 되살아났다. 데라우치 집안에도 무슨 신앙이 있을까?

어쨌든 여기서 깊게 추궁할 일은 아니었다.

"이 신사는 처음 와봤는데, 작은 규모치고는 사람들이 엄청나게 많네."

"나도 처음이라 깜짝 놀랐어."

"아, 참. 하나비시는 이쪽으로 이사 온 지 얼마 안 됐지. 참배는 히카루랑 둘이 왔니?"

"아니, 부모님도 왔어. 저쪽 어디쯤에."

"가족끼리 새해 참배라, 보기 좋은데. 요즘 세상에는 그렇게 제대로 된 가정은 드물잖아."

그 말은 조금 의외였다.

"별로 제대로 된 가정은 아니야."

"무슨 소리. 내가 아는 한, 다들 제각각이야. 부모님이랑 같이 새해 참배 가는 고등학생은 천연기념물이라고."

데라우치도 매년 이렇게 집안일을 도와서 여자애들 사이에서는 아무래도 희한하게 쳐다본다고 했다.

"아르바이트할 거면 차라리 다른 데서 하래. 시급도 제대로 쳐주는 곳에서. 하지만 이건 우리 집의 관습이니까. 게다가 난 가업을 이어야 할 후계자고."

"너 외동딸이었어?"

"응. 아버지가 오 대째인 가업이니까 난 육 대째지."

즐거워 보였고, 자랑스러워하는 것 같았다.

"설 연휴 사흘은 영업을 해서 우리 집 첫 참배는 매년 4일이야."

"장사 나오는 김에 참배하면 될 텐데."

"그건 안 돼. 장사 나온 김에 신에게 참배를 하다니, 벌 받을 일이지."

그런가요?

"아, 알았다."

눈빛이 환해진 데라우치가 미소를 지었다.

"하나비시, 넌 덴코를 기준으로 생각하니까 너희가 제대로 된 가정이 아니라고 생각하는 거야. 덴코네는 특별한 중에서도 특별한 집인데."

다나코 가문은 할아버지도 아버지도 지역 유지라서 신년 축하 손님이 끊임없이 찾아온다. 친척들도 한자리에 모인다. 설에는 그 대접을 하느라 정신이 없다. 게다가 덴코는 집안의 장손이라 명절 내내 함께 붙어 지낸다. 그렇다 보니 에이이치도 이제껏 새해 사흘이 지날 때까지 덴코의 얼굴을 본 적이 없다.

"3일에는 내가 덴코 몫까지 달릴 거니까 잘 부탁해."

에이이치가 소속된 조깅 동호회에서는 매년 1월 3일에 첫 달리기 대회를 열고, 그것을 일 년 활동의 시작으로 삼는다. 그 행사에는 동호회 회원이 아니라도 희망자는 누구나 참가할 수 있다. 덴코도 참가하고 싶어 했지만, 그 녀석이야말로 집안의 관습을 거스를 수 없어서 포기했다.

"참가 신청했어?"

"응. 하프 마라톤은 어려울 것 같아서 십 킬로미터로."

예의 바르게 두 손으로 종이컵을 들고 식혜를 마시던 피카가 데라우치의 쪽빛 앞치마 자락을 가볍게 잡아당겼다.

"누나, 덴코짱 여자 친구야?"

상대해줄 필요도 없는데, 데라우치는 상냥하게도 허리까지 살짝 굽히며 말했다.

"히카루, 궁금해?"

"궁금해, 궁금해."

"그냥 친구야, 친구."

덴코는 친구가 많을 뿐 아니라, 주제에 여자애들한테 인기가 최고다. 피카도 그런 사실을 알고 있기 때문에 흥미진진한 것이다.

"그럼 덴코짱 집에 놀러 가서 아저씨랑 야영한 적 있어?"

데라우치는 덴코 아버지의 취미까지는 몰랐는지 '어?' 하고 되물었다.

"야영하고 호화로운 바비큐 파티도 한대. 근데 하나짱이 난 안 데려가."

"넌 덴코 친구가 아니잖아."

꼬맹이야, 꼬맹이.

"덴코네 집은 수수께끼네."

허리를 든 데라우치가 눈을 깜박거렸다. 아저씨랑 야영한다는 소리를 들으면 보통은 당혹스러울 것이다. 그건 이해한다. 한데 신기하게도 데라우치는 그런 당혹스러운 눈빛을 유지한 채 에이이치를 바라보았다.

"그러고 보니 하나비시 너도?"

호기심 가득하다는 표현은 이럴 때 써야 하나? '뭐?'라고 에이이치가 말을 꺼낸 순간, 밴 너머에서 어머니가 얼굴을 내밀었다.

"에이이치, 히카루!"

데라우치 아주머니가 생글생글 웃었다.

"가족끼리 오셨다면서요."

"아이, 참. 히카루 좀 봐, 약삭빠르게 얻어먹기나 하고. 죄송해요, 고맙습니다."

데라우치 아주머니가 인사를 건넸던 모양이다. 어머니도 '친구라면서?' 하고 데라우치에게 미소를 지어 보였다. 에이이치의 엄마예요. 운전석에 있던 데라우치의 아버지도 내려와서 아버지랑 싱글벙글하며 무슨 얘기를 나누고 있었다.

"바쁘신 분들이니까 방해하면 안 돼요. 자, 그만 가자."

감사 인사는 제대로 드려야지, 하는 어머니의 명령에 따라 피카가 데라우치 부부에게 귀엽게 고개를 꾸벅 숙였다. '어이쿠, 착한 아이로구나.' 하며 부부는 얼굴 한가득 미소를 머금었다. 불패의 전략이다.

"다음에 우리 집에 놀러 와."

피카는 빈틈없이 데라우치에게도 어필한다. 나중에 생각해보면 말려들어 말이 헛나온 것뿐일 텐데, 데라우치는 '응, 놀러 갈게.' 하고 나서 나지막이 중얼거렸다.

"하나비시네도 수수께끼가 있으니까."

엉? 무슨 뜻이야? 게다가 그 지릅뜬 눈은 뭐고?

"그럼, 내일모레 잘 부탁해."

대충 얼버무리는 느낌이었다.

"하나짱, 어부바."

피카에게 정신이 팔린 틈에 데라우치는 다시 판매원으로 돌아가버렸다. 밴 주위에는 손님이 가득하고 장사는 대성황이었다.

가족 넷이 나란히 돌아오는 길, 피카가 다리를 삔 이야기—도대체 누가 연약한 아이의 다리를 짓밟지— 다음으로 어머니가 신경을 쓴 것은 바로…….

"데라우치라는 애 착하네. 그런데 그 부모님, 혹시 동남아시아 사람이야?"

어머니의 물음에 에이이치가 대답했다.

"순수한 일본인이야. 전통찻집을 하고. 일본어로 말했잖아."

"그렇지, 그렇지. 그건 네이티브야."

아버지가 맞장구를 쳤다. 과연 그런 표현을 써도 괜찮나?

'어머, 그래.' 하며 어머니는 매우 진지했다.

"꽤나 많이 그을린 일가족이네."

2

1월 3일의 첫 달리기 대회에는 미쿠모 고등학교 운동부 학생들이 많이 참가한다. 모든 부에서 장거리에 강한 —강하다고 과장 선전된— 대표를 내보내서 체면을 내걸고 일 위 자리를 다툰다. 그만한 열의가 없는 운동부조차 한 사람도 안 내보내면 모양새가 안 좋다고 여기는지, 새해 연휴 중 하루를 내놓아야 하는 경기는 대체로 일 학년 막내 부원들이 제비뽑기로 운수를 점치는 기회가 되기도 한다.

주최자인 조깅 동호회는 무사태평해서 막상 경기에서는 외부자인 셈이다. 오히려 회원의 가장 중요한 역할은 경기 개최 전에 발휘된다. 눈빛이 달라진 벼락치기 장거리 주자들의 흥분을 가라앉히고 준비운동을 제대로 시켜야 한다. 참가자가 총 여든 명이 넘기 때문에 이것도 꽤나 큰일이다.

매년 서너 명은 구급차 —그래봐야 고문 선생님의 자가용이지만— 신세를 지는 사태가 발생한다는데, 다리에 쥐가 나거나 배가 아프거나 하는 경미한 일로 큰 사고는 일어나지 않는다. 그렇기 때문에 계속할 수 있는 것이다.

무슨 일이든 계속하다 보면 무게감이 저절로 생겨나는지, 십 년 전에 시작했을 때는 조깅 동호회의 신년회였을 뿐인이 경기도 이제는 미쿠모 고등학교의 정례 행사 중 하나로 완전히 자리 잡았다. 그런 까닭에 학교장도 나온다. 참가자를 앞에 두고 신년 연설을 하고, 출발 총성을 울리기 위해.

다행히 날씨는 좋았다. 그야말로 구름 한 점 없이 맑고 푸른 하늘이었다. 기온은 칠 도. 도심치고는 낮지만, 달리기에는 그 정도가 딱 좋다. 교장의 긴 인사말을 들으며 기다리는 동안, 일 위를 노리는 강자들의 투쟁심은 사정없이 솟구쳐 오르기만 해서 자욱하게 안개라도 낀 것 같았다.

이윽고 간신히 피스톨이 울렸다.

주최자 역할을 맡은 조깅 동호회 회원들은 애당초 경쟁할 마음이 없었다. 삼삼오오 느낌으로 달리기 시작했다. 극단적으로 말한다면, 선두 집단보다 오 분이나 십 분쯤 늦게 출발해도 상관없었다. 그래서 에이이치는 'swing girls and boys'라고 큼지막하게 써 넣은 손수 만든 제킨을 달고 의욕이 넘쳐나는 데라우치와 잠깐 얘기를 나누러 갔다. 이 경기에서는 제킨도 제킨 번호도 자기 좋을 대로 만들 수 있다. 데라우치의 번호는 '66'이었다.

"이거 눈에 확 띄지?"

"그보다는 전통찻집 데라우치가 더 낫지 않았을까?"

그때 하시구치 다모쓰가 다가왔다. 그 역시 동호회 회원이다.

"문화 계열 동호회에서 출전하다니, 보기 드문 일이네."

데라우치는 일부러 빙그르르 돌면서 하시구치에게 자기 제킨을 보여주었다.

"스윙을 하려면 체력도 필요해. 그래서 우리도 단련됐어."

제킨이니까 앞이나 뒤나 같은 글씨가 쓰여 있지만, 가슴까지 내밀며 어필하는 건 때 묻지 않은 순진한 소녀가 하기엔 부끄러운 행동이기 때문이었을까? 하시구치는 '장대'라고 불릴 만큼 키가 커서 데라우치가 위를 향해 가슴을 펼쳐 보여야 하니 더더욱 그랬을 것이다.

"번호가 66인데, 이유가 뭐야?"

"'루트 66'이야. 빤하잖아."

"하시구치는 음악에 흥미가 없어서 안 통해."

그런 에이이치도 사실 애매모호하긴 마찬가지였다. '루트 66'은 옛날 텔레비전 드라마 제목인 줄 알았는데 음악이랑 관계가 있었나?

"헤에."

하시구치는 양손을 팔랑팔랑 흔들고 발목을 빙글빙글 돌리면서 묘하게 감탄했다. 데라우치와 에이이치도 같은 동작을 하며 대화를 나눴기 때문에 차분해 보이지 않는 풍경이었다.

"경음악 동호회에서 재즈도 하나?"

"우리 때부터 시작했어."

"재즈라면 나도 들어."

넌 좀 조용히 하라고 핀잔을 주고 싶어지는 말투였다.

너희는 뒤처진 애들이냐, 하며 고문 선생님이 놀리듯 말을 건넸다. 할 수 없네, 그만 갈까, 하며 하시구치가 달리기 시작했다. 에이이치도 하시구치랑 둘이 데라우치를 사이에 둔 느낌으로 달려 나갔다.

"네가 혹시……?"

새해 참배 때 피카가 그랬던 것처럼 하시구치도 데라우치의 얼굴을 빤히 쳐다봤다.

"덴코가 얘기했던……."

"응, '탄빵'이야. 잘 부탁해."

역시 그랬구나, 하며 하시구치는 대길大吉 점괘라도 뽑은 듯한 표정을 지었다.

"난 여름에도 창백하고 햇볕에 잘 그을리지 않아서 고민이야. 무슨 좋은 방법이 없을까?"

하시구치는 아버지가 변호사고 본인도 법률가를 목표로 삼고 있다. 우수한 두뇌의 소유자다. 과목에 따라서는 덴코보다 점수가 높다. 그런 녀석이 자기의 창백한 피부에 불만을 품고 있을 줄이야. 그건 그렇고, 처음 보는 여자애한테 느닷없이 그런 상담을 하는 건 아무래도 좀 그렇지 않나?

이제 막 달리기 시작했기 때문에 데라우치도 여유가 있었다. 리드미컬하게 다리를 움직이며 아하하, 웃었다.

"그런 건 몰라. 내 피부가 검은 건 유전이니까."

"아버지, 어머니도 검어?"

"응. 하나비시는 알지?"

그러자 하시구치가 탐색하는 눈빛으로 에이이치를 노려보았다. 이 자식, 왜 이래?

"새해 참배 갔다가 우연히 만났어."

"같이 새해 참배를 갔다고?"

"하시구치, 너 국어가 그렇게 안 되냐? 우연이라니까, 우연."

에이이치는 새해 참배 때 중간에 끊긴, 마음에 걸리는 화제를 꺼내고 싶었다. 얘기를 나누러 온 것도 그런 목적이었다. 뛰면서 캐묻긴 어렵겠지만 계기라도 만들어두었으면 했다. 데라우치와는 집에 가는 방향이 같으니 예약해두면 확실하다. 그런데 하시구치가 떨어지질 않았다. 누구와도 금방 친해지는 타입은 아니니까 데라우치를 전부터 눈여겨보고 있었을지도 모른다.

뭐, 상관은 없지. 에이이치는 속도를 높여 앞으로 나갔다.

달리기 코스는 정해져 있었다. 조깅 동호회의 두 번째 중요한 역할은 선수들이 그 코스에서 벗어나지 않게 유도하는 일이었다. 이미 출발할 때부터 무리가 흩어져서, 긴 줄로 늘어선 주자들 사이사이에 적절하게 섞여 뛰어야 했다. 그렇긴 해도 코스는 거의 외길이고 빙 둘러서 출발 지점인 교정으로 돌아올 뿐이다. 길을 잘못 들어설 가능성은 지극히 낮고, 달리는 길도 보도뿐이라 안전하다. 일 위를 노리는 고수들은 코스를 예습해두기 마련이라 그냥 내버려둬도 문제없었다.

에이이치는 이삼 학년 선배들과 앞서거니 뒤서거니 적당한 포지션을 찾아 유도 역할을 하며 담담히 달렸다. 그러다가 팔 킬로미터를 지난 무렵부터 서서히 속도를 낮추고 데라우치를 찾았다. 여전히 하시구치와 나란히 뛰고 있었다. 맨 마지막 그룹의 선두였다. 데라우치는 숨이 차오르고 보폭도 흐트러져 있었다. 하시구치는 그에 맞춰주는 것 같았다. 큰 키가 휘청휘청 흔들렸다.

"십 킬로미터까지 얼마나 남았어?"

데라우치가 물었다. 말을 하자 어깨가 위아래로 들썩거렸다. 목에 감은 수건은 땀에 젖어 힘없이 늘어져 있었다.

"이 킬로미터."

"너무해, 힘들어."

하시구치는 실제로는 꽤 잘 달리는 녀석이니 아무리 맞춰주려 했어도 데라우치가 자기 페이스를 헷갈려버린 게 아닐까? 어지간히 잘 맞는 상대가 아니면 같이 달리기는 의외로 힘든 일이다. 하시구치는 친절을 베풀 마음이었겠지만, 이런 걸 가리켜 역성이 지나치면 오히려 폐가 된다고 하는 게 아닐까? 의미가 다른가?

그래도 힘을 내서 십 킬로미터 골인 지점까지 도달한 데라우치는 기진맥진 보도 가장자리에 주저앉으며 소리쳤다.

"해냈다! 생큐!"

그리고 에이이치와 하시구치에게 손을 흔들어 보였다.

"뛰고 와, 기다릴게. 힘내."

에이이치 쪽에서 기다려달라는 말을 먼저 꺼내지 않아도 좋게 되었다. 아무래도 하시구치가 같이 이탈할 생각인 듯 수상쩍게 슬금슬금 속도를 늦춰서 에이이치는 못을 박았다.

"우리는 완주야."

"아, 예예."

그래도 미련이 남는지 제자리걸음을 뛰다가 뒤에서 따라왔다.

"데라우치, 네 타입이냐?"

"하나짱, 델리커시 완전 꽝이네."

"훤히 보이는 걸 어째."

"난 햇볕에 그을리는 요령을 알고 싶은 거야."

"탄빵 피부는 유전이라니까. 내 눈으로 확실히 봤으니 틀림없어."

식혜와 굿 콘트라스트였다.

"그런 데에 전혀 개의치 않는 모습이 훌륭해 보였어. 보통은 고민하잖아. 여자애가 '탄빵'이라고 불리다니."

"초등학교 때부터 그랬다니까 익숙해진 거 아닐까?"

하시구치도 창백한 피부는 자기 개성이라고 받아들이면 그만이다. 배워야 할 요령은 그쪽이다. '장대'랑은 달라서 남들이 말 안 하면 아무도 눈치채지 못할 일이고.

아니지, 혹시 그런 말을 들은 적이 있었나? 하지만 차마 그런 말까지 물어볼 순 없다.

후반에는 한 가지 사건이 있었다. 십오 킬로미터를 지난 지점이었다. 앞에서 조금씩 후퇴하던 몸집이 작은 여자 선수가, '아무래도 위험하겠는데.' 하며 지켜보는 중에, 비틀거리다가 맥없이 무릎이 꺾이며 넘어져버린 것이다. 에이이치가 가까이 있는 덕분에 곧바로 달려가 부축해 일으키고 구급차가 올 때까지 옆을 지켰다. 제킨 번호는 8번, 넘버원을 노린다는 의미인지 검지를 바짝 세운 의인화한 누에콩 캐릭터가 그려져 있었다.

그래서 알았다. 여자 배구부 부원이다. 무슨 영문인지 미쿠모 고등학교 여자 배구부는 대대로 몸집이 작은 학생들만 모여들어서 '콩 배구부'라고 불렸다. 최근에는 그걸 역으로 이용해서 이런 캐릭터까지 내세우며 키 큰 학생은 받지 않는 배후 규정이 있다는 얘기도 들은 적이 있다. 의외로 도 대회에 나갈 만큼 강력한 팀이니 완전한 데마*는 아닌 듯했다.

구급차에 오르는 콩 배구부 대표 선수는 남의 눈도 아랑곳않고 눈물을 흘렸다. 무릎에는 요란한 찰과상이 났고 양쪽 장딴지는 죽어가는 생선의 뱃가죽처럼 실룩실룩하는데도 다시 뛰고 싶다고 고집을 피워서 선생님에게 야단을 맞았다.

선생님에게 사정해도 소용없다는 걸 깨닫자, 여학생은 에이이치에게 매달렸다. 조깅 동호회 회원이라는 것을 제킨으로 알아봤을 것이다.

"그치, 나 아직 달릴 수 있지? 다리 경련만 멈추면 괜찮지? 이런 건 장거리달리기를 하다 보면 흔히 있는 일이잖아."

우리 동호회에는 없는 일이다. 그렇게까지 목숨 걸고 달리지도 않는다. 선생님과 주고받은 대화로 짐작하건대 아무래

---

* demagogy의 줄임말. 대중을 선동하기 위한 정치적인 허위 선전이나 인신공격.

도 이 학년 여학생 같아서 에이이치는 정중하게 말했다.

"그만두는 게 좋겠어요. 무릎 상처도 있고."

조금 전에 아스팔트 지면에 무릎을 사정없이 부딪쳤다. 찰과상만 입은 게 아닐지도 모른다.

"무리하면 오래가요. 배구부는 봄에 시합도 있잖아요?"

그 말이 먹힌 것 같았다. 체포—그것도 오인 체포—를 당하는 것 같은 표정으로 겨우 포기해주었다. 엉겁결에 '완주 못 하면 고문이라도 당합니까?' 하고 물을 뻔했지만 그만두었다. 농담이 통할 분위기가 아니었다.

이러고저러고 하는 사이에 에이이치는 많이 뒤처져버려서 결국 꼴찌로 골인했다. 머리부터 목욕 수건을 들쓴 하시구치와 참배 때 본 다운재킷을 껴입은 데라우치가 맞아주었다.

돌아가는 길, 하시구치와는 역 개찰구에서 헤어졌다. 집이 반대 방향이라 그때만은 어쩔 수 없었다.

"하시구치 재미있네."

데라우치도 첫인상이 나쁘지 않은 모양이었다.

"공부벌레라는 소문을 들었는데."

"저 녀석은 그럴 필요도 없어."

그런데도 열심히 공부한다. 타고난 성품 자체가 성실하고,

공부가 좋은 걸 거라고 에이이치는 생각했다. 똑같은 우등생이라도 그 점에서 덴코와 차이가 난다.

"왠지 에펠탑이랑 달리는 기분이었어."

"파리 가본 적 있어?"

데라우치가 웃으며 대답했다.

"없지. 엽서에서 본 것뿐이야. 그래도 느낌은 에펠탑이더라고."

하시구치는 간혹 몹시 짜증스러운 듯한 표정을 지을 때가 있는데, 그럴 때는 교토 타워 쪽이 더 어울릴지도 모르겠다. 양초랑 비슷하니까.

플랫폼으로 올라가자, 타야 할 방면의 전차가 막 떠난 후였다. 타이밍이 딱 좋았다.

"데라우치, 그저께 무슨 이상한 소릴 했지."

얘기를 꺼내 보았다.

"어?"

데라우치가 뒤를 돌아보았다. 해가 저물고 있었다. 플랫폼 매점 전등에 비쳐서 가무잡잡한 얼굴의 눈동자가 또렷하고 맑아 보였다. 탄빵이라는 속성에만 정신이 팔리기 쉬운데, 이 애, 눈이 엄청 크네.

"뭐라고?"

"아니, 그러니까⋯⋯."

그 순간 계단에서 올라온 여자애들 한 무리가 데라우치에게 손을 흔들며 저마다 달착지근한 목소리를 높였다.

"탄빵, 완주했다며?"

"대단하다, 축하해!"

데라우치는 간드러지는 그 애들의 목소리에 순순히 응답했다. 에이이치는 시치미를 뗀 얼굴로 살짝 옆으로 다가섰다.

덴코가 말한 적이 있다.

—여자들의 눈이란 하나같이 휴대용 카메라나 다름없어. 그냥 보는 게 아니야. 기록한다고. 게다가 언제든 재생, 편집이 가능하지. 영화 카메라처럼.

그런 식으로 해석하자면, 지금 저 여자애들의 눈 카메라는 프레임 전면의 탄빵을 아웃포커스로, 에이이치는 클로즈업으로 해서 두 사람이 나란히 서 있는 풀 샷을 잡았을 것이다. 앞으로 이 영상을 어떻게 해석, 편집할지는 오로지 저 애들 마음에 달렸을 것이고.

"그럼, 다음에 봐."

담백하게 지나가는 모습으로 봐서 중요한 신은 아니겠지. 일단 찍어두자, 나중에 참고하기 위해, 그 정도? 이 자리에 내가 아니라 덴코가 있었다면 얘기는 달라졌겠지만.

"난 동호회 마치고 덴코랑 자주 같이 가니까 다들 익숙해."

데라우치가 말했다. 마치 마음속을 읽힌 것 같았다.

"남자애들 친구도 많고."

에이이치는 곧바로 되묻고 말았다.

"어째서?"

"여자로 안 보여서 그렇겠지?"

데라우치는 소리를 낮추며 웃었다.

"여자애들 일부에서는 나, 평판이 안 좋아. 지금 저 애들도 마찬가지야. 친한 척하는 건 겉모습뿐이지."

"네가 덴코랑 사이가 좋아서 시샘하는 거 아닌가?"

여자애들 무리 속에는 에이이치에게도 낯익은 여학생이 있었다. 이따금 덴코에게 엉겨 붙는 애였다. 저 애 화장 냄새 지독해, 하고 덴코가 말한 적이 있었다.

"응, 그런 점도 있긴 해."

데라우치는 고개를 살짝 갸웃거렸다.

"하지만 기본적으로는 '탄빵'이라고 불려도 상처 받지 않으니까 그런 거 아닐까?"

오호. 생각이 꽤 깊은걸.

"그건 그렇고, 아까 무슨 얘기였지?"

에이이치는 탄빵이 당돌하게 펼쳐 보인 마음속 깊은 곳을 보고 있었기 때문에 현실로 돌아올 때까지 시간이 좀 걸렸다.

"그러니까 새해 참배 때……."

"내가 고백할 줄 알았어?"

데라우치가 태연하게 말하는 바람에 에이이치는 어찌해야 할지 몰라 입을 다물었다. 그 모습을 보고 데라우치는 시원스럽게 웃음을 터뜨렸다.

"미안, 미안! 그런 표정 짓지 마. 하나비시는 정말 덴코가 말한 그대로네."

"그 녀석이 뭐라고 했는데?"

"하나짱은 외골수니까 놀리지 말랬어."

철저하게 완고해서 융통성이 없다는 뜻이래, 하고 정중하게 해설까지 덧붙였다.

"덴코처럼 눈치 빠르게 반응 못 하니까 농담을 해봤자 재미없다는 의미겠지."

"그런 건 아닌데."

곧이어 전차 안내 방송이 흘러나왔다.

"그리고 어린 동생을 업고 있는 하나비시는 꽤 보기 좋더라. 그런 모습에 확 끌리는 여자애들도 있거든."

"그거야말로 옛날 옛적 타입 아닌가?"

마치 고대의 물고기처럼. 아직까지 서식한다 해도 심해에

만 헤엄쳐 다닐 테니 만날 수도 없다.

"히카루, 피카짱 다리는 나았어?"

"별것도 아니었으니까."

"그래, 다행이네. 너무 귀여워."

케이크를 보고 '맛있겠다!' 소리치는 말투랑 똑같았다. 아하, 그래서 그런 말들을 하나? 먹어버리고 싶을 정도로 귀엽다고.

"히카루를 피카라고 부른다는 말도 덴코한테 들었니?"

"응. 덴코도 피카짱을 엄청 귀여워하던데. 그런 남동생이 있었으면 좋겠다는 말, 자주 했어."

포장지를 풀지 않는 한, 어떤 선물이든 호화롭게 보이기 마련이다.

"약점 없어 보이는 하나짱의 유일한 약점이 피카짱이라고 말한 적도 있고."

의미를 알 수 없는 코멘트다. 나에게는 약점이 수없이 많은데. 하지만 피카는 약점이 아니야. 뭐, 하긴…… 약점을 잡힌 건 있을지도 모르지. 게다가 약점이 없는 건 오히려 피카 쪽일 테고. 어쨌든.

"난 덴코한테 만만한 안줏감인가 보네."

교제 방식을 조금 고민해봐야겠군.

"아니야, 덴코는 하나비시를 좋아해. 그래서 하나비시 얘기를 하고 싶어 하는 거야."

전차가 플랫폼으로 들어왔다. 굉음과 안내 방송이 귀에 거슬렸다. 둘이서 차 안으로 들어가 창가에 자리 잡고 설 때까지 대화가 끊어졌다. 그러는 사이 데라우치는 모드를 바꾼 모양이다. 꽤나 진지한 표정으로 변해 있었다.

"이 소문은 덴코도 하나짱 허가 없이는 말할 수 없댔어. 그러니까 일단 본인에게 직접 물어보래."

소문? 소문이라고? 그렇다면 지난번 그 건인가?

"그저께 그 생각이 났던 거라고?"

"응. 그런데 피카짱도 같이 있었잖아. 새해 참배 화제로도 적합하지 않을 것 같았고."

"우리 집에도 수수께끼가 있다고 했지."

"미안해. 무슨 의미 있는 말처럼 들렸지?"

"그 수수께끼, 유령 얘기 아니야?"

데라우치의 큰 눈 속에서 눈동자 윤곽이 더욱 선명하게 두드러졌다.

"그럼 역시 짚이는 게 있구나."

역시 그렇군. 한숨이 나왔다.

"우리 집에 유령이 나온다는 얘기지? 낡은 사진관을 사서 그대로 살잖아. 옛날 주인이었던 할아버지 유령이 이따금 가게를 본다는 얘기 맞지? 미리 말해두지만, 난 본 적 없어."

말하는 와중에 데라우치의 눈동자는 더욱더 짙어졌다. 한 군데 못 박힌 것 같은 눈빛이었다.

"나와? 유령이?"

"안 나와. 안 나옵니다. 근데 그런 얘기 아니었어?"

"아니야."

에이이치는 또다시 어찌해야 좋을지 몰라서 입을 다물었다. 차 안의 다른 귀를 신경 쓰듯이 데라우치가 목소리를 낮추어 속삭였다.

"내가 들은 소문은, 네가 강력한 영능력자靈能力者고 심령사진을 정화시킨 일이 있다는 거야."

잠깐만!

"그치, 깜짝 놀랐지?"

"왜 그 자리에서 부정하질 않냐고!"

전화기 너머에서 덴코의 BGM으로 시끌벅적한 연회 소리가 웅성거렸다. 1월 3일 밤, 다나코 가에는 여전히 손님의 발길이 끊이지 않는 모양이었다.

"내가 부정해봤자 신빙성이 떨어지잖아. 하나짱 영역을 무단으로 침범하는 말을 해줄 수도 없고."

"그런 말은 안 해도 부정할 순 있잖아!"

덴코가 목소리를 낮추며 묘한 어조로 말했다.

"그건 곤란할 것 같은데. 섣불리 은폐 공작을 했다간 오히려 소문에 꼬리만 더 붙을 뿐이야."

"지금도 충분히 붙었어!"

꼬리가 너무 많이 붙어서 몸뚱이가 부족할 지경이다. 은폐 공작이라는 표현도 옳지 않다.

"도대체 이게 뭐냐? 내가 언제부터 고구레 씨의 손자가 되고, 사진관 후계자가 되고, 한술 더 떠서 할아버지에게 물려받은 영능력 소유자라 고구레 사진관으로 들고 오는 저주받은 심령사진을 정화하는 역할을 떠맡게 된 거냐고. 고구레 일족은 원래부터 그런 이상한 능력을 가진 혈통이고, 내가 바로 그 십삼 대째 계승자라니!"

덴코가 웃었다.

"어디선가 들어본 것 같은 얘기네."

만화였나, 영화였나, 소설이었나?

"그러니까 맨 처음에는 누군가가 블로그에 하나짱이랑 고구레 사진관 얘기를 썼는데, 그게 퍼져나가는 사이에 부풀어버린 거지. 보나 마나 다들 부풀렸겠지."

블로그란 인터넷상에서 간단하게 만들 수 있는 홈페이지로 개인 정보의 발신 기지다. 일기를 써도 좋고 창작물을 발표해도 좋고 논문을 올려도 좋다. 친구를 늘리며 즐기기만 할 수도 있고 동아리 활동이나 자원봉사 활동의 기반으로 삼을 수도 있다. 개인이나 기업에 대한 직접적인 중상모략만 아니면 무엇을 하든 거의 자유다. 그래서 이런 일이 벌어지기도 하니 의외로 무섭다.

　　"만나보지도 않고 진심으로 믿는 사람은 적을 거야."

　　"데라우치는 정말로 믿는 것 같던데."

　　"그 애는 원래 기질이 그러니까."

　　덴코의 말투는 한없이 태평했다.

　　"소문이 아니라 하나짱이 체험한 진짜 이야기도 비슷하잖아."

　　작년 연말에 들어온, 고구레 사진관에서 현상했다는 '심령 사진' 건이다. 에이이치가 그 사진에 흥미가 생겨 약간 조사를 한 것은 사실이다. 하지만 그것은 어디까지나 조사지 정화가 아니었다.

　　애당초 정화 따윈 필요치도 않았다. 그 자체가 '진혼'을 위한 것이었다고 할까, 그렇기 때문에 실상이 아무리 비과학적이라 해도 상관없었다. 굳이 어떻게든 과학을 끌어다 풀어본다면, 한정된 기간 동안 ─에이이치를 포함한─ 한정된 사람들이 한 장의 사진 위에서 똑같은 환영을 봤다는 '풀이'가 가장 그럴듯하게 들어맞을 것이다.

하지만 심정적으로는 어떨까? 과학자가 아닌 에이이치에게는 이쪽이야말로 절실한 문제이지만, 이것 역시 고민할 필요는 없었다. ST 부동산 스도 사장의 표현을 빌리자면 이렇다.

─세상에는 다양한 사람들이 있으니 다양한 일들도 생기게 마련이다. 개중에는 신기한 일도 있다.

에이이치는 그런 '풀이'를 선택했다. 에이이치 안에서는 이미 결말이 났다.

"탄빵한테는 아무 얘기도 안 했냐?"

"어떻게 말해!"

"왜?"

"왜는 무슨 왜야, 실례잖아."

리에코 씨한테, 하고 엉겁결에 작은 목소리로 덧붙이자 덴코가 또다시 웃었다.

"하나짱답다. 두 번 다시 만날 일도 없는 사람인데."

"만나고 안 만나고 하는 문제가 아니야. 예의랄까 예절이랄까, 비밀 엄수의 의무라고 할까?"

"네네. 하지만 그래서는 탄빵의 오해가 풀리지 않았을 텐데?"

하는 수 없이 고유명사는 숨기고 아주 간단하게 줄여서 내막을 들려주었다. 맡은 사진이 어땠나 하는 구체적인 얘기는 전혀 안 했다. 조금 조사해보고 사정을 알아내서 사진 주인에게 돌려줬다. 그뿐.

흐응, 하며 덴코가 콧소리를 냈다.

"그럼 오히려 잘됐네. 탄빵은 입이 가벼운 녀석은 신용하지 않으니까."

그렇다면 믿어줬겠지.

"일단 그 애 친구한테 블로그에서 유포된 소문은 다이내믹한 가공의 이야기라고 말해주겠대."

데라우치에게는 블로그를 부지런히 갱신하며 네트워크상의 교우 관계를 넓히고 깊게 하는 데 열중하는 친한 친구가 있고, 데라우치가 접한 소문의 불씨는 그곳뿐이었다. 중학교 시절부터 절친한 사이였고 지금도 문자를 주고받는다고 했다.

"그리고 그 친구한테 어느 블로그에서 소문을 들었는지 물어봐달라고 부탁했어."

"알아내서 뭐하게?"

"정정시켜야지. 그야 빤한 거 아냐?"

"관둬라. 그런 짓은 오히려 긁어 부스럼이야. 내버려둬. 금방 잠잠해질 테니까."

에이이치는 인터넷 활동에는 그다지 흥미가 없었다. 가끔 신작 영화나 스포츠 정보 사이트를 들여다보거나 검색하는 정도였다. 그 이상 깊이 들어가지 않고 물론 블로그 일기 같은 것도 쓰지 않는다. 그렇기 때문에 지식도 부족했다.

그러고 보니 문제의 그 '심령사진' 조사 때도 인터넷으로 단번에 '심령사진'을 검색하는 방법은 생각지도 않았다. 반대로 말하면, 나 같은 라이트 유저가 그런 검색을 했다간 천차만별 정보의 홍수만 불러들여 그 속에서 허우적거릴 뿐이라는 자각이 있었던 것이다. 실제로도 지역 상황을 알아보는 데 인터넷은 필요치 않았다. 직접 자기 발로 찾아가 할아버지, 할머니 들 얘기를 들을 끈기만 있으면 충분했다.

"그 말은 너의 실제 체험에서 나온 충고냐?"

"뭐, 그렇게 대단한 건 아니지만."

덴코도 한때 블로그를 한 적이 있다. 지금은 그만두었다. 그 까닭은 덴코가 덴코 아버지 블로그의 주요 등장인물이기 때문에 따로 자기 블로그에 뭔가를 써도 이야기가 중복될 뿐이라는 것이었다.

"탄빵 친구가 가입한 곳은 '템파라'야. 그곳은 SNS*의 마지막 후발 주자라 회원도 적으니까 걱정할 거 없어."

SNS란 사람들에게 블로그를 제공하는 인터넷상의 동아리다. 참가하려면 우선 회원 가입을 해야 하는데, 누구나 회원이 될 수 있는 건 아니고, 동아리에 따라 다르긴 해도 다양한 규칙이 있는 듯했다. 데라우치의 친구가 가입한 SNS 템파라는 기존 회원 세 명 이상의 소개가 없으면 못 들어간다고 했다.

"나도 알아. 우리 어머니도 가입했어, 그 템파라에."

에이이치가 말했다. 스스로 듣기에도 언짢은 목소리가 나왔다. 피카가 다니는 사립 호유 학원 초등학교의 보호자 협회가 템파라를 기반으로 교류 활동을 하기 때문이었다.

"회원이 적으면 오히려 눈에 더 잘 띌 수도 있잖아."

덴코는 고장 난 듯한 타고난 목소리로 신음했다.

"어려운 문제네."

"어려울 거 없어. 발신지를 찾아서 부탁 한마디만 하면 끝날 테니까."

덴코는 또다시 신음을 내더니 물었다.

"아주머니, 열심히 하시냐?"

---

* 소셜 네트워킹 서비스

고구레
사진관 **상**

열심히 하는 건 아니다. 가끔은 뭐라도 써서 올리라는 권유에 곤혹스러워했을 정도니까. 『아름다운 편지 예문집』 같은 책을 사 오더니, 이래서는 참고가 안 된다며 투덜거린 적도 있었다.

"그럼 걱정할 거 없네."

"걱정돼. 고구레 사진관이라는 고유명사도 나온다니까."

"그래도 그건 고구레 사진관에 사는 고구레 일가라는 잘못된 정보잖아. 난 탄빵한테 그렇게 들었는데. 그것뿐이면 호유 학원 어머니들도 블로그만 봐서는 고구레 사진관이 피카짱 집이라는 것까지는 알 수 없잖아? 하나비시라는 성은 안 나와. 그러니 너희 어머니한테 '이건 하나비시 댁 얘기죠?' 할 수도 없지."

그 말은 분명 옳다. 데라우치는 덴코에게 좀 특이한 에이이치의 집 이야기를 들어서 알고 있었으니까 고구레 사진관과 하나비시 가족을 연결 지을 수 있었겠지만, 보통은 거기까지는 모른다. 실제로 데라우치도 '고구레는 너희 어머니의 결혼 전 성인 줄 알았어.'라고 말한 것 같기도 하고. 내가 너무 허둥거렸나?

에이이치는 조금이나마 시름을 놓고서야 알아차렸다. 그런 오해를 했다면, 최초의 정보 제공자는 물리적으로 하나비시가 근처에 있을 게 틀림없었다.

"아, 그러네."

덴코도 알아차렸다.

"사실 여부는 파악하지 않았다, 하지만 하나짱 일가를 고구레 씨의 자식과 손자라고 여긴다, 밖에서만 봤으니까."

하나비시 일가가 가게 간판도 안 떼고 살기 때문이다. 억울하긴 하지만 그쪽 판단이 더 상식에 가깝다. 우리 부모가 비상식적인 거야.

"그러니까 난 아니야. 우리 아버지도 아니고."

덴코가 말했다.

"그건 말 안 해도 알아."

"혹시 뜻밖에도 피카짱의 창작이라거나?"

불현듯 떠오른 생각을 입 밖에 낸 덴코는 자기가 먼저 정정했다.

"아냐, 그럴 리 없지. 그렇게 재미난 일을 할 거면 피카짱이 나한테 비밀로 했을 리가 없으니까."

에이이치도 동감이었다. 게다가 피카보다 훨씬 더 강력한 '용의자'에 대한 확신이 뭉게뭉게 피어오르기 시작했다.

"유령이다."

"고구레 야스지로 씨?"

원숭이도 나무에서 떨어질 때가 있다더니 덴코도 예외는 아니었다.

"죽은 사람이 블로그를 하겠냐?"

"하나짱처럼 마음이 깨끗한 사람은 모를 테지만, 쓴다는 소문도 있긴 해."

에이이치는 소리를 꽥 질러주려고 숨을 크게 들이마셨지만, 피카가 가까이 있을지도 모른다는 생각이 떠올라 고함을 지르기 직전에 억눌렀다.

"덴코 네가 잘못 봤던 유령 말이야."

그 여고생이다. 연말에 리에코 씨에게 사진을 돌려주고 마음이 홀가분해졌을 때 뜻하지 않게 마주쳤다. 그래서 에이이치가 말해버린 것이다.

─네가 들고 온 그 심령사진. 해결했으니까 이젠 걱정할 거 없어.

그때 그 여고생이 뭘 하고 있었던가. 휴대전화로 문자를 찍고 있었다. 누군가에게 알렸다는 뜻이다. 에이이치는 정보의 출발점을 자기 눈으로 지켜보고 있었던 것이다.

덴코가 음정이 엇나간 목소리로 말했다.

"하나짱, 자기 스스로 불씨가 되었으니 어쩔 수 없겠네."

에이이치는 휴대전화를 힘껏 움켜쥐었다.

"가만있으면 조용히 가라앉는다는 거지?"

"아마도."

덴코는 그렇게 말하고, 귀에 거슬리는 소리를 냈다. 한숨인지 콧숨인지.

"별님에게 빌기라도 해라."

에이이치는 그렇게 했다. 온 마음을 담아서.

겨울방학은 짧다.

그래도 에이이치는 기대했다. 말도 안 되는 그 소문이 짧은 방학 사이에 도래해야 마땅할 종언을 맞게 되기를.

곰곰이 생각해보니, 연말에 그 여고생과 우연히 마주친 것은 28일쯤이었다. 그때부터 굴러가기 시작한 눈덩이가 점점 부풀어 올라 31일 심야 혹은 새해 아침 무렵에는 데라우치한테까지 도달한 것이다. 놀랄 만한 속도다. 새해 연휴 중에 템파라에 모여든 학생 블로거들에게 별다른 이야깃거리가 없었던 게 아닐까? 그렇다면 정정 정보가 퍼져나가는 속도도 그만큼 빠를지 모른다. 빠를 게 틀림없다. 빠르지 않으면 곤란하다. 불공평하지 않은가.

1월 4일과 5일, 에이이치는 다나코 가에서 이틀 밤 내내 덴코의 컴퓨터로 템파라의 상황을 관찰했다. 6일 오후에는 데라우치도 덴코 집으로 와서 셋이 나란히 컴퓨터 앞에 앉았다.

"히요코는 확실하게 썼어."

데라우치의 친구는 이름이 스노 히나코, 별명은 히요코*라
고 했다. 그녀의 블로그에는 'Hiyoko at Home'이라는 이름
이 붙어 있었다. 거기에는 이렇게 쓰여 있었다.

내 친구가 마침 사진관 근처에 살아서 잘 아는데, 사진관
경영자였던 고구레 씨와 지금 거기 사는 가족과는 전혀 관
계가 없다고 합니다. 영능력자도 아닌 모양이니 이대로 소
문이 퍼져나가면 틀림없이 곤란할 겁니다.

그 포스팅에 순순히 찬성하는 댓글도 있는가 하면, 그런
건 처음부터 농담인 줄 아니까 그렇게 진지하게 받아들일 필
요 없다는 코멘트도 있었다.

"뭐, 이젠 괜찮겠지."

"그치? 소문의 발신지까지 조사할 필요는 없겠지?"

덴코는 웬일인지 말이 없었다. 여느 때와 다름없이 엉망진
창으로 원색을 배합한 패션에다 겨울방학 기간 한정으로 짧

---

* '히나'는 새끼 새 혹은 병아리, '히요코'는 병아리라는 뜻이다.

게 자른 머리는 금발로 물들이고 있었다. 어쩌자고 그런 짓을 했냐고 물었더니 이렇게 대답했다.

—아버지 블로그에 나와 있어.

새해 인사를 오는 손님들에게 화제를 제공하기 위해서라는 것이었다.

—뭔가 토픽이 있어야 자리도 화기애애하고 흥이 나잖아.

—너도 참 힘들겠다.

데라우치가 방문한 6일은 지역 의사협회 신년회라 당사자인 아버지는 집을 비우고 없었다. 데라우치는 덴코 아버지의 블로그를 읽고 마침내 야영 취미를 알았다.

"재미있겠다. 나도 해보고 싶은데."

"그런 소리 꺼낼 게 뻔해서 말 안 한 거야."

덴코가 웬일로 곤란해했다.

"그게 어때서?"

"너희 아버지랑 어머니가 화내실 거 아냐. 남자애 집에 자러 가는 것만 해도 문제일 텐데, 정원에서 야영이라니."

"정원이니까 괜찮지. 덴코 방에서 자는 것도 아닌데, 뭐."

해가 질 때까지 이런저런 시시한 얘기를 하며 시간을 보내고, 다음번에는 바비큐 파티 때 오라는 덴코 어머니의 배웅을 받으며 에이이치와 데라우치는 다나코 가를 나왔다. 드넓은 정원 한쪽에서 덴코 할아버지가 구호를 외치며 동작을 취하고 있었다. 손에 든 것은 방망이는 아니었다. 죽도였다. 덴코의 할아버지는 검도 유단자다.

"마음이 좀 놓였니?"

"야영은 안 돼. 그건 남자들 세계니까."

"그거 말고, 블로그."

"응. 둥지 속 병아리한테 고맙다고 전해줘."

"다음에 소개해줄게. 틀림없이 잘 맞을 거야."

둥지 속 병아리는 블로그에 써놓은 내용으로 보는 한, 느낌이 좋은 여자애인 것 같다는 생각을 하던 참이었다. 나쁠 건 없었다. 아니 꾸벅 넘어갈 정도로 기뻤다. 그건 그렇고, 탄빵 데라우치는 예리하다. 여자애들은 이런 점에서는 모두 예리한가?

살짝 들뜬 마음으로 새 학기를 맞는다―이른 봄이니 안 될 것도 없겠지. 전화위복. 이 말 만큼은 의미가 안 맞을 리 없다.

그러나 별님은 에이이치의 마음이 다른 데로 기운 것을 용서하지 않았다.

시업식이 끝나고, 잽싸게 뛰어나가려고 가방을 멘 순간이었다. 뒤에서 등을 찔렀다.

"손님이 찾아온 모양인데."

재촉하는 소리에 돌아보니 교실 입구에 여학생 둘이 서 있었다. 뒤에 앉은 남학생과 얘기를 나누면서 힐끗힐끗 에이이치 쪽을 쳐다보았다. 상대를 해주던 남학생이 히죽거리며 웃었다.

"하나비시, 너한테 볼일이 있으시단다. 연상의 누님이셔."

말하기도 전에 알았다. 여학생 중 한 사람이 새해 달리기 대회 때 에이이치가 도와준 콩 배구부 부원이었기 때문이다.

"잠깐만 와줄래?"

콩 배구부원이 말했다. 말끝을 살짝 올리긴 했지만 명확한 명령조였다. 중개 역할을 맡은 반 친구들은 여전히 히죽거렸지만, 에이이치는 알아챘다. 혼soul에 확 와 닿는 느낌이 있었다. 별로 좋은 용건이 아니야.

"저······는 지금부터······."

"오늘은 동호회 쉬잖아?"

하필 이럴 때 덴코도 하시구치도 보이질 않다니.

"어쨌든 잠깐 와봐."

콩 배구부원의 가차 없는 목소리가 허공을 날카롭게 찢었다. 이번에는 에이이치가 오인 체포를 당하는 심정이었다. 끌려간 곳은 이 학년 A반 교실. 이미 텅 비고 아무도 없었다.

"앉아."

가까운 곳에 있던 의자를 끌어당기며 권한다. 진짜 취조실 같았다. 여자 —상급생이니 '여사'라고 불러야 옳을까— 둘이 책상을 사이에 두고 양쪽에 진을 쳤다.

"난 배구부의 다베야."

자리에 앉아 다리를 꼰 콩 배구부원이 말했다. 오른쪽 무릎에 보호대를 끼고 있었다.

"지난번에는 신세를 좀 졌지."

위협적인 목소리였다. 그때 선생님에게 중재를 잘해서 계속 뛰게 해주지 못한 게 잘못이었나?

"무릎은 괜찮았어요?"

머뭇머뭇 물어봤지만 대답은 없었다. 치켜 올라간 듯 보이는 다베 여사의 눈초리가 이 밀리미터쯤 더 치켜 올라갔을 뿐이다. 역시 화가 났구나.

"이쪽은 우리 배구부의 매니저 고모리야."

소개받은 여사는 말없이 고개만 까딱했다. 매니저 쪽이 키가 더 크다. 몸집이 작아야만 선수가 될 수 있다는 소문은 진실인가?

"하나비시, 맞지?"

"네."

아니, 그게 아닙니다. 오인 체포예요. 교복 차림으로 나란히 앉은 여자들이 여경처럼 보였다.

"너희 집이 낡은 사진관이라면서?"

고문 선생님이 경기를 계속할 수 없다고 결정한 이상, 저에게는 그것을 뒤집을 만한 힘이 없었습니다. 다베 선배, 실제로 다리에 경련이 났잖아요? 올림픽 대표 급 마라톤 선수라도 그런 상태로는 달릴 수 없어요. 코치가 기권시킨단 말이죠. 그런 생각을 정신없이 하고 있던 에이이치는 얼간이 같은 소리를 내고 말았다.

"에?"

"고구레 사진관이 너희 집이냐고. 아니야? 블로그에 이런저런 얘기가 떠도는 건 알고 있겠지?"

그쪽 문제였나? 에이, 뭐야. 괜히 긴장했네─라고 한순간이나마 생각해버린 자신이 한심스러웠다.

바짝 긴장해서 눈만 껌벅거릴 뿐, 다베 여사의 예리한 속공을 따라잡지 못하는 에이이치를 더는 보고만 있을 수 없었는지 고모리 여사가 느긋하게 타임을 걸어주었다.

"본인은 모르는 거야, 다베짱."

가만히 보니 이 매니저님은 눈썹도 눈초리도 살짝 내려간 느낌이고 입매도 부드럽다. 그래서 말투도 온화하겠지. 구조선이다. 에이이치는 고모리 여사의 눈을 쳐다보며 되물었다.

"어, 어느 블로그죠? 템파라인가요?"

"아니, 우리가 같이 가입한 건 '픽시' 쪽이야."

SNS에서는 최대 규모다. 회원이 육백만 명이라던가, 지난번에 덴코에게 들었다.

"저는 블로그는 하지 않습니다. 그래서 직접적으로는 아무것도 몰라요. 템파라에 우리 집과 관련된 내용이 있다는 것도 새해에 친구에게 들어서, 안 지 얼마 안 됐습니다."

고모리 여사가 부드럽게 되물었다.

"친구라면 덴코?"

덴코는 이 학년 여학생들에게도 친숙하게 여겨지는 걸까?

"네."

"그럼 덴코도 픽시 쪽 정보는 아직 파악하지 못했나? 굉장히 상세하게 나와 있어. 사진까지 첨부돼서."

그러고는 템파라에 유포된 것과 거의 비슷한 내용의 소문을 들려주었다. 심령사진 정화. 이상한 능력의 소유자. 단, 이쪽에서는 어찌 된 영문인지 일 대가 줄어서 십이 대째 계승자가 되어 있었다.

에이이치는 눈도 깜박거릴 수 없었다.

"사, 사진요?"

"네 사진이랑 고구레 사진관 전경."

그런 게 인터넷에 유출되었다고? 이런 경우 '유출'이라는 단어를 써도 되나? 의미가 다른가? 어떤 표정으로 찍혔을까, 제일 먼저 그 걱정부터 하는 나는 역시 한심한 놈인가?

"도대체 누가……?"

"글쎄. 맨 처음 쓴 사람이 누구든 그건 이미 문제가 아닌 것 같은데."

"고모리."

다베 여사가 초조한 듯 말을 끊었다. 토스가 올 때까지 기다릴 수 없었던 모양이다.

"우리한테도 그런 건 처음부터 문제가 아니었어. 소문의 진위만 파악하면 그만이니까."

소문의 진위. 거짓이냐, 진실이냐.

에이이치는 펄쩍 뛰어오를 듯이 소리쳤다.

"전부 거짓말입니다. 꾸며낸 얘기라고요!"

"그건 알아. 우리도 바보가 아니야."

곧바로 퀵 리턴 피치가 날아들었다. 십이 대 좋아하네, 하며 야단치듯 말했다.

"그따위 실없는 소리를 누가 믿겠냐!"

죄송합니다. 그렇다면 난 왜 이 자리에 불려 온 걸까?

"그건 그런데, 완전히 근거 없는 얘기니?"

또다시 고모리 여사의 구조선이었다.

"그 소문에 일말의 진실도 없니? 그건 또 그것대로 말이 안 되는 것 같은데. 무에서 유는 생겨날 수 없어. 아니 땐 굴뚝에서 연기가 날 리 없지. 소문은 뭐, 그렇다 쳐. 하지만 너 역시 실제로 뭔가를 했던 거 아니니? 사실 우리는 그쪽에 더 흥미가 있어."

온화하게 처진 고모리 여사의 눈에는 설득력이 있었다. 옆에 나란히 앉은 다베 여사의 치켜 올라간 눈에는 강제력이 있었다. 그 두 개의 싱크로에는 거역할 수 없었다. 에이이치는 간결하게 털어놓았다. 네, 희한한 사진을 맡은 일은 있습니다. 조금 조사해보니 사정이 밝혀져서 사진을 원래 주인에게 돌려주었습니다. 그것뿐입니다. 이상.

짤막하게 얘기하는 동안, 다베 여사의 눈초리가 또다시 일 밀리미터쯤 치켜 올라갔다. 고모리 여사는 줄곧 미소를 머금고 있었다. 에이이치가 이야기를 끝내자, 고모리 여사가 다베 여사에게 활짝 미소를 지어 보였다.

"괜찮겠지?"

다베 여사는 험악한 눈빛으로 에이이치를 똑바로 응시한

채 응, 하고 고개만 한 번 끄덕였다. 두 사람 사이에 어떤 합의가 이뤄진 것 같았다.

"뭐가 괜찮겠다는 거예요?"

"네가 써먹을 만한 인재라는 뜻이야."

에이이치의 등줄기로 오한이 훑고 지나갔다.

"조사한 건 맞지?"

다베 여사가 몸을 앞으로 내밀며 얼굴을 들이댔다. 눈빛이 이글거리고 있었다.

"이상한 게 찍힌 사진을 맡아서 네가 조사한 거지? 그 결과 나름대로 수수께끼를 해명했지?"

"아니, 그게……."

"했어, 안 했어? 어느 쪽이야?"

에이이치는 잘못 생각했다. 배구 네트를 사이에 두고 맞서서 여사의 공격을 받고 있는 게 아니었다. 에이이치는 공이었다. 직접 후려치는 공.

"해, 했습니다."

"좋아."

다베 여사의 뺨이 처음으로 부드럽게 풀어졌다. 여사는 느긋하게 의자 등받이에 기대앉으며 말했다.

"그럼 다시 한 번 할 수 있겠네."

"네?"

"조사 말이야. 너한테 부탁하고 싶어."

고모리 여사가 미소를 지었다. 구조선이 아니었다. 이건 노예한테 노를 젓게 하는 갤리선이다.

"실은 우리한테도 불가사의한 사진이 한 장 있거든."

3

또다시 카비네판, A5 용지 크기의 사진이었다. 이번에도 사진 오른쪽 밑에 촬영 날짜가 찍혀 있었다. 2005년 10월 9일.

"일요일이야."

손에 든 휴대전화를 만지작거리던 데라우치가 말했다.

"어떻게 알았어?"

휴대전화 화면을 이쪽으로 내민다. 달력이 떠 있었다.

"지금 찾아봤어."

그런 게 가능해? 천문부에 따로 문의할 필요도 없잖아.

"이것도 식사 때 찍은 스냅사진이네."

카운터에 올려둔 문제의 사진을 에워싸듯 팔꿈치를 괴고 앉은 덴코가 말했다.

세 사람은 고구레 사진관의 가게 쪽에 있었다. 고구레 야스지로 씨의 유령이 이따금 지키고 앉아 있다는 바로 그 화제의 자리다. 덴코가 ―가만있어주면 좋을걸― 그 점을 알려줬을 때, 데라우치는 아무래도 께름칙해했다. 하지만 덴코가 천연덕스레 큰소리를 치자 금세 마음을 고쳐먹었다.

―야, 뭘 무서워 해. 유령이라고 해서 무조건 다 무서운 건 아니야. 좋은 사람일 수도 있고, 그냥 이 가게에 애착이 있어서 남아 있는 것뿐인지도 모르잖아.

이 가게 분위기가 애착이 느껴지는 건 분명하네, 그런 말까지 했다. 데라우치는 쉽게 믿는다기보다 설득하기 쉬운 기질이었다.

에이이치도 털어놓았다. 고구레 씨를 본 적이 없다고 했던 건 정확하게는 거짓말이라고. 사실은 할아버지의 실루엣을 본 것 같은 기분이 든 적이 있었던 것이다. 생각해보니 그 여고생과 두 번째로 마주친 때였다.

그만. 지금은 이 궁상을 어떻게 타개할 것이냐가 더 시급한 문제다.

오인 체포 다음 날이었다. 덴코와 데라우치는 경음악 동호회의 스윙을 한 차례 패스하고 에이이치네로 찾아왔다. 작전회의를 하려는 것이었다. 적어도 에이이치는 그럴 작정이었다.

"그렇게 빤한 감상 말고 좀 더 건설적인 의견은 없냐?"

덴코가 괴고 있던 머리를 오른팔에서 왼팔로 옮기더니 거슴츠레한 눈으로 에이이치를 바라봤다.

"아, 글쎄…… 난 외부인이잖아."

"아니, 넌 엄연한 관계자야."

어제 이 학년 A반 교실에서 해방되어 돌아올 때, 다베 여사에게 이 사진을 건네받았다. 준비성도 철저하게, 구겨지지 않도록 작은 파일에 끼워져 있었다. 에이이치는 묻고 말았다.

—혹시 내가 쓸 만한 녀석이 아니었으면 다시 가져갈 생각이었어요?

대답한 사람은 고모리 여사였다.

—그런 곤란한 상황은 없을 줄 이미 알았어.

—어떻게요?

—너, 덴코 친구라면서? 그 애가 신뢰하는 인간이라면 틀림없을 테니까.

그러니 덴코에게도 책임이 있다고 생각하는 것이다.

데라우치는 에이이치가 자기 교실로 돌아가자, 그곳에서 기다리고 있었다. 하나비시가 이 학년 여학생에게 납치당했다는 속보를 전해 듣고 걱정돼서 기다렸다고 했다. 하지만 에이이치가 사정 이야기를 들려주자 걱정은 순식간에 날려버리고 눈빛을 반짝거렸다.

―그 조사, 나도 거들어도 될까?

거절할 이유가 없었다. 에이이치는 뭘 어떻게 해야 좋을지 짐작도 할 수 없었기 때문에 지원군이 필요한 참이었다. 덴코까지 포함해서 세 사람, 평범한 사람이라도 셋만 모여 생각하면 문수보살 못지않은 좋은 지혜가 나온다는 말도 있지 않은가.

그런데 덴코는 별로 내키지 않는 듯했다. 의논에도 적극적으로 참여하지 않고, 사진관의 옛 자취인 쇼윈도를 새로 장식한 것만 화제로 삼았다. 설 명절 동안 어머니 교코가 그곳에 찹쌀떡을 올리고 소나무와 국화와 죽절초 꽃꽂이를 장식했다. 찹쌀떡을 내리고 칠초七草*로 바꾼 후에는 피카의 꽃 달린 코끼리를 다시 내놓고 달력을 걸었다. 덴코는 그것만으로 성에 차지 않는지 이것저것 이상야릇한 전시물을 궁리했다.

"그만하고, 진지하게 생각 좀 해보라고!"

에이이치가 더 이상 참지 못하고 쏘아붙이자 덴코는 따분하다는 듯 한숨을 내쉬고 턱 끝으로 사진을 가리키며 말했다.

"이런 건 조사할 것까지도 없다니까. 지난번이랑 다르게

---

* 봄의 대표적인 일곱 가지 풀. 미나리, 광대나물, 떡쑥, 냉이, 별꽃, 순무, 무.

사진의 내력도 알잖아. 직접 얘기를 들어보면 말끔하게 해결된다고."

그럴 수만 있다면 고생할 일도 없다.

"덴코, 너 내 애긴 하나도 안 들었지."

"들었어. 듣긴 했는데, 네가 너무 소극적이잖아. 왜 시키는 대로만 하려고 해?"

"응, 그건 나도 동감이야."

데라우치까지 입을 삐죽 내밀었다.

"다베 선배 마음도 이해 못 할 바는 아니지만, 그런 제약을 내세우면 조사할 방법이 없잖아."

문제의 사진에는 식탁을 에워싼 네 명의 인물이 찍혀 있었다. 덴코의 감상을 들어볼 필요도 없이 일종의 연회랄까, 대접하는 자리라는 것도 이미 알고 있었다. 피사체의 신원도 전부 알고 촬영 상황과 관련된 정보도 얻었다. 촬영한 사람이 누구인지도 판명되었다. 모든 것은 정확한 정보다. 조사를 의뢰한 다베 여사가 네 명의 피사체 중 한 사람이기 때문이다.

그러나 여사는 에이이치에게 엄명했다.

―가와이 선배와 선배의 부모님에게는 절대로 이번 조사 건이 알려지면 안 돼.

가와이 선배와 그 부모님이란 나머지 세 명의 피사체다.

그 사람들에게는 일절 접촉하지 말고, 어떤 이유에서 그런 사진이 찍혔는지 그 원인만 비밀리에 조사하라는 분부였다.

—수수께끼가 풀리면, 가와이 선배에게 그 결과를 보고할지 안 할지는 내가 판단해.

돌이켜보면 너무 자기 편한 대로만 내린 명령이었다. 그래서야 에이이치는 조사 역할이라기보다 이리저리 뛰어다니는 심부름꾼일 뿐이지 않은가. 도구에 불과하다.

하지만 그렇게 이상한 조사 방법을 택할 수밖에 없는 이유라고 할까, 그 사진에 얽힌 사정 얘기를 들었을 때는 에이이치도 납득하고 말았다. 여사가 가와이 선배에게 마음을 쓰는 것도 이해할 만하다고.

"사람이 너무 좋은 거 아니니?"

데라우치는 어이없어했다.

"하나짱은 페미니스트거든."

"그 표현은 잘못된 것 같은데."

"무슨 말이든 해봐."

실컷 안줏감으로 삼아도 좋으니 지혜만 빌려달라고. 진짜로, 정말로, 어떻게 해야 할지 도통 감이 잡히지 않는다고.

데라우치가 덴코의 팔꿈치 사이로 손을 뻗더니 카운터 위의 사진을 뒤집었다. 거기에는 깔끔한 글씨로 피사체의 이름이 적혀 있었다.

"가와이 기미에 씨라……."

검은 머리, 보브 커트, 긴 눈매. 전형적인 전통 일본 여성상
이었다.

"설마 아는 사람은 아니지?"

"알 리가 없지. 이때 벌써 스물두 살이었다며? 한참 선배
잖아."

가와이 기미에는 미쿠모 고등학교 배구부의 옛 부원이었
다. 졸업 후에는 도내 대학에 진학했고, 옛 선배 자격으로 열
심히 지도하러 다녔다. 다베 여사는 가와이 선배와 집이 가까
워서 어릴 때부터 귀여움을 받았다고 했다. 여사가 애초에 배
구부에 흥미를 갖게 된 계기도 가와이 선배가 중학교, 고등학
교 때 배구공에 열중해 있었기 때문이다. 다만 나이 차이가
있어서 같은 시기에 부원으로 재적하지는 못했다.

그러니까 사진은 삼 년 전 10월 9일, 당시 그 지역 공립 중
학교 이 학년이었던 다베 여사가 가와이 선배를 찾아가서 자
기도 미쿠모 고등학교―의 배구부―를 목표로 입시 공부를
할 생각이라고 보고하자, 가와이 가에서 격려의 자리를 마련
해줬을 때 촬영한 것이었다.

피사체 네 사람은 중학교 교복을 입은 다베 여사, 그 오른

쪽이 가와이 기미에, 왼쪽에는 기미에의 부모인 가와이 후지오와 야스코가 앉아 있는 배치였다. 가와이 기미에는 다베 여사의 어깨에 손을 얹고 친숙하게 얼굴을 나란히 붙이고 있었다. 그런 사진이다 보니 모두들 웃는 얼굴이었다.

촬영 장소는 가와이 가의 이른바 '객실'로 다다미 여덟 장쯤 되는 넓이였다고 한다.

─도쿄 올림픽이 열린 해에 지었다니까 오래된 집이었지.

그래서인지 그 객실은 요즘에는 보기 드문 구조였다. 정원쪽으로 툇마루가 나 있었다. 정원은 대수로울 것 없었다. 화분 몇 개가 늘어서 있고 공간도 좁아 보였다. 그러나 툇마루는 상당히 길었다. 사진 속에서는 칸막이 장지문과 유리문이 다 열려 있어서 거의 끝에서 끝까지 다 보였다.

─어릴 때 선배 집에 놀러 가면, 이 툇마루에서 수박도 먹고 밤에는 불꽃놀이도 했어. 낮잠도 자주 잤지. 바람이 잘 통해서 시원했거든.

즐거운 추억 이야기. 이웃과 보낸 한때의 마음이 따뜻해지는 기억과 기록. 실로 바람직한 일이었다.

그러나 에이이치가 이런 사태에 휘말렸을 정도니 당연히 그것만으로 끝나지 않았다. 사진에는 이상한 것이 찍혀 있었다. 거듭해서 말하지만, 피사체는 네 명이다. 하지만 사진에는 일곱 명의 인물이 찍혀 있었다—그렇게 보인다.

가와이 부부, 기미에, 다베 여사 네 사람이 객실에서 탁자를 둘러싸고 앉아 있다. 그리고 그보다 약간 왼쪽 뒤편에 가와이 부부와 기미에, 세 사람이 또 한 번 찍혀 있었다. 다른 곳도 아닌 바로 그 툇마루에 한 줄로 나란히 앉은 모습이었다. 거기에 다베 여사는 없다. 혼자만 빠졌다. 게다가 가와이 가족의 순서도 바뀌었다. 기미에를 중심으로 오른쪽이 후지오, 왼쪽이 야스코. 부모가 딸을 가운데 끼고 앉은 셈이었다.

현상할 때의 실수가 아닐까 하는 해석은 이것으로 날아가 버린다. 필름 감는 걸 깜박 잊어서 한 장에 두 번 찍히지 않았을까 하는 가설도 마찬가지다.

에라, 모르겠다. 백번 양보해서 그런 이상야릇한 실수가 있었다고 치자. 그렇다고 해도 사진은 여전히 이상하다. 집요하게 되풀이하지만, 탁자를 둘러싼 네 사람은 모두 웃는 얼굴이었다. 그런데 왼쪽 뒤편 툇마루에 나란히 앉은 가와이 가족 세 사람은 하나같이 울고 있었다. 분명히 울고 있다. 실제로 그 사람들을 만난 적이 없는 에이이치도, 덴코도, 데라우치도 한눈에 알아볼 수 있을 정도로 확실하게 울고 있었다.

어머니 야스코는 오른손으로 코와 입가를 막고, 뭔가를 꾹 참듯 고개를 떨어뜨리고 있다. 후지오는 정면을 향한 채로,

역시 뭔가를 참듯이 힘을 꽉 주고 팔짱을 끼고 있지만 눈은 빨갛게 물들었다. 입매가 일그러지고 눈가는 젖어서 번들거린다. 기미에는 무릎을 꿇고 그 위에 양팔을 버틴 자세로, 턱을 뻣뻣이 쳐들고 두 눈을 감은 채 눈물을 흘리고 있다. 그리고 이 툇마루의 가족은 어렴풋하게 보인다. 세 사람의 몸을 통과해서 정원에 세워둔 자전거가 투명하게 비치고 있다.

어떻게 이런 기괴한 사진이 만들어진 것일까? 이것은 피사체에게 어떤 의미가 있는 사진일까? 다베 여사는 그것을 알고 싶어 했다.

"뒤쪽의 세 사람 말인데."

사진을 집어 들고 물끄러미 응시하던 데라우치가 중얼거리듯 말했다.

"그거랑 비슷하다. 나라 호류지에 있는 '석가열반상'."

세상을 뜬 석가모니를 둘러싸고 여러 제자들이 한탄하고 슬퍼하는 모습을 재현한 일군의 조각상이라고 했다. 제자들의 우는 얼굴, 슬퍼하는 모습이 제각각 달라서 실로 생생하고 가슴 깊이 와 닿는다는 것이다.

"별걸 다 아네."

데라우치는 박식하다.

"지난번 그 사진 속 여자도 울고 있었잖아."

덴코의 말에 데라우치가 움찔, 반응을 보였다. 에이이치가 재빨리 말했다.

"그 얘기는 빼."

"알았어. 캐묻진 않을게."

데라우치는 카운터 위에 사진을 가만히 내려놓았다.

"어쨌든, 이건 어떻게 할 거야?"

"어떡해야 할까?"

"촬영한 사람은 알지?"

"이름이랑 그 당시 관계는 알아."

"그럼 일단 그 사람부터 만나보면 어떨까?"

"현재는 소식 불명이래."

촬영한 사람의 이름은 아다치 후미히코. 당시 스물여섯 살로 가와이 기미에의 약혼자였다. 가와이 선배가 대학을 졸업할 때까지 기다렸다 결혼할 예정이었다고 한다. 그러나 이 사진을 찍고 약 넉 달 후인 2006년 2월 말에 두 사람은 파혼했다.

다시 말해 이 사진은, 머지않아 파혼할 커플의 파편이 약혼자와 그 부모를 촬영한 사진에 미래를 암시하듯 울상의 환영으로 찍힌 거라는 얘기가 된다.

"헤어진 이유는?"

"몰라."

"안 물어봤어?"

"물어봤다가 목 졸릴 뻔했어."

묻자마자 다베 여사는 단숨에 모른다고 대답했다.

—그런 걸 선배한테 물어볼 순 없잖아!

"단, 가와이 선배 쪽 잘못은 없다고 단언했어."

파혼 이유도 모르면서 그렇게 단언할 수 있는 이유는, 선배는 그런 여자가 아니기 때문이란다. 에이이치의 설명에 데라우치가 미심쩍은 듯 눈썹을 찡그리더니 호오오옹, 하고 길게 소리를 빼며 맞장구를 쳤다.

"이 사진은 언제 현상했을까? 그때부터 이렇게 나왔나?"

지난번 사진을 머릿속에 담아두고 있었는지, 덴코가 좋은 질문을 했다.

"다베 여사는 찍고 나서 일주일도 안 지나서 가와이 선배한테 이 사진을 받았대."

—현상 실수 같아. 이상한 사진이 나와 버렸어.

가와이 선배는 그렇게 말했다고 한다. 사진은 처음부터 이 상태였던 것이다.

"사진을 주긴 했네. 나 같으면 감췄을 텐데. 사진 찍은 건 기억도 안 나는 척, 시치미 뚝 떼고."

데라우치가 말했다.

"안 그래? 불길하잖아. 이렇게 가족 모두가 울고 있는데."

덴코가 끼어들었다.

"그거야 우리가 그 후에 두 사람이 이별했다는 걸 아니까 그런 생각이 드는 거겠지. 가와이 선배가 한창 행복에 겨웠던 당시에는 그런 생각 못 하는 것도 무리가 아니잖아."

현상 실수로 이상한 사진이 나왔을 뿐이라 여기고 끝내버렸다는 얘긴가?

"그게 아니야, 덴코. 불길함의 방향이 달라. 내 말은 다베 여사 쪽에서 생각할 때 불길하다는 거지. 어릴 때부터 귀여움을 받은 이웃 가족이랑 사진을 찍었는데, 자기 혼자만 빠지고 그 가족들이 엉엉 우는 환영이 찍혔다면 어떨까? 마치 가까운 장래에 자기가 사라져서 그 슬픔 때문에 모두가 우는 것처럼 받아들여지지 않을까?"

데라우치의 말에 에이이치는 눈을 크게 떴다. 그건 분명 그렇지.

"내가 가와이 선배였다면 맨 먼저 그 생각부터 하겠다. 그러니까 다베 여사한테는 사진을 안 보여준다는 거야. 미안해, 실수로 사진이 안 찍혔나 봐, 그렇게 말해버리면 그만이잖아."

하지만 덴코는 여전히 게슴츠레한 눈으로 웃었다.

"탄빵, 생각이 너무 지나쳐."

"그럴까?"

"아냐, 난 좋은 지적이라고 생각해."

에이이치가 말했다.

"불길할 것까진 없어도 상대에게 이런 사진을 보이기는 미안하다는 생각 정도는 하겠지."

아무리 상대가 자기보다 어린 여자애라도. 아니, 그러니까 더더욱.

"아까도 그런 생각이 들었는데, 다베 여사는 틀림없이 이 사진에 얽힌 사정을 좀 더 많이 알고 있을 거야. 그런데 하나비시한테는 말하지 않았어. 말할…… 수 없었는지도 모르지만."

데라우치의 말에 에이이치는 고개를 크게 끄덕거렸다.

"이 사진을 처음 봤을 때 다베 선배는 어떤 느낌이 들었냐고 물었다가 또다시 목이 졸릴 뻔했지."

─내 감상 같은 건 네가 조사하는 일과 상관없어. 난 관계없으니까.

"말하고 싶지 않은 거야."

데라우치도 고개를 끄덕이더니 뭔가 속뜻이 담긴 듯한 말투로 따라 했다.

"난 관계없으니까."

"그럼, 관계있는 사람은 누구야?"

데라우치가 갑자기 머뭇거렸다.

"그야…… 역시 넉 달 후에 헤어지게 된 두 사람이겠지."

에이이치도 그렇게 생각했다. 다베 여사, 자기도 모르게 진실을 말해버린다는 건 바로 이런 경우라고.

"알았다!"

덴코가 느닷없이 허벅지를 내려쳤다. 픽, 하고 엄청나게 큰소리가 났다.

"이제 알았다. 하나짱, 이 건은 해결됐어."

"어떻게 해결됐다는 거야?"

"그러니까 이 사진을 찍었을 때, 가와이 선배의 약혼자 쪽에는 이미 뒤가 켕기는 부분이 있었던 거야. 이별 예감이 있었던 거라고."

유행가 제목 같다.

"나는 머지않아 기미에와 그녀의 부모를 울리게 될 것이다, 그런 속마음이 있었던 거지. 그래서 그 마음이 사진에 찍힌 거고."

촬영한 사람의 사념思念이 찍혔단 말인가?

"염사야, 이번에도. 다베 여사한테는 그렇게 말하면 되겠네."

염사, 하고 데라우치가 중얼거리더니 사진을 집어 들었다. 염사? 에이이치는 살짝 허둥거렸다.

"그런 비과학적인 일이 일어날 수 있냐고 야단치면?"

"실제로 일어났잖아. 여기에서."

덴코가 사진 테두리를 손가락으로 두드리며 말했다.

"과학적으로 설명할 수 없어."

"설명은 필요 없지. 다른 실례도 있다고 하면서 지난번 얘기를 들려주면 납득할 거야."

사실은 이론보다 설득력이 있다고 덴코는 역설했다.

"백문이 불여일견."

의미가…… 다르지 않나?

"뭐, 지난번 사진은 '촬영한 사람의 사념'도 아니었고 출현할 때까지 타임래그도 있었지만, 인간의 사념이나 감정이 사진에 찍혔다는 점에서는 좋은 견본이 될 게 틀림없어."

데라우치의 눈동자가 한계에 다다를 정도로 커졌다. 하지만 에이이치와 눈이 마주치자 허둥거리며 말했다.

"아, 글쎄! 난 캐묻지 않을 거라니까."

으윽, 짜증 나. 에이이치는 콧소리를 내며 큰 숨을 내쉬었다. 카운터 위의 사진이 가볍게 떠올랐다가 살짝 비스듬하게 내려앉았다. 그것을 뚫어지게 바라보며 입을 열었다.

"감추면 오히려 더 번거로우니까 지난번 일의 경위를 알려줄게. 하지만 아무한테도 말하면 안 돼."

데라우치가 눈동자에 힘을 주었다.

"말 안 해. 히요코한테도 말 안 할 거야. 절대로."

에이이치는 모든 걸 털어놓았다. 사진 자체는 이미 수중에
없지만, 스스로 생각하기에도 구체적이고 알기 쉬운 설명이
었던 듯하다. 이야기를 끝냈을 때 데라우치의 눈동자는 원래
사이즈로 돌아가 있었다. 그뿐인가, 어른스럽고 얌전하게 눈
을 내리깔고 있었다. 이 애, 속눈썹도 길었네. 뺨이 가무잡잡
해서 속눈썹이 드리우는 그림자가 눈에 띄지 않다 보니 쉽게
드러나지 않았을 뿐이다.

"하나비시."

묘하게 여성스러운 목소리로 불러서 에이이치는 엉겁결에
앉은 자세까지 고치고 말았다.

"네?"

"넌 훌륭해."

데라우치는 두 손으로 에이이치의 오른손을 부여잡더니
힘껏 움켜쥐었다.

"데라우치 지하루, 감동했습니다."

에이이치는 어찌해야 좋을지 몰라 덴코의 얼굴을 쳐다보
았다. 덴코는 히죽거리고 있었다.

"정말 훌륭한 조사였어! 대단해!"

그렇게까지 칭찬받을 일은 아니다. 무작정 나돌아 다니다 보니 뜻밖의 행운이 걸려든 셈이었다.

"자기의 공훈담을 자랑스럽게 떠벌리지 않은 점도 훌륭해! 난 이중으로 감동했어."

그렇게 생각해줘서 고마워, 하고 에이이치는 우물우물 말했다.

"덴코 말이 옳아. 그 이야기를 덧붙여서 '염사'를 설명해주면 다베 여사도 납득할 거야!"

"지난번 사진이 남아 있으면 훨씬 좋았을 텐데, 복사해둘걸 그랬지."

덴코가 아쉬워했다. 하지만 에이이치는 그런 필요가 생길 거라고 꿈에도 상상하지 못했고, 상상했더라도 복사는 하지 않았을 것이다. 그것은 야마노 리에코와 그녀가 잃은 사람들의 기념사진이었다. 타인이 손때를 묻힐 물건이 아니다.

"그렇긴 한데, 약간의 보강은 필요할지도 모르겠다."

데라우치가 말했다. 그녀의 사고가 다른 데로 쏠린 틈을 타서 에이이치는 살며시 손을 빼냈다. 손바닥에 땀이 배어 있었다.

"그런 설로 가려면, 파국의 이유는 역시 아다치 씨 쪽에 있었다는 점을 명확하게 밝혀주는 게 설득력이 강할 거야."

"그럼 조사할 사항은 그 포인트로 좁혀지겠네."

덴코와 둘이서 멋대로 앞서 간다.

"잠깐만. 그 남자 소식은 끊겼다니까. 어떻게 조사해?"

"찾아내면 되지. 실마리 정도는 있겠지?"

가와이 가는 오타 구 오모리, 소규모 공장이 많은 지역에 있었다. 가장인 후지오도 '(유)가와이 정강精鋼'이라는 작은 공장의 경영자였다. 듣기로는 NASA와 거래가 있을 정도로 유명한 정밀기계 제조 회사의 하청업체였다고 한다.

"우주선에 필요한 부품 제조를 맡았다던가."

아다치 씨는 가와이 정강의 단골 거래처에 근무하는 직원이었다. 그래서 업무상 출입하는 사이에 사장 부부의 외동딸인 기미에를 알게 된 것이다.

"다베 여사가 회사 이름은 기억 못 했니?"

"무슨 무슨 테크니컬이라던데."

이번에는 데라우치가 코로 숨을 내뿜었다. 하지만 그녀의 콧숨으로는 사진을 움직일 수 없었다.

"현지 조사를 하는 수밖에 없겠군. 직접 가봐야겠네, 오모리까지."

덴코의 말에 데라우치도 고개를 끄덕였다.

"배구부는 일요일 빼고 매일 연습하니까 다베 여사한테 들키지 않게 방문하는 건 어려운 일이 아니야. 나도 같이 갈게."

에이이치는 고개를 저었다.

"가와이 정강은 이제 없어."

기미에가 파혼한 후, 반년도 지나지 않아 가와이 후지오가 뇌경색으로 쓰러졌다. 쉰한 살이었다. 목숨은 건졌지만 자리에 드러누웠다. 사장과 두 명의 숙련공이 지탱해오던 회사는 금세 꾸려나갈 수 없게 되었고, 가와이 정강은 도산했다. 가와이 가족은 공장과 집과 토지를 팔고 다른 곳으로 이사했다.

그 얘기를 해주자 역시나 분위기가 무거워졌다. 하지만 덴코도 데라우치도 회복이 빠르다. 그러니까 죽이 맞겠지.

"이웃에 물어보면 어떨까? 지난번이랑 똑같잖아. 오모리의 소규모 공장 지역이면 틀림없이 옛날부터 살던 사람도 많을 거야. 뭔가를 알거나 기억하는 사람도 분명히 있겠지."

"그렇다기보다 역시, 이번에도 직접 부딪칠 수밖에 없어. 배구부에는 졸업생 명부도 있지? 기미에 씨의 연락처를 찾아서 본인을 만나보는 게 최고야."

덴코는 위압적인 어조로 말을 이었다.

"애당초 이번 의뢰는 너무 에둘러 가게 만들잖아. 이렇게 나이브한 문제를 본인한테 숨긴 채, 제삼자가 다시 제사자에게 조사를 시킨다는 것 자체가 이상하다고."

그러고는 허공을 쳐다보며 혼잣말처럼 중얼거렸다.

"다른 무엇보다 기미에 선배는 이 조사를 원할까?"

"어디 대고 말하는 거냐?"

"'상식'이라는 것에 자문해보는 거지."

상식이 그쪽에 둥둥 떠 있냐, 유령처럼? 비유가 좀 이상한가.

"응…… 일리는 있어."

데라우치도 생각에 잠기듯이 말했다.

"결혼 얘기가 어그러진 상황이니까 당사자에게 신경을 쓰
는 건 이해가 가. 가와이 선배의 상처를 건드리는 일이잖아.
하지만 그것만은 아니야. 다베 여사, 아무래도 뭔가를 숨기고
있어. 좀 더 사실 관계를 확인한 후에 움직이는 게 좋겠다. 일
단 움직이기 시작하면 하나비시는 철저하게 파고드는 타입
같으니까."

"그럼 난 대체 어떡하면 좋으냐고."

"우선 배구부 졸업생 명부부터 구해야지."

에이이치가 눈을 부릅뜨며 덴코를 쳐다보았다.

"그런 짓 하다 들키기라도 하면……."

다베와 고모리 여사는 당사자에게는 절대 가까이 다가가
면 안 된다고 말했다. 동사를 보자면 '말했다'지만, 에이이치
의 체감은 달랐다. 훨씬 위험스러운 잠재적 액션을 감지했다.

그것을 현실화시키는 일만은 단연코 거절하고 싶었다.

"난 아마 농구 골대에 걸릴 거다."

덴코가 히죽 웃으며 대꾸했다.

"걱정 마. 콩 배구부 부원들은 골대까지 키가 안 닿을 테니까."

데라우치도 맞장구를 쳤다.

"그럼 배구 네트 기둥은? 그것도 하나비시를 매달기는 충분한 높이야. 덴코라면 다리가 땅에 닿겠지만."

"지금 그런 게 문제가 아니잖아!"

이번에는 데라우치가 손뼉을 탁, 마주쳤다.

"알았어. 졸업생 명부는 내가 어떻게든 구해볼게."

늠름해!

데라우치의 그 커다란 눈이 꾸짖듯이 에이이치를 쏘아보았다.

"그건 그렇고 하나짱, 너무 주눅 든 거 아니니?"

하나비시에서 '하나짱'으로, 강등인지 승격인지 미묘했다.

그날 밤, 열 시가 지나서였다. 에이이치의 휴대전화가 책상 위에서 달그락달그락 소리를 내며 흔들렸다.

"하나짱, 전화."

벽장에서 피카 목소리가 들렸다. 비가 새는 지붕의 수리는 이미 끝났지만 녀석은 벽장 침대가 마음에 들었는지 완전히 자리를 잡고 떠날 생각을 하지 않았다. 쫓아내려 해도 부모님이 피카 편—피카짱은 하나짱 곁에 있고 싶어서 그러잖니—이라 다수결로는 어쩔 도리가 없었다.

"나도 들려. 잠이나 자라, 초등학생."

화면을 보니 탄빵의 전화였다. 여보세요, 하고 전화를 받으며 피카에게 안 들리는 곳에서 통화하려고 일어서자, 피카가 벽장에서 손을 내밀어 에이이치의 스웨터 자락을 와락 움켜잡았다.

"숨어서 전화하는 건 나빠."

"어머, 피카짱 목소리네."

전화기 너머에서 —무시하면 될걸— 탄빵이 말했다.

"아, 탄빵짱이다. 안녕하세요?"

"너까지 탄빵이라고 부르지 마!"

"상관없어. 그렇지만 피카짱, 이제 잘 시간이야."

"네에. 안녕히 주무세요."

에이이치는 간신히 복도로 나왔다. 스웨터 자락이 늘어져 있었다.

"하나짱, 피카짱이랑 같은 방 써?"

"불법점거당한 데다 집행 방해까지 받는 중이야."

"그게 뭐야?"

"사실은 나도 잘 몰라. 피카가 자진 신고한 내용이지. 녀석, 어려운 책만 읽어대니까."

데라우치가 웃었다.

"귀여운 줄만 알았는데 머리도 좋네."

아, 글쎄! 그건 사고 정지라니까.

"무슨 일이야?"

"응, 으음…… 오늘 얘기 말인데."

에이이치가 재빨리 말을 받았다.

"졸업생 명부, 아무래도 어려울 것 같으니 패스하게 해달라는 말은 아니겠지? 그치? 그치?"

"하나짱!"

데라우치의 목소리에 힘이 들어갔다. 피카가 귀를 쫑긋 세우고 있는 기척이 느껴졌다.

"또 이런다. 너 너무 주눅 들어 있다니까."

다시 어이가 없는 모양이었다.

"고작해야 한 학년밖에 차이 안 나는 여자애야. 그렇게 무섭니?"

"여자는 다 무서워."

"그럼 나도 무서워?"

"넌 스스로 여자 축에 안 낀다고 하지 않았나?"

"아하, 그러셔. 그럼 히요코도 무섭겠네. 소개해주지 말아야겠다."

"다른 학교 학생은 별개야."

"이랬다저랬다 자기 편한 대로잖아."

탄빵이 살짝 화를 내듯 말했다.

"그건 그렇고, 무슨 일이냐니까?"

"그 후에 생각해봤는데…… 아니, 집에 돌아와서 엄마, 아빠 얼굴을 보고 떠오른 생각인데."

에이이치는 복도에 웅크려 앉았다.

"무슨 생각?"

"그 사진에서 툇마루에 앉아 울고 있는 세 사람, 아무래도 이상해."

"이상하기야 처음부터 이상했지."

"그게 아니고. 덴코가 말했던 가설, 염사라고 했나? 그거랑 안 맞는다는 뜻이야."

촬영한 사람인 아다치 후미히코의 양심의 가책이 가와이 가족의 우는 얼굴 환영으로 찍혔다?

"아다치 씨 마음속에, 머지않아 자기 편의대로 결혼 약속을 파기할 것이다, 이 가족에게 상처를 주게 된다는 생각이 남몰래 숨어 있었다면 말이지. 그런 생각으로 인해 찍힌 환영은 틀림없이 다른 표정이었을 거야."

탄빵은 말했다.

"적어도 아버지인 후지오 씨는 달랐을 거라고. 화내. 틀림없이 화내지. 눈물은 흘리더라도 미친 듯이 화를 낼 거야. 내소중한 딸에게 이게 무슨 짓이야, 이 멍청한 놈아! 그렇게."

너 같은 놈한테 기미에를 내줄 순 없어. 이쪽에서 거절이야. 눈앞에서 당장 꺼져!

"아버지는 그런 거니까."

그러니 가와이 후지오는 팔짱을 끼고 참을 리도 없고, 예를 들면 주먹을 쳐들고 휘두르는 편이 더 어울린다. 아다치 후미히코에게 달려들려고 하는 편이 더 자연스럽다는 말이다.

리폼할 때 복도 바닥은 다시 깔지 않았다. 고구레 사진관의 나무 복도는 겹겹이 쌓인 오랜 세월에 거무죽죽하게 탁해져 있었다. 그곳을 지나다닌 주인들의 발에서 묻어난 기름때가 배어 있는 것이다. 웅크려 앉아 얼굴을 가까이 대봤지만, 그림자는 드리워져도 얼굴은 비치지 않았다. 나는 지금 어떤 표정을 짓고 있을까? 에이이치는 알 수 없었다.

어쨌든 탄빵은 꽤나 몰두해 있다는 게 느껴졌다.

"그건 케이스 바이 케이스 아닌가. 아다치 후미히코는 그렇게 생각하지 않았을지도 모르지."

"같은 남자잖아, 다 알아. 아버지한테 한 대 얻어맞아도 어쩔 수 없다고 생각했을 거라고."

"하지만 현실적으로는 파혼한 지 얼마 안 돼서 아버지는 쓰러져 드러누웠고 회사도 도산했잖아."

울상이 되는 건 당연하다. 만약 아다치를 때린다면, 그에 대한 대가를 치르는 거나 마찬가지 아닌가.

"그렇긴 하지만, 그 시점에서는 아다치 씨가 거기까지 내다볼 수 없어. 그럼 예언자지."

그렇게…… 되나? 아니, 그래도 이런 부류의 사진은 미래에 일어날 불행한 사건의 예조預兆라는 견해도 있는데. 예조랑 예언은 다른가? 아, 진짜 복잡하네.

"알았어. 알아듣긴 했는데, 그 새로운 견해에 이 건을 해결하는 무슨 긍정적인 추진력이라도 있나?"

"없어. 미안해."

탄빵의 목소리가 작아졌다.

"그냥 그런 생각이 들었어."

목소리가 더 작아졌다. 에이이치는 휴대전화를 귀에 찰싹

붙였다.

"옛날에 내가 학교에서 따돌림당했을 때, 엄마는 같이 울었어. 하지만 아빠는 화를 내셨지. 그리고 학교를 찾아가서 심하게 항의했어. 그래서 잠깐 얘기해주고 싶었어. 그것뿐이야. 미안해."

두 번씩이나 사과하지 마.

"덴코는?"

"이미 알아. 오래전부터."

나는 지독하게 눈치 없는 질문을 한 것 같은 기분이 들었다. 뭔가 다른 대사를 뱉었어야 옳았을 것 같은 기분이 들었다. 옛날에 네가 따돌림당한 이유는 네가 '탄빵'이기 때문이었니, 같은. 그것도 엉뚱하긴 마찬가지인가?

"그만 끊을게. 그럼 내일 봐."

데라우치는 밝은 목소리로 말하고 전화를 끊었다. 에이이치는 한참 동안 미련이 남은 듯 휴대전화를 바라보았다.

"하나짱."

벽장 속 초등학생은 여전히 깨어 있었다.

"평생 여자 친구는 못 사귀겠다."

윽, 진짜 열 받게 하네.

"피카, 벽장 천장 속에 뭐가 있어! 하얀 얼굴이 보였어!"

에이이치는 그렇게 소리치며 맹장지 문을 닫은 다음, 팔다리를 벋대고 온 힘을 다해 밀어붙였다. 피카의 비명이 울려 퍼졌다.

"하나짱, 심술쟁이!"

우당탕 하는 소리가 들리는가 싶더니, 곧이어 맹장지를 뚫고 나온 조그만 주먹이 에이이치의 얼굴을 정통으로 맞혔다.

4

"그건 그렇고, 얼굴은 왜 그 모양이니?"

"맹장지가 너무 얇아."

다음 날 방과 후, JR 게이힌토호쿠센 오모리 역 개찰구를 빠져나오면서 나눈 대화다.

에이이치의 오른쪽 눈언저리에는 여봐란듯이 멍이 들어 있었다. 교실에서는 도수도 없는 안경으로 가렸지만 이렇게 가까이 마주 서니 감출 수가 없었다. 피카를 벽장 속에 가두고 위협하다가 역습을 당했다고 설명하자, 탄빵이 깔깔거리며 웃어댔다.

"에이, 뭐야. 고작 형제간 싸움이었어."

"싸움이 아니야. 형제간 DV*지."

피카는 힘이 약하지만 어쨌거나 죽을힘을 다해 날린 펀치였기 때문에 나름 효력을 발휘했다. 주먹이 작아서 급소를 더욱 정확히 맞힌 면도 있었다.

"어린 동생한테 어른스럽지 못한 장난을 치니까 그렇지. 그나저나 얼굴이 그 지경이면 오늘은 연기하는 게 좋을지도 모르겠다."

어찌 되었든 탐문은 할 수 없기도 했다. 데라우치의 정보에 따르면, 다베 여사의 집도 오래전부터 오모리에서 공장을 경영하고 있기 때문에 근처에서 가와이 정강에 관해 탐문하고 다녔다간 여사에게 금세 들통 날 거라고 했다. 이웃 네트워크의 위력은 에이이치도 체험으로 알고 있어서 이의를 제기할 생각은 없었다.

"서둘러 현장을 봐두고 싶을 뿐이니까 괜찮아."

"집이 남아 있었으면 훨씬 좋았을걸."

"그건 무리한 주문이야."

매각한 시점에서 집은 이미 자산 가치가 제로였을 게 틀림없다. '고가 있음.'으로 토지만 팔린 것이다. 고구레 사진관과

---

* domestic violence, 가정 내 폭력.

마찬가지였다.

여자들한테는 여자들만의 네트워크가 있는 모양인지, 탄빵은 고작 한나절 만에 다베 여사의 주소와 출신 중학교 조사를 끝냈다. 콩 배구부 졸업생 명부도 그 네트워크를 이용해 조사할 예정이라고 했다.

"한데 그쪽은 공작원을 써야 해서 시간이 좀 걸려."

너네가 CIA냐? NSA냐?

"난폭한 짓은 안 해."

여하튼 모사드는 아닌 듯했다.

"동호회는 괜찮아?"

"토요일에는 갈 거야."

오늘에야 탄빵이 테너 색소폰 연주자라는 것을 알았다. 덴코는 —잠정적으로— 퍼커션percussion* 담당이라고 했다. 탄빵의 악기는 자기 것이고, 초등학생 때부터 배웠다고 한다.

"열심히 연습하지 않으면 실력이 무뎌지는 거 아닌가?"

"저녁 먹고 나서 아빠가 노래방에 데려가주시니까 괜찮아."

데라우치 가족은 역 앞 노래방을 자주 이용한다는 것이다. 노래방에서 딸이 자유롭게 색소폰을 불 수 있도록.

---

* 드럼, 심벌즈, 캐스터네츠 등 타악기를 통틀어 이르는 말.

"옆에서 부모님이 듣는데, 연습이 되니?"

"아빠랑 엄마는 다른 방을 잡아서 노래해. 가끔 상황을 살펴러 오실 뿐이지."

탄빵은 다나코 집안을 특별한 예 중에서도 특별하다고 평가했지만 자기 집도 그렇다는 건 자각하지 못하는 것 같았다. 그게 아니면, 가족해체니 어쩌니 하는 담론은 매스컴이 퍼뜨린 환상일 뿐이고 개별적으로 보면 아직도 이런 가정이 꽤 많이 존재하는 걸까?

역 앞 안내판과 키오스크에서 산 지도를 의지 삼아 걸음을 내디뎠다. 노선버스도 다니는 듯했지만 낯선 곳에서는 도보가 가장 무난하다. 번화가를 통과해 걸어갔다.

"그건 그렇고, 미안해."

보도를 스쳐 지나는 자전거가 많았다. 에이이치 뒤에서 걷던 탄빵이 말했다.

"동호회를 둘 다 빠질 순 없어서 덴코는 못 왔어."

"네가 신경 쓸 거 없어. 그 녀석이 참석하지 않은 건 동호회 탓이 아니니까."

"그런 거니?"

놀랐는지 탄빵은 에이이치 앞으로 돌아와 얼굴을 들여다보기까지 했다. 하지만 다시 자전거가 달려와서 허둥지둥 피

고구레
사진관 ⑤

했다.

"오늘 아침 일찍 말하던데, 자기는 관여하지 않겠다고."

묘한 논리를 내세웠다.

—그러는 편이 하나짱에게도 옳은 일이야.

뒤에서 탄빵이 중얼거리는 소리가 들려왔다.

"나도 관여하지 않는 게 좋을까?"

"그럼 곤란해. 여자 정보망이 필요하니까."

"말인즉슨, 나라면 하나짱의 조수로 끝나지만 덴코가 나서면 주체가 되어버린다는 건가?"

"그 녀석이 머리가 더 좋으니까."

"하나짱, 의외로 덴코한테 콤플렉스 있었네."

웃으면서 한 말이라 에이이치도 굳이 반응하지는 않았다.

큰길을 벗어나서 옆길로 들어섰다. 주위에는 맨션과 빌딩뿐이었다. 보도가 사라지고 가드레일로 변했다. 자전거는 그 바깥쪽으로 달리게 되어 있어서 탄빵과 나란히 섰다.

"데라우치, 넌 유령 같은 거 믿니?"

에이이치가 물었다. 대화의 흐름상 생뚱맞은 질문이긴 하지만, 애당초 이런 종류의 물음은 언제 꺼내든 마찬가지다.

탄빵은 이 초쯤 생각하다가 대답했다.

"믿어. 영혼의 실재도, 환생도."

"흥미가 있는 게 아니라 진지하게 믿는다고?"

"그런 것들이랑 진지하게 마주한다는 건 어떤 건데? 의자에 앉아 머리를 감싸 쥐고 생각하는 건가? 아니면 무슨 기계로 측정이라도 해서 기록해야 하나?"

예리한 반격이었다.

"결국은 느낌이라고 생각해. 마음으로 느끼는 거지. 그러니까 그건 과학이 아니야. 과학이 아니니까 누구에게나 똑같은 느낌이 깃든다고 할 수도 없지. 하지만 난 내 마음의 느낌을 믿어."

"혹시 유령을 본 적이 있다거나?"

탄빵은 걸어가면서 보는 사람의 눈까지 획획 돌아갈 정도로 세차게 고개를 저었다.

"없어, 없어. 단 한 번도 없어. 책에서 읽거나 텔레비전에서 보거나 친구 얘기를 들었을 뿐이야."

"그런데도 믿을 수 있을 것 같은 느낌이라니, 그게 뭐야?"

"엄청나게 리얼리티 있는 얘기가 많으니까 그렇지."

"꾸며낸 얘기일수록 리얼리티가 있는 법이야. 텔레비전 방송이든 작품이든 안 그러면 장사가 안 될 테니까."

다시 이 초쯤 생각한 후에 탄빵이 웃음을 터뜨렸다.

"이건 상황이 정반대네. 보통은 이런 조사를 떠맡은 하나짱 쪽이 유령을 믿는 사람이어야 맞잖아."

"그렇게 단정할 순 없지. 부정하기 위해 조사할 수도 있으니까."

"쳇, 재미없긴."

탄빵이 투덜거리는 소리를 들으며 에이이치는 말했다.

"무엇보다, 지난번이나 이번이나 어느 사진에도 유령은 찍히지 않았어. 그러니까 이건 엄밀히 말하면, '심령사진'은 아닐지도 몰라."

실제로 그랬다. 문제의 사진을 찍은 후에 죽은 사람은 여러 명이다. 그러나 촬영 시점에는 모두 살아 있었다.

탄빵도 한참 생각하다가 고개를 끄덕였다.

"그래서 덴코가 '염사'라고 하는구나."

"뭐, 지난번 경우는 특히 그렇지. 카메라를 통한 것도 아니었으니까."

"뭐?"

지난번에 에이이치가 참고삼아 읽은 ─피카 소유의─ 책에는 메이지 시대부터 20세기 말까지 세상을 떠들썩하게 만들었던 '심령사진'과 '염사'의 실례가 몇 개나 소개되어 있었다. 에이이치는 다른 무엇보다 이 뜻밖의 긴 역사에 놀랐다.

"흔히 말하는 '염사'는 카메라를 필요로 하지 않아. 건판이

나 필름에 직접 찍히니까."

"카메라가 필요 없다고?"

"과거 예에서는 그랬어."

"그런 예가 많아?"

"실험했으니까."

그런 종류의 실험에서 찍어내는 것은 문자나 도형이다. 인간의 상념이나 감정 같은 막연한 개념으로는 적중했는지 빗나갔는지 감정鑑定할 수 없기 때문이다.

"누가 실험했어?"

"과학자나 문화인."

탄빵의 큰 눈이 휘둥그레졌다.

"그래서 결론은?"

에이이치는 고개를 저었다.

"한없이 검정에 가까운 잿빛이라고나 할까."

그런 유명한 실례들 대부분이 의심스럽고 어딘가 미심쩍었기 때문에 이 현상에 대한 결론은 지금까지도 이도 저도 아닌 어중간한 상태로 보류되어 있으며, 이따금 생각이 떠오른 듯이 붐을 일으키는 것이다.

"트릭 같다는 뜻이야?"

"그래."

탄빵은 먹이를 눈앞에 두고 주인의 명령에 동작을 멈춘 강아지 같은 표정을 지었다. 그러고는 '재미없어.'라고 또다시 투덜거렸다. 그냥 재미만 없는 게 아니라 뭐가 뭔지 헷갈리는 모양이었다.

"저기, 한 번만 더 가르쳐줘. 심령사진이랑 염사는 완전히 다른 거야?"

"달라. 단, 염사도 영혼의 힘이 일으키는 현상이라는 견해는 있어."

그러고 보니 스도 사장은 지난번 건을 '생령'이라고 표현했다.

"하지만 그런 해석이 전부 들어맞는 건 아니야. 그러니까 유령처럼 섬뜩한 게 찍힌 사진은 '유령 사진'이라고 부르는 게 적확하지."

흐음…… 그렇구나, 하며 탄빵이 고개를 끄덕였다.

"근데 유령이 안 찍혔어도 이상한 사진은 있잖아. 이번 사진도 그런 종류고."

"바로 그거야. 그러니 모조리 싸잡아서 '심령사진'이라고 해버리면 혼란스러울 수밖에."

탄빵은 오른손을 얼굴 앞에 들어 올리고 손가락 세 개를 차례로 접으며 말했다.

"유령 사진, 유령은 안 찍혔어도 이상한 사진, 염사."

그러고는 헷갈린다는 듯 되물었다.

"두 번째랑 세 번째는 같은 거 아닌가?"

"같이 묶을 순 없지. 이상한 사진 중에는 이상한 게 찍힌 경우만이 아니라 찍혀야 할 게 안 찍힌 경우도 있을 테니까."

여럿이 기념사진을 찍었는데 어느 한 사람의 얼굴만 안 나왔다거나 피사체의 다리만 안 나왔다거나.

"피사체의 인원수보다 팔다리 숫자가 더 많이 찍힌 경우도 있어."

그렇구나, 중얼거리고 잠시 생각에 잠겨 있던 탄빵은 손가락을 다 모아 쥐더니 손을 툴툴 털었다. 퍼즐을 맞추다 막히면 은근슬쩍 휘저어서 모조리 엉망으로 만드는 타입으로 보였다.

"그 분류로 따져서 이번에는 염사라는 거구나. 나도 덴코의 설에 찬성해."

"아직은 몰라."

아다치 후미히코의 트릭일지도 모른다.

"그건 그렇고, 덴코는 정말 자신만만했지. 그 자리에서 바로 결론을 내렸잖아."

덴코는 피카만큼 독서가도 아니고 기호에 치우친 면도 있지만 기본적으로 책을 좋아한다. 잡학에도 강하다. 그러니까…….

"그 자식, 알고 있었던 거 아닐까?"

"뭘?"

"관념은 생물이다."

탄빵은 우뚝 멈춰 서버렸다. 주변을 한 바퀴 둘러본다.

"누가 주의를 좀 주지 않으려나? '거기 가는 빨간 신발 여학생, 이인𝄍을 따라다니면 못써요.' 하고."

그러고 보니 탄빵이 신은 운동화는 빨간색이었다. 에이이치는 웃고 말았다.

"그러니까 내 말은 관념, 즉 인간이 마음으로 생각하는 것은 사고든 감정이든 그 자체가 생물 같은 에너지라서 건판이나 필름에 찍히기도 한다는 의미야."

"그게 덴코의 견해야?"

"후쿠라이 박사라는 메이지 시대의 학자가 제창한 이론이랄까, 가설이랄까, 학설이랄까?"

일본에서 심령 과학 연구자라고 하면 맨 먼저 이름이 거론되는 옛 도쿄제국대학의 심리학 선생님이다.

"쳇, 남의 학설을 자기 의견인 양 떠들어댄 거네."

탄빵은 밉살스러운 말을 하더니 다시금 물었다.

"하나짱도 그 말에 찬성해?"

"뭐, 참고 의견이지."

"그럼 대체 뭣 때문에……."

이번에는 에이이치가 걸음을 멈췄다. 탄빵의 질문도 중단되었다.

"번지수, 이 근처야."

얘기에 푹 빠져 그냥 지나칠 뻔했다. 일방통행인 좁은 길 양쪽으로 중간 규모의 맨션과 주택 들이 늘어서 있었다. 유료 주차장도 보였다. 그 앞쪽으로 판금 도장 회사의 간판이 눈에 띄었는데, 공장인 듯한 곳은 그 정도였다. 손에 든 지도와 메모를 비교해보니 틀림없이 그곳이었다.

㈜가와이 정강의 옛 터에는 다용도 빌딩이 들어서 있었다. 세련된 서체로 알파벳 아르^{R}를 그려 넣은 하얀 외벽이 두드러지는 삼 층 건물. 일 층에는 치과, 이 층에는 학원, 삼 층에는 가로글씨로 회사 이름이 적힌 간판이 보였다. 건물 옆에 부속 주차장 겸 자전거나 오토바이를 세워두는 공간이 있었다. 부지가 꽤 넓었다.

가와이 정강이 도산했을 때, 이곳의 토지 대금으로 부채는 청산할 수 있었을까? 실의에 빠진 가와이 일가가 그나마 빚은 떠안지 않고 이전할 수 있었을까?

"소규모 공장들이 죽 늘어선 경치를 상상했는데, 아니네."

"옛날에는 그랬겠지. 그런데 하나 둘 이가 빠지고 주택이나 맨션으로 바뀌어버린 거 아닐까? 요즘은 심한 불경기잖아."

도산하거나 폐업한 공장이 가와이 정강뿐이라고 단정할 수는 없었다.

일 층 치과는 진료가 없는 날이었다. 이 층 학원도 아직 수업 시간이 안 됐는지 주차장에는 아줌마용 자전거 한 대가 서 있을 뿐이다. 도쿄 올림픽이 열리던 해에 세워진, 긴 툇마루가 달린 목조 가옥의 옛 그림자는 어디에서도 찾아볼 수 없었다. '아, 장소가 여기였군.' 하고 확인한 것뿐이었다.

그런데도 에이이치는 직접 와서 보고 싶었다. 돌아다니다 보면 또다시 뜻하지 않은 행운이 굴러 들어올지도 모른다. 그렇지 않더라도, 굴러 들어오지 않는다는 것을 확인하기 위해서라도 와보고 싶었다.

탄빵이 두 손을 입가에 대고 호호 입김을 불었다. 그 숨결이 하얗게 번졌다.

"춥지?"

가만히 서 있으면 얼어버릴 것 같았다.

"이 구획만 휙 둘러보고 돌아가자."

행복에 겨웠던 무렵의 기미에와 후미히코가 서로 몸을 바짝 붙이고 걸었을 길이다. 그곳을 탄빵과 묵묵히 걸어가면서 에이이치는, 자신이 여기에 오고 싶었던 이유가 바로 이것 때문이라는 사실을 알아차렸다. 뭐든 좋다, 사진에 찍힌 것만이 아니라 손으로 만지고 발로 밟을 수 있는 무언가를 원했던 것이다. 탄빵 스타일로 말하자면, 느낌을 얻기 위해서.

"지난번 사진 때도 불타버린 집터를 보러 갔었어."

그래서 스도 사장에게 도움을 좀 얻을 생각이었는데 성과는 그것만이 아니었다. 미타 가가 있던 자리에 섰을 때, 에이이치는 분명하게 느꼈다―그 사진은 허황된 거짓말이 아니다. 과거의 한순간을 살았던 누군가에게는 실재했던 현실의 기록이다. 설령 거기에 별난 현상이 찍혀 있다고 해도 그것 역시 과거의 일부다.

구획의 모서리를 돌아가자 편의점이 나왔다. 오래되고 작은 편의점이었지만 술 종류도 팔아서, 원래는 그 지역 주류 판매상이 전업했을지도 모른다는 생각에 돌연 마음이 움직였다. 이 년 전까지 이 근처에 가와이 정강이라는 공장이 있었는데 아느냐고 물어볼까?

그러나 막상 문을 밀고 가게로 들어가니 계산대 앞에 에이이치와 비슷한 또래의 금발 젊은이가 몹시도 나른한 표정으로 서 있어서 캔 커피만 사 들고 밖으로 나왔다.

고구레
사진관 상

"아, 따뜻해."

탄빵이 캔 커피를 손안에서 굴리며 걸음을 옮겼다.

"지난번에는 문제의 사진이 고구레 씨가 현상한 거라서 조사했지. 그 집의 현재 주민이니 약간의 책임은 있을 것 같아서 말이야."

아까 중단된 질문에 대한 대답이었다. 에이이치가 입을 연 순간 탄빵은 캔 커피를 떨어뜨릴 뻔했다.

"이번에는 다베 여사가 무서워서 의뢰를 받아들였다고 할까, 명령에 따른 거고. 내가 처한 상황은 그래."

"하나짱의 개인적인 감개나 목적은 없다는 뜻이야?"

"응."

거짓은 아니지만 완전한 진실도 아닌 '응.'이었다. 어디까지가 거짓이고 어디까지가 진실인지 스스로도 구별할 수 없었기 때문이다. 에이이치의 개인적인 감개와 목적 속에는 후코가 있었다. 하지만 그게 무엇인지 설명—변명이라도 상관없다—할 수는 없었다. 다시 말하면 정리가 안 되었다는 뜻이다. 정리가 안 되었기 때문에 차마 거절하지 못하고 의뢰를 받아들였는지도 모른다.

에이이치의 '응.'이 어정쩡하다는 것까지 꿰뚫어 봤는지 탄빵이 의미 있는 곁눈질을 던졌다. 그것을 무시하기는 꽤 힘들었다. 마음으로 팔씨름을 하는 것 같았다.

　그런데 탄빵이 갑자기 팔의 힘을 쭉 뺐다. '알았어.'라고 말한 것이다.

　"나는 직접 신비로운 체험을 해볼 수 있는 기회라서 조수로 나서기로 한 거야. 그쯤으로 해두자."

　"그렇게 무서운 사진은 아니잖아."

　"사실 난 겁쟁이라 그 정도가 딱 좋아."

　어, 겁쟁이였어? 에이이치는 탄빵의 가무잡잡한 얼굴을 비스듬히 쳐다보았다.

　"ST 부동산 스도 사장님의 체험담인데……."

　맨션 창틀 위에 달라붙어 있었다는 긴 머리 여자 얘기를 들려주자 탄빵은 신기하게도 걸어가면서 몸을 바들바들 떨었다. 뜨겁게 달아오른 함석지붕 위의 고양이처럼 걸음걸이까지 폴짝거렸다.

　"믿기지 않아! 그런 경험을 하고도 어떻게 아무렇지 않을 수 있지?"

　"부동산은 그런 장사니까."

　"말도 안 돼! 나한테는 무리다. 전통찻집 후계자라 다행이야."

　"지점을 내려면 가게 자리 순회를 다닐 수밖에 없을 텐데."

"안 해. 그런 일은 절대 안 해. 우리는 본점만으로 충분해!"

돌아가는 전차 안에서는 전통찻집 데라우치 이야기를 나눴다. 원래는 전통 과자 가게였고 지금도 옛날 단골손님에게는 생과자나 건과자를 만들어서 판다고 했다. 그리고 그런 단골은 절의 스님들이라고 했다.

"전통 과자 가게는 좋은 절을 단골 거래처로 삼으면 득이 돼."

좋은 절이란 신도가 많아서 제사가 끊이지 않는 절을 말한다.

"그럼, 장의사도?"

"응. 그렇긴 한데 요즘 장의사는 세레모니 홀이라고 하던가, 그런 형태로 변해서 옛날만큼 전통 과자를 필요로 하지 않아. 제단에 모조품을 장식하는 경우도 있고, 어린아이나 젊은 사람 장례식 때는 공양물로 양과자를 올리기도 하고."

고인이 좋아했던 음식이 선택된다는 것이다.

후코 때는 어땠지? 에이이치는 문득 생각했다. 만 네 살짜리 여자아이의 제단에 무엇이 올라갔던가?

기억나지 않았다. 머릿속에 떠오르는 것은 영정 사진뿐이었다. 죽기 직전에 동물원에서 에이이치가 셔터를 눌러준 사진.

―오빠, 찍어줘, 찍어줘. 후코, 찍어줘.

졸라대던 후코는 에이이치가 셔터를 두 번 누르는 내내 간지러움을 타듯 웃으며 주뼛주뼛 수줍어했다. 그러면서도 어른처럼 어엿한 포즈를 취하려고 애썼다. 좋아하는 원피스를 입고 나와서 한껏 신이 나 있었다.

"……해버렸지 뭐야."

탄빵의 수다에 퍼뜩 정신을 차리고 보니, 전차가 속도를 늦추며 에이이치가 내릴 역을 향해 다가가고 있었다.

돌연 급브레이크가 걸렸다. 차량 전체가 삐걱거리며 비명을 내질렀고 손잡이를 잡고 있던 승객들이 고꾸라졌다. 출입문 옆 손잡이에 기대고 있던 에이이치는 반사적으로 다리를 벋디뎠지만, 옆 손잡이에 손만 걸치고 있던 탄빵은 마치 다이빙을 하듯 통로로 튕겨 나갔다.

전차는 급정차했다. 덜컹, 하는 반동이 느껴졌고 그 바람에 넘어진 승객도 있었다. 짐 선반에서 물건이 떨어지고 누군가가 손잡이 기둥에 머리를 부딪치는 둔탁한 소리도 들렸다.

"괘, 괜찮니?"

넘어진 탄빵 바로 옆에 앉아 있던 아주머니가 탄빵이 일어나도록 부축해주었다. 아주머니의 무릎 위에 놓여 있던 큼지막한 가방은 일 미터쯤 앞으로 날아가버렸다.

"괜찮아요. 죄송합니다."

일어선 탄빵은 파랗게 질린 채, 그녀 옆으로 달려간 에이이치에게 매달렸다.

"지금 난 소리, 뭐야?"

두 사람은 맨 앞 차량에 타고 있었다. 창 너머로 플랫폼이
보였다. 역무원이 달려 나가고, 플랫폼의 사람들은 차량 앞쪽
을 바라보고 있었다. 요란한 비상벨 소리가 귀를 찢을 듯이
울려 퍼졌다. 전차 안이 아니라 플랫폼에서 울리는 소리였다.

전차는 절반쯤 차 있던 터라 승객들은 이미 자세를 바로
잡았고, 이제는 모두 창문에 매달려 있었다. '투신이다!' 하고
누군가가 소리를 높였다. 소리에 이끌려 차량 앞쪽 창문으로
다가가는 사람들, 뒷걸음질 치는 사람들, 창가에는 사람들의
울타리가 만들어지고, 좌석은 휑하니 비었다.

친절한 아주머니의 가방을 집어서 건네준 에이이치는 탄
빵에게 말했다.

"상황 좀 살펴보고 올게."

탄빵이 에이이치의 팔을 힘껏 붙잡았다.

"안 돼, 그만둬!"

하지만 아주머니가 탄빵의 옷깃을 당겼다.

"학생, 이리 앉아. 무릎에서 피가 나잖아."

선두 차량의 앞쪽 창이라 운전석이 보였다. 전차 기사는
이미 플랫폼으로 나가고 없었다. 조그만 창으로 모여든, 직장

인과 대학생인 듯한 승객들 틈을 비집고 들어가 간신히 앞으로 시선을 던진 순간, 에이이치는 숨을 꿀꺽 삼켰다.

선로 위에 아는 얼굴이 보였다. 옆모습이고 머리가 흐트러져 있었지만 틀림없었다. 다행히 쓰러져 있지는 않았다. 하지만 역무원 두 사람에게 양쪽 겨드랑이를 부축받아 일어서는 듯하더니 곧바로 다시 털썩 주저앉는다. 역무원들이 황급히 지탱해주었다. '들것을 내와, 들것!' 하고 외치는 큰 목소리가 창 너머에서 울려 퍼졌다.

그 옆얼굴. ST 부동산의 한 사람뿐인 여직원, 미스 가키모토였다.

더는 보고만 있을 수 없었는지 부축하기 힘들었는지, 역무원 한 사람이 그녀를 업었다. 그대로 선로를 따라 신중한 발걸음으로 앞을 향해 나아갔다. 미스 가키모토는 역무원의 목에 매달리긴 했지만 양쪽 다리가 힘없이 축 늘어졌고 신발은 벗겨지고 없었다.

비상벨 소리가 멎었다.

"저건 플랫폼의 열차 긴급 정지 버튼이야."

옆에 있던 직장인이 동행에게 말했다. 에이이치는 플랫폼 기둥에 달려 있는 새 둥지처럼 생긴 노란 상자와 큼지막하고 빨간 버튼을 떠올렸다.

"난 벌써 두 번째 경험이네. 전에도 이런 일이 있었어. 어떤 아저씨 모자가 바람에 선로로 날아가버렸지."

"저 여자, 자기 발로 선로까지 내려왔나?"

역무원의 등에 업힌 미스 가키모토에게 호기심 어린 시선이 꽂혔다. 저 사람, 외투도 안 입었잖아. 흰빛이 도는 원피스 한 장에, 찬찬히 살펴보니 양말조차 신지 않았다. 맨발이다.

"투신은 아니야. 그랬으면 이런 타이밍에는 구해낼 수 없었을 테니까."

아아, 정말 다행이다. 그런데 우리는 한동안 못 내리나? 큰일이네. 에이이치는 외투를 젖히고 휴대전화를 꺼냈다. 정신을 차리고 보니 주위 사람들이 하나같이 휴대전화를 손에 들고 있었다. 에이이치 뒤에 선 가죽점퍼 젊은이는 창문에 휴대전화를 대고, 답답할 정도로 천천히 멀어져가는 역무원과 미스 가키모토의 모습을 찍는 중이었다.

발끈 화가 치솟았다. 사진은 왜 찍어! 휴대전화를 내동댕이치려고 주먹을 치켜든 순간, 탄빵의 목소리가 들려왔다.

"하나짱!"

탄빵은 알아챘던 모양이다. 에이이치는 가죽점퍼 녀석을 노려보며 팔꿈치를 팬터그래프처럼 접어서 밀쳐내고는 탄빵 곁으로 돌아왔다.

탄빵의 낯빛은 아직 그대로였다. 피부가 이 정도로 검으면 핏기가 가셨을 때도 검푸르게 변하는구나, 에이이치는 문득 실례되는 생각을 했다. 그러자 분노가 금세 가라앉았다.

"투신자살이야?"

친절한 아주머니가 그렇게 물으며 가방 속을 뒤적거렸다.

"아뇨, 플랫폼에서 떨어진 모양이에요."

사고였나, 생각하며 자리에 앉고 나서야 에이이치는 의식했다. 심장이 왜 이렇게 먹먹하지? 어쩌면 탄빵처럼 시퍼렇게 질려 있을지도 모른다.

"그래도 무사해요. 역무원 등에 업혀서 나가긴 했지만."

"천만다행이네. 아, 찾았다!"

아주머니는 가방 속에서 빵빵하게 부푼 손가방을 꺼내더니 구급 반창고 몇 장을 집어서 탄빵에게 건넸다.

"고맙습니다."

"아냐, 괜찮아."

그러고 나서 아주머니는 휴대전화를 꺼내 황급히 전화를 걸기 시작했다.

탄빵은 받아 든 반창고를 손에 쥐고 멍하니 앉아 있었다. 손이 부들부들 떨린다.

"이럴 때 낯선 사람한테 덤벼들면 안 돼."

야단치는 목소리도 떨리고 있었다.

"네 심정은 이해하지만."

차량 앞쪽에 있는 조금 전 가죽점퍼 녀석은 찍은 사진을 어디로 보내는 모양이었다. 휴대전화를 조작하느라 정신이 없었다.

"어떻게 알았어?"

"굉장히 무시무시한 표정이었으니까. 하나짱의 다크 사이드를 목격해버렸어."

과장하기는.

"붙여줄까?"

탄빵은 손이 너무 떨려서 반창고 위치도 제대로 잡지 못했다.

"싫어, 괜찮아. 내가 붙일래."

아주머니는 가족과 통화하는 것 같았다. 상황을 직접 보고 설명하려는지 자리에서 일어나 창가로 다가갔다.

에이이치는 소리를 낮췄다―기보다는 고개를 아래로 떨어뜨리자 소리가 입에서 저절로 흘러나오고 말았다.

"……내가 아는 사람이었어."

"아하, 그래서 아줌마가 그렇게 친절했구나."

탄빵, 정신 좀 차려.

"선로에 있던 여자 말이야. 조금 전에 말했던 ST 부동산의 직원이야. 가키모토라는 사무원이지."

떨리던 탄빵의 몸이 멈췄다. 얼어붙어버린 것 같았다. 탄빵은 에이이치를 응시하더니 갑자기 고개를 돌려 가죽점퍼 녀석을 쳐다보았다. 녀석은 휴대전화를 손에 든 채, 여전히 창에 달라붙어 있었다. 전화벨이 울렸다. 신이 난 듯 받는다. 웃으면서 통화를 시작한다.

"나 데라우치, 조금 전에 한 말 철회합니다."

"어?"

"저 못된 자식, 때려도 괜찮아."

탄빵이 주먹을 꽉 움켜쥐었다. 너야말로 다크 사이드 전개잖아.

"됐어. 생각해보니까 그렇게까지 할 의리가 있는 상대는 아니야."

"그래도 신세 진 직원이잖아."

"신세 안 졌어. 바보로 취급당하거나 비아냥거리는 소리만 들었지."

탄빵이 의아하다는 듯이 눈썹을 찡그렸다. 그렇겠지. 미스가키모토를 만나보지 못한 사람에게 미스 가키모토를 설명하는 것은 실로 지난한 과제다. UFO 같은데 어쩌겠나. 어떻게 표현해도 거짓말처럼 들릴 뿐이다.

"사장님은 좋은 분이잖아?"

"가키모토 씨한테 뭔가 약점을 잡힌 것 같기도 해."

혹시 사장이 미스 가키모토를 밀어서 떨어뜨린 건 아닐까, 한순간 그런 생각도 스치고 지나갔다.

"가키모토 씨가 그런 사람이야?"

"적어도 투신자살할 만한 영혼의 소유자는 아니야. 굳이 따진다면, 공연히 자기 기분이 안 좋고 짜증스럽다는 이유만으로 앞에 서 있는 사람을 플랫폼에서 차서 떨어뜨릴 타입이지."

탄빵이 눈을 가늘게 떴다.

"하나짱, 말이 너무 지나쳐."

"사실이 그러니까."

변명을 하면서도 조금 전 영상이 뇌리에서 떠나지 않았다. 역무원 등에 업혀 축 늘어진 하얀 다리. 그건 아무래도 예삿일은 아니었다.

창 너머에서 구급차 사이렌 소리가 들려왔다.

차량이 플랫폼에 무사히 정차하고 문이 열릴 때까지 그로부터 십오 분쯤 더 기다려야 했다. 에이이치는 내리지 않았다. 탄빵을 바래다주기로 했기 때문이다. 탄빵은 혼자서도 괜찮다고 했지만, 괜찮아 보이지 않는다며 밀어붙였다.

사실대로 말하면, 에이이치가 혼자 남고 싶지 않았다.

5

여자 공작원이 정보를 구해 올 때까지 기다리는 동안, 에이이치는 매일 조깅 동호회에서 달리기를 하며 방과 후 시간을 보냈다. 지금까지는 월·수·금에만 달렸기 때문에 무슨 심경의 변화라도 생겼냐고 모두들 물어보았다. 특히 하시구치는 집요했다.

"한 가지 추측은 되는데."

"새해 첫 달리기 대회에서 꼴찌해서 분발하는 건 아니야. 그건 구조 활동을 열심히 한 결과니까."

"그게 아니라, 다른 동호회가 끝날 때까지 기다리는 것 같다는 추측이야."

머리 좋은 놈일수록 말을 빙빙 돌려서 하는 이유는 뭘까?

"내가 왜 그래야 하는데?"

"누구랑 같이 가기 위해서겠지, 아마도."

"덴코랑은 방향이 반대야."

말하고 나서야 알아챘다. 하시구치의 표정을 보고 짐작한 것이다.

"그건 내가 아니라 너의 계획일 텐데."

매일 학교 운동장에서 준비운동을 하다 보면 경음악 동호회에서 악기들을 조율하는 소리가 들려온다. 그런 타이밍이었다.

"말하기 곤란하면 내가 대신 데라우치한테 얘기해줄게. 창백한 피부가 고민이라는 하시구치가 같이 집에 가고 싶어 한다고."

"거절한다."

장대처럼 휘청휘청 흔들리면서도 하시구치의 말투는 의연했다.

"그런 중요한 얘기는 자기 입으로 해야 해. 안 그러면 인간력을 키울 수 없어."

"그럼 분발해주시죠."

에이이치가 귀가 시간을 늦춘 이유는 집으로 돌아가는 길에 무심코 기분에 휩쓸려 ST 부동산에 들르는 사태를 막기 위해서였다. 동호회에서 실컷 달리고 동아리방에 모여 시시한 얘기를 나누고 편의점에 들렀다 집에 돌아가면 저녁 먹을 시간이다. 쓸데없는 생각을 하지 않고 끝낼 수 있다.

하나비시 가에는, 특별한 사정이 없는 한 미성년자는 매일 저녁 집에서 밥을 먹어야 한다는 규칙이 있다. 설령 늦게 들어오더라도 반드시 부모의 얼굴을 보며 저녁을 먹을 것.

혹시 해서 설명을 덧붙이자면, 요즘 세상에는 그런 가정도 소수파다. 그뿐인가, 저녁 식사는 자기 맘대로 외식으로 끝내는 일도 드물지 않고, 그렇게 해도 부모에게 야단 안 맞는다는 친구들도 발에 차일 정도로 많다.

에이이치의 부모님은 약간 특이하긴 하지만 그런 면에서는 가정교육이 엄격하다. 에이이치에게만 엄격하고 말 일이 아니기 때문이다.

─피카짱에게 나쁜 본보기가 되면 안 되잖니.

그런 이유에서 비롯된 결과였다.

에이이치 역시 매일 저녁을 패밀리 레스토랑이나 편의점이나 패스트푸드로 해결한다면 맛도 없을뿐더러 자기가 먼저 제발 봐달라고 매달릴 지경일 테니 문제 될 건 없었다. 그러고 보니 새삼스레, 탄빵 말대로 우리는 의외로 제대로 굴러가는 가정일지도 모른다는 생각까지 들었다.

데라우치네 집도 반듯했다.

탄빵을 집까지 바래다주는데, 마침 장을 보고 돌아오는 길이던 데라우치 어머니와 현관 앞에서 딱 마주쳤다. 어머니는 무척이나 놀라며 필요 이상으로 감격하는 모습이었고 ─아니, 난 그 정도로 대단한 일을 한 건 아닌데— 그러는 와중에 데라우치 아버지까지 가게를 비우고 달려왔다. 부부는 '들어가서 차라도 마시고 가라.', '아니, 저녁을 같이 먹자.', '지하루 너도 멍하니 서 있지만 마라.' 하다가 '어, 그래? 그만 돌아가겠다고? 그럼 이거라도 들고 가지, 마음의 표시니까.'라며 과자 봉지를 들려주었다.

집으로 돌아와 어머니에게 건네면서 전에 만났던 데라우치가 신제품을 시식해달라고 부탁하더라고 설명했다. 물론 입에서 나오는 대로 적당히 둘러댄 말이었는데, 그것은 정말로 콩고물이 아니라 살짝 쌉쌀한 맛이 나는 코코아를 뿌린 고사리 떡으로 색다른 형태였다.

─맛있네. 데라우치 학생한테 고맙다고 인사해라. 우리도 뭔가 답례를 해야 할 텐데.

─그럴 필요까진 없어.

그 정도 선에서 끝나는 줄 알았는데 생각이 안이했다. 다음 날 아침 댓바람부터 데라우치 어머니가 집으로 전화를 걸어 너무나 정중하게 감사의 말을 늘어놓는 바람에 출근 전 정신없는 와중이었던 어머니는 곤란에 처했다. 그리고 점심시간에 휴대전화 문자를 확인한 에이이치는 어머니의 메시지를 보고 기겁했다.

하나짱, 어제 다친 데라우치 학생을 업어서 데려다 줬다며?

정보란 늘 잘못 전달된다는 점을 명심하라. 『손자병법』에 나오는 내용 같은 느낌이 든다.

조금 쑥스럽기도 하고, 가와이 선배의 정보가 들어오지 않는 한 딱히 볼일도 없어서 그 주에는 탄빵과 접촉하지 않았다. 물론 학교 안에서는 마주쳤다.

한번은 복도에서 하시구치랑 얘기를 나누며 웃고 있다가 에이이치를 알아보고 안녕, 하는 의미로 손을 흔들었다. 하시구치는 탄빵의 머리 너머로 질시의 의미를 담아 손을 휘저었다. 아무래도 인간력 배양 방법이 잘못된 것 같았다.

새해 첫 달리기 대회 때 역에서 우연히 마주쳤던 여자애들 무리와 함께 걸어가는 모습을 본 적도 있다. 그때는 가까이 스쳐 지났는데도 일부러 그러는 것처럼 무시했다. 오히려 나머지 여자애들의 시선이 리듬체조에서 쓰는 하늘하늘한 리본처럼 휘감겨 오는 게 느껴졌다. 단순한 피해망상이 아니라면 뭔가 얘깃거리가 되었던 거겠지. 어떤 얘기를 나누고 있었는지는 모르겠지만, 탄빵으로서는 그 전차에서 벌어진 사고가 신경 쓰이지 않았을 리 없다. 그러나 에이이치 쪽에서 말을 건네지 않는 한 '있지, 있지. ST 부동산 직원, 그 후에 어떻

고구레
사진관 상

게 됐어?'라고 물을 기질이 아니라는 것도 알고 있었다.

토요일에도 오후부터는 동호회에 나가서 한바탕 달리기로 했다. 피카는 미술부 활동과 영어 회화 학원 수업이 같이 있는 요일이었다. 평소에는 어머니가 데려다 주고 데려왔다.

"들어오는 길이니까 피카는 내가 데리러 갈게."

호유 학원 초등학교에서 걸어서 십 분 거리에 있는 영어 회화 학원에서 피카를 픽업한 것이 오후 여섯 시가 넘은 때였다. 전차를 타서 내릴 역을 하나 남겨뒀을 때, 같은 칸에 낯익은 넓은 이마의 소유자가 올라탔다. ST 부동산의 스도 사장이었다. 양복에 넥타이를 매고 서류 가방을 들고 있었다. 부동산은 주말도 휴일이 아니다.

기껏 피해왔는데. 하필 이런 데서 마주칠 건 뭐람. 마주치면 물어보고 싶은 건 당연하잖아. 이 전차, 귀신이 붙은 거야 뭐야.

"어이, 하나비시."

한 박자 늦게 피카도 알아보고 빙그레 웃었다. 나이 마흔둘의 어엿한 아저씨지만 웃으면 표정이 갓난아기처럼 변하는 사람이다. 피카는 영어 학원에서 받은 십자말풀이에 푹 빠져 있었다. 에이이치는 사장 곁으로 다가가 나란히 손잡이를 잡고 목소리를 낮췄다.

"지난주 금요일 일인데요."

스도 사장은 키가 컸다. 응, 하고 등을 구부리며 귀를 기울여주었다.

"우리 동네 역에서 전차가 급정차하는 소동이 일어났던 건 아시죠?"

사장의 눈동자가 빙그르르 움직이더니 에이이치를 향했다. 이 사람 얼굴이 악의가 없어 보이는 건 나이에 비해 눈의 흰자위가 맑기 때문이다. 누렇게 탁해지지 않았다. 달걀흰자 같다. 그러고 보니 넓은 이마도 삶은 달걀처럼 매끈거린다.

"제가 그 전차에 타고 있었어요."

사장은 천천히 눈을 한 번 깜박였다.

"확실하게 목격해버렸습니다."

아아, 사장이 작은 목소리로 말했다.

"그래, 다친 데는 없고?"

"친구가 넘어져서 무릎이 깨졌어요."

"저런. 폐를 끼쳐서 미안하군."

그렇다면 역시 그 사람은 미스 가키모토가 맞았던 것이다. 사장은 피카의 귀에 들리지 않게 주의를 기울였다.

"내일 잠깐 우리 사무실에 와줄 수 있어? 아, 참. 부모님도 아시나, 그 일?"

"얘기 안 했어요."

"그럼 에이이치만."

그러고는 거의 숨결에 가까울 정도로 목소리를 낮추었다.

"그녀는 지금 쉬는 중이야."

사장은 마지막으로 덧붙였다.

"이대로 그만두게 하고 싶진 않지만……."

부동산이 주말에 영업을 하고 수요일에 쉬는 이유는 주말에 손님이 오기 때문이다. 그런데 ST 부동산은 왜 이렇게 한가할까? 초라한 나도제비난이 난방기 바람에 하늘거리는 모습을 바라보며 에이이치는 또다시 생각에 잠겼다.

스도 사장에게는 미스 가키모토 말고도 부하 직원이 두 명 더 있다. 한 사람은 사장보다 나이가 많은 아저씨로 영업과 회계를 담당하는 듯했다. 다른 사람은 아르바이트 청년인데, 늘 있지는 않았다. 사무실에 있을 때는 대개 청소를 하니까 수습생이겠지.

오늘은 두 사람 다 보이지 않고, 사장이 직접 미적지근한 차를 내왔다.

"아, 정말 너무 소란을 피웠어."

"딱히 피해 입은 건 아니에요. 사장님이야말로 곤란하지 않으셨어요?"

사용자 책임*이니 뭐니 하면서 JR에서 돈을 청구했다거나, 그런 생각을 떠올리며 한 말인데 사장의 반응은 달랐다.

"응…… 뭐, 그렇지. 가키모토 씨는 의지할 친척이 없으니까 우리가 보살펴줄 수밖에. 아무래도 병원 드나드는 일은 아내에게 부탁했어. 난 도움도 안 될뿐더러 자칫하다간 성희롱이 될지도 모르니까."

"역시 입원까지 해야 했어요? 상처가 심했던가요?"

사장이 황급히 고개를 저었다.

"아냐, 아냐. 다행히 상처랄 만한 건 없었어. 다만 영양실조랄."

도통 의미를 알 수 없었다. 에이이치의 의문을 알아챘는지 사장이 희미하게 웃었다.

"미안, 영문 모를 소리겠지. 그게, 그러니까…… 그녀는 회사를 쉬는 내내 아무것도 안 먹었던 모양이야."

연말연시에는 ST 부동산도 쉰다. 12월 28일부터 1월 5일까지.

"새해가 밝고 6일에 가키모토 씨한테 전화가 왔는데, 감기

---

* 법률 용어. 어떤 사업을 위하여 타인을 사용하는 자는 피사용자가 그 사업의 집행에 관하여 제삼자에게 가한 불법행위로 인한 손해를 배상할 책임이 있다.

고구레
사진관 (상)

에 걸렸다면서 며칠 더 쉬고 싶다고 하더라고. 그러라고, 몸조리 잘하라고 했지."

그 시점에서 이미 미스 가키모토는 계속된 절식으로 움직일 수 없었던 모양이다. 사장이 널찍한 이마를 쓰다듬어 올리며 말을 이었다.

"경솔했어. 그때 바로 살펴보러 갔어야 했는데. 멀리 사는 것도 아니니까."

미스 가키모토는 신텐 3가에 산다고 했다. 바로 옆의 역 근처 마을이다.

"명절 기분에 젖어서 나도 아내도 해이해졌지. 이것저것 바쁘기도 했고…… 하긴, 나중에야 무슨 말을 해도 소용없지만."

스도 사장은 이마를 탁 내리쳤다. 또다시 무슨 얘기인지 이해가 안 갔다.

"그 말은, 가키모토 씨가 잠깐이라도 눈을 떼면 그렇게 위험한 상황에 빠지기 쉬운 사람이란 뜻이에요? 스도 사장님 부부도 그것을 알고 있었고요?"

사장이 고개를 끄덕였다.

"전에도 비슷한 일이 있었으니까."

"밥을 왜 안 먹어요?"

"귀찮대."

본인에게 캐묻자 '물만 마셔도 인간은 죽지 않으니까.'라고 말했다고 한다.

"그래서 영양실조라고?"

힘없이 축 늘어졌던 것이다.

"그렇지만 이젠 완전히 건강을 되찾았어. 퇴원해서 집에서 휴양 중이야."

근원적인 의문이 솟아났다. 그 매서운 독설과 사악한 눈빛이 어떻게 그런 지경이 될 수 있지?

"가키모토 씨는……."

"준코, 가키모토 준코야."

"어떤 사람이에요? 그거, 자살 미수였어요?"

사장이 흐으음 하고 신음을 흘리더니 팔짱을 끼었다. 각도를 바꾸자 드넓은 이마에 천장 형광등 불빛이 반사되었다.

"글쎄, 뭐였을까? 애당초 본인에게 자각이 있었는지 어떤지도 의심스러워."

"자각 없이 그런 짓을 해요?"

"약을 꽤 많이 먹었던 모양이야. 위세척을 해야 할 정도로."

점점 더 복잡하게 꼬인다.

"우울증 약 같은 거요?"

그렇게 공격적인 우울증도 있을 수 있는가 하는 문제는 별개로 치더라도 제일 먼저 떠오른 의문이 그거였기 때문에 에이이치는 물었다.

"아니, 수면제나 정신안정제 같은 약이야."

의사한테 처방받은 약이었다. 참고로 덧붙이자면, 오버도스약물 과다 복용 역시 전에도 있었던 사고라고 했다.

"본인은 그날 일을 확실하게 설명했어."

집에서 자다가 전차 꿈을 꾸었다. 갑자기 정면으로 전차가 다가오는 모습을 보고 싶어서 견딜 수가 없었다. 그래서 역으로 갔고, 플랫폼 끝까지 걸어가서 울타리를 넘어 점검용 계단을 지나 선로로 내려갔다.

"하지만 역무원한테 들키면 야단맞으니까 플랫폼 아래 웅크리고 앉아 숨었다는 거야. 그런데 플랫폼 밑은 기름이니 진흙으로 더럽더래."

그래서 외투를 벗고 신발도 벗고 양말도 벗어서 플랫폼 가장자리에 올려놓았다.

"그러다가 전차가 멀리서 보이기 시작해서 선로 한가운데로 나갔다는 거지."

그제야 플랫폼에 있던 사람들이 그녀를 알아채고 황급히 열차 긴급 정지 버튼을 눌렀다는 것이다.

"일단 앞뒤가 맞는 얘기이긴 하잖아."

지금 순진하게 납득할 상황이냐고요.

"맞긴 뭐가 맞아요? 전혀 말이 안 됩니다. 달려오는 전차 정면에 서면 어떻게 되는지는 초등학생이라도 알아요."

"그때는 아무렇지 않을 줄 알았나 봐. 전차에 부딪치기 직전에 옆으로 휙 비켜날 생각이었대."

CIA나 NSA의 날렵한 공작원이라도 그러기는 어려울 것이다. 슈퍼맨이 아니라면, 그것도 컨디션이 최상일 때가 아니라면.

"그건 그렇고, 일주일 넘게 절식했다면서 용케 역까지 걸어왔네요."

"그건 말이지, 역으로 가기로 결정했을 때 조금 먹었나 봐. 과자랑 드링크제 같은 거. 그래서 걸어갈 수 있었대."

사장의 눈은 맑았다. 또다시 잘못된 방향으로 납득하는 듯했다.

"한 가지 추측은 되는데."

하시구치의 표현을 빌려 써보았다.

"보통은 그런 실없는 소리를 들으면, 그건 빤한 변명일 뿐이고 사실은 가키모토 씨가 투신자살을 결심하고 역으로 갔을 거라고 생각하지 않아요?"

사장은 더할 수 없이 순순히, 악의 없는 눈빛으로 고개를 끄덕였다.

"응."

어이가 없다고 하기도 전에 힘이 쭉 빠졌다.

"응이 뭡니까!"

"그런데 말이야."

스도 사장의 표정이 진지하게 변했다. 갓난아기의 진지한 표정이었다. 피카를 통해 경험한 일인데, 갓난아기는 이따금 뭔가 엄청나게 심오한 철학을 고찰하는 듯한 그윽한 눈빛으로 진지한 표정을 지을 때가 있다. 사장의 얼굴이 그랬다.

"일단은 본인이 하는 말을 존중해주는 게 이치에 맞겠지. 그러지 않고 '아니, 당신은 거짓말을 하고 있다. 사실은 자살하려고 하지 않았느냐.' 하고 몰아붙여서 좋은 일이 뭐가 있을까?"

그렇게 물으면 이쪽도 곤란하다.

"그래도 나무랄 필요는 있잖아요."

"그건 맞아. 그녀는 내가 고용한 종업원이니까. 달려오는 전차를 정면에서 보려 하다니, 그런 어른스럽지 못한 짓을 하면 안 된다고 나무라긴 했어. 식사를 안 하면 건강에 해롭다는 것도."

에이이치는 그제야 겨우 깨달았다. 이 사람도 우리 부모와 거의 맞먹을 정도로 이상한 사람이 아닐까?

그러나 사장의 다음 말로 그런 생각은 뒤집혔다.

"이쪽에서 섣불리 '자살'이니 '죽음'이니 하는 말을 쓰면서 거품을 물면 가키모토 씨도 그렇게 인정해버릴 거라는 생각이 들었어. '아, 이건 자살 미수로 보이는구나. 그래도 상관없지.' 그렇게."

제대로 표현하진 못하겠지만, 하며 사장이 이마를 번득였다.

"집사람이랑 상의했어. 무슨 일이 있어도 그녀가 뭘 해도 그런 해석은 하지 않기로 결정했지. 가키모토 씨가 변명을 하면 그 변명을 액면 그대로 받아들이고 그런 위험한 짓은 하면 안 된다고 하기로 말이야."

우리 부부는 알아채지 못했어. 당신이 죽고 싶어 한다는 건 상상조차 할 수 없었어. 당신은 덜렁대고 위험한 사람이긴 하지만, 그뿐이잖아.

에이이치는 무심코 머리를 감싸 쥐고 말았다. 탄빵 식으로 표현하자면 진지하게 생각에 잠긴 셈이었다. 그러고 나니, 분명 탁월한 표현은 아니지만 사장이 하고자 하는 얘기가 이해되었다. 게다가 그 말이 옳은 것 같기도 했다. 하지만 그러는 사이 얼굴은 차츰 일그러졌다. 무겁다. 이건 무거운 문제다.

"그 사람 몇 살이죠?"

"이제 곧 스물세 살이야. 이달 31일이 생일이니까. ……그녀의 이력서에 쓰여 있는 내용이 맞다면."

"저어, 혹시 사장님이랑 사모님이 그 사람을 떠맡아야만 하는 이유라도 있어요?"

약점을 잡혔다는 말은 농담이더라도, 예를 들면 친척 관계라고 생각해볼 수 있었다. 하지만 사장은 시원스럽게 대답했다.

"고용했으니까."

그쪽도 그뿐인가요?

가키모토 준코는 일 년쯤 전, ST 부동산 유리창에 '사무직 모집'이라고 붙여둔 종이를 보고 찾아왔다.

"이력서 글씨가 깨끗하고, 묻는 말에도 시원시원하게 대답하고, 느낌도 괜찮아서 그 자리에서 고용했지. 경솔한 짓이었을까?"

그런 걸 미성년자한테 묻지 말라고요.

"우리 아버지가 '여직원을 뽑을 때는 글씨를 봐라. 글씨가 깔끔한 사람은 틀림없다.'고 가르쳤거든."

마키아벨리나 손자도 틀릴 때가 있으니 선대 스도 사장님의 가르침 역시 완벽할 리가 없다.

"그 사람에 관해서는 얼마나 아세요? 친척이 없댔죠?"

"그것도 본인이 한 말이야."

부모는 그녀가 고등학교 시절에 교통사고로 세상을 떠났고 성인이 될 때까지 친척 집에서 신세를 졌다고 했다.

"고향은?"

"본적은 사이타마 현이야."

"그것뿐이에요?"

"본인 입으로 가족이 없다고 했으니 더 이상 캐물을 필요도 없었지."

에이이치는 엉겁결에 책상을 쾅, 내리쳤다.

"지금은 있잖아요! 가키모토 씨가 이런 상태가 된 걸 누구에게든 알려야지, 안 그러면 곤란한 거 아니에요?"

스도 사장의 표정이 변했다. 화가 난 것은 아니었다. 에이이치가 무심코 뒤로 물러설 정도로 사랑스럽고 아름다운 뭔가를 바라보는 눈빛이었다.

"누구에게든? 누구?"

"설령 부모는 없다고 해도 친척이든 누구든 있겠죠."

"있다고 단정할 수도 없지."

"그래도……."

"세상에는 그렇게 행복하지 않은 사람도 있는 법이야, 에이이치."

왜일까, 탄빵의 목소리가 떠올랐다.

—내가 학교에서 따돌림당했을 때, 엄마는 같이 울었어. 하지만 아빠는 화를 내셨지.

에이이치는 속마음까지 훤히 드러난 것 같은 느낌이 들어서 황급히 눈을 깜박거렸다.

"그래서 사장님이랑 사모님 둘이서 그 사람을 돌봐주는 거예요?"

사장은 얼러주는 어른을 향해 웃는 갓난아기처럼 웃었다.

"항상 그런 건 아니야. 가키모토 씨도 대개는 평범하게 일하는 젊은 여성이니까. 가끔씩 탈선은 하지만."

그러다가 '역시 남은 안 돼.' 하며 갑자기 반성하는 투로 말했다.

"제아무리 보살피려고 마음먹어도 자기가 조금 바빠지거나 즐겁거나 술에 취하면 금세 잊어버리지. 이번에도 그랬어. 나도 아내도 가키모토 씨를 잊어버린 거야. 긴 설 명절 동안 그녀 혼자 어떻게 지낼지 배려하지 못하고."

에이이치가 뾰로통한 목소리를 냈다.

"그야, 그야 남이니까 당연하죠."

"그래, 당연해. 그러니까 남은 안 된다는 거야."

가족에게는 의지할 수 없고 남은 안 된다. 그럼 대체 어떻게 해야 하나?

사장이 갑자기 말투를 확 바꿨다.

"다쳤다는 친구가 덴코 학생인가?"

"아뇨, 여자예요."

그러자 갓난아기의 얼굴이 빛났다. 이마가 눈부셨다.

"허어! 하나비시 여자 친구였어?"

"아닙니다!"

에이이치가 속공으로 부정했지만 스도 사장은 아랑곳하지 않았다.

"그렇다면 더더욱 미안한 일을 저질렀군. 여자 친구가 다쳤으니 자네가 화를 내는 것도 무리는 아니야."

"여자 친구 아니라니까요."

"굳이 여자라고 밝혔잖아. 그건 의미가 있기 때문이겠지."

그렇군, 그래, 하며 사장은 혼자 좋아하다가 미소를 머금은 채 말을 이었다.

"사실은 지난번 심령사진 소동 때, 가키모토 씨가 자네들한테 먼저 말을 건네는 모습을 보고 깜짝 놀랐고 내심 기뻤어. 오호, 이건 좋은 경향이다 싶었지."

결국은 자기 스스로 어떻게든 헤쳐 나가는 수밖에 없다는 건가? 사장은 그것을 바라는 건가?

"평상시랑 다름없이 입도 거칠고 눈빛도 사납고 태도도 안 좋았지만, 그녀가 먼저 남에게 다가가는 건 정말 드문 일이거든. 보통 때는 손님한테 생긋도 안 하니까."

분명 에이이치도 손님으로 찾아왔을 때는 가키모토 준코와 얘기를 나눈 기억이 없다.

"최근 일 년간 가키모토 씨를 보고 느낀 점인데……."

사장이 팔짱을 끼고 나지막이 숨을 내쉬었다.

"그녀가 그렇게 공격적인 건 사실은 두렵기 때문이야. 다른 사람을 대할 때는 어떻게든 강하게 나가야지 안 그러면 금세 당한다고 굳게 믿고 있는 거야. 상처 받기 전에 먼저 상처를 주려는 거지. 그런 인간관계밖에 모르고 산 것 같아, 지금껏."

절절히 풀어놓는 그 말에 공감하기는 어려웠지만, 에이이치는 또다시 탄빵이 스스로를 '겁쟁이'라고 했던 것을 떠올렸다. 창틀 위의 여자 얘기도 가키모토 준코는 얼굴색 하나 안 변하고 들려줬지만 탄빵은 온몸을 떨며 두려워했다.

미스 가키모토는 살아 있는 인간을 두려워한다. 탄빵은 유령을 두려워한다. 그렇지만 탄빵도 살아 있는 인간 때문에 두

려움을 느낀 경험이 분명 있을 것이다. 예전에 학교에서 따돌림을 당했으니까.

"자네나 덴코 학생처럼 젊은 친구들이랑 친구가 되면 그녀도 기운이 날 거란 생각이 들더군. 가키모토 씨 자신도 그런 긍정적인 마음이 있었으니까 자네들한테 말을 건넸을 테고."

그러면서도 남한테 바보 같다는 소리나 해댄다. 찌를 듯한 밉살스러운 눈빛으로.

미움을 받기 전에 먼저 미워하게 만들려고?

"가키모토 씨가 여기로 다시 돌아오면 아무 일도 없었던 것처럼 대해줄 수 없을까?"

"그렇게 끝내도 될까요?"

"괜찮아. 아내나 나나 시끄럽게 하지 않는 게 제일이라고 생각해."

그렇기 때문에 말도 안 되는 변명도 있는 그대로 받아준 것이다.

"중요한 건 평범하게 대하는 거야, 평범하게."

어쩌면 이 스도 사장과 부인은 굉장히 훌륭한 사람일지도 모른다는 생각이 들기 시작했다. 대인ㅊㅅ이라고 하던가.

보통은 이렇게 할 수는 없다. 나에게는 무리다. 그런 사정을 알아버린 이상—아니, 그보다 그 축 늘어진 하얀 다리를 목격한 이상, 앞으로는 미스 가키모토가 아무리 비위에 거슬리는 소리를 해도 따끔하게 받아치기 어려우리라. 말이 목에 걸릴 것이다.

에이이치가 '그건 무리예요.'라고 대답하려는 순간, 안주머니에서 휴대전화가 부르르 떨렸다. 탄빵이 보낸 문자였다.

명부, GET!

데라우치, '포켓몬' 팬이었나?

이쪽도 바쁘다. 뭐, 이 정도면 됐다 싶은 생각이 들었다. 중요한 건 이 장소뿐이다. 앞으로는 피하면 그만이다. ST 부동산에 다시는 오지 않으면 된다.

"알겠습니다."

에이이치는 대답했다.

6

누가 전화를 거느냐 하는 문제로 탄빵이랑 살짝 실랑이를 벌였다.

"난 조수야. 왓슨이라고. 주제넘게 나설 순 없잖아."

"대체 내가 언제부터 셜록 홈스냐?"

"전화 정도로 왜 이래?"

"그럼 네가 해."

"에이, 뭐야. 수줍어서 그러니? 연상의 여자랑 통화하는 게 부끄러워? 지난번 사진 때는 혼자서 야마노 리에코 씨라는 사람을 만나러 갔으면서."

"그거야 막판이었고, 대기권 밖의 연상이잖아."

"어머, 그럼 이번에는 대기권 밖이 아니다? 열 살쯤 연상은 하나짱한테는 OK라는 뜻이네?"

논점에서 벗어났다.

"네 일이라고 생각해봐. 네가 찍힌 사진 건으로 할 얘기가 있다고 생판 모르는 남자가 난데없이 전화를 했다면 어떻겠냐?"

몰래카메라라고 생각할지도 모르잖아.

"넌 아직 남자가 아니야, 남자애지."

탄빵은 코웃음을 치더니 주먹을 내밀었다.

"그럼 가위바위보 해."

삼세번 승부에 삼연패. 몹시 불합리한 기분이 들었다.

미쿠모 고등학교 근처에는 기적적으로 살아남은 공중전화

박스가 있었다. 통학로에서 벗어난 어린이 공원 안이었다. 그 곳에서 걸기로 했다. 일요일 오후 네 시. 가와이 기미에가 직장에 다니더라도 집에 있을 가능성이 높은 요일과 시간대였다. 다시 말해 전화는 한 번에 연결될 확률이 높았다. 에이이치는 잠수 세계기록 달성에 도전하는 다이버처럼 온몸으로 심호흡을 몇 번씩 하고 나서야 수화기를 들었다.

요코하마 지역 국번이었다. 집 주소 끝에 호수가 적혀 있으니 아파트나 맨션이겠지. 지금도 가족 셋이서 살까? 아니면 가와이 선배 혼자서 살까? 아버지의 몸 상태가 상태이니만큼 부모 곁에서 떠나지는 않았을까?

신호가 두 번 울렸다.

"네, 가와이입니다."

어떤 목소리를 예상했는지는 확실치 않지만, 그 어떤 예상도 훨씬 뛰어넘는 귀여운 여성의 목소리가 들려왔다. 에이이치는 탄빵에게 수화기를 떠넘기고 냅다 전화박스 밖으로 튀어나왔다. 탄빵이 몸을 뒤로 젖히며 비틀거리는 바람에 수화기에 연결된 코드가 팽팽하게 당겨졌다.

탄빵은 커다란 눈으로 '한심한 겁쟁이!'라고 이단 심문관처럼 책망한 후, 전화기로 돌아서더니 거짓말처럼 어른스러운 목소리로 말했다.

"갑작스럽게 전화드려서 죄송합니다. 저는 도립 미쿠모 고등학교 학생이고, 이름은 데라우치 지하루입니다. 가와이 기미에 씨는 댁에 계신지요?"

"제가 기미에인데요."

역시 귀여운 음성이 수화기 너머로 새어 나왔다. 탄빵은 예의 바르게 이야기를 시작했다. 에이이치는 근처 오락실에서 바꿔 온 백 엔짜리 동전을 전화기에 넣는 일에 전념했다.

가와이 선배는 미쿠모 고등학교 시절에 콩 배구부인 동시에 도서위원이기도 했던 모양이다. 당시 도서위원들이 모임 장소로 자주 찾았던 찻집이 역 근처에 있다고 했다. 에이이치도 탄빵도 '루팡'이라는 가게 이름은 들어 본 적 없지만 대강 짚이는 장소는 있었다. 월요일 방과 후에 거기서 만나기로 했다.

약속 시간보다 삼십 분이나 일찍 도착해보니, '루팡'은 여전히 영업 중이었고 오래된 인테리어로 추측해볼 때 가와이 선배의 현역 시절과 달라진 게 없는 듯했다. 어중간한 시간대라서 그런지 손님이 없었다. BGM도 없고 조용했다.

에이이치와 탄빵은 빨간 시트 칸막이 자리에 앉았다. 앉은 후에도 가슴속 심장박동은 가라앉을 줄 몰랐다.

"학교랑 너무 가까운데."

"콩 배구부는 연습하는 시간이니까 괜찮아."

"다베 여사한테 비밀로 해달라는 다짐은 확실하게 해뒀지?"

"하나짱, 너 진짜 집요하거든."

"가와이 선배, 올까?"

"그렇게 길게 얘기했잖아. 남김없이 다 설명했고, 이쪽 얘기도 잘 들어줬어. 이제 와서 바람맞힐 이유가 없지."

남자처럼 단언하는 말에 에이이치가 스스로를 한심하게 여기는 순간, 가게 문이 열렸다.

생각해보면 당연한 일이겠지만, 콩 배구부의 졸업생인 가와이 기미에는 정말로 작고 가냘픈 여성이었다. 빨간 더플코트를 벗자 훨씬 더 작아졌다. 에이이치는 물론이고 탄빵보다도 키가 작았다. 어깨너비는 삼십 센티미터밖에 안 될 듯싶고 허리도 두 손 안에 쏙 들어올 것처럼 가늘었다―이 말은 조금 무례한 감상입니다. 죄송.

가와이 선배는 교복 차림인 에이이치와 탄빵을 보고 미소를 지었다. 그리고 그 눈으로 가게 안을 휙 둘러보았다.

"하나도 안 변했네. 옛날 생각난다."

사진에서보다 머리가 길었다. 밝은 갈색으로 염색한 머리였다. 미인은 아니다. 남의 눈길을 끌 정도로 귀여운 타입도 아니다. 그것은 사진에서도 알아보았다. 그러나 실물에는 사진에는 찍히지 않은 매력이 깃들어 있었다. 균형이 잘 잡힌 작은 대상은 귀엽다.

세 사람 다 브랜드 커피를 주문했다. 의욕이 없어 보이는 아주머니가 눈 깜짝할 사이에 내왔는데도 향이 짙은 커피였다.

"아코쨩이 막무가내로 밀어붙여서 미안해."

가와이 선배는 그렇게 말문을 열며 에이이치와 탄빵에게 고개를 숙였다. 갈색 머리칼이 어깨 위에서 스르륵 흘러내렸다. 아코쨩이란 다베 여사를 말한다. 풀 네임은 다베 아코였던 것이다.

"하나비시랑 데라우치 학생?"

확인하듯 두 사람의 얼굴을 훑어보고 나서 가와이 선배가 물었다.

"너희, 배구부는 아니지?"

"네."

"그건 그렇고, 아코쨩도 참."

씁쓸하게 웃었다. 얼굴이 작으면 미소도 작다. 따스함이 전해지는 미소였다.

"넌 수영부니?"

그런 질문을 받자, 탄빵의 미소가 한순간 멎었다. 마신 물이 뿜어져 나올 것 같아서 에이이치는 허겁지겁 고개를 숙였다.

"아뇨…… 경음악 동호회예요."

가볍게 대답한 탄빵은 탁자 밑으로 악 소리가 나올 만큼 거세게 에이이치의 발을 짓밟았다.

"그렇구나. 경음악 동호회도 역사가 길지. 우리가 도 대회에 나갔을 때, 밴드를 짜서 응원해줬는데."

한동안 선생님과 특별활동, 학교 행사에 관한 얘기를 나누었다. 그렇긴 해도 얘기를 한 사람은 오로지 탄빵이었다. 에이이치는 얌전히 물러나 있었다.

"으음, 그건 그렇고."

적당한 때라고 생각했는지 가와이 선배가 가방을 가까이 끌어당겨 책 한 권을 꺼냈다. 그 속에 카비네판 사진이 끼워져 있었다.

"이거지? 나도 갖고 있어."

그러면서 사진을 내밀었다. 탄빵이 탁자 위의 물방울을 물수건으로 훔쳐냈다. 에이이치도 사진을 꺼냈다. 사진 두 장이 탁자 위에 나란히 놓였다.

"기분 나쁜 사진이야."

말과는 반대로 가와이 선배의 눈빛은 사진을 싫어하는 기색이 아니었다. 에이이치는 별안간 눈이 번쩍 뜨이는 느낌이었다. 이 눈빛은 그 눈빛과 똑같다. 히비야의 찻집에서 대면

했던 야마노 리에코의 눈빛.

이유가 뭘까? 야마노 리에코의 경우는 이해가 간다. 우는 얼굴이 나온 심령사진은 그녀의 분신이었으니까. 하지만 가와이 선배는 상황이 다를 텐데.

"아코짱, 아직까지 신경 쓰고 있었네."

목소리도 부드러웠다.

"너무 미안한 짓을 저질렀어. ……내 책임이야."

입을 열려고 하는 에이이치의 발을 또다시 짓밟으며 탄빵이 시선을 들었다.

"저희도 다베 선배의 마음은 충분히 이해가 돼요. 하지만 조사를 하는 이상, 가와이 선배에게 비밀로 할 순 없다고 생각했어요. 죄송합니다."

그리고 탁자에 이마가 닿을 정도로 깊숙이 고개를 숙였다.

"아냐, 아냐. 사과할 사람은 나인걸."

가와이 선배는 탁자 위로 손을 뻗어 탄빵의 어깨를 가볍게 두드렸다. 손가락이 가늘고 손도 가냘팠다.

"아코짱도 날 배려해서 숨기려고 했겠지. 후배한테는 조금 엄격한 면이 있을지도 모르지만, 사실은 착한 애야."

언니다운 말투였다.

"이 사진 조사를 부탁했을 때, 아코짱 혹시 매니저랑 같이 있지 않았니?"

"네, 같이 있었습니다. 고모리 선배."

"그래그래, 실력이 대단한 매니저인가 봐. 아코짱이 굉장히 신뢰하는 것 같던데."

"지금도 다베 선배랑 연락을 하세요?"

"가끔 문자를 주고받는 정도야. 난 이제 배구부에는 안 가니까."

가기 꺼려지겠지.

"그건 그렇고, 이렇게 말하면 안 되겠지만 너희도 참 특이하다. 이런 사진을 조사하겠다고 나서서 떠맡다니."

이번에는 재빨리 발을 피하며 입을 열려고 하는데, 탄빵이 주먹으로 옆구리를 쳤다.

"나서서 떠맡은 건 아니에요. 어쩌다 그렇게 된 거죠. 이 녀석 집이 사진관이라."

'이 녀석'으로 강등되었다. 게다가 우리 집은 사진관도 아닌데.

"아하, 그렇구나."

거봐, 바로 오해하잖아. 전화에서는 이쪽의 자세한 상황을 설명하지 않았기 때문이다. 안절부절못하는 에이이치는 아랑곳 않고, 여자 둘이 마주 앉아 이야기를 풀어놓는다.

"나도 여전히 이 사진은 신기하고, 왜 이런 사진이 만들어졌는지 알 수만 있다면 그 이유를 알고 싶긴 해. 원래는 포기했지만."

"왜요?"

"방법이 없었으니까."

가와이 선배는 살짝 목을 움츠리며 말을 이었다.

"게다가 이유가 있는지 없는지조차 모르잖아."

탄빵은 사진 두 장으로 시선을 떨어뜨렸다.

"혹시 가와이 선배님 나름의 해석이 있어요? 당시 생각이든 지금 생각이든."

가와이 선배는 탁자에 한쪽 팔을 괴고 입가에 검지를 갖다 댔다. 그럴 의도가 있었는지 없었는지는 알 수 없지만, 자연스럽게 '이건 비밀이야.' 하는 몸짓이 만들어졌다.

"이 사진은 우리 카메라로 찍었어. 그래서 현상도 우리가 근처 사진관에 맡겼고, 완성된 후에 찾아와서 내가 처음으로 본 거야."

원래는 부모님이 마을 모임의 당일치기 여행에 들고 갔던 카메라에 남아 있던 필름을 그대로 사용한 데다 그 사진 말고도 몇 장을 더 찍었다고 한다.

"이 한 장만 이상하다는 건 금방 알았어. 그러니 카메라 고장은 아니야. 그리고 이 사진만 아다치 씨가 셔터를 눌렀지. 그날 마침 우리 집에 놀러 왔거든. 아코짱이랑 우리 가족의 기념사진을 찍어주겠다고 한 거야."

똑같은 장면을 한 장 더 찍었는데, 그쪽 사진은 가와이 후지오가 촬영해서 그 자리에 아다치 후미히코가 대신 찍혔다고 했다.

"그 사진은……?"

"없어. 파혼했을 때, 아버지가 아다치 씨의 사진은 모조리 버렸으니까."

무리도 아니다.

"실은 이 사진도 부모님은 몰라. 내가 감췄으니까. 안 그래? 불길하잖아."

지난번에 탄빵이 얘기한 것과 똑같은 감상이었다.

"가까운 미래에 우리 가족이 이렇게 우는 일이 벌어질 거라고 예언하는 것 같잖아?"

역시 당사자도 그렇게 생각하는구나.

"계속 숨겨뒀어. 너희한테 연락을 받고 찾아보니까 그대로 남아 있어서 나도 깜짝 놀랐지."

탄빵이 거리낌 없이 파고들었다.

"그건, 무슨 의미예요?"

"으음…… 뭐라고 해야 할까?"

가와이 선배는 손가락을 접더니 이번에는 양손으로 얼굴 절반을 감쌌다.

"사진이 변하지 않았을까, 막연히 그렇게 생각했거든."

툇마루에서 우는 가족 세 사람의 환영이 이제는 사라지지 않았을까, 하고.

"생각했다기보다 기대했다고 해야 하나?"

결혼 이야기는 어그러졌다. 아다치 후미히코와는 헤어졌다. 삼 년이 지났다. 이제 모든 건 과거의 일이다. 사진에 찍힌 불길한 징조 같은 울상은 그 역할을 다했다. 사라질 만도 하다.

사라지길 원한다.

"그런데 남아 있었어. 과거는 사라지질 않아."

부드러운 말투였는데도 탄빵이 몸을 살짝 떠는 게 옆에 있는 에이이치에게도 느껴졌다.

"어쨌든 당시에는 아다치 씨에게 사진을 안 보여줄 수가 없었지."

탄빵은 사진에서 시선을 떼지 않았다. 옆얼굴이 굳어 있었다. 에이이치가 물었다.

"보여주니까 어쨌어요?"

가와이 선배는 손을 내리고 말했다.

"흔히 얘기하는 '얼굴색이 변했다'는 느낌?"

―미안해, 내 실력이 형편없어서. 모처럼 찍은 기념사진인데.

몹시 당황했다고 한다.

"사진을 찢으려고 해서 부랴부랴 낚아챘을 정도야."

사진에 찍힌 환영보다도 약혼자의 그런 반응이 기미에의 불안을 부채질했다.

"그러니 부모님에게는 더더욱 보여주기 어려웠어. 그렇다고 가슴속에만 담아두기도 괴롭고."

"그래서 다베 선배에게 보여준 거군요."

가와이 선배는 부끄러운 듯 목을 움츠렸다.

"그래. 여동생 같은 아코짱에게 걱정을 끼치는 일이었는데, 나도 참 한심하지."

다만 당시에는, 한눈에도 으스스하고 초자연적인 이런 이야기라면 어른보다는 중학생 정도 나이의 아이가 훨씬 잘 알지도 모른다는 생각도 들었다고 한다.

"아아, 그건 이해해요. 저라도 똑같은 생각을 했을 겁니다."

겉보기에도 가와이 기미에가 안심하는 것 같아서 에이이치도 기분을 바꿨다. 탄빵은 말없이 입을 꾹 다물고 있었다.

"그랬더니 아코짱이 이건 불길한 사진이 아니라고 말했어.

이건, 셔터를 눌렀을 때 아다치 씨의 마음이 찍힌 거라고 했지."

"아다치 씨의 마음?"

가와이 선배는 두 사진의 가장자리에 양손을 내려놓았다.

"내 입으로 말하긴 쑥스럽지만, 나랑 부모님은 굉장히 사이가 좋아. 난 외동딸이라 아버지한테도 어머니한테도 사랑을 듬뿍 받고 자랐지. 언제 어디를 가더라도 늘 같이 있는 느낌이야."

그렇게 사이좋은 부모 자식인데, 머지않아 나는 그 딸을 데려가버린다. 기미에를 아내로 맞는다. 그녀가 나와 가정을 꾸리면 부모님은 쓸쓸해지겠지. 기미에도 결혼해서 행복하긴 하겠지만, 한편으로는 서운하겠지.

"아다치 씨는 결혼식이 눈물바다가 될 거라는 생각을 하면서 셔터를 눌렀다, 그 마음이 너무나 강렬해서 사진에 환영으로 찍혔다, 어찌 된 영문인지는 모르지만……. 아코짱은 그런 거라고 말했어."

―그러니까 선배, 이건 오히려 행복한 사진이라니까!

덴코의 '염사'설과는 다른 버전이었다. 그렇지만 이쪽이 훨씬…….

"좋은 얘기네요."

"좋은 얘기네요."

목소리가 겹쳤다. 탄빵도 똑같은 말을 한 것이다. 가와이 선배가 두 사람에게 미소를 지었다.

"그렇지? 아코짱 착하지? 마음이 따뜻해."

에이이치는 아직 그런 따뜻한 마음을 직접 접해본 적은 없지만 기꺼이 찬성했다.

"그런 의견을 듣고 나니까 마음이 환하게 밝아지는 기분이었어. 어두운 것들이 다 사라진 것 같았지."

"선배랑 다베 선배는 친자매 같네요."

그렇게 말하는 탄빵은 모처럼 눈동자가 맑아져 있었다.

"우리 전화 한 통에, 게다가 듣기에 따라서는 바보 같고 실례되는 용건인데도 금방 신용해주신 이유를 알 것 같아요. 다베 선배가 연관되어 있어서 그랬군요."

"그것만은 아니야. 네가 얘기하는 느낌이 좋았어. 똑 부러지는 아이라는 생각이 들었지."

"고맙습니다. 우리 집은 전통찻집을 하거든요. 고객을 상대하는 장삿집 딸이다 보니 그런 칭찬이 제일 기뻐요."

가와이 선배가 눈을 살짝 크게 떴다.

"어머, 그럼 너희는 양쪽 다 장사를 하는 집 커플이네."

커플은 아니라고 말하려고 에이이치가 숨을 삼키는 동시에 다리도 피했지만, 탄빵은 말없이 눈을 내리깔았을 뿐, 다리도 밟지 않고 주먹도 날리지 않았다.

가와이 선배가 '으흠, 보기 좋아.' 하는 표정을 지었다. 탄빵, 지금 수줍어할 때가 아니잖아. 아니, 그보다 네가 수줍어할 이유라도 있냐? 난 전혀 모르겠는데.

어쨌든 이야기의 흐름을 되돌려야 했다.

"어, 어두운 것이라면……."

말을 꺼내자마자 가와이 선배의 미소가 금세 시들었다.

"그 사진의 환영 때문에 환기된 것인가요, 아니면 다른 뭔가가 있었어요?"

탄빵이 에이이치의 정강이를 냅다 걷어찼다. 아얏! 온몸이 흔들리는 바람에 가와이 선배에게도 들켰다.

"괜찮아, 신경 쓸 거 없어."

가와이 선배가 당혹스러워했다.

"활발한 건 좋지만, 여자애가 남자 친구를 차는 건 너무 심해."

"아니에요, 이건 예절 교육이니까."

가와이 선배도 탄빵에게 압도되었다.

"뭐…… 그건 그렇고, 지금 그건 예리한 질문이네."

"경험은 쌓았어도 무신경해서 생각나는 대로 바로 물어보고 말아요. 죄송합니다."

탄빵이 멋대로 사과했다. 경험 쌓은 적 없거든. 이번이 겨우 두 번째라고.

"죄송합니다."

에이이치도 사과했다.

"실례되는 질문이라는 건 잘 압니다만……."

"물어보지 않으면 얘기가 진척되지 않겠지."

그럭저럭 균형을 되찾은 가와이 선배가 천천히 말했다.

"살짝 예감은 있었어. 의심했다고 할까?"

아다치 후미히코를.

"우리가 약혼한 건 그해 3월이었지. 그러니 한창 사랑에 빠져 있긴 했지만."

살짝 무리하며 어색하게 미소를 지었다.

"9월 초순부터였을 거야. 왠지 그의 태도가 이상하게 느껴졌어. 구체적으로 어디가 어떻게 이상한 것은 아니었는데, 둘이 있어도 갑자기 에어포켓*에 빠진 것처럼 어두워진다고 할까, 마음이 딴 데 가 있는 듯한 느낌이었지. 그러다가도 내가 말을 걸면 곧바로 정신을 차렸어. 원래대로 돌아오는 거야. 그게 더 의심스러웠지."

알 것 같아요, 하고 탄빵이 강하게 동의했다. 데라우치, 네

---

* 비행 중인 비행기가 함정에 빠지듯이 하강하는 구역.

가 그렇게 선서하듯이 말할 수 있냐? 경험이 있어?

"분명히 일이 바빠서 그런 거라고 생각했어. 피곤해서 그런 거라고. 나도 자신을 속였던 거지…… 원래 그 사람 일은 때로 우리 아버지 공장 일과 대립하는 요소가 있었어. 그렇다 보니 서로 신경을 썼고 긴장감도 있었지."

"긴장감……?"

탄빵의 질문이 허공에 맴돌았다. 아다치 후미히코는 가와이 정강의 단골 거래처 직원이 아니었나?

"그가 근무한 회사는 '동방 테크니컬 크리에이션 & 어렌지먼트'라고 외국자본 기업 계열회사였어. 모회사는 금융 복합기업이라고 한다던가, 맨 위의 높은 사람을 회장이나 사장이 아니라 CEO라고 부르는 대기업이었지."

동방 테크니컬이라. 다베 여사의 기억은 불완전하긴 했지만 잘못되진 않았다.

"어떤 업종이었어요?"

가와이 선배는 손가락 끝을 눈썹 위에 올리고 생각에 잠겼다.

"일종의 에이전트라고 할까. 세계적인 규모의 제조업 회사를 고객으로 삼고, 그쪽 제조 라인에서 필요로 하는 새로운 기술이나 특수한 기술을 가진 회사를 찾아서 소개해주는, 한

마디로 양쪽을 알선하는 일이야."

예를 들면 제너럴모터스와 오모리의 소규모 공장을 연결해주는 것 같은 일이다.

"본사는 미국이고 자본도 미국 자본이지만 그렇게 해서 네트워크가 전 세계로 뻗어나가는 거야. 고객의 높은 요구에 응할 수 있는, 그것도 곧바로 응할 수 있는 뛰어난 기술을 찾아낸다거나 이 세상 어딘가에 누구도 알아채지 못한 채 잠들어 있을지 모르는, 머지않아 큰 기술혁신으로 이어질 만한 발명을 찾아내는 거지."

"아하, 과연 에이전트로군요."

에이이치는 감탄했다.

"수많은 작은 제조업자를 확보해서 반대 방향으로 판로를 확장할 수도 있으니까."

이 기술은 쓸 만하지 않습니까? 이것이 다음 난관 돌파로 이어지지 않겠습니까?

"우리 아버지 공장에서 우주선 부품을 만든 적이 있는데, 그것도 아다치 씨 회사에서 들어온 의뢰였어."

일반적인 '모회사 → 하청 → 2차 하청' 루트가 아니라 스트레이트로, 보다 넓은 범위에 걸쳐 검색을 해서 기술의 수요와 공급을 연결해주는 장사다.

에이이치는 잠시 생각에 잠겼다.

"……좋은 아이디어일지는 모르지만, 어딘가에서 정보가 새기라도 하면 한 방에 아웃이잖아요?"

가와이 선배도 열심히 고개를 끄덕거렸다.

"바로 그거야. 그래서 비밀 엄수의 의무에 매우 엄격했어. 계약서도 전화번호부처럼 두꺼웠고."

계약서에 이른바 '합의 조항'이라는 항목을 포함시켜서 어떤 분쟁이 생기면 관계자 일동이 차분히 의논해서 선처합시다, 하는 선에서 끝내버리는 것은 일본뿐이라는 말을 들은 적이 있다. 세계는 훨씬 냉엄하고 현실적인 것이다.

"게다가 수요자는 기본적으로 엄청나게 큰 기업이잖아요. 기술을 제공하는 쪽은 훨씬 작은 곳이 많을 테고."

"응, 맞아. 그러니까 찾지 않으면 발견할 수 없는 거지."

"공급자 측이 압도적으로 불리하겠네요. 필요한 기술을 제공했는데 수요자 측에서 소프트웨어만 받아 챙기고 당신들은 이제 필요 없다고 하면 그걸로 끝이니까."

가와이 선배의 작은 얼굴에 크고 환한 미소의 꽃이 피어났다.

"꼭 그렇진 않아. 기술은 소프트웨어만은 아니니까. 하드웨어만도 아니야. 인간 없이는 안 되지."

그 기술을 실행할 수 있는 숙련된 제작자가 없으면 안 된다는 뜻이다.

"일본의 기술공이나 장인은 세계 최고야. 똑같은 일도 미국이나 유럽 기술자에게 시키면 못 해내."

문득 생각이 떠올라서 물어보았다.

"중국은요? 인건비도 쌀 텐데."

"꽤 많이 쫓아왔지만 우주선 부품 수준은 아직 멀었지."

손을 살랑살랑 흔드는 가와이 선배는 일본의 기술력을 자랑스럽게 여기는 것 같았다. 아버지가 오 대째니까 자기는 육 대째라고 말했을 때의 탄빵처럼.

"그렇구나. 그래서 일정한 긴장감이 있었던 거군요. 가와이 정강 쪽은 '언제 어떤 요구를 받더라도 응할 수 있는 상태를 갖춰야 한다. 시행착오는 허용하지만 실패는 허용하지 않는다.' 그렇게."

탄빵의 말에 가와이 선배는 그렇지, 하며 고개를 끄덕이더니 살짝 목소리를 낮추었다.

"아버지랑 아다치 씨는 자주 토론을 벌였어. 한참 격론한 후에는 아버지가 몇 시간씩 공장에 틀어박혀서 팔짱을 낀 채 기계를 노려보고 있기도 했고…… 정말 그랬지."

선배가 그 기억을 충분히 반추할 때까지 에이이치도 탄빵도 조용히 기다렸다. 이윽고 선배가 나지막이 말했다.

"아다치 씨의 회사는 사원들이 계약 회사 사람과 연애하는 걸 터부시했던 모양이야."

냉엄한 계약 관계에 정이 끼어들 위험성이 생겨나기 때문이었다.

"그럼 그게 원인이었어요?"

상대를 배려해서 '파혼'이라는 주어는 생략하고 질문했는데도 탄빵은 또다시 안 보이게 주먹질을 했고, 에이이치는 팔로 가로막았다.

"똑같은 수법에 몇 번씩이나 당하겠냐?"

그러자 탄빵이 눈을 치켜뜨더니 몸무게를 다 실어 짓이기듯 에이이치의 발등을 밟았다.

"너희, 참 재밌다."

선배가 아래를 내려다보며 웃었다. 하지만 이번에는 그 눈에 그늘이 드리워졌다.

"파혼 원인은 다른 거야. 여자가 있었어. 나랑 사귀기 전에 만난 사람이었지. 그 사람이랑 헤어지고 나서 나랑 사귀었는데……."

아다치 후미히코는 가와이 기미에와의 약혼을 회사에 비밀로 했다. 터부시하는 일이었으니 그럴 만도 했을 것이다. 하지만 가까운 친구들한테까지 숨길 수는 없었다. 그런데 공교롭게도 옛날 여자 친구가 그와 가깝게 지내는 친구들 무리에 속해 있었다. 게다가 그녀는 아다치 씨에게 여전히 미련을 품고 있었다. 다시 시작할 기회를 엿보고 있었던 것이다. 가와이 기미에와의 약혼 소식은 그녀를 다급하게 몰아붙여 움직이게 만들었다. 충동적이고 파괴적이고 주변에 폐를 끼치는 방향으로.

"스토커 비슷한 짓을 하기 시작했어. 울고, 매달리고, 몸을 내던지고…… 그래도 그 사람이 돌아보지 않으니까 자살 기도까지 한 거야."

집에 있는 목욕탕에서 손목을 그었다고 했다.

"가족이 발견하긴 했지만, 삼십 분만 늦었어도 살릴 수 없었대."

"그래도 발견됐잖아요."

탄빵의 목소리가 송곳처럼 날카로워졌다. 커다란 눈 속의 눈동자도 송곳 끝처럼 오므라들었다.

"그건 발견될 줄 알고 한 짓이에요. 속이 빤히 보인다고요."

가와이 선배는 부드럽게 미소 지으며 탄빵에게서 시선을 돌렸다.

"그런데 그 사람은 책임을 느꼈어. 그쪽 부모님한테 비난도 받았고."

추잡해, 하며 탄빵이 욕설을 퍼부었다. 순간적으로 옆에 있는 사람이 미스 가키모토인가, 착각할 정도로 심오한 경지에 오른 독설이었다.

"너무 추잡해. 최악이야."

무슨 말이라도 했다간 폭력적인 반응을 불러올 것 같아서 에이이치는 입을 다물었다.

"뭐, 그런 일이 있었지."

가와이 선배가 얼굴을 들었다. 눈가의 그늘은 걷히고 없었다. 애써 없앴을지도 모른다. 그 모습을 보니 하고 싶은 말이 저절로 흘러나오고 말았다.

"단지 책임감만은 아니었을지도 몰라요. 어쩌면 그 여자한 테 협박당했을 수도 있죠."

"협박?"

"네에…… 선배와 약혼한 사실을 회사에 알리겠다거나. 터부시했다면서요? 그러면 아다치 씨가 회사에서 곤란해지잖아요."

가와이 선배의 눈 깜박임이 놀라움이 아닌 다른 뭔가를 표현했다. 이건 뭐지?

"그건 아니야. 터부라는 게 뭐니, 공식적으로 금지시킬 수 없으니까 암묵적으로 조심하자는 거잖아. 나랑 결혼한다고 해서 아다치 씨가 회사를 그만둘 필요는 없었어. 규칙으로 금지한 건 아니니까. 그쪽 기업은 피고용자의 권리 의식이 강했으니 그가 그런 꼴을 당했다면 주위 직원들도 가만있진 않았을 거야."

선배는 조금 전과 똑같이 눈을 깜박였다.

"그건 그렇고, 넌 정말 예리하구나. 실은 나도 똑같은 생각이 들어서 그에게 물어봤어. 헤어질 수밖에 없는 진짜 이유는 그쪽 아니냐고."

에이이치는 깨달았다. 그 깜박임은 '공감'을 드러낸 것이었다. 아아, 나랑 똑같은 생각을 하는 사람이 있구나, 하는.

"그러니 방금 내 항변은 그가 직접 한 말이야. 회사는 관계없다고 했어."

에이이치는 물고 늘어졌다.

"아무리 그래도 출세 코스에서는 벗어나는 거 아닌가요?"

"그런 건 실력으로 만회할 수 있댔어. 그 부분은 나랑 결혼하기로 결심했을 때 분명히 했으니까."

탄빵이 여전히 독기가 가시지 않은 어조로 물었다.

"그 여자, 선배한테는 아무런 수작도 하지 않았어요? 말없이 끊는 전화를 한다거나 갑자기 들이닥쳐서 피해를 준다거나."

선배는 고개를 저었다.

"아니, 그런 일은 없었어. 그래서 난 마지막 순간까지 아무것도 몰랐던 거야."

"열 받는 일이지만, 교묘하네요. 남자 쪽에만 공격을 집중하다니."

남자는 한심하니까! 또다시 긴장감이 팽팽하게 감돌았다. 에이이치는 스도 사장의 말을 떠올렸다.

"그 여자가 손목을 그었을 때, 조심하지 그랬냐고 말해줬으면 좋았을 텐데."

"그런 말랑말랑한 말이 효과가 있겠냐!"

"아니야. 목욕탕에서 잔털 정리를 할 때는 정신을 바짝 차려야 한다고 말해줘야 했어."

가와이 선배가 멍한 표정을 지었다. 탄빵은 큰 눈을 가늘게 떴다. 이런 표정을 지을 때마다 뭐랑 비슷하다는 생각이 들었는데, 그 순간 알았다. 차광기토우遮光器土偶*다.

"하나짱, 너 지금 잠꼬대하니?"

에이이치도 눈을 가늘게 뜨고 탄빵을 바라보았다.

"넌 무슨 일이 있어도 자살 미수 같은 짓은 하지 마라."

탄빵은 요즘 흔한 표현대로 '완전 얼어버렸다'.

---

* 일본의 신석기시대에 해당하는 조몬 시대에 만들어진 토우. 일반적으로 '토우'라고 하면 이를 떠올릴 정도로 유명한 상이다. 눈에 해당하는 부분이 에스키모가 눈 속에서 행동할 때 착용하는 차광안경 같은 형태라는 데서 붙여진 이름.

"무, 무슨 소리야?"

"됐으니까 그냥 듣기나 해. 네가 자살 미수 따위를 저질러도 나나 덴코는 인정하지 않을 테니 그리 알아. 소용없어. 절대 하지 마."

탄빵은 완전 얼어버렸는데도 화를 내진 않았다. 에이이치도 탄빵이 화내지 않을 거라는 걸 알고 지금 대사를 입 밖에 낸 것 같은 기분이 들었다. 정신을 차리고 보니 가와이 선배가 탁자에 팔꿈치를 괜 채 웃고 있었다. 놀리는 게 아니라 즐거워 보였다.

"좋겠다."

"좋지 않아요. 죄송해요."

탄빵이 치마 주름을 조급하게 바로잡았다.

"난 희망을 품었었어."

턱을 괜 채, 속삭이듯 부드러운 목소리로 가와이 선배가 말했다.

"그래, 희망이야. 그렇게 표현할 수밖에 없지. 이런 사진을 찍었을 정도니 아다치 씨는 언젠가 내 곁으로 돌아와 줄 거라고 믿었어."

그것은 다베 여사 설의 부분적인 변형 버전이었다. 사진의 환영은 역시 아다치 후미히코의 마음을 찍어낸 것이다. 그는 옆에서 끼어든 옛 여자 친구의 공격에 굴복당해가고 있었다. 그렇게 굴복당하는 게 가와이 기미에를 얼마만큼 슬프게 하는 일인지도 충분히 알고 있었다. 미안하다는 생각뿐이었다. 그런 마음이 필름에 찍혀버릴 만큼.

이별은 그의 본심이 아니었다. 그렇다면 언젠가는 그 본심이 역전승을 거두는 때가 반드시 찾아오지 않을까?

희망이 아니지, 하고 선배가 웃었다.

"몽상이었어. 망상이야."

아니다. 희망이다.

"선배의 아버님은, 정말로 이 사진처럼 우셨어요?"

탄빵의 목소리가 어렴풋이 떨렸다. 가와이 선배는 사진 속의 환영인 아버지를 바라보았다. 그리고 천천히 고개를 저었다.

"아버지는 울지 않았어. 화를 내셨지. 그런 남자는 널 아내로 맞을 자격이 없다고 하셨어. 이쪽에서 거절하겠다고."

탄빵의 추측이 옳았다. 세부 사항까지 들어맞았다.

"아버지가 우신 건 오히려 회사를 정리할 수밖에 없었을 때야. 어릴 때부터 가족이나 다름없었던 기술자 아저씨들과 헤어지게 돼서 나도 엄마도 엉엉 울었어. 하지만 어쩔 수 없었지. 아저씨들이 재취업할 자리가 곧바로 나타난 게 그나마 다행이랄까."

얘기를 들어보니 가와이 정강은 도산이 아니라 해산했다고 한다.

"아버님 건강은…… 어떠세요?"

에이이치의 물음에 가와이 선배는 오늘 본 표정 중에서 가장 놀란 모습을 보였다.

"아코짱한테 들었어?"

"쓰러지셨다고."

선배의 얼굴에 그늘이 드리워졌다.

"그렇구나……. 알리지 않았으니까, 아코짱한테는."

지난해 가을에 세상을 떠나셨다고 했다.

"계속 입원해 있었는데 감기가 폐렴으로 번졌지. 그래서 난 지금 엄마랑 둘이 살아."

그리고 식료품 판매장이 실속 있기로 유명한 요코하마의 백화점 이름을 말했다.

"그곳 야채 판매장에서 일해. 조금 멀긴 하지만, 다른 볼일 있어서 들르면 놀러 와. 싸게 해줄게."

그래서 월요일이 휴일이었던 것이다. 탄빵이 전화를 건 어제는 우연히 집안일로 휴가를 냈다고 한다. 하지만 에이이치에게는 맨 처음 전화가 그렇게 상황에 딱 들어맞은 것이 행운이라기보다 어떤 염원이 작용한 결과 같은 느낌이었다.

"번거롭게 해서 미안해."

가와이 선배가 또다시 고개를 숙였다. 갈색 머리가 천장 불빛에 반짝거렸다.

"아코짱한테는 내가 얘기할게. 이런 일에 후배를 끌어들이면 안 된다고."

탄빵이 순간적으로 대답을 망설였고, 그 틈에 에이이치가 말했다.

"아니, 조금만 더 기다려주세요. 시간을 조금만 더 주세요."

"하지만……."

"이 사진의 수수께끼 풀겠습니다. 반드시 풀 겁니다."

에이이치는 몸을 앞으로 쑥 내밀었다. 탁자에 가슴이 부딪치자 주먹으로 맞은 옆구리 언저리가 욱신거렸다. 으윽, 제길.

"이게 확실하게 풀리면 선배도……."

"나도?"

에이이치를 똑바로 쳐다보는 눈동자에는 빛이 없었다. 빛은 가와이 기미에의 외부에만 존재했다.

"그 희망이…… 진짜 희망인지 아니면 망상인지 결말이 나겠죠."

가와이 기미에는 말이 없었다. 말이 없는 것뿐 아니라 호흡까지 멈췄다. 탄빵도 마찬가지였다. 이쪽은 당장이라도 에이이치를 때릴 기세로 스탠바이 중인지도 몰랐다. 그래도 에이이치는 말을 이었다.

"그렇게 하지 않으면 끝이 안 나요."

아무래도 이 말에는 화를 낼 것 같았다. 실례되는 말이라고 꾸짖을 줄 알았다. 그러나 어느 쪽도 아니었다.

가와이 선배는 자기가 가져온 사진을 집어 들었다. 사진이 떨렸다.

"나는 이걸……."

선배는 떨리는 사진을 물끄러미 바라보며 말했다.

"지우고 싶어. 우는 얼굴을 지우고 싶어."

그거야말로 다른 무엇도 아닌 순수한 '소망'이었다.

"그럼 지우죠."

에이이치가 힘차게 선언하자, 컵에 반쯤 남아 있던 냉수에 잔물결이 일었다.

7

가와이 선배는 그 당시 아다치 후미히코의 주소와 전화번호를 아직도 외우고 있었다. 그것이 에이이치에게 더더욱 박차를 가하게 만들었다. 지울 수 없는 희망은 설령 그것이 진정한 희망이라도 사람을 좀먹는다. 아다치 후미히코를 만나자. 삼 년 전, 이 사진을 본 그가 얼굴색이 변했던 이유를 직접 물어보자. 무슨 일이 있어도 털어놓게 하자.

ㅡ이건 임대 맨션이었어.

그렇다면 중개한 부동산이 있을 거라고 생각했다. 부동산에서는 전출 주소지를 알고 있을 가능성이 있다. 또 사장님한테 의지해야겠네.

그래서 ST 부동산으로 향하는 길이었다. 오늘은 덴코도 교복 차림이었지만 웃옷 안에 이상야릇한 패치워크 셔츠를 받쳐 입고 있었다.

"그건 좋은데, 왜 나까지 가야 하지?"

혼자 가고 싶지 않은 건 물론 미스 가키모토 때문이다. 하지만 덴코에게는 그렇게 말하고 싶지는 않았다. 덴코에게 문제가 있어서가 아니다. 이 녀석이 그런 놈이 아니라는 건 잘 안다. 에이이치는 그저 덴코에게 미스 가키모토의 숨겨진 사정을 말할 때의 자기 표정을 상상하는 것만으로도 견딜 수가 없었다.

"나, 실은 그 직원이 좀 버거워."

덴코가 히죽 웃었다.

"가키모토 씨? 그건 네가 그 사람을 의식한다는 뜻인데."

말도 안 되는 오해였지만 그냥 넘어가기로 했다. 그걸로 덴코를 적당히 구슬릴 수 있다면야.

ST 부동산 문을 열었다.

"안녕하세요?"

인사를 건넸지만 사장은 자리를 비우고 없었다. 안 좋은 예감보다 앞서 찌를 듯한 시선이 느껴졌다. 업무 책상 맞은편에 가키모토 준코가 몹시도 나른한 듯이 축 처진 자세로 앉아 있었다.

아주 먼 옛날, 토목 기술이 아직 발달하지 않았을 무렵 일본에서는 큰 다리를 놓거나 하천을 정비하는 대규모 공사를 벌이기 전에 사람을 제물로 바쳤다고 한다. 산 제물을 올림으로써 공사가 무사히 끝나기를 기원했던 것이다. 그리고 산 제물은 제비뽑기로 결정했다고 한다. 에이이치는 생각했다. 난 몇 번을 다시 태어나도 맨 먼저 당첨 제비를 뽑는 타입이 아닐까?

"어허, 잘들 지냈나?"

회계를 맡은 아저씨가 인사했다. 오늘 보니 아저씨의 자리는 미스 가키모토에게 등을 돌린 위치였다.

"사장님은 없는데."

'무슨 용건이야?'라고 미스 가키모토의 시선이 묻고 있었다. 턱이 뾰족하게 드러나도록 비쩍 마른 데다 창백한 안색을 하고 있는데도 시선의 위력에는 변화가 없었다. 에이이치가 대답을 못 하고 머뭇거리자 그녀는 덴코에게 시선을 돌렸다. 여자의 시선은 낚싯바늘처럼 휘어져 있어서 꽂힐 때도 아프지만 빼낼 때는 훨씬 더 아프다.

"오랜만이네."

미스 가키모토는 억양 없는 어조로 짧게 말했다.

"그 정도로 못 만난 건 아니죠. 그건 그렇고 가키모토 씨, 왜 그렇게 말랐어요?"

덴코가 웃는 얼굴로 난데없이 지뢰를 밟으러 다가갔다.

"인플루엔자. 설 명절에."

"우와, 병원도 휴일이라 곤란했겠네요."

"죽는 줄 알았어."

"우리 집에 전화했으면 약이라도 가져다줬을 텐데."

"다음에는 그럴게."

나는 공 들인 사기에 말려든 게 아닐까? 가키모토 준코는 정말로 인플루엔자로 드러누웠던 것뿐이지 않을까? 축 늘어져 있던 그 다리는 다른 사람의 것이고 난 그저 사장에게 속아 넘어간 게 아닐까?

"무슨 일이야?"

미스 가키모토가 이번에는 직접 에이이치에게 물었다.

"우리는 지금 영업시간인데."

그렇게 보이진 않습니다.

"또 비라도 새나? 유령 얘기라면, 지난번에도 말했지만 우리는 책임질 수 없어."

덴코가 앞서 나갔다.

"사람을 찾고 있어요. 아는 건 삼 년 전의 주소와 전화번호인데, 사장님이라면 이 사람의 전출 주소를 알아봐주실 수 있을 것 같아서."

그리고 적어 온 메모를 내밀었다. 하지만 미스 가키모토가 귀찮아하며 받지 않자 책상 위에 내려놓았다.

"너희, 대체 무슨 학교를 다니니?"

메모를 비스듬히 내려다본 그녀는 '별 이상한 숙제도 다 있네.'라고 말했다.

"사회 공부예요."

의도한 건 아니었지만 에이이치는 목이 막혀 버렸다. 덴코를 데려온 건 정답이었다.

"알아볼 수야 있지만."

"부탁드립니다."

"다른 방법은 없나? 이 사람, 직장인이야?"

"네, 회사원이에요."

"그럼 회사는 알아? 회사에 문의해보지그래?"

덴코가 빙그레 웃으며 에이이치를 바라보았다.

"문의는 벌써 해본 거지, 하나짱?"

생각조차 못 했다. 옛날 주소로 현재 사는 곳을 알아내는 데만 열중해 있었다. 그렇게 '직격!'으로 나가고 싶었다.

"요즘은 개인 정보 보호니 뭐니 까다로워서 외부에서 문의하면 안 가르쳐주잖아."

쩔쩔매며 핑계를 대자 덴코는 어이없어했다.

"지금 뭔 소리를 하는 거야? 난 또 회사 쪽은 완전히 가망이 없는 줄 알았지."

"가망 없다니까."

"전화하면 본인을 바꿔줄 거 아냐."

"본인이 갑자기 받으면 곤란하잖아!"

"어째서?"

"도망치니까."

미스 가키모토가 의자 머리받이에서 고개를 들었다.

"도망치는 인간을 찾아다니다니, 너희 혹시 빚 독촉 앞잡이라도 하는 거니?"

우히히히, 웃으며 덴코가 재미있어했다.

"그럼 대단하겠지만. 그런 거야, 하나쨩?"

그럴 리가 있겠냐고요.

"바보 같긴."

비쩍 마르든 초췌하든 독설은 건재했다.

"당장 전화부터 걸어봐. 전화비는 내야 해. 우리는 자선사
업가가 아니니까."

당신도 사장님 부부가 베푸는 자선에 기대 살지 않느냐고
무심코 말할 뻔했다. 그 말을 삼키기 위해 입을 꽉 다물다가
입술 안쪽을 깨물었다.

회계 아저씨가 부상병을 나 몰라라 하고 도망치는 눈빛으
로 이쪽을 힐끗 쳐다보았다.

"그럼 회사 대표번호도 조사 안 했겠네. 회사 이름이 뭐지?"

길고 긴 회사 이름을 알려주자 덴코는 그 자리에서 104로
전화를 걸었다. 안내원이 전화를 받을 때까지 약 삼십 초 경
과. 덴코가 수화기를 손으로 가리고 물었다.

"이 회사, 도쿄 도都 안에 있어?"

"아마도."

한숨을 내쉬더니 안내원에게 말했다.

"수도권이라는 것밖에 모릅니다. 죄송해요."

이번에는 일 분쯤 지나서 답변이 있었고, 덴코는 안내원에게 감사 인사를 하고 수화기를 내려놓았다.

"그런 회사는 없어."

에이이치가 너무 큰 소리를 내는 바람에 회계 아저씨까지 뒤를 돌아다봤다. 그것이 경계선을 넘어서는 행위였던 모양인지 미스 가키모토가 침입자를 저격하듯 눈빛을 번득거리자 아저씨는 황급히 퇴각했다.

"104에 등록되지 않았대."

"말도 안 돼!"

"104는 거짓말 안 해. 요즘은 무과실, 무실점 공공서비스라던데, 몰랐냐?"

"역시 사채였군."

미스 가키모토가 내뱉듯이 말했다.

"그만두시지, 하나비시 댁 아드님. 용돈 벌겠다고 그런 패거리랑 손잡았다간 천국에도 못 간다."

아니라니까 왜 자꾸 그런 쪽이랑 연결 짓고 난리야.

"그나저나 일이 이렇게 되면 아무래도 기댈 곳은 가키모토 씨뿐이네."

덴코, 너 지금 뭔 소리야? 나는 사장님한테 부탁할 생각이었다고.

"리허빌리테이션 삼아서 해줄 수는 있지만……."

"고맙습니다."

"공짜로는 안 돼."

"하나짱이 한턱낼 거예요!"

잠깐, 잠깐, 잠깐!

"수, 수수료는 지불하겠습니다."

단순히 시선을 던지는 것뿐인데 저 여자는 왜 이리도 사람을 섬뜩하게 만드는 걸까?

"얼마?"

덴코가 손을 비비며 물었다.

"희망하시는 금액은?"

무서울 정도─등을 돌리고 앉은 회계 아저씨의 축 늘어진 목덜미 솜털이 바짝 일어설 정도─로 긴장감이 감도는 한순간이 지나고 흥, 하며 미스 가키모토가 웃었다.

"내가 부르는 게 값이지. 생각해둘게."

정신을 차리고 보니 에이이치는 밖으로 나와 있었다. 덴코에게 떠밀려 나온 모양이었다. 덴코가 다시 히죽거렸다.

"너 진짜 이상해. 대체 왜 그래? 넋이 빠져버린 것 같잖아. 역시 가키모토 씨를 너무 의식하나 보다."

의식하긴 한다. 안 할 수가 없다. 그 여자가 웃었다. 묘한 특징이 있는 웃는 얼굴은 변함이 없었다. 나는 그것을 기뻐하고 있었다.

언제였던가, 텔레비전 드라마에서 수수한 조연 연기를 아주 잘하는 배우가 이런 대사를 한 적이 있다.

—인생에서 가장 중요하고도 가장 어려운 일은 '기다리는 것'이다.

극적으로 꽤나 고조된 장면이었으니 일종의 결정적인 대사였을 것이다. 하지만 당시에는 그저 흐음, 하고 지나쳤을 뿐이다. 기다리는 건 간단한데, 그게 그렇게 대단한가?

그런데 그 말을 조금은 실감할 수 있었다. 사흘이 지나고 나흘이 지나도 미스 가키모토에게는 아무런 연락도 오지 않았다.

사나흘은 너무 빠르다 싶기도 했지만, 다음 주로 넘어갈 경우에는 어떻게 대처해야 할지 망설여졌다. 전화해볼까? 전화라면 그 날카로운 시선에 꽂히는 일도 없겠지. 바보 같다는 소리를 듣더라도 목소리뿐이니 대화를 주고받기도 편할 것이다.

그런데 나에게 과연 재촉할 권리가 있을까? 아니, 그보다 그 사람은 정말 조사해줄 마음이나 있을까? 그런 일에는 신경 쓸 수 없는 상황에 또다시 빠져드는 건 아닐까? 자살 미수는 습관이 된다던데. 실제로도 이번이 처음은 아닌 것 같고.

내가 지금 걱정하는 건가, 하는 생각이 들자 도저히는 아니지만 전화를 걸 수 없었다. 조사의 진행 상황을 묻기 위해 연락해놓고서 당신 상태는 어떠냐며 안 해도 될 말까지 물어볼 것 같은 기분이 들었기 때문이다. 분명 물어보고 말 것이다. 아무튼 나는 산 제물 제비뽑기에도 맨 먼저 뽑힐 확률이 백 퍼센트니까.

과연, 기다리는 일은 어렵다.

그러고 보니 기다리는 일이 하나 더 있었다. '둥지 속의 히요코'짱이다. 탄빵이 아직까지 소개해주지 않았다. 그 녀석, 잊어버린 거 아냐? 나중에는 어머니 아이디로 로그인해서 템파라의 'Hiyoko at Home'을 구경해볼까 하는 마음이 들기도 했다. 단지 그 목적만으로 회원이 된다면 좀 쑥스럽겠지만, 있는 것을 이용하는 정도라면 수치심도 체감 한도 내로 수습할 수 있을 것이다. 어차피 어머니는 별 의욕이 없어서 단지 회비만 낼 뿐이다. 아깝다.

흐음, 그러나……

SNS 시스템에서는 누가 자기 블로그를 보러 왔는지, 블로거가 확인할 수 있다. 어머니 하나비시 교코花菱京子는 '하나花'에 '교京'가 '교토京都'를 연상시켜 '화사한 플라워'라는 뻔뻔한 대화명을 쓰고 있긴 하지만 나이나 남편이나 자식에 관해서는 정직하게 썼다. 둥지 속의 히요코짱은 낯선 아줌마가 내 블로그를 왜 보러 왔을까 이상하게 여길 것이다. 이상하게 여기는 것만으로 끝난다면 상관없겠지만, 소개받아 일이 잘 풀린 후에 그 사실이 들통 나면 상황이 어색해진다. 내성적인가 봐, 하며 그냥 넘어갈 거라고 확신할 순 없다.

음흉한 녀석.

그렇게 생각해도 변명할 길이 없다.

에이이치는 목욕을 마치고 목욕 수건을 머리에 들쓴 채, 벌레잡이 등燈에 이끌리듯 일 층 거실 옆의 다다미 석 장쯤 되는 작은 마루방으로 들어갔다. 세련된 표현을 쓰자면 하나비시 가의 유틸리티 룸으로, 컴퓨터와 약간의 수리 도구, 다리미 등을 넣어두는 방이다.

컴퓨터 책상에 아버지가 앉아 있었다. 액정 화면 불빛에만 의지해 얼굴을 바짝 갖다 붙이고 열심히 키보드를 두드리는 중이었다. 이 방에는 창이 없는데, 그도 그럴 것이 원래는 암실이었기 때문이다. 벽에 수도꼭지도 남아 있었다. 리폼할 때 오브제 같아서 재미있다며 아버지가 그대로 남겨두었다.

에이이치는 천장의 형광등을 켰다.

"눈 나빠져요."

"어어, 고맙다."

마우스 옆에 뚜껑을 딴 캔 맥주가 놓여 있었다. 아버지는 벌써 파자마 바람이었다.

"이메일?"

"응, 볼링부 연락."

아버지는 회사 볼링 동호회에 소속되어 있고, 한 달에 두 번 연습 모임을 즐긴다. 올해 간사로 뽑혔다고 했던가?

"그게 회사 연락용 게시판인가 뭔가 하는 거예요?"

"그렇지."

"아버지는 SNS 같은 건 안 하나?"

"엄마가 하는 거 말이지?"

문장이 완성되었는지 보내기 버튼을 누르고 아버지가 뒤를 돌아보았다.

"응. 템파라."

"필요 없어. 이거면 충분해. 아, 볼링부 동료 중에는 하는 사람이 있더라. 가을 대회 상황을 사진에 담아서 올렸지."

"그럴 때는 구성원 모두한테 허가를 받나?"

아버지가 고개를 갸웃거렸다. 콧등에 걸려 있던 안경이 미

끄러져 내렸다. 컴퓨터용 보안경이다. 아직 돋보기는 필요치
않다.

"일일이 허가받을 필요는 없겠지? 모두들 아는 일이고 즐
거운 관심사니까."

흐응, 하며 에이이치는 어머니의 다리미대에 살짝 걸터앉
았다. 이 유틸리티 룸 덕분에 입식 다리미대를 늘 꺼내놓을
수 있다며 어머니는 기뻐했다.

"템파라가 무슨 말의 약자지?"

퍼뜩 떠오르지 않는지 잠시 생각한 후에 아버지가 대답했다.

"천연 파라다이스."

확실하게 틀린 답 같았다.

"템퍼러리 파라다이스였나?"

그렇게 말을 더하고는 웃으며 안경을 추켜올린다.

"하나짱도 흥미 있니?"

"난 휴대전화 문자로도 충분해요."

지금으로써는 아버지도 어머니도 SNS에 올라간 고구레
사진관 정보는 모르는 듯했다.

"쓸래?"

아버지가 컴퓨터를 가리키며 물었다. 아, 참! 인터넷으로
동방 테크니컬 크리에이션 & 어렌지먼트를 조사하는 방법

고구레
사진관 (상)

이 있었지.

"회사 하나만 검색해주실래요?"

익숙한 일이라 아버지는 척척 컴퓨터를 조작했다. 하지만 관련 자료는 뜨지 않았다.

"회사 이름이 다른 거 아냐?"

"그게 아니라 이 회사, 104에도 등록이 안 됐어요. 분명히 삼 년 전에는 있었던 회사인데."

아버지가 눈을 끔벅거렸다.

"도산했으면 설령 홈페이지가 있었어도 폐쇄됐겠지."

역시 그럴까?

"무슨 회사야?"

설명을 해주자, 아버지는 캔 맥주를 손에 들고 말했다.

"왠지 좀 수상쩍은 조직이로군."

"정보가 새거나 하면 한 방에 끝장날 것 같다고 나도 생각했어요."

"아니, 아니, 그런 문제 이전에."

아버지가 캔 맥주를 흔들자 액체가 출렁이는 소리가 들렸다.

"상업적으로 성립할 수 있을까, 그런 회사가?"

"성립했다던데, 외국자본 계열로."

"독립된 기업이라기보다 실험적인 부문이었겠지. 니치 비즈니스잖아."

틈새시장을 노린다는 뜻이다.

"우리도 제조업이지만, 그런 에이전트는 상담하러 찾아와도 일단 상대를 안 해."

아버지도 정밀기계 부품 제조업체에 다니는 직장인이다. 자식으로서 이래도 되나 싶지만 지금까지 그런 생각을 떠올리지 못했다.

"너무 위험해."

"가만있으면 영원히 못 만날 수도 있는 뛰어난 기술을 소개해줄지도 모르는데?"

"그런 걸 기대하느니 차라리 자기 회사 기술 개발에 예산을 쓰지."

현장에서 일하는 사람이 하는 말이니 에이이치의 상상보다는 현실적일 게 틀림없다.

"제조업의 경우, 아웃소싱을 해도 되는 부문과 절대 해서는 안 되는 부문이 있어. 기술 개발은 절대 해서는 안 되는 부문의 필두지."

이유가 뭘까? 에이이치는 물었다.

"그럼 한 가지 여쭙겠습니다만, 아버지가 근무하는 총무

쪽은 어때요? 맨 먼저 아웃소싱 당할 것 같은 느낌이 드는데, 내가 괜한 걱정을 미리 하는 건가?"

아버지가 별안간 하하하, 큰 소리로 웃어젖혔다.

"하나짱, 그건 괜한 걱정을 미리 하는 게 아니라 이미 지나가버린 걱정이야."

응?

"우리도 한 번 있었어. 십 년 전에, 하나짱이 초등학교에 들어간 해였지. ……후코가 태어난 해였고. 그렇잖아도 잊어버릴 수 없는 우리 가정의 크라이시스였지만, 그래서 더더욱 선명하게 기억해. 간신히 둘째 아이를 얻었다고 기뻐했는데 가장이 실직하느냐 마느냐 하는 기로에 놓였으니까."

"위험했어요?"

"잘리지는 않았지만 창고에서 일했지. 일 년 동안."

에이이치는 전혀 기억이 없었다.

"일 년 뒤에는 제자리로 돌아왔고?"

"회장 명령으로 총무과가 부활했으니까."

다행히 부활시켜준 것이다.

"운이 좋았네."

"운이 아니야, 당시 회장이 훌륭했던 거지."

하나비시 히데오가 근무하는 회사는 이른바 동족회사다.

상장은 했지만 주식의 과반수를 경영자 일가가 보유하고 있었다.

"아웃소싱에 따른 업무 개혁은 사장이 제안한 안건이었고, 회장이 그것을 철회시켰지. 사장의 아버님이야."

총무—회사의 내정—를 아웃소싱, 다시 말해 외부에 위탁하자마자 사내에 불상사가 빈번하게 일어났다고 한다.

"횡령 사건도 있었고 정보가 새는 일도 생겼지. 요즘 세상 같으면 매스컴을 모아놓고 사죄 기자회견을 해야 할 정도의 규모였어."

"이유가 뭐지? 그게 총무 아웃소싱이랑 무슨 관계라도 있나?"

당연히 있지, 하며 하나비시 히데오가 캔 맥주를 비우고 나서 엄숙하게 말했다.

"회사의 총무는 가정의 주부 같은 존재야. 주부가 매일 바뀐다면 어떨까? 낯선 회사에서 계약하고 파견 나온 사람이라 요리 양념도 빨래 개는 방식도 청소하는 방법도 쉴 새 없이 바뀌겠지? 그래서야 안정감이 없잖아. 회사도 마찬가지야. 기강이 흐트러지고 기풍이 거칠어지지. 부모가 흔들리면 아이들이 빗나가는 거나 같아."

그것은 죽음에 이르는 만병의 근원이라고 당시 회장이 사장을 호되게 꾸짖었다고 한다.

"그래서 그 후로 총무는 평안하고 태평하다?"

"물론 백 퍼센트는 아니지만. 인사人事에는 인재 육성 어쩌고저쩌고하는 에이전트 회사도 들어와 있어. 그렇지만 전면적으로 맡기진 않아. 경리도 마찬가지라 외부 감사기관이 눈을 번뜩이고 있지."

"그렇다면 아버지 회사는 어떤 부문도 아웃소싱 할 수가 없겠네."

"그렇진 않아. 재고관리, 유통, 광고, 홍보, 그런 쪽은 외부 프로한테 맡기는 게 효율적이거든. 실제로 그렇게 하고 있고."

아버지는 기분이 좋아 보였다.

"하나짱도 이제 회사에 흥미를 갖기 시작할 나이가 됐구나. 장래 희망 같은 게 생겼니?"

"나, 사진관이나 할까?"

비꼬는 투로 던진 말인데, 아버지에게는 통하지 않았다. 얼굴이 환하게 빛나서 '그것도 좋지.' 하며 맥주 트림을 했다.

"고구레 씨도 틀림없이 기뻐할 거다."

"아버지."

에이이치가 싸늘하게 말했다.

"농담이거든."

"이 집에 고구레 씨의 유령이 나온다는 소문이 있던데, 알

왔니?"

아버지도 알고 있었단 말이야?

"난 아직 본 적이 없어. 엄마도 피카도 없대. 둘 다 기대가 커. 언제쯤 만날 수 있을까 하면서."

"목욕하고 나와서 감기 들지 모르니까 먼저 잘게요."

목욕 수건으로 머리를 털면서 계단을 올라가는 동안 생각해봤다. 지난번에 벽장 속에 피카를 가뒀을 때, 녀석이 그렇게 무서워했던 이유는 고구레 씨 유령의 소문을 들었기 때문일까?

그렇다면 '기대가 클 리'는 없겠지.

8

사이타미 시 주오 구 아케보노타이라초, 도모다장 205호. 가장 가까운 역은 기타우라와.

달랑 용건뿐. 가키모토 씨는 제목도 없이 덴코 앞으로 메일을 보내왔다.

"하나짱은 가키모토 씨한테 휴대전화 번호도 메일 주소도 안 가르쳐줬더라."

에이이치는 탄빵과 상의해서 기습 공격 실행일을 1월 31일로 결정했다. 토요일이다. 동방 테크니컬이 정말로 도산했다고 해도 아다치 후미히코가 그 후로 계속 실직 상태라고 보긴 어렵다. 어딘가에서 일하고 있겠지. 그래도 주말에는 집에 있을 것이다.

때마침 월말이라 일을 마무리 짓기에도 좋은 시기였다. 새해가 밝자마자 난데없이 떨어져 내린 의뢰― 재난, 달이 바뀌기 전에 정리해버리자.

"요일보다 큰 문제가 있다는 걸 잊은 거 아냐? 상대는 두 사람이야. 아다치 씨 집의 문을 딩동 하고 울리면 네에, 하고 나올 사람은 아다치 씨의 옛 여자 친구이자 지금의 아내라고. 뭐라고 핑계를 댈 거니?"

탄빵이 지적했다.

"그때그때 운에 맡길 수밖에 없으니 어떻게든 되겠지."

"내 생각에 아다치 씨의 옛 여자 친구이자 지금의 아내는 상당히 점착질일 것 같아. 그렇게 쉽사리 자리를 비켜주진 않을 텐데."

말만 들어보면 불안한 것 같은데 탄빵은 대담하게도 미소를 머금고 있었다. 옛 여자 친구이자 지금의 아내와 대결하고 싫어서 견딜 수가 없는 모양이었다.

"괜한 짓은 하지 마라."

에이이치는 못을 박아둘 수밖에 없었다.

덴코는 이번에도 '난 패스.'라고 했다.

"이번 토요일은 피카짱을 돕기로 약속했어."

"뭘 도와?"

"비, 밀!"

그날 에이이치가 집을 나서려고 현관문을 연 순간, 정말로 덴코가 찾아왔다.

"내가 집에 없는 동안 무슨 짓을 할 꿍꿍이들이야?"

"드디어 그날이 왔네. 자, 다녀오시죠."

덴코에게 무슨 말을 듣고 무슨 착각을 했는지 어머니가 도시락을 가지고 가라고 성화를 부려서, 에이이치는 그쯤에서 추궁을 멈출 수밖에 없었다.

역에서 탄빵을 만나자마자 무심코 푸념을 늘어놓는 에이이치를 보고 탄빵이 웃었다.

"너, 덴코랑 피카짱이 친해서 질투하는 거지?"

추억의 만화 속에 나오는 초등학생처럼 '아니라니까!'라고 되받아치고 싶었지만, 완전히 틀린 말은 아닌 것 같기도 했다.

"피카 녀석은 덴코를 존경해."

나한테는 형이라고 부르지도 않으면서.

"덴코는 왜 그렇게 인기가 많을까?"

몰라, 탄빵이 곧바로 대답했다. 에이이치가 머쓱해하자 왜
그런지 모르고 생각해본 적도 없다고 다시 말했다. 큰 차이는
없었다.

"솔직하네."

"모르는 걸 그럴듯하게 꾸며 말해본들 아무 소용도 없잖아."

"고등학교 입시 때, 덴코가 동시에 지원했던 수준이 한참
낮은 사립학교에 떨어졌다는 얘기 들었지? 그거 면접에서 떨
어진 거래."

우리 학교를 지망한 동기는 무엇입니까? 네, 일 지망에서
떨어질 때를 대비한 이 지망일 뿐입니다.

"일 지망에서 붙었으니 다행이지, 뭐."

새치름해져서 콧등을 차 안 광고로 돌리나 싶더니, 어느새
차광기토우로 변해 있었다.

"같이 전차 타니까 생각난다."

게다가 곁눈질까지 하니 더 무서웠다.

"물어봐도 돼?"

무슨 말인지 짐작이 가서 에이이치가 말했다.

"다른 사람이었어. 내가 잘못 본 거야."

세계의 뒷마루 373

탄빵이 눈을 떴다.

"아는 사람은 반창고 준 아주머니였어. 이웃에 사는 사람이었지."

"쳇, 거짓말."

그러더니 탄빵은 웃음을 터뜨렸다.

"그래도 괜찮아. 요컨대 물어보면 안 되는 질문이라는 거지? 몰라도 괜찮아."

진심 같았다.

"우리 엄마는 그 역에서 벌어진 사건 이후로 엄청 감동했어."

"사진 메일 보내려던 녀석을 네가 때려주려 했던 게 훌륭해서?"

"하나짱이 날 집에까지 데려다 준 거랑 그 반창고 아줌마 때문이야. 이래저래 뒤숭숭한 세상이지만 아직은 친절한 사람도 많다는 거지."

그렇게 말하면서 탄빵은 자기 무릎을 슬쩍 어루만졌다. 오늘은 청바지를 입고 있었다.

"역무원들도 마찬가지야. 걷지 못하는 여자를 업었잖아."

"그게 일이니까."

"일이면 들것을 사용했겠지. 그 사람은 자기도 모르게 등을 내민 거야. 따뜻한 마음을 가진 역무원이었던 거라고."

그때와 마찬가지로 아래를 내려다보자 에이이치의 입에서 또다시 말이 저절로 흘러나왔다.

"그 여자에게 그런 따뜻한 마음이 제대로 전해졌을지 어떨지."

탄빵이 곁눈질 차광기토우로 되돌아갔다.

"하나짱, 네가 장래에 어떤 일을 선택할지는 모르지만 하나만 충고할게. 스파이는 절대 하지 마. 적성에 안 맞아."

알겠습니다, 대답하고 에이이치는 입을 다물었다.

전차를 타고 가는 동안, 탄빵은 혼자서 이런저런 얘기를 늘어놓았다. 차 안의 광고는 마침 여성지 최신호로 가득해서 만만한 화제는 부족함이 없었다. 저 옷이 예쁘다는 둥, 저 모델은 성숙해 보이는데 하나짱은 저런 타입을 좋으냐는 둥, 에이이치가 건성으로 대답해도 혹은 대답을 안 해도 즐거운 듯이 재잘거렸다. 아침부터 강한 북풍이 구름을 말끔히 날려버린 덕분에 창밖의 날씨는 화창했다. 투명한 파란 하늘에 지지 않을 만큼 탄빵의 얼굴도 밝았다.

역 앞 풍경은 어디나 비슷비슷하다. 어디를 가든 그런 감상이 든다. 이 나라가 그런 나라이기 때문이다. 풍요로운 나라는 어디나 그렇다. 그런 생각을 하던 중에 도모다장을 발견했다.

인식이 바뀌었다.

탄빵은 입을 반쯤 벌린 채 도모다장을 올려다보며 우두커니 서 있었다.

"우리는 한 번도 이사한 적이 없어서 모르지만, 이런 걸 세낼 때도 부동산에서 수수료를 받나?"

"실례되는 말 하지 마. 방도 다 찬 것 같은데."

창문마다 널어놓은 빨래가 팔랑거리고 있었다.

도모다장은 이 층짜리 목조 아파트였다. 한눈에도 목조건물이란 걸 알아볼 수 있었다. 외벽에 모르타르도 타일도 없다. 옛날 영화에 나오는 하숙집 같았다. 사전 정보 없이 갑자기 이 건물을 본다면 쇼와 시대 회고 붐을 타고 제작 중인 드라마 세트라고 생각할 것이다.

입구 미닫이문 옆에 붙여둔 알루미늄 편지함은 튼튼해 보이긴 했지만 상당히 많이 비뚤어져 있었다. 그 무게를 지탱하지 못한 듯 벽에 붙인 널빤지가 들떠 있다. 복도는 콘크리트가 훤히 드러났고, 일이 층에 다섯 개씩, 색을 안 입히는 게 오히려 나을 것 같은 칙칙하고 짙은 초록색의 싸구려 나뭇진 문이 정렬해 있었다. 인터폰은 없었다. 대신에 만두에 돌기가 붙은 것처럼 생긴 버저가, 리폼하기 전의 고구레 사진관과 똑같이 달려 있었다. 에어컨 실외기도 보이지 않았다. 현관문 옆 창문에 배수용 호스를 늘어뜨린 환풍기를 단 집이 하나, 둘.

담배 가게와 편의점은 있지만 나머지는 온통 주택뿐인 마을이었다. 아파트 앞길은 일 차선 일방통행이고 콘크리트에 찍힌 '어린이 보호구역' 페인트가 흐릿하게 벗겨져 있었다.

두 사람은 녹이 슬어 삐걱거리는 바깥 계단을 따라 이 층으로 올라갔다. 북풍이 매섭게 불어닥쳐 탄빵의 머리칼이 휘날렸다. 탄빵은 뒤에서 에이이치의 모자 달린 외투 자락을 꽉 움켜쥐고 있었다.

"난 조금 무서워."

자진 신고했던 대로 겁쟁이였다.

"그나마 한겨울이라 다행이야. 여름이었으면 소름 끼치는 온갖 벌레들까지 들끓었을 것 같아."

목적지인 문은 복도 제일 끝이었다. 방 번호를 문에 직접 비닐 테이프로 만들어 붙여놓았다. 주인—추정, 도모다 씨—이 했을까, 부동산에서 했을까? 꽤나 손재주 있는 기술이었지만 빈티 나는 느낌은 부정할 수 없었다. 덧붙여 말하자면, 가난은 조금도 나쁜 게 아니지만 빈티가 나면 안 된다는 게 덴코 아버지의 지론이다.

205호 표시는 '2 5'. 숫자 옆에 누렇게 퇴색하고 가장자리가 찢어진 명함 한 장이 아무렇게나 찢은 테이프로 붙여져 있었다.

주식회사 모리나가 지업사 업무부 아다치 후미히코.

주소와 전화번호 밑에 웃는 얼굴 일러스트가 붙어 있다.
그리고 광고 문구.

종이 제품 가공·제작, 성의 있는 가격으로 맡아드립니다.

그 지저분한 명함에서 성의를 느끼긴 어려웠다. 말해두지
만, 모리나가 지업사의 성의가 아니라 명함을 이런 식으로 사
용하는 아다치 후미히코의 자기 삶에 대한 성의 얘기다.

205호 창문에는 환풍기가 없었다.

"신혼에 이런 데서 살라고 하면 난 바로 헤어질 거야. 틀림
없어. 속공으로 이혼해."

"결혼한 지 삼 년인데, 신혼인가?"

탄빵이 에이이치의 모자를 잡아당겼다.

"말꼬리 잡지 마. 하나짱, 정말……."

기세를 꺾는 발언이 나오기 전에 에이이치가 서둘러 만두
모양 버저를 꾹 눌렀다. 탄빵은 에이이치가 결단코 되돌릴 수
없는 죄—이를테면 자전거로 유치원 아이를 치고 도망쳤다
거나—를 저질렀다는 듯이 아아, 탄식했다.

네, 하는 남자 목소리가 들려왔다. 곧 누군가 가까이 다가
오는 기척이 느껴졌고, 칙칙한 녹색 문의 둥그런 알루미늄 손

잡이가 돌아갔다. 에이이치는 옆으로 비켜서서 기다렸다. 안에서 얼굴을 내미는 남자와 정면으로 대치하기 위해.

문이 열렸다.

숱한 복장—작업복과 이 겨울에 알로하셔츠를 포함해서—과 용모—장발에 수염 혹은 컬러 콘택트렌즈 등—를 상상했지만, 이제 막 고등학교 일 학년 삼 학기가 시작된 틴에이저의 상상력에는 한계가 있게 마련이고 아다치 후미히코는 그 한계점을 한발 넘어섰⋯⋯다기보다 아예 벗어나 있었다.

대형 아웃렛에서 산 듯한 검은 터틀넥 스웨터와 구깃구깃한 청바지에 검은 양말. 한겨울 햇살에 반짝반짝 빛나는 스킨헤드. 웃음이 나올 정도였다. 우리는 사회 과목 견학으로 휴일에 주지 스님을 방문했습니다.

"무슨 일이지?"

문손잡이를 잡은 채로 스킨헤드가 고개를 갸웃거렸다. 둥그런 눈. 살짝 매부리코. 입매는 처져 있었다. 이런 입매를 가진 사람은 —덴코 아버지의 경험적 인상학에 따르자면— 내기나 인기 직업에는 맞지 않는다.

에이이치는 아무 말도 못 하고, 대신에 어깨에 걸친 가방의 주머니를 열었다. 그리고 문제의 사진을 꺼내 각도가 잘

맞도록 살짝 방향을 틀어서 상대의 코앞에 들이밀었다—나중에 탄빵에게 '드라마에 나오는 형사가 용의자에게 경찰 신분증을 보여주는 것 같았지.'라는 말을 들었다.

"이 사진 건으로 찾아왔습니다."

실내는 깔끔하게 정리되어 있었고 청소도 꼼꼼하게 한 상태였다. 낡고 초라한 집이었지만 겉에서 볼 때보다는 훨씬 살기 편할 듯했다. 다다미 여섯 장짜리 방, 마룻바닥 부엌이 그 절반 정도 넓이였다. 가구는 적었다.

부엌 탁자는 사 인용이었지만 의자는 두 개뿐이었다. 아다치 후미히코는 에이이치와 탄빵에게 그 의자를 권하고 자기는 한쪽 구석에서 발판을 끌어와 앉았다. 그렇게 자리를 잡으니, 보통 체형인데도 에이이치보다 머리 하나쯤은 낮게 보였다. 탁자에는 빨간색과 하얀색으로 체크무늬가 그려진 비닐 커버가 덮여 있었다.

맨 먼저 물었다.

"혼자 사십니까?"

아다치 씨가 되물었다.

"왜 그런 걸 묻지?"

"짐작은 하시겠지만, 아다치 씨 이외의 분에게는 들려주고 싶지 않은 용건입니다. 특히 부인께는."

"그런 걱정은 할 필요 없어. 보이는 그대로니까."

아다치 씨는 살짝 부끄러워하는 표정을 지었다. 혼자 사는 걸 부끄러워하는 걸까, 낡은 아파트를 부끄러워하는 걸까?

"결혼 안 하셨어요? 아니면 헤어졌어요?"

탄빵의 눈이 반짝반짝 빛났다. 세상사에는 순서라는 게 있는 법이야, 데라우치.

에이이치는 지금까지의 경위를 설명했다. 오래 걸리는 얘기는 아니었다. 아다치 씨는 발판 위에 오도카니 앉아 있었다. 가와이 기미에의 이름을 들었을 때도 눈에 띄는 반응은 없었다. 입술을 살짝 벌리고 등을 구부린 채 앉아만 있었다. 위에서 내려다보이는 매끈매끈한 머리는 지방질이 감돌아서 아주 젊어 보였다. 한데, 이 사람에게는 이런 초라한 자세가 썩 잘 어울렸다. 계속 그렇게 살아와서 완전히 몸에 배어버린 것처럼.

하지만 에이이치가 얘기를 다 끝내자마자 상황이 변했다. 아다치 씨는 안절부절못하며 움직이기 시작했다. 물을 끓여 인스턴트커피를 타고, 신문을 치우고, 전기난로 온도를 조절하고, 살짝 열려 있던 창문을 닫으러 가고, 다시 열고, 텔레비전 리모컨 위치를 바꾸고…… 그리고 다시 발판 옆으로 돌아와 웅크려 앉더니 발판 뚜껑을 열었다. 작은 수납공간이 나왔다. 그 안에서 꺼낸 것은 걸레였다. 그것을 현관 쪽으로 들고 가더니 신발장 옆에 붙은 고리에 걸었다.

거기까지 하자 아무래도 더 이상 할 일은 사라진 모양이다. 이제야 겨우 안정을 찾나 싶었는데 다시 일어서더니 이번에는 안쪽 방 어딘가에서 털모자를 꺼내 와 가볍게 머리에 썼다. 그리고 줄곧 어이없어하며 바라보고 있던 탄빵과 시선이 마주치자 말했다.

"집이 좀 춥지?"

"그럼 머리를 기르면 되잖아요."

응, 하며 아다치 씨는 모자를 잡아당겼다. 귀가 반쯤 가려졌다.

"그런데 한번 이렇게 하니까 머리가 길면 답답해."

"직접 깎아요?"

"설마. 미장원에서 깎지. 돈도 노력도 꽤 들어."

에이이치는 팔짱을 끼고 망연자실한 표정을 지으려고 해봤다. 부모님을 상대로 그쪽은 꽤 연마해왔다. 해봐야 보람도 없지만.

"괜찮으세요?"

"으음. 괜찮아."

아다치 씨는 얌전한 표정으로 고개를 끄덕이며 어깨를 움츠렸다. 눈동자가 움직였다. 탁자 위, 에이이치가 컵과 컵 사이에 올려둔 사진은 보려 하지 않았다. 그러면서도 그 위로 시선을 통과시키긴 했다. 오락가락. 오락가락. 게다가 안절부절못하고 쓸데없이 양손을 계속 움직여서 그 모습을 내려다보는 위치가 된 에이이치는 축제 때의 금붕어 건지기 장수라도 된 기분이었다.

"너희 말이야."

아다치 씨의 시선이 사진에서 체크무늬 세 칸 정도 오른쪽으로 비켜난 곳에서 멈췄다. 에이이치도 탄빵도 긴장했다.

"……만나고 온 거 맞지?"

"만나 뵙고 왔어요."

꾸며낸 얘기가 아니라고 탄빵이 말했다. 아다치 씨는 고개를 들고 탄빵과 시선을 마주치더니 고개를 끄덕였다. 그리고 또다시 모자를 끌어당긴 다음, '그렇군.' 하고 되뇌며 체크무늬 다섯 칸쯤 위로 시선을 옮겼다.

"기미짱은 건강해?"

그 물음도 예상 밖이었다. 기미에 씨라거나 가와이 씨, 그 사람 혹은 그녀, 그런 호칭을 쓸 줄 알았는데 '기미짱'이라고?

에이이치는 카운터블로를 한 방 먹어야겠다는 느낌이 들

어서 대답했다.

"건강해요. 그런데 아버님은 작년 가을에 돌아가셨어요."

아다치 씨가 툭, 고개를 떨어뜨렸다. 목덜미가 축 늘어졌다. 스킨헤드를 하면 머리가 움직일 때 목 근육의 움직임까지 보이는구나.

"아버님이 돌아가시다니."

뿜어낸 숨결에 싸구려 비닐 커버가 뿌옇게 흐려졌다. 안절부절못하던 두 손의 움직임이 멎었다.

"뇌경색으로 쓰러져서 자리에 누웠던 건 알고 있었어요?"

아다치 씨의 손이 바르르 떨리기 시작했다.

"언제 쓰러지셨는데?"

"당신이 기미에 씨랑 헤어지고 반년도 안 지나서요."

아다치 씨의 이마가 탁자에 딱 붙고 말았다.

"그때부터 계속 입원해 있었고, 돌아가신 이유는 폐렴 때문이라고 들었어요."

"기미에 씨, 지금 어머님이랑 둘이 살아요."

탄빵이 끼어들었다.

"요코하마에 있는 백화점에서 근무하고요."

에이이치는 탁자 밑으로 탄빵의 발등을 밟았다. 신발을 안 신었으니 젠틀한 거다. 그런데도 탄빵은 '왜 그래?' 하고 덤벼

고구레
사진관 상

들듯이 말했다. 진짜 제멋대로다.

아다치 씨가 벌떡 일어서면서 모자를 획 잡아당겼다. 오른쪽만 잡아당긴 탓에 왼쪽은 위로 치켜 올라가버렸다. 이제는 얼굴 전체가 바들바들 떨리고 있다. 떨린다기보다 흔들리는 듯한 목소리로 아다치 씨가 탄빵에게 물었다.

"너희는 나한테 대체 무슨 말을 듣고 싶은 거지?"

이 사람은 아까부터 어떻게든 에이이치와는 시선을 마주치지 않으려는 듯했다. 검찰관은 무섭지만 검찰 사무관은 무섭지 않다는 건가? 이 사무관, 사실은 진짜 무서운데.

"그래서 아까 설명했잖아요."

"이 사진에 관한 건 나도 몰라. 그게 아니면……."

다시 모자를 잡아당긴다. 마침내 모자가 스르륵 벗겨져버렸다. 아다치 씨는 머리 가죽이라도 벗겨진 것처럼 모자를 바라보더니 간신히 탁자 한쪽에 올려놓았다.

"내가 무슨 다른 생각이 있어서 이런 장난 사진을 꾸며냈다고 생각하는 건가?"

"기미짱은 그런 생각이 전혀 없는 것 같진 않았어요."

탄빵이 에이이치에게로 시선을 홱 돌렸다.

"아니지, 그런 표현은 공정하지 않아."

"아다치 씨의 마음이 찍힌 게 아닐까 생각하고 있어요. 염사라고 하는데, 메이지 시대부터 잘 알려진 현상이죠."

탄빵의 얘기─이번에는 너도 남의 얘기를 자기 얘기인 양 떠드네─를 아다치 씨는 눈을 둥그렇게 뜨고 들었다. 도중에 또다시 모자를 집어 들고 구겼다 펼치고, 구겼다가 또 펼쳤다. 울툭불툭하고 손바닥이 넓고 손톱도 큰 손이었다. 가와이 선배의 자그마한 손과는 대조적이다. 두 사람이 손을 잡고 걸으면 가와이 선배의 손은 저 손 안에 쏙 들어가서 보이지도 않겠지.

"난 그런 건 잘 모르는데, 너희는 많이 아니? 연구를 하나?"

"어쩌다 보니 알게 되긴 했지만 연구한 건 아닙니다."

"어쨌든 이런 현상이 일어날 수도 있다고 인정하는 거네. 트릭 사진이 아니고."

"트릭이면 트릭이라고 자백해주시면 수고가 덜 되겠죠. 서로가."

그렇게 말하는데, 얼굴 한쪽이 흠칫했다. 돌아보니 옆자리의 탄빵이 차광기토우로 변해 있었다. 분명 그건 우주인의 모습을 본뜬 거라는 설이 있었던 것 같은데, 난 새로운 학설을 제시하고 싶다. 그 모델은 사녀蛇女나 거미녀라고.

"아다치 씨, 삼 년 전에 이 사진을 처음 봤을 때 얼굴색이 변했다면서요?"

아다치 씨가 그제야 시선을 들어 에이이치를 바라보았다.

"그러는 너도 왠지 얼굴색이 변한 것 같은데."

탄빵이 빙그레 웃으며 가슴 앞으로 팔짱을 끼었다. 그리고 흐흥, 하고 웃었다.

"어쨌거나!"

에이이치는 목소리를 높였다.

"그건 좀 수상하잖아요? 왜 얼굴색이 변했죠?"

"그래서 내가 무슨 조작이라도 했다는 뜻인가?"

"보통은 그런 생각이 들지 않을까요?"

"염사라는 현상보다는 현실적이군."

아다치 씨의 시선이 또다시 이리저리 방황했다. 이번에는 탁자 커버만이 아니고 방 안 전체를 헤매었고, 결국 부엌에 설치된 오래된 순간온수기 언저리에서 멎었다.

"나도 나름대로 다양한 경우를 상상해봤지만, 설마 너희 같은 어린애들한테 추궁당할 줄이야⋯⋯."

"상상이라뇨?"

탄빵이 곧바로 물었다. 속도는 빨랐지만 말투가 부드러웠다.

"언젠가 누군가에게 이 얘기를 할 때가 오면 어떤 상황일까 하는 상상."

에이이치는 기시감을 느꼈다. 마치 시간이 되감긴 듯한, 현

기증이 날 정도로 생생한 회상. 히비야의 찻집에서 야마노 리에코가 입을 열기 시작한 순간, 사진에 대한 감사 인사로 숨겨진 내막을 밝혀줄까, 하고 말했던 그때.

사람은 누구나 말하고 싶어 한다. 비밀을. 무거운 짐을.

언제라도 좋은 건 아니다. 누구라도 좋은 것도 아니다. 때와 상대를 가리지 않는 비밀은 비밀이 아니기 때문이다. 그러나 선택되는 때와 대상에 기준은 없다. 등을 돌리고 앉은 운전기사라도 좋고 어느 날 들이닥친 고등학생 두 명이라도 좋다. 그 모든 것은 마땅히 밝혀져야 할 비밀 쪽 상황이 결정한다. 흘수선을 넘어섰을 때, 쌓이고 쌓인 침묵의 마지막 지푸라기 하나가 낙타의 등뼈를 부러뜨렸을 때.

"아다치 씨도 이 사진을 가지고 있어요?"

에이이치가 묻자, 어렴풋이 예상했던 대로 아다치 씨는 고개를 저었다.

"나한테는 없어. 하지만 그 사진을 잊은 적도 없지."

둥그런 눈이 또다시 쉴 새 없이 체크무늬 칸을 헤아렸다. 두 손만이 아니라 온몸을 다리 떨듯 달달 떨면서, 아다치 씨는 물었다.

"염사라는 거, 아무나 할 수 있는 일은 아니지? 특수한 능력이 필요한 거지?"

"뭐, 일단은 그런 설이 있는 것 같아요."

"그럼 나는 그런 능력이 있는 사람인가 보군."

탄빵이 평범한 곁눈질로 돌아와서 에이이치에게 사인을
보냈다. 얘기가 이렇게 흘러가도 괜찮아? 초점에서 벗어난
거 아냐?

에이이치는 무시하는 것으로 대답을 대신했다. 그리고 아
다치 씨에게서 시선을 떼지 않은 채 물었다.

"왜 그렇게 생각해요?"

"비슷한 일이 한 번 더 있었으니까."

'충격적인 고백'이라고 해야 할까?

"보고 싶니?"

아다치 씨는 당돌하게 묻더니 대답도 기다리지도 않고 일
어섰다. 안쪽 방으로 들어가 조그만 텔레비전을 올려놓은 싸
구려 합판 탁자의 서랍을 열었다. 에이이치가 앉은 곳에서는
서랍 속까지 보이지 않았지만, 그가 꺼낸 물건이 무엇인지는
금방 알아볼 수 있었다.

작고 가벼운 사진 액자였다.

"이거야. 한번 봐."

아다치 씨가 건넨 액자에는 스냅사진 한 장이 들어 있었
다. 이 방의 사진이었다. 텔레비전과 텔레비전 탁자, 그 바로

옆 벽에 세로로 긴 전신 거울이 걸려 있다. 카메라는 그 거울을 찍고 있었다. 거기에 비친 아다치 씨의 모습을.

아다치 씨는 다다미 위에 단정하게 무릎 꿇고 앉아 일회용 카메라를 들고 있었다. 그런 그의 오른쪽 어깨 위에 또 다른 얼굴 하나가 보였다. 아다치 씨 뒤에 있는 사람이 그와 함께 사진 프레임 속에 들어가려는 듯 고개를 내밀고 있었다. 그리고 방긋 웃음. 하나, 둘…… 치즈.

가와이 기미에의 얼굴이었다.

찬찬히 들여다보니 부자연스러운 사진이었다. 그 자세라면 반드시 찍혔어야 할 기미에의 어깨는 나오지 않았다. 아다치 씨의 등 뒤에 숨듯이 앉아 있다고 가정해도 역시나 이상하다. 기미에의 목 아래로는 어렴풋하게 흐릿하고, 아다치 씨의 어깨와 그녀의 얼굴 사이에 틈이 벌어졌는데 거기에 거울이 보였다. 가와이 기미에의 웃는 얼굴만 허공에 두둥실 떠 있는 것이다.

옆에 앉은 탄빵의 체온이 내려가는 게 느껴지는 것 같았다.

"머리 모양이 다르네요."

에이이치가 그렇게 말하자, 탄빵은 몸을 떠는 건지 고개를 살짝 끄덕이는 건지 분간할 수 없는 불확실한 몸짓을 했다.

"우리가 만난 가와이 선배는 머리를 중간 길이로 길렀어요. 갈색으로 염색하고."

얼굴뿐인 사진 속의 기미에는 삼 년 전 사진 속의 기미에와 똑같은 헤어스타일이었다.

"……그렇구나."

중얼거리는 아다치 씨의 얼굴에 부드러운 미소가 떠올랐다.

"내가 기억하는 기미짱은 이쪽이야. 이런 헤어스타일이지."

"이 사진은 언제 찍었어요?"

"작년 여름. 7월 말이었나."

스냅사진 속의 아다치 씨는 반팔 티셔츠를 입고 있었다.

"주말에 회사 친목회가 있었지. 내가 일회용 카메라로 사진을 찍었어. 집에 돌아와서 필름이 하나 남은 걸 알아챘지. 다 찍을걸, 아깝다는 생각이 들더군."

그 순간 갑자기 외로워졌다…….

"뭐든 찍으려 했지만, 나에겐 아무도 없었어. 찍어달라는 사람도 찍어줄 사람도 없었지."

친목회는 모리나가 지업사 사장이 앞장서서 열자고 한 것이었고, 사원들과 그 가족까지 다 모여서 떠들썩했다.

"혼자 참석한 사람은 나뿐이었어."

독신인 직원들은 여자 친구를 데리고 오거나 여동생을 데리고 왔다. 아다치 씨에게는 양쪽 다 없었다.

"삼 년 전 그 일 때문에 가족과도 거의 왕래가 끊겼으니까."

갑자기 결혼을 취소하는 바람에 부모님에게도 폐를 끼쳐서 볼 면목이 없었으니까.

"술에 취한 탓도 있었겠지. 너무 외롭고 쓸쓸해서 참을 수가 없더군."

기미짱 생각을 했다.

"지금은 어떻게 지낼까? 건강할까? 행복할까? ……새 애인은 생겼을까?"

그러다 불현듯 생각이 떠올랐다. 삼 년 전의 그 기묘한 사진과 똑같은 일이 생기지 않을까 하는 생각.

"기미짱을 간절히 떠올리면서 셔터를 눌렀지."

그랬더니 이런 사진이 찍혔다.

에이이치는 또다시 기시감에 휩싸였다. 야마노 리에코가 고개를 숙여서 혹시 울고 있나 걱정했던 때를. 그녀는 울지 않았다. 아래를 내려다보며 온화하게 웃고 있었다. 스스로를 위로하듯 웃고 있었다. 지금도 마찬가지다. 아다치 씨는 미소를 머금고 있었다. 그가 생각을 떠올리며 찍은 기미짱과 똑같이 미소를 짓고 있었다.

탄빵은 얼어붙은 것도 동작을 멈춘 것도 아니고, 화석처럼 변해서 눈도 깜박이지 않았다.

"가와이 기미에 씨랑 왜 헤어졌어요?"

아다치 씨는 그 질문에서 도망치려는 듯이 목을 움츠리며 양손으로 모자를 잡아당겼다. 귀를 감췄다. 그러나 도망치기에는 이미 늦었다.

"옛날 여자 친구랑 다시 시작하게 되었다는 건 거짓말이죠? 뭔가 다른 이유가 있었던 거 아닙니까?"

아다치 씨는 모자에 손을 얹은 채로 고개를 더 아래로 숙였다.

"왜 그런 걸 묻지?"

에이이치는 가와이 가의 툇마루 사진을 손가락으로 가리키며 말했다.

"당신이 이런 사진을 찍었기 때문이죠."

이어서 거울 속의 기미짱 사진을 가리켰다.

"이런 사진도 찍었기 때문이죠."

그리고 초라하고 적적한 실내를 둘러보았다.

"당신이 아직도 독신으로 이런 곳에서 남몰래 살아가고 있기 때문이에요."

이윽고 탄빵이 호흡을 했다. 자기가 살아 있다는 사실을 떠올린 모양이다. 그러더니 단숨에 말을 쏟아놓았다.

"삼 년 전에 가와이 씨 가족을 찍었을 때, 아다치 씨는 가와이 씨 가족에게 뭔가 미안한 일이 있었죠? 그것을 숨기고 있었던 거죠? 그건 옛날 여자 친구 일은 아니에요, 그렇죠? 나는 사실 처음부터 그런 생각이 들었어요."

탄빵은 가와이 후지오가 화를 내지 않고 울고 있는 게 이상했다고 말했다. 조금 전까지 돌처럼 굳어 있던 것치고는 훌륭한 설명이었다.

"너 몇 살이니?"

아다치 씨가 둥그런 눈으로 물었다. 그 사람도 감탄한 듯했다.

"이제 곧 열여섯이에요. 난 생일이 빠르니까."

"머리가 좋구나. 깜짝 놀랐어. ……그래, 네 말이 맞아. 응."

"가와이 선배랑 결혼할 수 없었던 진짜 이유는 뭐예요?"

그렇게 묻고 나서 탄빵은 갑자기 조심스러워졌다.

"혹시 대답해도 괜찮다면 알려주세요."

너답지 않게 왜 그래? 가장 중요한 국면에 들어서서 마음 약하게 굴지 마. 그렇게 생각하면서도 사실은 에이이치 역시 가슴이 답답했다. 캐묻고 싶으면서도 캐묻고 싶지 않았다. 이번에는 대답을 들으면 그 짐까지 짊어지게 된다. 지난번과는 근본적으로 다르다.

"실은 회사가……."

고구레
사진관 상

아다치 씨가 입을 열었다. 목소리는 작았지만 못 알아들을 정도는 아니었다. 어쨌거나 거리가 가깝다. 방이 좁으니까.

"간부가 바뀌면서 경영 방침까지 변했어."

"동방 테크니컬?"

"아니, 미국 모회사 쪽."

"아아, 금융 복합기업이라고 들었어요."

아다치 씨는 쓸쓸하게 웃었고, 왠지 털모자를 벗었다.

"흐음, 복합기업이라고 할 만큼 거대하진 않아. 실제로 경영자가 바뀐 이유도 동업 계열의 훨씬 큰 회사에 팔렸기 때문이니까."

그쪽에서는 드문 일도 아니라고 한다.

"매수 전의 CEO는 어마어마한 퇴직금을 받고 그대로 안녕, 결국 우리는 싼값에 팔려버린 셈이었지. 새로 온 CEO는 동방 테크니컬이 마음에 들지 않았어. 리스크가 너무 큰 업종이니 그런 회사는 필요 없다는 거였지."

싼값에 팔린 후에는 통합과 정리라는 명목의 도태가 기다리고 있었다. 이것 역시 드문 일은 아니었다.

"우리 아버지도 제조업체에서 일하시는데……."

에이이치의 말에 아다치 씨가 반응을 보이며 시선을 들었다.

"아버지도 동방 테크니컬은 틈새시장 중심이라 위험해서

별 의미가 없는 회사라고 했어요."

아다치 씨는 그 점을 특별히 안타까워하는 것 같지는 않았다. 견해 차이겠지, 중얼거리고는 담담히 이야기를 계속했다.

"나는, 나 개인은 비교적 수완가였으니 동방 테크니컬이 없어져도 문제 될 건 없었어. 기업 매수는 간단한 일이 아니니까."

모회사에서는 매수 이후 원활한 업무 이행과 통합을 위해 전문 프로젝트 팀을 만들었고, 아다치 씨는 그 구성원으로 들어갔다.

"하지만 동방 테크니컬이 망하면 가와이 정강은 곤란했지."

순식간에 경영이 힘들어질 수밖에 없었다.

"그 회사는 아버님이 이 대째였어. 선대가 처음 세운 공장인데, 국내 대기업 제조업체의 2차 하청업체 중에서는 일류였지."

업계에서는 유명한 소규모 공장이었다.

"그랬는데 내가 설득하는 바람에 공장 방침을 바꿔버린 거야."

아다치 씨의 말투는 변하지 않았지만, 등은 차츰 둥글게 움츠러들었다.

"언제까지 하청만 받는 건 너무 안이하다, 직접 세계로 나가야 한다, 아버님의 기술을 일방적으로 착취만 당하는데 억울하지 않느냐, 그렇게 부추겼지."

시대는 변했다. 이제 더 이상 선대 때처럼 발주처인 대형 제조 기업이 콩알만 한 하청업체 공장을 지켜줄 리 없다. '기업은 혈족'이라는 예전 일본 재계의 아름다운 기풍은 한물갔다. 바야흐로 글로벌리제이션 시대다. 약육강식, 실력 본위, 달리 표현하자면 전국시대이며 하극상의 기회가 왔다는 뜻이다.

"그래서 아버님은 선대부터 거래해오던 단골들을 조금씩 끊어갔어. 우리가 의뢰하는 일을 메인으로 하게 됐지."

물론 알력은 있었다. 분규도 있었다.

"옛날부터 일해온 기술자들이 심하게 반대했지. 말처럼 그렇게 잘 풀릴 리가 없다, 잘 풀린다고 해도 그건 일시적인 거라고. 소규모 공장 사장님들도 가와이 씨는 사기에 걸려든 거라며 야단을 쳤던 모양이야."

그런데도 가와이 후지오는 동방 테크니컬에 승부를 걸었다. 사내로 태어난 이상 일생에 한 번쯤은 세계로 진출해보자는 마음에서였다. 그리고 그 도박은 성공적이었다. 가와이 정강은 일시적으로 세계 시장과 확실한 연결고리를 맺었다. 그러나……

"미국 모회사가 매수당하자마자 모든 게 갑자기 툭 하고 끊어졌어. 하나부터 열까지 다 변해버렸지."

하지만 도저히 그 얘기를 꺼낼 수가 없었다.

"아버님, 동방 테크니컬은 없어집니다, 저는 다른 회사나 부서로 이동합니다, 아마도 금융 업무를 하게 될 겁니다⋯⋯ 그런 말을 무슨 낯짝으로 하겠냐고."

아다치 씨는 이제 체크무늬 탁자 덮개에 콧등이 부딪칠 정도로 고개를 푹 숙이고 있었다.

"그럼 그 사진을 찍었을 때⋯⋯."

끝까지 물어볼 필요조차 없었다. 아다치 씨는 살며시 고개를 들고 끄덕였다.

"2005년 10월 9일."

툇마루 사진의 촬영 날짜를 확인했다. 일요일이에요, 하고 탄빵이 나지막이 덧붙였다.

"정식 매수 발표는 이듬해 4월에 있을 예정이었지. 그때까지는 극비로 준비를 진행하던 중이었어."

아다치 씨는 가슴속에 너무나 큰 비밀과 번민을 품고 있었던 것이다.

"기미짱과 아버님과 어머님과 기미짱의 그 후배⋯⋯."

"다베 아코예요."

아다치 씨는 이름까지는 기억하지 못하는 듯했다. 그날을 포함해 두 번밖에 못 만났다고 했다.

"모두들 웃었어. 즐거워 보였지. 나는 시치미 뗀 얼굴로 기미짱 집으로 놀러 가서 맛있는 음식을 얻어먹고 모두와 같이 웃었어. 그런데…… 기념사진을 찍어주겠다며 카메라를 들었을 때였어."

파인더를 들여다보자, 마치 홍수에 삼켜지는 듯한 느낌이 밀어닥쳤다. 한 가지 생각이 가슴속 깊은 곳에서부터 흘러넘쳐 그를 휘감았다.

"그 집에는 긴 툇마루가 있잖아?"

가와이 가족은 그 툇마루를 배경으로 앉아 있었다.

"나는 입만 열었다 하면 아버님한테 '세계를 상대'하라고 말했지. 세계로 나가자, 세계를 상대로 일하자고."

"그야 실제로 그런 일을 한 거잖아요?"

애매모호하게 되묻는 에이이치를 아다치 씨가 둥그런 눈으로 쳐다보았다. 눈동자가 새카맸다.

"분명 그랬지. 세계로 나갔어. 하지만 세계의 한가운데로 나갈 순 없었지. 애초부터 가와이 정강의 포지션은 세계의 툇마루였을 뿐이니까."

툇마루는 집의 일부다. 하지만 집주인이 거기에 살지는 않는다.

"저 사람들은 세계의 툇마루에 있을 뿐이다. 집주인이 마음이 변하면 잠자코 사라질 수밖에 없다. 나는 그런 것도 깨닫지 못하고, 넓은 집이다, 훌륭한 집이다, 하며 아버님을 고무시켰던 거야. 우리도 그 집의 주인이 될 수 있다고. 그것이 글로벌리제이션이라고."

하지만 그것은 그릇된 믿음에 지나지 않았다. 툇마루는 언제까지고 툇마루일 뿐이다.

"동방 테크니컬 간부들도 막상 상황이 급박해지니까 누구 한 사람 가와이 정강 같은 작은 제조업자는 염두에 두지 않았어. 그저 대기업 고객들 눈치만 보느라 정신이 없었지."

가와이 정강, 그 밖의 수많은 작은 기술들은 제아무리 뛰어나더라도 그들에게 단지 상품에 불과했다. 거래처가 아니었던 것이다. 따라서 지켜주려고도 하지 않았다. 거대 기업의 거대 매각자가 거대 기업의 거대 매수자와 거래한다. 콩알만 한 공장은 상품이 되거나 불량 재고가 되거나, 선택은 둘 중 하나다. 그것이 글로벌리제이션인 것이다.

"사정을 털어놓으면 아버님은 나를 비난할까? 비난하겠지. 밤잠도 못 자고 혼자서 고민했어. 대답은 이미 알고 있으면서도."

대답을 알고 있었기 때문에 잠들 수 없었던 것이다.

"아버님은 나를 비난하지 않을 것이다, 가장 먼저 자신의 얕은 생각을 비난할 것이다, 그런 사람이니까……. 나는 알고 있었어. 지나칠 만큼 잘 알고 있었지."

이런 풋내기한테 부추김을 당해 우쭐해져서는 선대에 고개를 들 수 없는 짓을 저지르고 말았다, 나는 잘못된 판단을 내리고 말았다, 건곤일척의 승부에서 무너져 열심히 쌓아온 모든 것들을 잃었다…… 화내기보다 힐책하기보다 아버님은 먼저 고통스러워할 것이다. 슬퍼할 것이다. 부끄러워할 것이다.

환영으로 찍힌 가와이 후지오가 애써 참았던 것은 부끄러움이었을까, 실의였을까?

탄빵의 추측은 또다시 들어맞았다. 그런데도 정작 본인은 무슨 나쁜 짓이라도 한 것처럼 고개를 숙인 채 손으로 입을 막고 있었다. 그런 말을 하는 게 아니었다고 후회하는 듯이.

"기미짱이 현상한 사진을 보여줬을 때, 이루 말할 수 없을 정도로 놀랐어."

지금도 탁자 위의 그 사진을 똑바로 바라볼 수 없는지 아다치 씨는 눈길을 피했다. 나의 본심이 찍혀 있다…….

"얼굴색이 변하는 것도 무리는 아니잖아?"

에이이치는 고개를 깊이 끄덕였다. 탄빵은 말이 없었고 여전히 두 손으로 입을 가리고 있었다.

"하지만 나도 남자잖아. 그래서 결심했지."

동방 테크니컬을 이대로 망하게 할 수는 없다.

"매수당했든 CEO가 바뀌었든 무슨 수를 써서라도 망하게 할 수는 없다고 생각했어."

프로젝트 팀 안에서 운동을 시작했다. 기획안도 수없이 써서 제출했다. 이런 경우는 오히려 '건의서'라고 부르는 편이 맞을지도 모른다.

"동방 테크니컬을 존속시켜 주십시오, 그동안의 업무를 검토해주십시오, 리스크가 있는 건 분명하지만 이 회사에는 아직 미래가, 가능성이 있습니다, 하고……."

아다치 씨의 말이 중간에 끊어졌다. 숨결도 가빠졌다. 재촉하지 않으면 영원히 뒷이야기가 이어지지 않을 것 같은 침묵이 흐른 후, 에이이치가 물었다.

"그래서, 어떻게 됐어요?"

아다치 씨는 에이이치를 바라보았다. 다른 무언가를 보는 듯한 시선이었다. 이를테면 가와이 기미에의 우는 얼굴이라든가.

"내가 잘렸어."

2006년 1월 말까지 퇴직하라는 강요를 받았다고 했다.

"새로운 체재에 대한 모반자로 보인 거군요."

동방 테크니컬을, 가와이 정강을 구해내지 못했을 뿐 아니라 본인까지 실직을 당했다.

"어떻게 해야 했을까?"

군데군데 보기 흉하게 벗겨진 부엌 벽지를 향해 아다치 씨가 질문을 던졌다.

"난 사기꾼이나 마찬가지야. 그럴 의도는 없었다고 용서를 빈다고 해도 결과는 마찬가지지. 안 그래?"

군데군데 벗겨진 벽지는 대답이 없었다.

"아버님의 회사는 무너지고 나는 실직하고. 그런데 어떻게 기미짱을, 아버님과 어머님을 부양하느냐고."

결혼은 불가능하다. 나에게는 이미 그럴 자격이 없다. 보상할 방법도 없다.

"옛날 여자 친구 얘기는 어떻게 된 거죠?"

바람의 방향을 바꾸는, 타이밍 절묘한 질문이었던 모양이다. 아다치 씨는 악몽에서 깨어난 것처럼 눈을 깜박거리더니 쑥스러운 듯 웃었다.

"전혀 근거 없는 얘기는 아니었어. 약혼하자마자 옛날 여자 친구가 접근했던 건 사실이야. 다시 시작하고 싶다며 매달렸지. 난 그렇게 인기 많은 남자는 아니었지만……."

옛날 여자 친구에게는 그런 식의 오기라고 할까, 심술궂은 면이 있었다고 한다. 자기가 필요 없다고 버렸으면서도 남이 주우려 하자 갑자기 아까운 생각이 들었는지 난리를 쳤다.

"목욕탕에서 손목까지 그었다면서요."

"아, 그건 흉내뿐이었어. 살짝 긁힌 정도."

그런 연극 같은 행동도 싫었다고 했다.

"난 그 무렵에 정말로 죽고 싶을 만큼 괴로웠기 때문에 그녀가 진심이 아니라는 것쯤은 금방 알아챘어."

아다치 씨의 냉담한 반응에 옛 여자 친구도 전략 미스라는 걸 깨달았던 모양이다. 재빨리 물러났다. 그런 면에서 보면, 옛 여자 친구도 바보는 아니었던 것이다.

"그래도 부모님이 화를 냈다던데."

"물론 약간은 그랬지. 하지만 책임지고 결혼하라는 건 아니었고."

오히려 이런 말썽은 이제 진저리가 나니 딸 앞에서 사라져 달라는 말을 들었다고 했다.

"그럼, 옛날 여자 친구 일은 그야말로 핑계였을 뿐이네요."

"응. 그런 이유라면 기미짱도 아버님도 더 이상 추궁하지 않을 줄 알았으니까. 특히 아버님은."

실제로 그 방법이 옳았느냐, 아니냐는 별개로 하더라도 효과적인 연막이었던 셈이다.

옛 여자 친구라는 단어가 잇달아 나오자 탄빵이 순식간에
부활했다.

"그 여자, 지금은 어떻게 지내는지 알아요?"

"결혼했어. 언제였더라, 엽서를 받았는데."

탄빵이 혀를 찼다. 또다시 드러나는 다크 사이드다.

동방 테크니컬 모회사의 매수는 2006년 4월에 예정대로
발표되었다. 동방 테크니컬이라는 회사의 소실도 결정되었
다. 그때는 이미 가와이 후지오가 병석에 눕고 가와이 정강도
해산된 후였다. 그러니 기미에가 그 발표를 듣고 무슨 생각을
했는지, 결혼 파기와의 연관성에 관해 어떤 추측을 했는지,
아다치 씨로서는 알 방법이 없었다.

"아마 그럴 경황이 없었겠죠. 기미에 씨는 동방 테크니컬
이 없어진 것조차 모르는 것 같았어요."

아다치 씨가 고개를 푹 숙였다.

"내가 행방을 감춰버렸으니까."

"그것도 감쪽같이."

가능한 한 혐오감을 가득 담아 말할 의도였지만, 아다치
씨는 이미 한계점에 다다라서 아무것도 못 느끼는 것 같았다.

"나는 실업보험으로 한동안 생활했고, 그 후에는 아르바이

트를 찾았지. 지금은 이런 느낌, 이런 생활이고…….”

명한 표정으로 중얼거리더니 ‘몸을 움직이는 일이 좋아.’ 하고 덧붙였다.

“이런 말 하긴 좀 그렇지만, 좀 더 나은 아파트에서 살 수도 있지 않았어요?”

“난 여기가 마음에 드니까.”

한 번 더 멍하니 말하고 나서 아다치 씨가 다시 모자를 쓰고 잡아당긴 바로 그 순간, 짐승이 으르렁대는 것 같은 소리가 들려왔다. 에이이치뿐 아니라 아다치 씨도 무심코 주위를 둘러보았다. 길고양이인가? 아니면 가전제품이 고장이라도 났나? 에이이치는 뒤쪽에 있는 순간온수기를 돌아보았다. 설마 저게 폭발하는 건 아니겠지.

심상치 않은 소리의 발신지는 탄빵이었다. 탄빵은 차광기토우로 변해 있었다. 게다가 화가 난 차광기토우였다. 모델이 되었다는 우주인이 마침내 그 정체를 드러내며 지구 침략을 시작하는 순간의 표정이다. 인류를 파멸시켜주마!

“웃기는 소리 작작 하시지!”

으르렁거리던 소리가 말로 바뀌었다.

“웃기지 말란 말이야!”

탄빵이 두 손으로 빨갛고 하얀 체크무늬 덮개를 내리쳤다.

아다치 씨는 움츠러들었고 에이이치는 놀라서 펄쩍 뛰어올랐다.

"데, 데라우치."

탄빵은 에이이치에게 눈길조차 주지 않았다. 뚫어져라 아다치 씨만 노려보며 덤벼들 것처럼 몸을 앞으로 쑥 내밀었다.

"당신, 이렇게 지저분한 아파트에 침몰해서 혼자서만 만족하는 거잖아. 이건 내가 받아야 할 벌이라면서."

아다치 씨의 동그란 눈동자가 금방이라도 튀어나올 것 같았다.

"이렇게 한심하고 비참하고 죄 많은 나는 남은 인생 내내 한쪽에 찌그러져서 살아야 옳습니다, 세상의 한 귀퉁이로 물러나야 옳습니다, 그런 거 아니냐고? 아니야?"

그런 표현은 도모다장 주인은 그렇다 치더라도 모리나가 지업사에는 실례되는 말 아닌가?

"쳇, 염사는 무슨 염사. 특수한 능력 좋아하시네."

탄빵은 겨냥을 바꿔서 사진 두 장의 양옆을 거세게 내리쳤다. 툇마루 사진이 튀어 올랐고 거울 사진 액자는 툭 넘어졌다.

"이건 단순히 당신의 나약함과 미련이 찍힌 사진일 뿐이야. 스스로도 알 거 아냐?"

뭘 하나 싶었는데, 아다치 씨가 털모자를 벗었다. 그리고 사진으로 시선을 떨어뜨렸다.

"똑똑히 보란 말이야!"

탄빵은 일어서서 오른손에는 툇마루 사진, 왼손에는 거울 사진을 집어 들었다. 그리고 오른쪽 사진을 먼저 아다치 씨의 얼굴로 들이밀었다.

"이건 당신이 울린 기미짱이야!"

손을 바꾸며 계속했다.

"그리고 이건, 당신이 원하는 기미짱이야!"

"워, 원하다니?"

"원하다니?"

에이이치와 아다치 씨의 목소리가 동시에 겹쳤다.

"그래. 기미짱은 어떻게 지낼까? 기미짱은 행복할까? 웃기는 소리 집어치워."

탄빵의 목소리가 너무나 커서 천장에 매달린 고풍스러운 전등이 흔들거렸다. 아니, 이건 좀 심한가? 그 정도는 아니다. 만약 그렇다면 데라우치는 요괴겠지.

"당신은 기미짱이 이런 얼굴로 웃어주길 바라잖아?"

사진을 든 손이 내려갔다. 목소리 톤도 순식간에 떨어졌다. 탄빵이 속삭였다.

"이 웃는 얼굴, 행복해서 웃는 게 아니야. 즐거워서 웃는 게 아니라고. 이젠 됐다고 말하는 거야. 사과할 필요 없다고 말하는 거야. 당신을 용서한 거란 말이야. 당신은 그런 기미짱을 만나고 싶은 거고. 용서받고 싶은 거라고. 내 말이 맞지?"

아다치 씨는 어느새 입을 벌리고 있었다. 그 입을 거의 움직이지 않고 복화술처럼 말했다.

"……용서받고 싶어."

"그야 당연하지. 당신은 가와이 씨에게 반드시 용서받아야 할 일을 저질렀으니까! 삼 년 전에 왜 정직하게 사실을 밝히지 않았어? 왜 아버님에게 용서를 빌지 않았어? 무릎 꿇고 이마를 공장 바닥에 대고 자기의 전망이 안이했다는 것을, 자기의 힘이 부족했다는 것을 왜 빌고 또 빌지 않았냐고. 그러고 나서, 그래도 가와이 정강은 무너지지 않습니다, 절대로 무너지지 않습니다, 무슨 일이 있어도 내가 무슨 수를 써서라도 지켜내겠습니다, 하고 말했어야 옳잖아. 아니야? 어? 내 말이 틀렸어?"

탄빵은 고함을 질러댔다. 화가 난 얼굴이었는데도, 에이이치에게는 그 목소리가 비명처럼 들렸다.

"아버님이 거래를 끊어버린 회사를 당신이 하나하나 찾아다녔으면 됐잖아. 고개를 숙이고, 몇 번을 거절하든 매몰차게 내치든, 매달리고 또 매달려서 일을 따냈으면 됐잖아.

안 그래? 당신 영업 사원이었다면서, 왜 그런 생각은 못 했느냐고!"

하찮은 자존심이 방해했기 때문이다. 가와이 정강보다 먼저, 가와이 후지오보다 먼저, 아다치 후미히코가 가장 먼저 내기에서 졌고, 그럼에도 패배를 인정하기 싫어서 머릿속은 온통 도망칠 생각뿐이었기 때문이다.

"당신은 책임지지 않고 도망쳤어."

가와이 기미에한테서, 가와이 정강에서도.

"먼저 도망쳐버린 거야. 미움받기 전에 먼저, 당신 같은 사람은 두 번 다시 보고 싶지 않다는 말을 듣기 전에 먼저, 기미짱한테 너무하다는 책망을 듣기 전에 먼저."

다른 무엇보다 그것이 최악의 죄였다.

"아버님이 쓰러지고 기미짱이 가장 힘들었을 때, 당신을 가장 필요로 했을 때, 당신은 기미짱 곁에 없었잖아!"

"모, 몰랐으니까……."

아다치 씨가 거의 반사적으로 항변했다. 하지만 그 목소리에는 힘이 없었다.

"아, 알았으면……."

"알았으면 돌아갔을 거냐고, 이 한심하고 줏대 없는 남자야!"

한심하고 줏대 없는 남자?

"비겁해! 스스로도 그 정도는 알잖아. 충분히 알잖아. 그 빡빡머리는 또 뭐야! 출가라도 할 작정이었나?"

이번에는 빡빡머리까지?

"반성했지. 후회했잖아. 안 그래? 용서받고 싶다는 건 바로 그런 거야. 내 말 알아들어?"

구석으로 몰리자 아다치 씨는 한계까지 조그맣게 움츠러들었다.

"……압니다."

탄빵이 또다시 탁자를 내리쳤다.

"그럼! 바보처럼 자기 연민에 빠져 이런 사진이나 찍어대면서 남은 인생 허투루 보내지 말고, 당장 찾아가!"

또다시 어마어마한 음량으로 튀어 올랐다.

"기미짱을 만나서, 빌고 또 빌어서, 용서받을 수 있는지 없는지 부딪쳐봐! 당신 남자잖아! 아까 그랬지? 그럼 혼자 질질짜지 말란 말이야, 한물간 여자처럼 우물쭈물하지 말라고!"

지금 그 표현은 페미니즘 차원에서 문제가 있는 것 같은데, 데라우치.

"이런, 이런, 이런……."

아다치 씨는 두 손으로 모자를 잡아당기며 핏기 없는 얼굴로 금붕어처럼 입을 뻐끔거렸다.

"아버님은 돌아가셨어. 이젠 용서받을 수도 없어."

숨을 들이켠 탄빵이 단숨에 소리를 질렀다.

"아버님은 당연히 지금도 기미짱이랑 같이 있지! 아버지는 그런 존재라고, 이 멍청한 인간아!"

탄빵은 다시 전등이 흔들리도록 악을 쓰고 있었다.

"이놈 저놈 할 것 없이 남자들은 하나같이 멍청이뿐이야!"

내뱉듯이 소리친 그녀는 사진을 탁자 위에 내던지고 방에서 뛰어나갔다. 얄팍한 문이 허공에서 휘어지는 모습을 에이이치는 똑똑히 보았다. 침묵이라기보다 진공에 가까운 무언가가 도모다장 205호를 휘감았다. 어색하지는 않았다. 마음이 편했다. 한바탕 욕을 먹은 남자들끼리의 연대라고 할까, 서로의 상처를 어루만져준다고 할까, 서로를 감싸준다고 할까. 위생병은 어디 있는 거야?

꽤 오랫동안 두 사람 다 고개를 푹 수그리고 앉아 있었다. 갑자기 창밖에서 두부 장사의 차르멜라* 소리가 들려왔다. 이 상황에서 어떤 소리가 들려온다고 해도 이 소리만큼은 어울리지 않을 게 없을 법한 종류의 소리였다.

하지만 그것이 정답이었다. 에이이치가 먼저 웃었다. 아다

---

* 나팔처럼 생긴 목관악기.

치 씨도 뒤따라 웃었다. 둘이서 약속이라도 한 듯, 맥없이 머리를 긁적이며.

아다치 씨가 속삭였다.

"저 친구, 괜찮을까? 쫓아가봐야 하는 거 아냐?"

"지금 쫓아갔다간 목이 졸릴 것 같은 예감이 들어요."

"꼼짝 못 하는 모양이군. 그래도······."

아다치 씨는 둥그런 눈에 부드러운 빛을 머금었다.

"아무리 강해도 여자애야."

"네에, 뭐······ 일단은."

"넌 몇 살이니?"

"생일을 맞으면 열일곱이에요."

그렇군, 하며 아다치 씨가 미소를 머금었다.

"앞날은 길어."

"네?"

"어쩌면 저 애일 수도 있고 어쩌면 다른 애일지도 모르지만, 네가 앞으로 결혼하고 싶을 정도로 좋아지는 여자. 울리고 싶은 마음은 털끝만큼도 없어. 항상 행복하게 해주겠다고 진심으로 생각해. 그런데도 왠지 울려버리고 말 때가 있지. 남자한테는 그렇게 되어버리는 일이 생기게 마련이야. 그러니까 멍청이지."

그것은 마지막 막의 최종 대사보다 한발 앞선 대사였다. 마지막 대사는 내가 하는 게 옳다고 에이이치는 생각했다.

식료품 매장이 충실하기로 유명한 요코하마의 백화점의 이름을 알려주자 아다치 후미히코는 고개를 끄덕였다. 에이이치는 다베 여사에게 받은 사진을 집어 들고 밖으로 나왔다. 두부장사의 차르멜라 소리가 한가롭게 들려왔다.

9

다베 여사와 면회하기 위해서는 그다음 주 목요일까지 기다려야 했다. 이런저런 일로 상황이 안 맞는다며 피했기 때문이다. 다베 선배, 결과를 들을 용기를 다질 시간이 필요한 거겠지.

또다시 이 학년 A반 빈 교실이었고, 고모리 매니저가 동석했다. 보고는 간단명료했다. 탄빵에게 도움을 받은 것은 비밀이었기 때문에 도모다장에서 그녀가 에이이치를 남겨두고 먼저 가버려서 혼자 돌아왔다는 말은 하지 않았다.

무슨 까닭인지 그 후로 탄빵은 전혀 연락하지 않았다. 학교에서도 피하는 것 같았다. 문자도 오지 않았다. '그냥 놔두지그래.'라는 게 덴코의 조언이었다.

보고를 끝낸 에이이치는 봉투에 넣은 사진을 책상 위에 내려놓고 고개를 들었다.

"대단해. 잘했어."

이 말은 고모리 매니저가 해준 것이다. 다베 여사는 다리를 꼬고 미간에 주름을 잡은 채 가만히 있었다.

"앞으로의 일은 가와이 선배가 결정해야겠지. 우리는 이걸로 만족이야. 그렇지, 다베짱?"

고모리 매니저가 미소를 지어 보이는데도 다베 여사는 미간의 주름을 펴지 않았다. 대신에 책상에 시선을 던진 채 나지막이 말했다.

"고모리."

"응?"

"미안한데 자리 좀 비켜줄래?"

고모리 매니저는 가볍게 일어섰다.

"먼저 배구부 방에 가 있을게."

에이이치와 둘만 남자, 다베 여사는 꼰 다리를 풀고 자세를 고쳐 앉았다.

"나도 혼자만 떠안고 있기에는 부담스러웠어. 그래서 이 사진의 수수께끼를 고모리한테는 털어놨지. 너한테 상담했을 때도 혼자서는 선뜻 결단을 내릴 수가 없어서 고모리한테 도움을 받았고."

그랬을 거라고 생각했다.

"하지만 지금부터 하는 얘기는 고모리도 몰라."

"네?"

"일 학년 가을에, 연습 시합이 있어서 우라와기타 고등학교에 갔었어. 돌아오는 길에 역 플랫폼에서 반대편에 서 있는 그 남자를 봤지."

에이이치는 다베 여사의 얼굴을 뚫어져라 쳐다보았다. 다베 아코. 그 사진 속 모습과 비교하면 체격은 안 변했지만 얼굴은 약간 갸름해졌다.

"두 번밖에 못 봤고 빡빡머리로 변했지만, 금방 알아봤어. 잊을 수 없는 얼굴이니까. 생각하면 화가 나고, 미워한 얼굴이니까."

선배에게 상처를 줬고, 그런데도 선배 마음에는 여전히 남아 있는 남자 얼굴이니까.

"등이 구부정한 아저씨가 됐더라고. 입은 옷도 후줄근했지. 일요일이었으니 일 마치고 돌아가는 길은 아니었을지도 몰라."

다베 여사는 쓸쓸하게 웃으며, 생각해보면 어떻게 그런 대담한 행동을 했는지 신기하다고 말했다.

"깜박 잊고 두고 온 물건이 있다고 하고 부원들이랑 헤어졌어."

그리고 아다치 씨를 미행했다는 것이다. 에이이치는 너무 놀라서 입이 떡 벌어졌다.

"그럼 조사는 선배가 더 적성이 맞는 거잖아요."

"그때는 순간적으로 한 행동이었지."

계속 따라갔더니 아다치 씨는 도모다장으로 들어갔다.

"호수를 대신하는 명함은 없었지만 이 층 205호였어."

다베 여사는 한동안 전봇대 그늘에 숨어 상황을 살폈다.

"그 집은 도저히 신혼살림을 할 아파트로 보이진 않지?"

"그렇긴 하죠."

가와이 선배를 배신한 저 남자는 아직 결혼하지 않았단 말인가? 아니면 결혼은 했는데 금방 헤어졌나? 어느 쪽이든, 어찌 되었든, 대체 이 영락한 모습은 뭐란 말인가?

"삼십 분쯤 그렇게 서성거리는데 아다치 씨가 나와서 아파트 문에 자물쇠를 채웠어. 목욕탕에 가는 것 같았지."

그러고 보니 그 집에 목욕탕이 있을 것 같진 않다.

"그래서 근처 목욕탕 입구까지 또다시 미행했는데, 나 스스로도 왜 미행을 하는지 이해가 안 가더라고."

"말을 걸어볼 생각은 안 들었어요?"

"뭐라고 말을 걸어?"

'용건이 있어요!'라거나……. 나도 참, 한심한 상상을 잘도 한다니까.

"돌아오는 길에 가슴이 술렁거려서 견딜 수가 없었어."

이 말을 가와이 선배한테 전해야 할까? 이제 와서 쓸데없는 짓일까?

"선배가 그 남자와의 이별을 납득하지 못한다는 건 알고 있었어. 그래서 더더욱 말할 수 없었지."

그날부터 시간이 날 때마다 그 사진을 꺼내 보는 게 다베 여사의 버릇이 되었다.

"목에 걸린 가시라고나 할까."

간신히 뽑혔네, 하며 그녀가 웃었다. 쓴웃음도 비웃음도 아닌, 고등학교 이 학년 여학생의 자연스러운 웃음이었다. 그래서 에이이치도 긴장이 풀렸다.

"도모다장을 알았으면 처음부터 가르쳐줬으면 좋았을 텐데."

시간을 훨씬 절약할 수 있었을 것이다.

"아다치 씨가 아직도 거기 사는지 어떤지 몰랐으니까."

아코짱에게 드디어 '그 남자'가 아니라 고유명사로 불리게 된 아다치 후미히코.

"그래도 미리 가르쳐줬으면 실마리는 됐겠죠."

다베 아코가 다베 여사의 얼굴로 돌아갔다.

"자력으로 도모다장을 찾아내지 못하면 네 조사 능력이 그 정도 수준이라는 뜻이지."

이치에 안 맞는 소리라고 따지고 싶었지만, 역시 무서웠다.

"직접 조사해볼 생각은……?"

다베 여사는 순식간에 공격 태세를 취했다.

"그 남자가 나한테 진짜 얘기를 털어놓을 리 없잖아."

상대가 누구인가보다 어떤 진실을 캐내려 하느냐가 문제일지도 모른다. 다베 여사가 찾아갔다면, 보나 마나 툇마루 사진은 한쪽에 내려놓고 다짜고짜 핵심 부분을 추궁했을 게 틀림없다. 그래서야 안절부절못하는 그 남자는 입을 열지 못했겠지.

생각에 잠긴 에이이치 앞에서 다베 여사가 갑자기 공격 태세를 풀었다. 얼굴 그대로 꽃을 피우듯 활짝 웃은 것이다.

"고마워."

쑥스럽지도 차갑지도 않은, 순수하게 감사의 마음이 전해져 오는 말이었다. 이걸로 갤리선에서는 해방이다. 배는 어느 항구에 도착할까, 이제는 그저 조용히 지켜보기로 하자. 어쩌면 항구가 너무 멀어서 배의 행방을 영원히 알 수 없을지도 모르지만.

나는 내 역할을 다했다고, 에이이치는 생각했다.

10

그 후로 딱 일주일이 지난 후의 일이다. 하나비시 가에 엄청난 사건이 발생했다. 피카의 건강 상태가 나빠진 것이다.

낮에는 활기차게 학교에 다녀왔고 특별활동도 하고 돌아왔다. '다녀왔습니다.' 하고 인사를 건넬 때 얼굴빛이 조금 창백하다 싶었는데, 저녁 식탁에서 갑자기 젓가락을 내려놓더니 먹은 음식을 다 토해냈다.

"……속이 메슥거려."

이마에 손을 얹어보니 심상치 않게 뜨거웠다. 어머니 교코는 거의 졸도할 지경이었다. 공교롭게도 아버지는 접대 업무로 귀가가 늦어질 예정이었다.

"하나짱, 구급차!"

잠깐만. 아이가 토하고 미열이 조금 있다고 119까지 부르면 이상한 사람이 아니라 비상식적인 사람이다. 에이이치는 피카를 등에 업고 어머니와 함께 가장 가까운 종합병원 야간

응급실로 뛰어갔다.

때마침 인플루엔자 대유행이 신문에 보도된 시기였다. 너덧 그룹의 환자 플러스 따라온 일행이 모여 있는 대합실에서 에이이치는 환자를 두 사람이나 보살피는 심정이었다. 축 늘어진 피카를 끌어안은 어머니의 눈은 눈물로 젖어 있었다.

"도대체 왜 이렇게 오래 기다리게 하는 거야?"

"순서가 있으니까."

"사람은 왜 이렇게 많고?"

"엄마, 그런 계절이에요."

"그러니까 구급차를 불렀어야지."

그 말을 들으니 겸연쩍었다. 나는 그저 하나비시 집안 상식의 보루를 자임하고 나섰을 뿐이라고 마음속으로 투덜투덜 변명을 늘어놓았다.

진찰 결과, 감기라고 했다. 인플루엔자는 아닌 것 같지만 진찰 시기가 조금 빨라서 아직 확정할 수 없으니 내일 다시 한 번 와달라고 했다.

"수납하는 곳도 붐비니까 너 먼저 피카 데리고 들어가. 집에 가면 얼른 재워주고."

다시 피카를 업고, 그 위에 외투를 걸쳤다.

"여분 담요 넣어둔 곳은 알지? 파자마는 따뜻한 걸로 입혀.

그리고 얼음 베개는⋯⋯."

"다 아니까 걱정 마세요, 엄마."

등에 업힌 피카는 막 집어넣은 탕파湯婆*처럼 뜨거웠다. 열이 오른 것이다. 2월의 밤은 쥐 죽은 듯 차갑게 얼어붙어 있었다. 바람이 잠잠해서 그나마 다행이었다.

"하나짱."

등 뒤에서 피카가 불렀다.

"왜?"

"택시 탈 거야?"

"너도 빨리 가고 싶을 거 아냐?"

"차에서 흔들리면 또 토할 것 같아."

다행히 기본요금 거리였다.

"하는 수 없군."

에이이치는 외투 자락을 앞으로 끌어당기고, 피카가 흔들리지 않게 주의하며 잰걸음으로 걷기 시작했다.

"아빠는 아직 안 왔어?"

"접대가 있다니까."

직장인도 고생이라고 말해주었다.

---

* 뜨거운 물을 넣어서 몸을 덥게 하는 기구.

"아침에는 몸이 괜찮았어?"

"약간 으슬으슬했어."

그래서 목도리 두르고 장갑까지 끼고 학교에 갔다고 했다.

"그럴 때는 엄마한테 확실하게 말해야지. 걱정하시니까."

"말하면 더 걱정해."

하긴, 그건 그렇지.

부지런히 걸었다. 성큼성큼 걸었다. 신호 대기에 멈춰 섰을 때, 에이이치의 배에서 꼬르륵 소리가 났다. 피카가 키득키득 웃었다.

"다 너 때문이야. 저녁도 먹다 말았잖아."

고구레 사진관 불빛이 보이기 시작했다. 에이이치는 종종 걸음으로 보조를 바꾸었다.

가게 출입문을 열려는 순간 알아차렸다. 쇼윈도에서 달력이 사라지고 없었다. 언제 뺐지? 달력이 걸려 있던 자리에는 엽서처럼 생긴 하얀 종이가 붙어 있었다.

현재 예의鋭意 제작 중

저건 덴코 글씨잖아?

"하나짱."

피카는 직감이 빠른 아이니까 달력 얘기를 해주려나 싶었다.

"후코짱 업어준 적 있어?"

이 녀석, 대체 뭔 소리야? 뜬금없이.

"후코라……."

어땠을까?

"너처럼 작진 않았으니까."

"후코짱은 지금 나보다 더 작았어."

죽었을 때라는 말은 생략했다. 후코는 만 네 살에 세상을 떠났다. 앞으로 몇 년이 더 지나도 네 살 이상은 될 수 없다. 피카는 이미 후코의 나이를 훌쩍 넘어 있었다.

"후코도 작았지만 형도 작았으니까 업어주는 건 아버지 담당이었지."

피카가 입을 다물었다.

문을 열고 집으로 들어가자 따뜻한 공기와 저녁밥 냄새가 형제를 에워쌌다. 늘어지게 하품을 한 피카가 '졸려.'라고 말했다. 오늘 밤은 아무래도 벽장 침대는 안 되겠지.

옷을 갈아입힌 피카를 자리에 눕히고 나서 얼음 베개를 준비하고 있을 때 어머니가 돌아왔다.

"피카짱, 뭘 좀 먹이고 약을 먹여야 할 텐데."

외투도 벗지 않고 정신없이 움직이기 시작했다. 나머지는 내가 알아서 할게, 하는 바람에 에이이치는 갑자기 할 일이 없어졌다.

살며시 거실로 들어간 에이이치는 후코의 불단 앞으로 다가갔다. 어느 계절이든 신선한 꽃과 과일이 끊이는 법이 없는 그곳에서 후코의 영정 사진이 웃고 있었다. 마음에 들어 하던 원피스를 입고.

내가 널 업어준 적이 있었니?

후코는 즐거운 듯이 그저 웃을 뿐이었다.

피카는 왜 그런 말을 물었을까?

후코는 대답이 없다.

사진이니 그럴 수밖에. 이 사진에는 불길한 것도 이상한 것도 찍히지 않았다. 징조 같은 것은 없었다. 예감도 없었다. 후코의 죽음은 난데없이 찾아왔다.

갑자기 한기가 느껴졌다. 거실 난방은 계속 켜져 있었다. 틈새 바람인가? 아니다, 지금 이 한기는 몸속에서 일어난 것이다. 마치 차가운 무언가가 몸속 깊은 곳에서 돌아눕는 것 같았다. 그곳에 줄곧 깊이 잠들어 있던 것이 눈을 뜨면서…….

"하나짱, 하나짱."

어머니가 다급한 목소리로 불렀다.

"우유가 떨어졌어! 피카짱 먹일 따뜻한 우유!"

"네에네에, 편의점에 다녀오겠습니다."

후코의 영정 사진에 눈길을 한 번 던지고 에이이치는 거실을 나왔다.

피카의 발열은 하룻밤 만에 가라앉았다. 역시 감기라는 진단은 잘못되지 않았다. 다만 아무래도 식욕은 없는 듯했다. 피카보다 오히려 어머니가 더 걱정되어서 동호회를 쉬고 빨리 돌아왔더니, 어머니는 고스란히 남은 죽 그릇을 앞에 두고 한숨을 내쉬고 있었다.

"아무것도 먹고 싶지 않대."

"털고 일어나긴 아직 이르잖아."

"그래도 뭐든 좀 먹어야 하는데."

어머니는 피카와 마찬가지로 수척해져 있었다. 그 얼굴을 보자 불현듯 생각이 떠올랐다. 그때, 후코가 그런 상황에 처했을 때도 어머니는 뼈와 가죽밖에 안 남은 것처럼 야위었지. 간병 후에는 곧바로 장례식이었고. 게다가……

몸이 안 좋았던 것은 후코만이 아니었다. 피카도 앓아누워 있었다. 그래서 어머니는 이중으로 힘이 들었다. 잊어버렸던 게 아니다. 기억하고 있었다. 의식적으로 떠올리지 않으려 애

썼을 뿐이다. 그것은 하나비시 가의 터부였다. 공공연하게 금지하지 않았기 때문에 오히려 더 암묵적으로 언급하지 않으려 하는 일.

"복숭아 통조림 같은 건 어떨까?"

"엄마부터 먹는 게 어때요?"

에이이치는 자기 방과 피카의 방을 오가면서 상황을 살폈다. 피카는 이제 씻은 듯이 나은 양, 책을 읽고 싶어 했다. 그 또래 아이들은 감기 정도라면 기운을 잃는 속도도 빠르지만 회복도 빠르다.

"책 꺼내줘."

"안 되는 거 뻔히 알잖아. 하루만 더 참아."

"심심하단 말이야. 그럼 하나짱이 읽어줘."

"얌전하게 안 자면 고구레 씨 유령 나온다."

밥도 안 먹은 환자 주제에 피카는 큰 소리로 웃었다.

"하나짱, 무섭구나."

"지난번에 벽장 속에서 비명을 질렀던 사람이 누구지?"

"캄캄한 곳이 무서웠을 뿐이야."

저녁 식사 때도 피카는 죽을 조금 먹었을 뿐이다. 어른처럼 떨떠름한 표정을 지으며 입이 껄끄럽다고 하는 걸 보면 정말로 어휘력이 풍부한 녀석이다. 머리는 이미 정상적으로 작동 중이었다.

"뭐 먹고 싶은 건 없나?"

별생각 없이 물었는데 피카는 꽤나 진지하게 생각에 잠겼다. 그러더니 대답했다.

"탄빵 누나네 식혜 먹고 싶어."

허, 뭐라고?

도모다장 이후, 탄빵은 지상에서 사라져버린 것처럼 감쪽같이 자취를 감추었다. 에이이치는 그 친구도 좀 쑥스러울 거라고 생각하기로 했다. 어찌 되었든 그렇게 소리치고 으르렁거렸으니까, 나중에 생각해보니 부끄러웠겠지. 물론 결코 부끄러운 말을 한 것도 아니고 모두 옳은 얘기였지만 그 표출 방법이 '쥬라기 공원' 같았으니까. 의미가 좀 다른가?

하지만 이대로 계속 어색하게 지내기도 좀 그렇다. 딱 좋을 때다.

"그럼 부탁해볼게."

휴대전화에는 좀처럼 반응이 없었다. 내 번호가 뜬 걸 보고 그 애가 또다시 차광기토우로 변했나?

"네, 탄빵입니다."

전화를 받은 목소리는 평범했다. 에이이치도 아무 일 없었다는 듯 용건을 말했다.

"갑자기 미안한데, 그릇 들고 갈 테니까 식혜 좀 살 수 있을까?"

이 시간이면 식혜도 다 팔리고 없으려나?

"식혜는 있어. 일부러 여기까지 올 필요 없어. 내가 배달해줄게."

탄빵은 시원시원하게 말했다.

"아니, 너무 늦었으니까 내가……."

"됐으니까 넌 피카짱 옆에 있어."

그리고 삼십 분도 지나지 않아 낯익은 업무용 밴이 고구레 사진관 앞에 도착했다. 운전석에는 탄빵 아버지가 앉아 있었다. 아아, 이런, 이런.

"안녕하세요. 전통찻집 데라우치 배달입니다."

탄빵은 보온병을 끌어안고 밴에서 내렸다. 현관 앞에서 얘기하긴 뭣해서 탄빵 아버지도 안으로 들어오게 했다. 또다시 예기치도 못한 교류이니 어머니도 잠시나마 마음을 딴 데 돌릴 수 있고 좋겠지, 뭐.

탄빵의 얼굴과 식혜를 보자 이 녀석 꾀병이 아니었나 싶을 정도로 피카는 금세 활기를 되찾았다.

"열이 심했다면서?"

"다 토했어."

"힘들었겠다."

"내가 토해서 하나짱은 밥도 못 먹었어."

쓸데없는 소리까지 했다.

물론 피카가 있으니 가와이 가족의 툇마루 사진에 관한 얘기는 입도 뻥긋할 수 없었다. 그래서 좋은 건지 나쁜 건지, 둘이서 연극을 하는 것 같았다. 너, 대체 그 후로 어떻게 된 거야? 여러 가지로 신경 쓰이지 않았냐? 심장 언저리에서 복잡한 질문들이 빙글빙글 맴도는 게 느껴졌다.

아래층에서는 부모님끼리 이야기꽃을 피우고 있었다. 웃음소리가 들려왔다. 거실에 있는 모양이었다. 아버지가 또 우쭐해서 촬영용 스크린을 구경시켜주는 건, 설마 아니겠지.

피카의 방에는 미술부에서 쓰는 그림 도구들이 가득했다. 스케치가 몇 점인가 장식되어 있고 제작 중인 지점토 오브제도 있었다. 탄빵이 그것들에 흥미를 보이자, 식혜로 에너지를 보급한 피카는 의욕이 넘쳐서 하나하나 설명해주었다.

"피카짱, 대단해. 재능 있네."

탄빵은 순수하게 감탄했다.

"어릴 때는 뛰어나도 스무 살 넘으면 평범한 사람이 되는 경우가 많아."

"우와, 심하다! 피카짱 형은 좀 비뚤어진 모양이야."

둘이 같이 몰아붙이는 건 정당하지 않아.

탄빵의 시선이 피카의 책상 아래 세워둔 캔버스에 멈췄다. 캔버스라고는 하지만 유화 그릴 때 쓰는 천으로 된 것은 아니다. 한 장짜리 판 같은 형태였다. 한데 그것만 기름종이에 폭 싸여 있었다. 게다가 감춰둔 것 같은 모양새였다. 그래서였을까, 탄빵이 물었다.

"이건 비밀 작품이야?"

파자마 위에 스웨터를 입고 담요를 가슴까지 두르고 눈을 이리저리 바쁘게 돌리던 피카의 웃는 얼굴이 순식간에 굳었다.

"으음, 그건……."

눈동자만 여전히 이리저리 바쁘게 움직였다.

"실은 덴코짱이……."

"덴코가?"

"완성할 때까지는 비밀로 하자고, 그러니까 하나짱한테도 말하지 말고 탄빵 누나를 깜짝 놀라게 해주자고 했는데."

탄빵이 에이이치의 얼굴을 쳐다보았다. 몰라, 몰라, 난 전혀 가담하지 않았어.

"대체 무슨 소리야?"

"모자이크를 만드는 중이야. 쇼윈도에 장식할 건데, 덴코짱 아이디어지."

그래서 배경을 붙일 때 덴코에게 도움을 받았다고 했다. 덴코는 그림 소재인 전통 종이를 찢어주기만 한 모양이지만. 덴코가 말했던 '도와줘야 할 일'이 이거였나? 그럼 쇼윈도에 붙여둔 '제작 중' 메모도……

"조금만 더 하면 되는데, 특별활동 공동 작업도 있고 이래 저래 바빠서 이쪽은 아직 완성 못 했어."

모자이크는 시간과 노력이 많이 든다. 덧붙이려면 완전히 다 마를 때까지 기다려야 하고.

"그럼 아직 보여달라고 하면 안 되겠네."

탄빵이 아쉽다는 듯이 말했고 실은 피카도 보여주고 싶었을 것이다.

"아냐, 괜찮아. 봐도 돼."

그러더니 이상한 말을 했다.

"이건 탄빵 누나 그림이니까."

탄빵이 또다시 에이이치의 얼굴을 쳐다보았다. 글쎄 난 외부자라니까, 아무것도 몰라.

탄빵은 신중하게, 갓난아기를 목욕시키려고 옷을 벗기는 엄마 같은 손놀림으로 캔버스의 기름종이를 벗겨냈다. 색채가 풍부하고 치밀한 그 그림은 에이이치의 눈에는 거의 완성

된 것처럼 보였다. 피카가 말한 그대로였다. 그것은 탄빵의 그림이었다.

새해 첫 참배로 들썩이는 한밤중의 신사. 빨간 도리이. 참배객들의 온갖 빛깔 겨울옷. 밴에서 흘러나오는 식혜의 하얀 수증기. 밴 옆에서 남색 앞치마를 두르고 다운재킷을 입은 소녀가 웃는 얼굴로 손님을 부르고 있다.

"너무 멋진 풍경이라 머릿속에 새겨졌어. 그래서 한번 만들어보고 싶었어."

탄빵이 깊은 침묵에 잠겨 두 손으로 캔버스를 들고 뚫어져라 쳐다보며 꿈쩍도 하지 않자, 피카는 살짝 불안해진 모양이다.

"별로 맘에 안 들어?"

꼬마 인생 상승장군이었던 녀석치고는 겸양의 질문이었다. 피카 너, 사실파였냐? 모자이크인데 너무 리얼하잖아. 특히 탄빵의 얼굴색이.

"……멋져."

탄빵이 나지막이 말했다.

"너무 멋져. 고마워, 피카짱."

녀석치고는 퍽이나 기특하게도, 피카는 수줍어하며 마음을 놓았다.

"다행이다. 쇼윈도에 장식해도 돼?"

"물론이지."

탄빵은 그림을 들어 올리더니 피카의 책상 위에 조심스럽게 세웠다.

"이젠 비밀로 할 필요 없어. 이렇게 둬야 빨리 마르잖아."

"응, 맞아."

왜 그래, 탄빵? 목소리가 좀 이상한데.

"그럼, 난 그만 가볼게."

이쪽을 쳐다보지도 않고 그렇게 말하더니 '피카짱, 몸조리 잘해.' 하고는 도망치듯 방을 나가버렸다. 곧 탄빵이 자기 아버지에게 말하는 소리가 들려왔다.

"아빠, 시간이 꽤 늦었어요. 이만 실례해야죠."

탄빵, 너 역시 목소리가 이상하다니까. 감기가 이렇게 빨리 전염되나? 코가 막힌 건가?

"하나짱, 조금 전에 이상한 표정으로 웃었지."

피카가 에이이치를 흘겨보았다.

"그런 적 없어!"

"탄빵 누나, 사실은 마음에 안 들었을까?"

"얼굴은 좀 더…… 밝은 색 종이를 썼으면 어땠을까?"

"거봐, 하나짱이 그런 생각을 하니까 탄빵 누나가 더 상처받는 거라고!"

"너까지 탄빵, 탄빵, 부르지 말랬지!"

그건 그렇고, 정말 그런가? 그런 거야? 에이이치의 심장 언저리에서 또다시 의심스러운 생각들이 뱅글뱅글 맴돌았다.

탄빵이 동요했던 이유는 그로부터 약 한 시간쯤 후에 밝혀졌다.

"미안해."

데라우치 지하루가 말했다. 전화기 너머 목소리는 이상하기만 한 게 아니라 아예 울먹거렸다.

"정말 미안해. 미안합니다. 나, 하나짱한테 사과해야 해."

에이이치의 방이었다. 조금 전까지 조잘조잘 떠들어대던 피카는 겨우 잠이 들었다. 고구레 사진관—이 아니고 하나비시 가의 밤은 고요하다.

"사과하다니, 뭘?"

일단은 그렇게 물을 수밖에 없었다.

"하나짱을 이용하려고 했어."

본격적으로 울기 시작했는지, '이요하여고 해써'로 들렸다. 어쨌든 에이이치로서는 무슨 말인지 도통 의미를 알 수가 없었다.

"그건 반대 아닌가? 네가 내 조사를 도와줬잖아."

그게 아니라며 탄빵은 탁한 목소리로 울었다.

"⋯⋯작년 여름방학이 끝나갈 무렵이었어."

축구부 남학생한테 고백을 받았다고 했다. 설명을 조금 덧붙이자면, 널 좋아하니 내 여자 친구가 돼줬으면 좋겠다는 고백을 받았다는 것이다. 가와이 선배도 말했지만, 경음악 동호회는 운동부의 대외적인 시합에 응원하러 가기 때문에 의외로 교류할 기회가 많았다.

"축하할 일이네."

탄빵은 훌쩍거리는 숨소리를 냈다.

"넌 그 애가 싫었니?"

"아니."

좋았다고 했다. 정확하게는 동경하고 있었다. 축구부에서는 일 학년이면서도 레귤러로 출전하는 선수였고, 키도 크고 잘생긴 인기 많은 학생이었으니까.

"그럼 축하할 일이잖아."

탄빵, 잘생긴 사람을 좋아하는구나. 그런 생각이 들자 약간 의외이기는 했다. 무슨 까닭인지 불현듯 하시구치의 얼굴을 떠올리며 거기에 부정적인 벡터를 치는 스스로를 알아채고 몹시 미안한 마음도 들었다. 결석재판은 바람직하지 않아.

"믿기지 않았어."

"왜?"

"그야 엄청나게 인기 많은 애였으니까. 난 이렇게 탄빵이고."

에이이치는 또다시 탄빵의 가슴 깊은 곳을 들여다보게 된 것이다.

"너, 역시 신경 쓰는구나. 미안해. 우리 꼬맹이까지 탄빵 누나라고 불러서."

탄빵의 울음소리에 드라이브가 걸렸다. '아냐, 그런 게 아니야.'라고 말한 것 같긴 한데, 코맹맹이 소리가 아웃브레이크 하는 바람에 또렷하게 들리진 않았다.

"피부가 검어서 놀림받은 건 초등학교 때부터니까."

"그래서 아버지가 화내셨던 거지?"

"응. 반 아이들만 그런 게 아니고 담임선생님까지 같이 놀렸거든."

매일 아침 출석을 부를 때마다 '탄빵'이라고 불렀던 모양이다. 반 아이들은 그때마다 재미있어하며 웃었다.

"간혹 있긴 하지. 프렌들리 방향을 착각하는 그런 교사들."

"흥."

지금 건 '응.'이겠지.

탄빵이 초등학교 삼 학년 때였는데, 아버지가 학교로 항의하러 갔고 담임이 잘못을 뉘우친 후로는 노골적으로 놀림을 당하는 일은 사라졌다.

"하지만 내 검은 피부는 평생 져야 할 짐이니까."

앞으로도 비슷한 일이 또 생길 것이다. 데라우치 가족은 의논했다. 몇 번이고 수없이 의논했다.

"그래서 난 마음먹었어. 앞으로는 더 이상 부끄러워하지 않기로."

나의 얼굴과 몸은 아버지와 어머니한테 받은 것이다. 나는 아버지와 어머니를 이루 말할 수 없이 좋아한다. 피부가 검다고 부끄러울 건 없다. 이건 나의 소중한 개성이다.

"그 후로는 뒤에서 무슨 말을 하든 신경 쓰이지 않았어. 히요코 같은 친한 친구도 생겼고. 계속 괜찮았어. 그래서 이젠 아무렇지 않다고 믿었지."

탄빵이라고 불러도 상처 받지 않아서 시큰둥해하는 여자애들이 있다고 가볍게 얘기할 수 있을 정도였다.

"그런데, 그랬는데, 그 축구부 애가……."

고백했다는 그 남학생은 아무래도 그를 추종하는 여자애들—있다, 그런 부류 애들이—에게 부추김을 당해서 탄빵에게 몹쓸 장난을 치며 괴롭힌 모양이다. 에이이치는 코맹맹이 소리로 말하는 탄빵의 이야기를 해독해가며 듣고 있었다. 그쯤에서 탄빵은 또다시 '놀림을 받았다'고 말했다. 에이이치의 해독으로는 '학대당했다'가 된다. 놀리는 차원을 넘어섰기 때문이다.

"고백이 거짓이었어?"

"응."

"네가 진짜 믿는지 어떤지 시험했다는 뜻이야?"

"응."

그 일을 꾸민 무리는 탄빵이 혼자 발그레 수줍어하는 모습을 숨어서 엿보면서 웃었던 모양이다.

"그건 어떻게 알았는데?"

"가르쳐줬어, 동호회 친구가."

축구부 녀석을 추종하며 따라다니는 여자애들 무리 중에 아는 친구가 있는 여학생이었다.

ㅡ그 애들 겉보기보다 훨씬 못된 애들이야. 뭔가 꿍꿍이속이 있을 거야.

동호회에서 제일 친하게 지내는 아이의 충고였지만 탄빵은 아무래도 곧바로 믿지는 않았다. 다만 어느 쪽을 믿어야 할지 혼란스러워지고 말았다.

"그래서 큰맘 먹고 확실하게 물어봤어."

"고백한 녀석한테?"

"응."

"그랬더니?"

적敵은 웃었다.

―에이, 들통 난 거야? 하지만 설마 진심으로 믿은 건 아니지? 넌 탄빵이잖아. 내가 진짜로 고백할 리 없다는 것쯤은 알고 있었지?

아는 여자애가 자기한테 남몰래 마음을 품고 있는 걸 이용해서 추종하는 여자들이랑 한통속이 되어 속이고 학대하고, 게다가 웃기까지 했다고?

"그 자식 이름이 뭐야?"

"그런 건 묻지 마."

흥미로 물어본 게 아니다.

"아니, 어떤 놈인지 알면 다음에 피카가 몸 안 좋을 때 그놈 등에 업혀주려고 그래."

그리고 피카에게 호령한다. 토해!

탄빵이 요란하게 울기 시작했다.

"난 바보라서…… 같이 웃어 보였어. 아무렇지 않은 척했어. '그야 당연하지, 난 탄빵이니까. 이런 건 처음부터 농담인 줄 알았다고.' 그렇게 말했지."

코맹맹이 소리지만 제대로 알아들을 수 있었다. 그 아픔도 절절히 전해졌다.

"사실은 아무렇지도 않은 게 아니었어."

나는 탄빵이다. 평생 탄빵인 채로 살아야 하고, 평생 아무렇지 않은 탄빵은 될 수 없다.

"그야 누구라도 아무렇지 않을 순 없지."

탄빵이 흐느껴 울었다. 에이이치는 한참 동안 말없이 탄빵의 오열을 들었다. 그러다 울컥 화가 치밀었다.

탄빵은 겉으로는 탄빵으로 불리는 정도로는 상처 받지 않는 척하지만, 그것은 가면일 뿐이고 틀림없이 상처 받을 것이다. 그것을 드러내게 하려면 어떤 방법을 써야 할까, 하며 온갖 술수를 짜냈을 여자애들은 내가 역에서 마주쳤던 하늘하늘한 리본 같은 시선을 던진 무리 속에 있었을지도 모른다. 혹시 있었다면, 나는 그 녀석을 발로 걷어차서 플랫폼 밑으로 떨어뜨렸어야 했다. 정면에서 달려오는 전차의 모습을 한 번쯤 봐두라고.

탄빵의 흐느낌 간격이 조금 벌어졌다.

"데라우치."

"응."

"코 풀어."

탄빵은 순순히 시키는 대로 했다. 그 소리 역시 요란하게 울려 퍼졌다.

"이 일은 아버지나 어머니는 모르시겠지?"

"난 이제 초등학생이 아니야."

"덴코는?"

"말은 안 했지만 아마 알 거야. 덴코는 예리하니까. 공작원 친구도 엄청나게 많고."

그 자식이 CIA 두목이었나?

"덴코는 뭐래?"

"아무 말도 안 했어."

"그럼 아무한테도 상의 안 했어?"

"히요코한테는 말했지."

둥지 속의 히요코는 분개했다.

—지하루, 절대로 지면 안 돼. 아무렇지 않은 척했으면 철저하게 그렇게 밀고 나가야 해. 그 애들이 두 번 다시 똑같은 짓을 못 하게 지하루가 훨씬 더 활기차고 해피하게 지내야 한다고.

지당한 조언이다.

"그럼 구체적으로 어떻게 하란 소리래?"

"남자 친구를 만들라고 했어."

그게…… 지당한 충고인가? 여자애들 사고방식으로는 지당한 건가?

"그 애들한테 남자 친구랑 다정하고 행복하게 지내는 데라우치 지하루를 보여주라는 거였지."

그러려면 학교 안에서 남자 친구를 만들어야 했다. 최대한 빨리.

"아하."

에이이치에게도 이야기의 내막이 보이기 시작했다. 미안하다며 탄빵이 다시 울기 시작했다.

"미안해, 미안해."

계속 기회를 엿보고 있었다고 했다.

"하나짱에게 다가갈 좋은 기회가 없을까 하고."

심호흡을 하고 나서 에이이치가 천천히 물었다.

"한 가지 질문이 있는데."

"긍."

"왜 나야? 덴코가 훨씬 낫잖아?"

콤플렉스를 발동시키는 건 아니다.

"객관적으로 보면 덴코가 수준 높은 남자 친구인 건 확실하잖아. 그 녀석 인기도 엄청 많고."

"그러면 오히려 안 좋아. 거짓말이라는 게 훤히 드러나니까. 게다가 덴코는 여자 친구 안 만들어. 유명하지. 누가 고백을 하든 거절해."

부탁을 하면 덴코는 그런 척은 해줄 것이다. 친하게 지내는 데라우치를 위해서. 데라우치의 마음을 풀어줄 것이다. 하지만 그렇게 하면 속이 훤히 보여서 안 된다는 뜻이었다. 다들 덴코가 그런 녀석이라는 걸 알고 있기 때문에.

"하지만 너무 두드러지지 않는 남자애도 안 되긴 마찬가지야."

뭐, 그야 그럴 테지.

"히요코랑 같이 고민했어. 체육대회 사진 같은 것도 훑어보면서 누가 좋을까 하고. 평소에는 전혀 눈에 띄지 않지만 찬찬히 살펴보면 비교적 잘생겨서 모두가 어머 하고 놀랄 만한, 진실해 보이는 적당한 남자애를 찾았지."

울면서 털어놓고, 탄빵은 한층 더 소리 높여 울었다.

"덴코의 어릴 적 친구 중에 아주 친한 애가 있다는 말을 꺼낸 사람은 나야!"

그렇다면 난데, 음……. 평소에는 전혀 눈에 띄지 않지만 찬찬히 살펴보면 비교적 잘생겼다? 그렇게까지 접근해서 살펴보지 않으면 잘생긴지 모른다는 말은 잘생기지 않았다는 말이랑 이퀄 아닌가? 이렇게 생각하는 건 남자의 견해인가?

그건 그렇고, '적당한'이라니?

"미안해. 난 그런 꿍꿍이속으로 하나짱한테 접근했어. 처음부터 그걸 노렸어. 하나짱은 못 알아챘겠지만."

전혀 몰랐습니다.

아아, 그건 그렇고.

"히요코짱 소개해준다는 말도 그런 계획의 일환이었니?"

관측기구를 쏘아 올렸다는 표현이라도 써야 할까?

"……궁."

예스로군.

"히요코가 그런 식으로 말해보라고 했어. 그리고 상대의
반응을 살피라고."

스트레이트로 기뻐했던 기억이 났다. 그걸로 괜찮았던가?

"히요코한테 하나짱 얘기를 많이 했는데, 들으면 들을수록
격려해줬어. 하나짱은 조건에 딱 맞으니까."

사실은 나, 지금 울어야 하는 거 아닌가 하는 생각이 살짝
들었다. '적당한' 나.

"하나짱이 모르는 데서 내가 슬쩍 소문을 퍼뜨린 적도 있
어. 우리 둘이 사귀는 게 아니냐고 의심하는 사람들이 생기기
시작했으니까."

'안녕?'이라며 반갑게 손을 흔들기도 하고 무슨 의미가 있
는 것처럼 무시하기도 했던 데에는 그런 까닭이 있었군.

"진심도 아니면서……."

훌쩍, 훌쩍, 훌쩍, 훌쩍.

"나 편할 대로 이용하려 했어."

탄빵은 쉴 새 없이 흐느껴 울더니 이번에는 에이이치가 시키기도 전에 코를 풀었다.

"저기."

에이이치가 입을 열자, 탄빵이 숨을 삼킨 듯이 조용해졌다.

"실은 나도 아주 조금 이상하다고 생각했어."

"……어떤 점이?"

숨죽인 목소리로 물었다.

"넌 툭하면 사과했잖아. 무슨 일만 있으면 미안해, 미안해, 하고."

탄빵은 입을 다물고 있었다.

"뭐, 하긴. 그렇게 의미 깊게 생각한 건 아니지만."

"미안해."

에이이치는 웃었다.

"거봐, 또 이러네. 나는 말버릇인 줄 알았지. 흔히 있잖아, 무슨 말에나 '거짓말!'이라면서 소리치는 녀석들. 그런 건 줄 알았어."

탄빵은 콧물을 훌쩍거렸다.

"그건 그렇고, 난 군이 사과받을 필요를 못 느끼는데."

어째서, 하는 말이 간신히 들려왔다.

"딱히 상처 받지도 않았으니까."

오늘 밤에는 벽장 속에 틀어박혀 잘까 싶은 생각이 살짝 들긴 하지만…… 아하, 하고 이해가 갔다. 이런 느낌이 극에 달하면 스킨헤드로 도모다장에 숨어 사는 지경까지 도달하겠구나. 이건 좀 심한가?

하지만 정말로 상처 받은 기분은 아니었다. 탄빵한테 화나지도 않았고. 그 이유는…….

"조금 전에 네가 말했지. '적당'하다고."

미안해, 미안해, 미안해…… 사과하는 말이 눈사태처럼 점점 불어나서 그것을 차단하느라 애를 먹었다.

"아, 글쎄! 내 말 좀 들어보라니까. 나 그런 거 싫어하지 않는 거 같아, 아마도."

적당하다는 평가.

"오히려 긍정적이랄까?"

괜찮지 않나, 적당하다는 거. 그래, 맞아. 스스로도 이해가 갔다.

"그야 물론 덴코처럼 된다면 이상적이겠지. 하지만 모두가 덴코처럼 될 순 없잖아. 덴코도 나름 힘들 거라는 생각이 든 적도 있고."

세상이 덴코투성이라면 세상도 곤란해질 것이다. 모두가 덴코라면 덴코들 안에서 또다시 순서를 정해야만 제대로 돌아가는 게 세상일 테고. 게다가 모든 면에서 덴코에게 뒤처져 콤플렉스를 품기 쉬운 하나비시 에이이치는 그래도 '적당하다'는 한 가지 점에서는 덴코에게 이긴다……는 것을 알았다는 사실만으로도 인생의 예선 리그를 통과한 느낌이었다. 아슬아슬하긴 하지만.

"그래서 난 기분 나쁘지 않으니까 네가 사과할 건 없어. 조사할 때 도와줘서 고마웠고. 아다치 씨에게 활력을 불어넣는 일은 나에겐 불가능하니까."

생각이 난 듯 탄빵이 또다시 큰 소리로 울었다.

"바보 멍청이는 남자가 아니야. 나야말로 그래!"

호읍號泣 모드로 되돌아갔다. 큰일 났네. 이걸 어떻게 수습한담.

에이이치는 여자애가 우는 상황이 처음이었다. 갓난아기가 울었던 적은 있다. 후코도 그렇고 피카도. 하지만 그 애들은 둘 다 밤에는 울지 않고 순했는데…….

갑자기 선명한 기억이 떠올랐다. 후코를 업어준 기억은 없지만 안아준 적은 있다. 처음으로 안았을 때, 후코는 아직 목도 제대로 가누지 못하는 아기였다. 달콤한 냄새가 났다. 깜짝 놀랄 정도로 따뜻하고 부드러웠다. 그리고 무거웠다. 그렇다, 갓난아기는 무겁다. 후코는 새근새근 잠들어 있었다. 에이이치는 당시에 고작 여섯 살, 얼러준 것도 아닌데 후코가 눈을 감은 채 웃어서 깜짝 놀랐다.

—오빠가 안아준 줄 알고 좋아하네.

어머니가 그렇게 말했던가?

그로부터 사 년 후, 후코의 관을 밖으로 내갈 때, 친척 중 누군가가 말했다.

—형식만이라도 좋으니 관을 메어주럼. 오빠니까.

그러자 아버지가 낯빛을 바꾸며 화를 냈다.

—에이이치는 됐어. 아직 어린애야.

관 무게 따윈 몰라도 돼, 아버지는 그런 말을 하고 싶었던 것이다. 그보다는 후코를 안아줬을 때 무게를 기억하라고.

탄빵은 계속해서 울었다. 에이이치는 휴대전화를 귀에 대고 있었다. 옆방에는 피카가 잠들어 있었다. 피카의 책상 위에는 피카가 그린 탄빵 그림이 놓여 있었다. 그것은 좋은 그림이었다. 탄빵의 그림. 헛되이 만들고 싶지 않았고, 그래서도 안 되었다.

신경 쓰지 말라고 말해도 소용없겠지. 용서한다고 말해도 아무것도 변하지 않겠지. 그런 번거로운 말 말고, 좀 더 깔끔하고 담백한 말은 없을까?

대화가 끊긴 틈을 타서 에이이치도 코를 풀자 뇌가 자극을 받은 모양이었다. 좋은 생각이 떠올랐다.

"데라우치."

"······응."

"내일 시간 있니?"

같이 덴코 집에 가자.

"덴코 아버지한테 부탁해서 야영하자."

팬이 달린 대형 적외선 히터 두 대.

"이거 한겨울 장례식 때 쓰는 물건 맞죠?"

다나코 가의 정원은 순수한 전통 일본식이라 조경 정원과 잉어가 헤엄치는 연못, 주칠을 한 다리 등이 있었다. 그러면서도 그 한 귀퉁이에 자리 잡은 정자는 의미를 알 수 없는 그리스 신전풍이었다. 그곳에만 다른 사람의 취향 혹은 아집이 깃들어 있는 것 같았다.

정자 주변이 나무가 가장 많이 우거지고 밑에 깔린 잔디가 따뜻하니 2월 야영지로는 최고라고 덴코 아버지가 말했다. 게다가 히터까지 꺼내다 설치해주었다.

"불길한 소리 하지 마. 보통은 봄 감상회 때 쓰는 거야."

"봄 감상회?"

"꽃놀이 말이야, 꽃놀이."

덴코와 에이이치에게는 전용 침낭이 있었다. 탄빵은 사놓기만 하고 한 번도 쓰지 않은 덴코 어머니의 침낭을 빌려 쓰기로 했다. 펼쳐 보니 '비상시 휴대품'이라는 태그까지 그대로 붙어 있었다.

"다나코 가족은 유사시에도 어디로 도망치기보다 여기 있는 게 더 안전할 것 같은데."

2월의 밤하늘은 맑게 개어 있어서 올려다보니 별들이 가득했다. 정자가 있는 곳은 안채랑 가까워서 뒤쪽으로 창문 불빛이 보이지만, 그 대신 주변 다른 집들과는 떨어져 있어서 하늘이 가장 넓게 보이는 지점이기도 했다.

탄빵은 아까부터 침낭을 이리저리 끌고 다니며 허둥거리고 있었다.

"왜 그래?"

"위치를 정하는 중이야."

팬의 열기가 닿아서 따뜻하면서도 직접적으로 적외선이 닿지는 않는 곳.

"피부를 위해서야."

"너무 늦지 않았을까요?"

주먹이 날아들었다. 쳇.

"침낭 속에 들어가면 다 마찬가지야."

덴코가 웃으며 말했다. 덴코의 침낭은 역시 사이키델릭한 색채라서, 셋이 나란히 드러눕자 덴코만 독을 품은 거대한 애벌레처럼 보였다.

"아버지는?"

"목욕하고 나오신대."

"감기 드실 텐데?"

"상급자라 문제없음."

"좀 아까 할아버지가 목검을 들고 저쪽으로 걸어가시던데."

"오늘 밤에는 여학생이 있어서 야경을 돈다고 하셨어."

방범 장치부터 다시죠.

"침입자를 경계하는 게 아니야. 우리를 견제하는 거지."

"탄빵을 누가 덮쳐?"

탄빵은 듣지 않았다. 침낭에서 둥그런 얼굴을 내밀고 하늘을 올려다보며 심호흡을 하고 있었다.

"하늘, 무지 크네."

"무지 크지."

덴코가 말을 받았다.

"별이 참 예쁘다."

고구레
사진관 상

"예쁘지."

"도쿄 밤하늘도 아직은 쓸 만한데."

"도쿄 밤하늘도 아직은 쓸 만해."

너희가 메아리냐? 아무 말도 안 해도 되지만 무슨 말이든 하고 싶을 때는 상대가 하는 말을 따라 하면 재미있겠구나, 에이이치는 생각했다.

팬 돌아가는 소리가 윙윙거렸다. 그러나 탄빵의 트림 소리는 그 소리에 파묻히지 않았다.

"바베큐를 그렇게 많이 먹어댔으니 그러지."

"맛있는 걸 어쩌라고."

그 간지러운 목소리에 겹쳐서 이상야릇한 가락이 울려 퍼졌다. 이것도…… 음성인가? 뭐지? 뒤쪽 창에서 흘러나오는데.

덴코가 별안간 벌떡 일어섰다.

"큰일 났다!"

그리고 침낭 속에서 발버둥을 쳤다. 너무 서두르다 보니 오히려 좀처럼 빠져나오지 못했다.

"왜 그래?"

"저 소리, 아버지야!"

탕 하는 높고 맑은 소리가 울려 퍼졌다. 목욕탕이다. 나무 물통이 울리는 소리였다. 다나코 가의 목욕탕은 전부 노송나무로 만들어져 있었다.

"기분 좋으면 목욕탕에서 노래하셔."

막아야 해, 하며 덴코는 바닥을 휘젓듯 일어섰다.

"무슨 상관이야, 목욕탕에서 콧노래 부르는 정도인데."

덴코가 바짝 긴장해서 말했다.

"상관있거든. 우리 아버지 노래는 의사 협회 선생님들한테 '음향 병기'라고 불린단 말이야!"

그러고는 '엄마가 위험해!'라고 소리치며 쏜살같이 안채로 달려갔다. 비틀린 애벌레 같은 그 뒷모습을 바라보던 에이이치와 탄빵은 어처구니가 없어 웃음을 터뜨렸다.

탄빵의 웃음소리는 아주 맑고 가늘었지만, 그 속에 강인한 뭔가를 반짝반짝 켜며 연주하는 듯한 음계가 깃들어 있었다.

덴코 아버지의 노래가 계속되었다. 기괴한 소리임은 분명했지만 그 정도 거리라면 실질적인 피해는 없을 것 같았다. 탄빵의 웃음은 멈추지 않았다. 그 옆으로 바스락바스락 소리를 내며 가로질러 가는 사람은 덴코의 할아버지겠지. 네에네에, 얌전히 잘게요.

에이이치는 침낭 속에서 몸을 동그랗게 말았다.

자, 그런데…….

수습할 수 있는 일은 모두 원만하게 끝냈다고 믿었다. 하지만 그로부터 며칠 후, 학교에서 돌아오는 길에 역 플랫폼에 내리자 수습하기를 잊었던 것…… 아니, 인물이 거기 있었다. 이유는 모르겠지만 오늘은 그때와는 반대편 플랫폼 가장자리에 서 있었다.

에이이치는 손으로 눈을 가렸다. 어떻게든 나 자신을 속일 수 없을까? 못 본 걸로 하고 지나칠 수 없을까?

불가능하다.

혼자서 우두커니 서 있는 가키모토 준코는 종잇장처럼 얄팍했다. 빛바랜 연지색 외투는 헐렁해서 플랫폼을 스쳐 지나는 북풍에 옷자락뿐 아니라 소매까지 펄렁거렸다. 화장기 없는 얼굴은 창백하고, 청바지에 감싸인 다리는 나무토막 같았다.

그 옆에는 전차를 기다리는 사람이 두세 명. 역무원은 보이지 않았다. 플랫폼 맨 끝에 마음만 먹으면 간단히 넘을 수 있는 철책이 덩그러니 서 있을 뿐이다. 학습 좀 제대로 하란 말이야, JR 동일본.

"어이!"

그쪽으로 달려가는데 마음보다 앞서 목소리가 튀어나왔다. 가키모토 준코가 이쪽을 쳐다보았다. 그러더니 험악한 눈빛으로 변했다.

"뭐야, 하나비시 댁 아들."

먼 거리를 뛰어간 것도 아닌데 숨이 차올랐다. 에이이치는 아무 말 없이 성큼성큼 다가가 미스 가키모토의 팔을 움켜잡고 플랫폼 중간쯤까지 끌고 왔다.

미스 가키모토는 저항했다.

"무슨 짓이야."

또다시 심장이 쿵쾅거리기 시작했고, 교감신경이 모조리 그쪽으로 집중되어버렸는지 목소리도 나오지 않았다.

"뭐하는 짓이냐고. 이거 놔."

힘으로 치면 이쪽이 우세하다. 에이이치에게 질질 끌려오는 미스 가키모토는 넘어질 지경이었다.

"소리 지른다."

말은 그렇게 했지만 목소리는 몹시 가냘팠다.

"영양실조였다면서?"

미스 가키모토가 입을 다물었다. 저항을 멈췄다. 하지만 자발적으로 걸으려 하지는 않아서 에이이치는 발걸음을 늦추지 않았다. 계단을 지나 역무원실 옆에까지 갔다. 클립보드를 손에 든 젊은 역무원이 반대편 플랫폼을 바라보고 있었다. 에이이치는 그쪽에서 멈춰 숨결을 가다듬었다.

고구레
사진관 상

솔직히 말해 성적에는 문제가 좀 있다. 에이이치의 머릿속 기억회로는 공부를 싫어하는 것 같다. 그래도 완전히 쓸모없는 건 아니고, 어떤 상황—그것도 별로 평범하지 않은 상황—에서 말해야 할 일이 생기면 그에 적합한 재료를 어디서든 끌어내서 제공해주긴 한다. 이번에도 그랬다.

"우리 학교에······."

아직도 숨이 찼다. 내가 왜 이렇게 흥분하는 거지?

"'철도 애호회'라는 게 있어. 동호회지. 알기 쉽게 말하자면, 철저한 철도 마니아들의 모임이야."

미스 가키모토는 움직이지 않았다. 아무런 말도 하지 않았다.

"그 모임에 물어보면 가르쳐줄 거야. 금방은 못 가르쳐줄지도 모르지만, 그 녀석들은 틀림없이 명예를 걸고 찾아줄 테니까."

"뭘?"

미스 가키모토가 물었다. 다음 전차가 곧 도착한다는 안내방송이 흘러나왔다. 에이이치는 대답했다.

"달려오는 전차를 정면에서 볼 수 있는 장소."

물론 피할 필요가 없는 안전한 장소다.

"전국 철도 어딘가에는 그런 장소가 반드시 있을 테니까,

물어보고 당신한테 가르쳐줄게."

그러니 두 번 다시 철로로 내려가지 마.

전차가 플랫폼으로 들어왔다. 그렇지 않아도 푸석푸석한 미스 가키모토의 머리가 헝클어지며 솟아올랐다. 바짝 야윈 뾰족한 턱부터 귀에 이르는 윤곽이 훤히 드러나자 한층 더 춥게 느껴졌다. 문이 열리고, 사람들이 타고 내리고, 문이 닫히고, 전차가 떠났다.

"알고 있었어?"

미스 가키모토가 물었다.

"그 전차에 타고 있었으니까."

에이이치는 간신히 눈을 움직여서 그녀를 바라보았다. 각오했던 표정은 아니었다. 졸린 것처럼 눈을 깜박일 뿐이다.

"너도 운이 안 좋네."

"나도 진짜 운이 안 좋다고 생각해."

여전히 미스 가키모토의 팔을 움켜쥔 채였던 에이이치는 부랴부랴 손을 놓았다. 그녀의 팔이 그대로 어중간하게 허공에 떴다.

"당신 말이지, 자각하는지 어떤지는 모르지만."

외투 자락 밑으로 피카랑 비슷할 정도로 가녀린 손이 엿보였다. 뼈만 앙상한 희고 가는 손가락은 이쪽에서 잡아주지 않으면 금방이라도 잡아서는 안 될 뭔가를 잡으러 가버릴 것처럼 보였다.

"스도 사장님과 사모님 댁의 툇마루에 앉아 있는 거나 마찬가지야."

내 머릿속의 기억회로는 훌륭하다. 맞아, 나는 지금 이 말을 하고 싶었던 거야.

"당신이 툇마루에 앉아 있는 모습이 사장님이랑 사모님에게도 보인단 말이지."

그리고 툇마루는 가족이 사는 장소는 아니라 해도 역시 집의 일부임에는 틀림없다.

"그러니까 당신이 거기서 드러눕거나 하면 사장님도 사모님도 걱정하잖아."

미스 가키모토는 말없이 얘기를 들었다. 그녀의 팔이 살며시 옆구리로 내려갔다. 손가락이 소매 속에 감춰졌다.

"어른스럽게 '그럼 이만 물러나겠습니다.' 확실히 인사하고 떠날 거 아니라면 툇마루에서 이상한 짓을 해서는 안 된단 말이지."

콧숨 같은 소리가 들렸다. 에이이치가 시선을 들자, 미스 가키모토는 험악한 눈빛으로 코웃음을 쳤다. 늘 보던 그 웃음이었다.

"설교 좀 하시네, 하나비시 댁 아들."

눈이 마주쳤다. 가키모토 준코의 눈동자는 아무것도 비치지 않는 것처럼 투명했다. 탁하지 않다거나 맑다는 의미가 아니라, 너무 굳어서 그 어떤 종류의 빛도 튕겨내버리는 것처럼.

에이이치는 황급히 시선을 피했다.

"좋아. 그럼 내 수수료는 그 철도 마니아들한테 얻은 정보로 대신해주지."

무슨 소리야?

"수수료?"

미스 가키모토가 심보 꽤나 안 좋은 말투로 쏘아붙였다.

"역시 잊어버렸군. 이래서 꼬마들은 곤란하다니까."

그러고 보니 지난번에, 부르는 대로 대가를 지불하기로 했다.

"약속은 약속, 거래는 거래야. 얼렁뚱땅 넘어갈 생각 마."

"……알았어."

다음 안내 방송이 나왔다.

"난 이제 전차를 탈 거야."

"어디 가는데?"

"어디긴 어디야, 집이지. 일 끝났으니까."

스스로 생각하기에도 멍청한 질문이었다. 에이이치는 '아,

그래.' 하는 표정을 지을 수밖에 없었다.

"너도 딴짓하지 말고 얼른 들어가."

에이이치는 움직이지 않았다. 전차가 왔다.

"들어가라니까."

산책을 더 하고 싶다고 고집부리는 애완견처럼 에이이치는 두 다리를 벋디디고 서 있었다. 전차가 플랫폼에 정차하고 문이 열렸다. 가키모토 준코는 재빨리 올라탔다. 무표정하고 야윈 얼굴이 차 안 형광등 불빛을 받아 한층 더 하얗게 보였다.

에이이치는 생각했다. ST 부동산에서 한 발짝만 밖으로 나오면 당신은 유령으로 변해버리는군. 조금 전에 플랫폼에 서 있을 때도 그랬다. 당장이라도 눈 깜짝할 사이에 사라져버릴 것 같았다.

그렇다면 ST 부동산에 확실하게 앉혀두자. 툇마루라도 무릎 꿇고 바르게 앉아 있을 수는 있다.

전차가 움직이기 시작했다. 가키모토 준코의 입술이 천천히 움직였다. 소리는 들리지 않았지만 무슨 말을 하는지 알 수 있었다. 한 글자, 한 글자, 또박또박 알아볼 수 있게 움직였으니까.

바보 같긴.

저 사람의 판에 박힌 입버릇이다.

뭐, 상관은 없지.

덴코 말에 따르면, 이건 나의 판에 박힌 입버릇이다. 이걸로 무승부다. 에이이치는 그렇게 생각하고 플랫폼을 내려갔다.

이야기가 길어졌지만, 수습에 관해서라면 언급할 일이 하나 더 있었다. 서서히 봄기운이 감돌기 시작하던 그날의 일이.

고구레 사진관 하나비시 에이이치 님.

동글동글한 여자 글씨로 이름이 적힌 봉투가 날아들었다. 보낸 사람의 이름은 '가와이 기미에'였다. 뜯어보니 벚꽃 무늬 편지지와 스냅사진이 한 장 나왔다. 편지지에는 겉봉투와 똑같은 글씨체로 이렇게 쓰여 있었다.

아코짱에게 주소를 물어봤습니다. 여러 가지로 고마웠어요.

스냅사진에는 어머니와 어깨를 나란히 한 가와이 기미에가 찍혀 있었다. 창과 커튼이 보였다. 지금 둘이서 같이 사는 집에서 찍었겠지. 가와이 모녀는 웃고 있었다. 눈매가 많이 비슷했다.

에이이치는 사진을 뒤집어 보았다. 묘하게 느긋한, 큼지막하면서도 선이 가느다란 다른 필체로 쓰인 글씨가 있었다.

촬영자, 아다치 후미히코.

고구레
사진관 상

사진을 바라보며 에이이치는 잠깐 기다렸다. 웃음이 솟아 날 때까지. 그리고 그것을 곰곰이 음미했다.

아다치 후미히코는 염사가 가능한, 특수한 능력을 가진 사람은 아니었던 것 같다. 혹시라도 그렇다면 반드시 찍혀야 할 것이 찍히지 않았기 때문이다.

가와이 후지오의 화난 얼굴. 아니, 미소 짓는 얼굴일까?

아버지는 그런 존재인 모양이니까.

하권으로 이어집니다.

고구레
사진관 상

ⓒ 미야베 미유키, 2011

초 판 1쇄 발행일 2011년 12월 15일
개정판 1쇄 발행일 2018년 9월 14일

지은이   미야베 미유키
옮긴이   이영미
펴낸이   정은영

펴낸곳   ㈜자음과모음
출판등록 2001년 11월 28일 제2001-000259호
주소   04047 서울시 마포구 양화로6길 49
전화   편집부 (02)324-2347 경영지원부 (02)325-6047
팩스   편집부 (02)324-2348 경영지원부 (02)2648-1311
이메일   neofiction@jamobook.com

ISBN 978-89-544-3909-1 (04830)
      978-89-544-3908-4 (set)